Mia Sheridan

Autora best-seller do *The New York Times*

O Colecionador de Desejos

Uma fascinante história de amor

São Paulo
2020

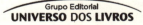

The Wish Collector
Copyright © 2018 by Mia Sheridan
Todos os direitos reservados.

© 2019 by Universo dos Livros
Todos os direitos reservados e protegidos pela Lei 9.610 de 19/02/1998.

Nenhuma parte deste livro, sem autorização prévia por escrito da editora, poderá ser reproduzida ou transmitida sejam quais forem os meios empregados: eletrônicos, mecânicos, fotográficos, gravação ou quaisquer outros.

Diretor editorial: **Luis Matos**
Gerente editorial: **Marcia Batista**
Assistentes editoriais: **Letícia Nakamura e Raquel F. Abranches**
Tradução: **Michelle Gimenes**
Preparação: **Juliana Gregolin**
Revisão: **Aline Graça, Talitha Paratela e Tássia Carvalho**
Arte: **Valdinei Gomes**
Projeto gráfico e diagramação: **Aline Maria**
Capa original: **Mia Sheridan**
Designer da fonte de capa: **Juan Casco** (www.juancasco.net)

Este livro é uma obra de ficção. Nomes, personagens, lugares e acontecimentos são fruto da imaginação da autora ou usados de modo ficcional. Qualquer semelhança com fatos, locais ou pessoas reais, estejam elas vivas ou mortas, é pura coincidência.

Dados Internacionais de Catalogação na Publicação (CIP)
Angélica Ilacqua CRB-8/7057

S554c

    Sheridan, Mia

      O colecionador de desejos : uma fascinante história de amor / Mia Sheridan [tradução de Michelle Gimenes]. — São Paulo : Universo dos Livros, 2020.

      448 p.

      ISBN: 978-85-503-0487-8

      Título original: *The wish collector*

      1. Ficção norte-americana 2. Ficção romântica I. Título II. Gimenes, Michelle

19-2771   CDD 813.6

Avenida Ordem e Progresso, 157 – 8º andar – Conj. 803
CEP 01141-030 – Barra Funda – São Paulo/SP
Telefone/Fax: (11) 3392-3336
www.universodoslivros.com.br
e-mail: editor@universodoslivros.com.br
Siga-nos no Twitter: @univdoslivros

Este livro é dedicado a Fred, que sempre
dá os melhores conselhos.

Prólogo

O assovio de Jonah ecoou nas paredes de mármore enquanto ele caminhava a passos largos e decididos pelo corredor vazio do edifício do tribunal. Lançando um olhar para o teto abobadado, inspirou profundamente, apreciando o cheiro atemporal de lei e ordem. *Nossa, como adoro este lugar!,* pensou, com a satisfação enchendo-lhe o peito.

Ele frequentava a sede do Fórum Criminal da Paróquia de Orleans desde menino, seguindo os passos paternos e esperando que um dia os outros o olhassem como olhavam o seu pai – com respeito, mas também com um pouco de medo.

Se as pessoas não o temerem um pouco, filho, é porque está fazendo alguma coisa errada. Obviamente, seu pai aplicava a mesma teoria na criação dos filhos. Se havia alguém que administrava a casa com pulso firme, esse alguém era Edward Chamberlain.

– Tenha um bom dia, Dr. Chamberlain – disse a advogada loira de saia lápis ao passar pelo detector de metal. Ela já estava do outro lado quando observou por cima do ombro, avaliando depressa o corpo dele e mordendo o lábio inferior carnudo. Fazia semanas que vinha lançando *olhares convidativos* para Edward, e, embora ele estivesse ocupado demais para se envolver em atividades extracurriculares, assim que aquele caso estivesse encerrado, aceitaria a "oferta". A ideia de arrancar aquele traje formal do corpo bem torneado da advogada e descobrir o que ela vestia por baixo fez com que ele sentisse um agradável estremecimento entre as pernas.

Edward desceu os degraus de pedra no exterior do edifício, balançando sua pasta de couro do lado do corpo. *Tenho o mundo aos meus pés*, pensou com um sorriso.

O escritório da Applegate, Knowles e Fennimore ficava a aproximadamente um quilômetro do tribunal e ele decidiu ir a pé, assobiando novamente – aquela maldita canção que não saía de sua cabeça desde a festa de aposentadoria de Palmer Applegate, dois dias antes.

Palmer era o mais velho dos sócios seniores do escritório e, a propósito, nem de *longe* era um bom companheiro como dizia a música. O sujeito era um "Chato, Entediante, Morto", mas Jonah supunha que uma canção com um nome desses não teria sido uma boa escolha para um evento de homenagem. Em todo caso, agora ele ficaria aborrecendo sua nova esposa-troféu o dia inteiro, e não mais os outros funcionários do escritório em que Jonah trabalhava havia seis meses.

O respeitado escritório de advocacia ocupava os dois últimos andares do edifício de tijolinhos em que Jonah entrara, ainda assoviando mais algumas notas antes que as portas se fechassem às suas costas.

Ninguém pode negar!

O elevador subiu suavemente, emitindo um sinal sonoro quando as portas se abriram.

– Boa tarde, doutor. – Foi o cumprimento de sua secretária, Íris.

– Íris. Algum... – Sua frase foi interrompida bruscamente quando um homem sentado em uma poltrona na pequena sala de espera à sua esquerda se levantou. *Justin.*

– Doutor, eu disse a esse cavalheiro que a sua agenda está lotada, mas...

Jonah assentiu, disfarçando uma careta.

– Tudo bem, Íris. Este é o meu irmão, Justin.

– Ah! – exclamou Íris. – Eu não sabia...

Isso mostrava o quão pouco as pessoas do escritório o conheciam de fato, apesar de ele passar a maior parte de seu tempo ali – elas não sabiam que Justin Chamberlain era seu irmão. Justin também era advogado, embora a empresa de advocacia em que ele trabalhava ficasse em um endereço bem diferente, e, até onde Jonah sabia, aceitasse mais casos *pro bono* do que clientes pagantes. Era um milagre que conseguissem pagar o aluguel do escritório.

Sorrindo, ele trocou um aperto de mãos com o irmão.

– E aí, maninho? Há quanto tempo.

Justin lhe lançou um sorriso tenso.

– Tem um minuto?

– Na verdade, não...

– É importante. – Justin passou a mão pelos cabelos castanho-escuros, expondo o bico de viúva dos Chamberlain antes de os fios cobrirem sua testa novamente.

Jonah olhava fixamente para o seu Rolex enquanto Justin prosseguia.

– Faz semanas que venho tentando falar com você por telefone. Até passei no seu apartamento algumas vezes.

Jonah suspirou. Ele havia recebido as mensagens. Apenas não tivera tempo de retornar as ligações do irmão. De qualquer maneira, o que diabos poderia ser tão importante assim?

Ele sinalizou para Justin que o acompanhasse até seu escritório no fim do corredor.

– Estou atolado de trabalho. Você sabe, cuidando de um caso importante. Estou me preparando para interrogar a vítima amanhã. Este pode ser...

– É sobre isso que quero falar com você. – Justin fechou a porta de Jonah, e este sentiu orgulho por um instante enquanto o irmão admirava a vista de Nova Orleans através da janela da sala pequena, porém luxuosa. Mas, quando voltou os olhos para Jonah, Justin tinha o semblante sombrio.

— Não faça isso, Jonah.

— Não faça o quê, exatamente?

— Esse caso. — Ele balançou a cabeça, e seu coração dilacerado fazia seus olhos brilharem de um jeito que deu a Jonah vontade de revirar os olhos. — Murray Ridgley cometeu esse crime e você sabe disso.

Jonah recostou-se na parede, cruzando os braços.

— Os sócios aceitaram esse caso porque acreditam na inocência dele, Justin. É verdade, a situação não parece nada boa. As provas circunstanciais são... muitas. Mas ele merece um julgamento justo e boa representação, como qualquer outro cidadão.

— Não estou contestando isso. Só o que estou dizendo é: deixe outra pessoa falar com os repórteres dos noticiários de agora em diante. Deixe *outra* pessoa interrogar a vítima. Conheço você, Jonah. É um ótimo advogado. Você acabará com ela, se essa for a sua intenção. Mas não faça isso, por favor. Eu lhe imploro. Não se vincule a esse caso. Não deixe que ele seja o caso pelo qual você ficará conhecido. Não vai querer conexão entre seu legado e ele.

— Nossa, ouça o que está falando! Está dizendo para eu não *vencer?* — Nas últimas semanas, Jonah havia se transformado no rosto daquele caso; os sócios decidiram que seria assim, e ele não precisou perguntar os motivos. Ele era bonito e tinha o sorriso de um garoto de ouro. As mulheres gostavam de fitá-lo; os homens o respeitavam. *O júri confiava nele.*

— Estou lhe dizendo para não ser como o nosso pai.

Aquilo atingiu Jonah feito um soco no estômago. Ele sabia que Justin, por ser o mais velho, havia sofrido os piores castigos em casa. A maior parte da pressão que Edward Chamberlain impusera aos filhos caíra sobre os ombros de Justin. Sendo o caçula,

Jonah observara e aprendera. Ele sabia o que despertava a ira do pai e o que ganhava a sua aprovação, e ele sempre se esforçava para obter essa última.

– O pai não era de todo mau.

– E alguém é?

Boa pergunta.

Talvez Murray Ridgley, se ele tivesse mesmo cometido o crime. O próprio Jonah tinha muitas dúvidas. E sentia que havia algo que os sócios não estavam lhe dizendo. Mas não tinha prova disso, apenas cochichos por trás de portas fechadas que ele notava ao passar por elas.

E aquele caso... aquele caso o catapultaria para o nível seguinte. Se ele impressionasse os sócios, o caso em questão poderia literalmente *fazer* sua carreira.

Um dos sócios juniores estava assumindo o lugar de Applegate, mas um dos outros dois sócios originais, Knowles, era praticamente um cadáver ambulante. Nos próximos anos, ele se aposentaria ou morreria, e, se Jonah fizesse as jogadas certas, poderia se tornar sócio júnior e depois sênior. *Sócio!* Nem mesmo seu pai conseguira se tornar sócio júnior antes dos trinta.

Jonah havia se matado para se formar em dois anos e meio e participado de um programa de aceleração da faculdade de direito, depois foi aprovado na Ordem dos Advogados logo na primeira tentativa e, pouco depois, recebeu o convite para trabalhar em um dos escritórios de advocacia mais famosos de Nova Orleans. Ele estava a mil por hora. Não podia derrapar.

Os olhos de Jonah encontraram os do irmão.

– O pai era *respeitado*.

Justin estreitou os olhos.

– O pai era um desgraçado que se importava mais com poder do que com as *pessoas*. Ele arruinava vidas com a mesma facilidade com que espalhava manteiga numa torrada. Você não é assim, Jonah. Sou seu irmão. Eu sei...

— Tudo bem. Ouça, agradeço pelo sermão de bom samaritano, mas garanto a você que minha consciência está totalmente tranquila com relação ao meu trabalho. Murray Ridgley pode muito bem ter cometido esse crime. — *Murray Ridgley pode muito bem ser um monstro.* — Mas *não* vou pedir para deixar o caso. Isso seria a minha ruína.

Justin examinou o irmão por um bom tempo antes de desviar outra vez o olhar para a vista pitoresca.

— Só sinto que... você está escolhendo um caminho, Jonah. — Ele olhou novamente para o irmão, e dessa vez Jonah notou a tristeza nos olhos de Justin antes que este desse um sorriso discreto. — Abandonar esse caso... Tem razão, isso provavelmente acabaria com a sua carreira neste escritório, mas você sempre poderá trabalhar comigo.

Jonah riu.

— Lutar contra a injustiça por trocados? Essa é a *sua* vocação.

Justin deu uma risada que era mais um suspiro do que um sinal de leveza de espírito.

— Uma ajuda seria bem-vinda. Há muita injustiça no mundo, maninho.

— Alguns diriam que não vale a pena lutar contra isso.

— Alguns.

Enquanto observava a pessoa que mais amava no mundo, Jonah sentiu uma pressão no peito, um peso que ele não sabia bem como explicar. Era uma sensação que... Seu telefone tocou, acabando com a espécie de transe que se apoderara dele.

— Preciso mesmo voltar ao trabalho. Podemos nos falar depois?

Justin assentiu e sorriu tristemente mais uma vez ao passar por Jonah. Ele depositou uma mão no ombro do irmão.

— Claro, Jonah. A gente se fala depois. — Ao dizê-lo, ele se virou e deixou o escritório, fechando a porta atrás de si.

O telefone continuou tocando, mas Jonah não atendeu a ligação. Em vez disso, caminhou até a janela e observou o dia abafado de verão, de novo com aquela sensação no peito, aquela pressão. *Sinto falta do meu irmão,* Jonah se deu conta. Ele *vinha* evitando Justin. Mas, depois que aquele caso terminasse, ele se obrigaria a ver o irmão com mais frequência.

Distraído, Jonah levou a mão ao peito e massageou de leve o local sobre o coração.

Você está escolhendo um caminho, Jonah.

Mas ele já havia escolhido antes. E não havia nada que pudesse fazer agora.

Duas semanas depois, enquanto Jonah jazia numa poça de sangue que se espalhava, com o cheiro forte e rançoso de queimado de seu corpo mutilado nas narinas, as palavras do irmão lhe voltaram à mente, flutuando preguiçosamente feito colunas enevoadas de um sonho esquecido.

Você está escolhendo um caminho. A gente se fala depois.

Mas não haveria conversa com seu irmão mais tarde.

Seu irmão estava morto.

A gritaria diminuiu o bastante para Jonah assimilar o som estridente de seus pulmões cheios de fumaça expelindo ar.

Ele assobiava de novo.

Mas dessa vez não era uma melodia.

CAPÍTULO UM

Dias Atuais

— Estique o braço. Clara, você devia parecer um cisne, mas está parecendo um pato. Comece de novo. — A música parou de repente e houve um gemido coletivo, embora discreto, dos outros dançarinos. O calor subiu para o rosto de Clara quando ela notou as expressões de desdém lançadas em sua direção. Ser a garota nova no Balé de Nova Orleans estava sendo tudo o que ela temera. Ainda pior.

— Ok, Madame Fournier. — Clara voltou à sua marca, posicionando o corpo enquanto a música recomeçava. *Sou um cisne. Sou um cisne,* ela repetia em silêncio.

O problema era que, apesar de mentalizar um braço graciosamente esticado, Clara *se sentia* um pato. E ainda por cima fora d'água.

Quando o ensaio terminou e os demais dançarinos começaram a juntar seus pertences, Clara caminhou até sua bolsa de lona, colocando o pé sobre o banco para desamarrar as fitas de seda das sapatilhas de ponta.

— Uma garota que conheço frequentou a Goddard School com ela — cochichou Belinda Baker atrás de Clara, obviamente se referindo a *ela*. — Ela era bolsista do Dance For Life, do contrário, jamais teria entrado. — Clara atirou a bolsa de lona sobre o ombro e lançou um olhar para Belinda, que sem dúvida não percebera que o alvo da fofoca estava ali e arregalou os olhos de surpresa quando seus olhares se encontraram. Clara se virou e deixou o teatro depressa.

O que Belinda dissera era verdade: o pai de Clara havia feito muitos sacrifícios para que ela seguisse o sonho de ser bailarina profissional. Mesmo assim, ele jamais teria conseguido pagar aquela escola sem ajuda. Clara tinha *orgulho* daquela bolsa e não deixaria que umas fofoqueiras a fizessem se sentir de outro modo.

Ainda assim, pensar no pai fazia aquela dor familiar encher o seu peito, e Clara tinha que se esforçar para não cair no choro. Sua recente mudança para Nova Orleans tinha sido difícil, e o fato de a sua recepção na companhia de dança não ter sido tão... *acolhedora* só piorava tudo, e a *melancolia* parecia ser sua fiel companheira.

Ela avistou o ônibus dobrando a esquina e apertou o passo a fim de chegar a tempo na parada, no quarteirão seguinte, ao mesmo tempo que procurava atabalhoadamente o celular.

– Obrigada – disse ofegante enquanto usava o bilhete eletrônico no telefone, e o motorista lhe deu um caloroso sorriso de boas-vindas. Ela retribuiu o sorriso, feliz por sentir o que parecia ser um raio de sol em um dia nublado.

Trinta minutos depois, desceu do ônibus com ar-condicionado e o calor a atingiu, causando um choque térmico. Se Clara estivesse num livro, o calor do verão de Nova Orleans seria um personagem. Um sujeito grande e corpulento com olhos cansados e hálito quente. Intenso e extenuante.

Uma mecha de cabelos loiros se soltou de seu coque e Clara a enfiou atrás da orelha, enquanto o cheiro de algo temperado e apetitoso chegava ao seu nariz, vindo da casa da esquina e a distraindo do clima abafado e úmido. *Comida reconfortante.* O que havia de especial em quase todos os pratos da Louisiana provados por ela que pareciam agradar não apenas ao paladar, mas também à alma?

O som suave e lamuriante de um saxofone escapava por uma janela aberta em algum lugar ali perto, serpenteava por entre os galhos das árvores e parecia penetrar na pele de Clara.

Existe algo mais solitário do que o som de um único instrumento ao longe trazido pelo vento?, ela se perguntou.

Mas então outro som se uniu à melodia solitária: uma voz doce e bela acompanhava as notas, ziguezagueando, tornando-se mais alta e nítida. A música — ao mesmo tempo distante e próxima e de algum modo soando como um dueto ininterrupto — inundou Clara, deixando sua pele elétrica e seu coração mais leve. Ela conhecia aquela voz. Soava como cigarro misturado com melado e frequentemente entoava hinos na rua em que Clara morava.

A voz parou.

— Olá, querida.

Clara sorriu antes mesmo de erguer os olhos e enxergar a senhora Guillot movimentando-se em sua cadeira de balanço no fim do quarteirão onde Clara alugara um pequeno apartamento.

— Você parecia tão pensativa que não quis atrapalhá-la — comentou a velha senhora com um sorriso.

Clara abriu o portão preto de ferro da senhora Guillot e entrou na propriedade, subiu os degraus de tijolo e se sentou na outra cadeira de balanço de madeira, que geralmente ficava vazia.

— Estava só relembrando os movimentos do ensaio de hoje.

— Ah. Como vão as coisas com os outros cisnes?

— Tudo bem. Eu só queria... — O que ela queria? Que as outras garotas não fossem tão frívolas? Que ela tivesse feito amizade? Que fosse mais aceita e não julgada e considerada inadequada? Clara balançou a cabeça. — Eu queria conhecer pelo menos uma pessoa daqui. Começar do zero está sendo mais difícil do que pensei que seria.

A senhora Guillot sorriu amavelmente.

— Bem, você conhece uma pessoa. Você me conhece.

— Ah, senhora Guillot, eu não quis dizer...

— Bobagem, menina. — Ela riu. — Sei o que quis dizer. Estou só brincando. Uma moça como você precisa da companhia de outros jovens. Você os conhecerá. Não esquente sua linda cabecinha com isso agora.

Clara suspirou.

— Eu sei. E será legal. Mas fico feliz por conhecer a senhora também. — Era verdade. A senhora Guillot vinha sendo muito gentil com Clara desde a mudança para Nova Orleans, dois meses antes: dividia seu conhecimento sobre a cidade, ensinava-a a chegar aos lugares quando necessário e se sentava com ela para conversar quando Clara tinha um tempinho vez ou outra.

— Eu sei, querida. — Ela fez uma pausa. — Como está o seu pai? Falou com ele?

Clara sentiu uma pontada dolorosa em suas entranhas enquanto balançava a cabeça em negativa.

— Bem que eu queria ter falado. Seus momentos de lucidez agora são bem poucos e raros.

A senhora Guillot examinou Clara por um instante, com o olhar repleto da compaixão sincera de alguém que conhece a dor da perda. E ela conhecia muito bem. Quantas vezes a senhora Guillot já ficara de luto?

— Bem, querida, agora já são duas coisas que você quer, dois desejos. Faça um deles a Angelina.

— Angelina?

— Uhum. Você já está em Nova Orleans há uns meses. Não ouviu falar do muro que chora?

O muro que chora. Um tremor esquisito percorreu a espinha de Clara.

— Não. Onde fica?

— Ora, fica na Fazenda Windisle.

Fazenda Windisle. Clara pegou a bolsa de lona do colo e a colocou no chão, ao lado de sua cadeira, inclinando-se levemente para a frente.

– Vai me contar sobre isso, senhora Guillot?

O olhar da senhora Guillot foi de Clara para a magnólia antiga que crescia no jardim perto da porta, com gigantescas flores e folhas verdes e lustrosas brilhando sob os últimos raios de sol do verão.

Ela se acomodou na cadeira, a velha madeira rangendo enquanto seus olhos encontravam os de Clara mais uma vez.

– É uma fazenda de cana-de-açúcar de mais de duzentos anos. – Clara percebeu que estava prendendo a respiração. Ela expirou lentamente para não distrair a senhora Guillot de sua história. – Ah, há pessoas que dizem que é sagrada; outras, que é amaldiçoada. Mas todos concordam que é assombrada.

As mãos morenas e nodosas da senhora Guillot agarraram os braços da cadeira de balanço, com a aliança que ela ainda usava brilhando sob os últimos vestígios de luz solar.

– Ah, querida, uma moça chamada Angelina Loreaux, que teve o coração partido pela traição de seu amado, tirou a própria vida no jardim de rosas, e é lá que seu espírito perturbado ainda vaga, junto ao fantasma do homem que a rejeitou e teve o descanso eterno negado devido aos resultados trágicos de suas ações mundanas. – A senhora Guillot abriu um sorriso triste. – Apesar de eu sempre ter achado que, se isso fosse verdade, se o destino das pessoas fosse assombrar a Terra por causa de suas escolhas humanas egoístas, não haveria uma única alma no Céu! – A senhora Guillot fez bico e, por dentro, Clara concordou com ela. Não, nesse caso, ela suspeitava que o Céu estivesse vazio.

– Que história triste.

A senhora Guillot assentiu solenemente.

– É verdade.

– Quem era ela? Angelina, quero dizer. Era a filha do dono da fazenda?

– Bem, sim. O nome dele era Robert Chamberlain. Mas ela também era filha de Mama Loreaux, uma escrava de cozinha que deu à luz a filha bastarda dele. Mama Loreaux era uma mulher impressionante, de olhos negros penetrantes, dizem, e conhecida entre os escravos por praticar uma forma de vodu da África Ocidental que passara de sua avó para a sua mãe, e de sua mãe para ela. Ela usava ervas e feitiços em busca de oferecer alívio para qualquer doença conhecida. Sua filha, Angelina Loreaux, era uma criança bonita e vivaz, amada pela mãe *e* pelo pai. Dizem que Robert Chamberlain ficou encantado com a menina e a balançava nos joelhos, sentado na varanda da frente da casa da fazenda... para a decepção de sua esposa e dos filhos legítimos, que apenas toleravam Angelina.

Intrigada, Clara inclinou a cabeça, maravilhada, absorvendo cada palavra da história. *Que tragédia.* Aquilo a deixava sem ar.

– Angelina cresceu na cozinha dos Chamberlain sob o olhar zeloso da mãe, encantando a própria família de escravos e também os visitantes da fazenda. De riso fácil, com temperamento tão caloroso quanto a luz do sol, espírito tão delicado quanto as asas de um beija-flor e a beleza rara de uma flor exótica, era muito fácil gostar dela. Ou pelo menos é isso o que contam.

– De onde vêm todas essas informações, senhora Guillot?

– Ah, dos outros escravos que viviam em Windisle, imagino. Foram passadas de uma geração à outra. A minha própria avó me contou a história de Angelina Loreaux e John Whitfield quando eu era pequena. – Ela riu, uma risada melódica e doce.

– Enfim... segundo a história, quando Angelina tinha dezessete anos, ela conheceu John Whitfield, um jovem soldado sulista de uma família muito abastada que estava visitando a fazenda. Eles passaram pouco tempo juntos, mas John se encantou com a bela Angelina. – A senhora Guillot franziu o cenho. – Falam que eles se apaixonaram, mas acho difícil de acreditar por causa do que aconteceu depois.

— Ele a traiu — sussurrou Clara. — E ela se matou.

— Isso. — A senhora Guillot assentiu. — Mas, antes disso, eles se tornaram amantes em segredo.

Em segredo. É lógico, Clara pensou. Eles viviam em mundos completamente distintos. Seus próprios problemas, sua própria tristeza de repente pareciam... bem, não exatamente menores. Mas o quão terrível devia ser se apaixonar perdidamente por alguém e ter que disfarçar como se fosse um segredo vergonhoso? Seria insuportável, não?

— Como ele a traiu? — Clara perguntou, quase com medo de saber.

— Bem, acho que era 1860 ou 1861, e John foi convocado para servir na Guerra Civil. Ele deixou Angelina, prometendo voltar para ela. Angelina esperou e continuou amando o rapaz infinitamente, com seu coração puro e benevolente cheio de esperança com relação ao futuro que o casal, de algum modo, construiria junto. Ela deve ter sido uma sonhadora, aquela lá. — A senhora Guillot pareceu pensativa por um instante. — Talvez ela tivesse achado que enfim havia encontrado seu lugar no mundo, um mundo em que ela não se sentia parte de nada. — A senhora Guillot sorriu. — Mas é apenas a minha suposição.

— Faz sentido — murmurou Clara.

A senhora Guillot franziu a testa.

— Entretanto, o coração de John não era sincero, e ele mandou um bilhete por meio de sua família dizendo a Angelina que não a amava mais e que ela deveria esquecê-lo, pois ele já começara a se esquecer dela.

A senhora Guillot começou a se balançar de novo, o rangido da cadeira quebrando o silêncio que dominava a rua. O saxofonista deixara seu instrumento de lado em dado momento e Clara nem notara.

— Angelina ficou arrasada e correu para o jardim de rosas. Foi ali, onde vira pela primeira vez o seu amado, que pegou uma das lâminas de barbear do pai e cortou os pulsos.

Clara soltou uma exclamação, a tristeza inundando seu coração, embora já conhecesse o fim da história.

A senhora Guillot assentiu como se entendesse perfeitamente a reação de Clara.

— É, eu sei. Mama Loreaux encontrou a filha, e dizem que seu agudo grito de horror foi levado pelo vento pelos quatro cantos da Fazenda Windisle e além. Ela segurou a cabeça da amada filha nos braços e amaldiçoou o amor que havia lhe roubado a preciosa garota, pedindo aos espíritos que John *jamais* encontrasse o amor verdadeiro, nesta vida ou na próxima.

A senhora Guillot suspirou.

— John voltou para casa depois da guerra e viveu sozinho até morrer, sem encontrar de fato o amor. Era raro ser visto em público, e conta-se que tinha *flashbacks* frequentes da guerra. Ele contraiu tuberculose com trinta e tantos anos e morreu por causa da doença pouco depois.

Ótimo! Clara ficou tentada a comentar. Mas não o fez. Parecia errado amaldiçoar alguém que já estava morto. *E que já era amaldiçoado.*

Elas ficaram em silêncio por um tempo enquanto Clara deixava a história assentar em sua mente. Ela se sentia como se sob domínio da narrativa triste, como se a história não tivesse apenas prendido sua atenção, mas também se enrolado em seus ossos, em seu corpo.

— O que o muro que chora tem a ver com a história? E por que as pessoas fazem pedidos lá?

A senhora Guillot baixou a cabeça, pensativa, com a testa cheia de rugas profundas.

— Que eu me lembre, acredita-se que os espíritos de John e Angelina vaguem pelo jardim de rosas até hoje, incapazes de encontrar descanso, de encontrar paz, sempre buscando aquilo que os libertará do fardo de seus pecados mundanos. O pessoal da região acredita que Angelina, de uma maneira que ninguém sabe explicar direito como acabou envolvida na maldição, concederá um desejo a quem enfiar seus pedidos nas rachaduras do muro que cerca Windisle.

A senhora Guillot sorriu.

— Angelina realiza desejos, dizem, para encorajar a vinda de mais pessoas, na esperança de que alguém especial resolva o enigma e quebre a maldição.

— Que enigma?

A senhora Guillot franziu a testa outra vez.

— Ah, acho que não lembro com precisão como é o enigma, mas creio que tenha sido lançado por uma sacerdotisa de vodu em determinado momento. Você pode perguntar para Dory Dupre na biblioteca do bairro. É provável que ela se lembre ou possa descobrir para você.

Clara sorriu, feliz em saber onde obter mais informações sobre o mistério.

— Vou perguntar. Sabe por que o muro é conhecido como muro que chora?

— Contam que o muro derrama lágrimas de tristeza por causa da tragédia que aconteceu ali, pois os espíritos ainda estão presos dentro da propriedade. Mas não sei. Nas poucas vezes em que estive lá, nunca testemunhei isso, mas falam que o muro só parará de chorar quando os espíritos de John e Angelina forem libertados.

— Quem mora lá atualmente, senhora Guillot?

— Não creio que alguém more lá. A fazenda está vazia há anos.

Os pensamentos de Clara foram interrompidos pelo rangido do portão se abrindo. Um senhor idoso segurando uma bengala entrou, tirou o chapéu e sorriu com timidez para a senhora Guillot.

— Bernice, que tarde agradável, não?

Clara lançou um olhar para a senhora Guillot, e, embora a pele dela fosse cor de mogno, a garota jurou ter visto um rubor em suas bochechas enrugadas.

— Harry.

Harry olhou para Clara, inclinando a cabeça.

— Não percebi que você tinha companhia. Estava fazendo meu passeio de fim de tarde e pensei em passar para dar um oi.

Clara se levantou, agarrando a bolsa.

— Na verdade, preciso ir embora. Tenho que acordar cedo amanhã. — Ela se inclinou e beijou a bochecha da senhora Guillot, sua pele fina feito papel e macia feito veludo. — Muito obrigada por ter me contado a história.

— Não tenho muita coisa a oferecer, mas histórias eu tenho de sobra. — A senhora Guillot riu. — Vá enfiar um papelzinho com um desejo ou dois nas fendas daquele muro — ela aconselhou com delicadeza. — E diga a Angelina que mandei um oi.

Clara assentiu e lançou um sorriso por cima do ombro ao descer os degraus.

— Pode deixar.

— Ah, e Clara, querida — chamou a senhora Guillot. — Da próxima vez que vier, eu lhe darei mais um pouco daquele óleo medicinal caseiro.

Clara conseguiu reprimir uma careta, sorrindo de volta para a gentil senhora.

— Obrigada, senhora Guillot. — Ela cumprimentou Harry com um aceno de cabeça ao passar por ele, notando que parecia arrumado demais, com a camisa bem passada e de chapéu, para uma simples caminhada ao entardecer. – Tenham uma boa noite, vocês dois.

Naquele domingo, Clara acordou cedo animada e percorreu os dez quarteirões até a biblioteca.

Ela vinha remoendo o caso de Windisle desde que a senhora Guillot lhe contara a respeito, vários dias antes. Clara tinha ficado fascinada – talvez um tanto obcecada – com aquela história de tristeza e sofrimento ocorrida havia mais de um século e meio. Pensara nela enquanto estava no ônibus, indo e vindo do balé, ao se deitar para dormir à noite, e até mesmo enquanto dançava, com os cochichos das outras bailarinas se tornando um mero ruído de fundo.

Ela não se distraía mais com aquelas pessoas; em vez disso, sua mente focava em uma bela garota cujo sorriso era radiante como o sol e cujo espírito era delicado feito as asas de um beija-flor. Como teria sido a vida dela? Teria sido cheia de sofrimento mesmo antes da traição que a motivara a tirar a própria vida? E quais segredos sombrios se escondiam atrás daquele muro?

Talvez a intensidade com que Clara focou na lenda tivesse tanto a ver com a solidão daquele verão quanto com o fato de a história ser intrigante. Mas ela também sentia uma *atração* estranha toda vez que pensava em Windisle. *Qualquer* que fosse o motivo, ela queria saber *mais*.

A pequena biblioteca estava silenciosa e tinha a luz escassa e, ao entrar, Clara parou, inalando profundamente o cheiro inconfundível de livros antigos – papel envelhecido e almas gravadas à tinta.

Havia pessoas circulando em silêncio por entre as estantes, mas mesmo para um domingo o lugar estava bem vazio. Clara avistou uma senhora com um carrinho que devolvia livros às prateleiras e se dirigiu até ela.

— Com licença?

A pequenina senhora se virou, sorrindo. Ela devia ter uns noventa anos no mínimo, trazia no pescoço os óculos pendurados por uma correntinha e seus cabelos brancos e volumosos causavam um contraste interessante junto à bela pele escura.

— Posso ajudá-la?

— Seu nome é Dory Dupre?

— É.

— Ah, que bom. — Clara sorriu, estendendo a mão. — Meu nome é Clara Campbell. A senhora Guillot sugeriu que eu viesse procurá-la.

— Ah, como está Bernice?

O sorriso de Clara ficou ainda maior.

— Está muito bem.

— Bom saber. Sobre o que quer falar comigo?

— Sobre a Fazenda Windisle.

Uma sombra cruzou o rosto da senhora Dupre, as rugas parecendo mais profundas por um breve instante. Ela balançou a cabeça.

— História trágica.

— Sim. — Clara suspirou. — A senhora Guillot me contou o que sabia, mas não pôde responder a todas as minhas perguntas.

— Ah. Venha comigo. Verei se consigo preencher umas lacunas.

Clara seguiu a bibliotecária idosa até uma mesa redonda próxima ao balcão de retirada de livros e elas se sentaram.

— Posso perguntar por que está interessada em Windisle, querida?

Clara olhou para o lado, refletindo sobre a pergunta.

— Para dizer a verdade, senhora Dupre, não sei ao certo. A senhora Guillot me contou a história, e agora ela não sai da minha cabeça.

– Não a culpo. É uma história intrigante. E há tanto mistério. – Ela sorriu. – E quem sabe você não consegue resolver o enigma e libertar Angelina? Acredita em maldições, querida?

Clara deu uma risadinha.

– Não sei se acredito em maldições, mas adoraria ouvir o enigma, se a senhora se lembrar dele.

– Ah, eu me lembro bem. Ouvi tais palavras da boca da própria sacerdotisa de vodu.

Clara arregalou os olhos de surpresa.

– Ouviu?

– Ah, sim. O enigma foi lançado em uma festa no Solar Windisle em 1934. Bem, era na época em que a família Chamberlain ainda morava lá e dava festas suntuosas. Eu tinha só quatorze anos, mas minha irmã me arranjou um trabalho no bufê daquele evento. Prentiss Chamberlain e a esposa, Dixie, convidaram uma velha e cega sacerdotisa de vodu para a reunião. – Ela fez uma pausa. – Que eu saiba, a família Chamberlain nunca acreditou muito na história de fantasmas vagando pela propriedade, embora houvesse rumores de convidados relatando aparições fantasmagóricas, principalmente perto do jardim de rosas. Em todo caso, Prentiss e Dixie Chamberlain gostavam de usar a lenda como entretenimento, e por esse motivo convidaram a sacerdotisa.

A senhora Dupre desviou os olhos de Clara, o olhar cada vez mais distante conforme ela mergulhava no passado.

– A sacerdotisa se sentou em uma poltrona de veludo vermelho e os convidados se reuniram à sua volta, a sala toda em silêncio. Observei a cena parada no vão de uma porta lateral, praticamente prendendo a respiração. Havia uma... sensação na sala. Eu me lembro bem disso, embora ainda considere difícil de explicar. Um... peso, uma certa pressão. A sacerdotisa... ainda consigo vê-la fechando os olhos opacos enquanto falava... confirmou que os espíritos de John e Angelina ainda assombravam a propriedade, em especial o jardim por onde ambos vagavam, cegos quanto à presença um do outro.

– Que triste – sussurrou Clara. Embora ela achasse que era melhor para Angelina não ter que vagar eternamente ao lado de um homem que lhe havia partido o coração.

A senhora Dupre assentiu.

– Um convidado perguntou sobre a maldição que Mama Loreaux havia lançado, e a sacerdotisa confirmou que era mesmo verdade e que *aquela* maldição poderia ser quebrada, mas só uma coisa seria capaz de fazê-lo. – Ela fez uma pausa intensa e cheia de significado e fitou Clara nos olhos. – Uma gota do sangue de Angelina trazida à luz.

Uma gota do sangue de Angelina trazida à luz. Clara deixou as palavras flutuarem à sua volta.

– Ninguém faz ideia do que isso significa?

A senhora Dupre balançou a cabeça.

– Ninguém, incluindo a sacerdotisa, que insistiu que os espíritos nem sempre revelavam seus segredos, nem mesmo para ela.

Clara revirou aquilo na mente, confiando em sua memória.

Elas conversaram por mais uns minutos, e Clara disse à senhora Dupre a essência do que a senhora Guillot havia lhe contado sobre a lenda. A bibliotecária não pôde dar muita informação nova, mas indicou a Clara os computadores que ela poderia usar para tentar descobrir sozinha outras coisas sobre a casa e a família que lá vivera.

Clara agradeceu sinceramente à senhora Dupre enquanto a mulher se aproximava do balcão para dar baixa em uma pilha de livros.

Sentada diante do computador, Clara pesquisou sobre a fazenda e a família, rolando na tela os artigos que encontrou, fazendo algumas anotações em pedaços de papel disponíveis em cada uma das três estações de consulta.

O Solar Windisle, edificação no estilo revival grego, foi construído no início do século 19 em uma fazenda de cana-de-açúcar de mais de quatrocentos hectares, propriedade da família Chamberlain. Antes da Guerra Civil, a Fazenda Windisle chegou a ter mais de cem escravos, a maioria deles trabalhando nas plantações de cana, mas alguns servindo dentro do solar.

– Mama Loreaux – Clara sussurrou com discrição, imaginando a mulher impressionante de olhos penetrantes que a senhora Guillot descrevera. Ela conseguia enxergá-la agora, observando pela janela Robert Chamberlain balançar a filha no joelho enquanto toda a família dele lançava olhares de desdém. Como aquilo tudo teria sido para ela? *O que ela teria sentido?*

Oriunda da classe trabalhadora e criada apenas pelo pai, Clara já conhecera o julgamento cruel por parte das garotas ricas e arrogantes das escolas de balé que frequentara, e aquilo a fizera se sentir desconfortável. Mas não tinha sido o dia todo, todos os dias. E nem todas haviam participado. Ela não conseguia entender os comentários terrivelmente sarcásticos direcionados a ela – a maioria, pelo menos –, só sabia que serviam para criticar aqueles considerados inferiores.

Clara voltou a se concentrar nas informações diante de si. Ao contrário de muitas fazendas da região, aquela havia sido transferida para a Sociedade de Preservação Histórica e era aberta ao público, embora a família Chamberlain ainda fosse a dona do Solar Windisle, que continuava sendo propriedade privada. Ansiosa para ter em mãos aquele pedaço importante da história americana, a Sociedade de Preservação Histórica havia feito várias ofertas à família e recebido o mesmo número de recusas. *Interessante,* Clara pensou, imaginando por que a família não tinha interesse em preservar o patrimônio.

Ela mergulhou fundo em sua pesquisa, deixando-se levar pela história na tela à sua frente, e, quando se deu conta, o grande relógio na parede da biblioteca lhe informava que várias horas haviam se passado, e seu estômago lhe comunicava – em alto e bom som – que ela tinha perdido o almoço.

A senhora Dupre estava conversando com um patrono da biblioteca do outro lado da sala, e Clara acenou para ela de longe enquanto se dirigia à saída, encontrando do lado de fora um céu azul e agradável em contraste com um sol ardente.

Ao caminhar de volta para casa, admirou as construções antigas e pitorescas da rua, pintadas em tons vívidos, enfeitadas com ornatos arquitetônicos: mísulas em volutas, colunas entalhadas à mão, sancas formais e amplas janelas com bandeiras. Muitas estavam em mau estado, os gradis soltos e abaulados, trepadeiras floridas e arbustos misturados com ervas daninhas que invadiam os jardins minúsculos, grandes portas de madeira rachadas e desbotadas. Mas mesmo casas assim ainda mantinham sua beleza, e Clara sentiu o coração bater mais forte ao pensar em todas as coisas nesse vasto mundo que já tinham sido amadas e que aguardavam pacientemente para serem amadas de novo.

Quando dobrou a esquina de sua rua, o Solar Windisle lhe surgiu à mente, da maneira como mostrado nas fotografias que ela vira: imponente, esplêndido... com campos de cana-de-açúcar infinitos ao seu redor.

Ela havia encontrado vários artigos nas colunas sociais de décadas atrás mencionando festas e eventos realizados no solar. Os convidados haviam elogiado as boas condições e a beleza da residência e do terreno que a cercava, e as fotos comprovavam sua grandiosidade. Mas nos últimos anos nenhuma notícia sobre a fazenda tinha sido publicada.

Até onde Clara sabia, não havia ninguém morando lá – ninguém cujo coração ainda batesse, pelo menos.

CAPÍTULO DOIS

—Alô. Senhora Lovett? É a Clara.
— Olá, Clara, querida. O que está achando de Nova Orleans? Está se adaptando?
— É um bom lugar. Estou me adaptando bem. — Clara colocou um sorriso na voz, determinada a soar positiva, embora não estivesse de fato se adaptando. *Ainda.*
— Fico feliz em saber.
— Como ele está hoje, senhora Lovett?
Houve uma pausa antes de a senhora Lovett responder, e a voz dela soou mais baixa do que um minuto antes.
— Ele teve uma crise ontem. — Quando Clara ia começar a falar, a senhora Lovett apressou-se para completar: — Mas não foi nada sério. Ele ficou um pouco irritado e arremessou a bandeja do almoço. Demos a ele um sedativo para acalmá-lo e ainda está dormindo.
Clara sentiu um aperto no peito. Ela esperava falar com o pai, nem que fosse rapidamente, apenas para ouvir a voz dele. Lágrimas surgiram em seus olhos.
— Ele ficou lúcido em algum momento ontem?
— Ontem não, querida.
Clara notou o tom de lamento nas palavras da senhora Lovett. Ela sabia o quanto a enfermeira idosa e gentil gostaria de lhe dar boas notícias. Clara havia criado uma relação de proximidade com ela durante o tempo passado na clínica ao lado do pai, antes de partir para Nova Orleans.

– Pode me ligar mais tarde se o quadro dele mudar?

– Claro.

Elas conversaram mais um pouco e então se despediram. Clara colocou devagar o telefone de volta na bolsa, e uma única lágrima escorreu por sua bochecha. Ela a enxugou, respirando profundamente e de modo entrecortado. Estava com saudade de casa – solitária – e teria sentido a falta do pai mesmo na melhor das circunstâncias. Mas saber que ele estava desaparecendo dia após dia e que ela estava tão longe era como ter uma faca cravada no coração.

Logo ele partiria e Clara sentiria falta dos últimos momentos preciosos que passara com ele, enquanto sua mente ainda estava lúcida, enquanto ainda sabia quem era ela. Vez ou outra, quando a neblina em sua mente se dissipava, será que ele se perguntava onde ela estaria? Será que se perguntava por que a filha o havia abandonado quando mais precisava dela? Ou será que ele se lembrava de que lhe dissera para ir embora?

– Ah, papai – ela sussurrou no vazio de seu apartamento.

Clara se levantou da cadeira em sua cozinha minúscula, agarrando a bolsa. Precisava de ar. Precisava fugir daquelas quatro paredes que a aprisionavam. Dançar a ajudava a se lembrar por que estava ali, ajudava-a a se lembrar dos sacrifícios que o pai fizera por ela. Mas era seu dia de folga e, de qualquer jeito, seu corpo precisava de descanso. Ela desejou que...

O pensamento irrompeu de repente quando ela saiu para o dia abafado de Nova Orleans, a palavra *desejo* quicando em sua mente. Clara pegou o celular, pesquisou "Fazenda Windisle" e encontrou o endereço com facilidade. Minutos depois, um Uber parou perto do meio-fio e ela embarcou rumo ao muro que chora.

Vinte minutos depois, saiu do carro. Agora, uma leve brisa soprava e o ar em movimento era delicioso em sua pele quente. Clara suspirou alegre, inalando os cheiros doces e sazonados do verão e apreciando a diminuição do calor sufocante das últimas semanas.

Acima dela, o céu exibia vários tons de cinza, as nuvens envoltas por um brilho prateado. Um bando de pássaros passou depressa pela névoa cintilante, um deles saindo da formação e seguindo isolado por uma fração de segundo antes que o restante do grupo retornasse para se unir ao membro desgarrado, completando a formação mais uma vez.

Por um instante, Clara só ficou parada perto da calçada na rua estreita, sem qualquer carro à vista. Ela se surpreendeu por encontrar a rua tão deserta. Imaginou que encontraria pelo menos algumas pessoas paradas diante do muro, segurando nas mãos papeizinhos que continham desejos. Começou a caminhar na direção da estrutura de pedras à sua frente, feliz por ter escolhido um dia em que teria o lugar só para si.

Envolveu o próprio corpo com os braços na altura da cintura ao se aproximar do que sabia que devia ser o muro que chora. Era uma estrutura de pedras com mais de dois metros de altura que, de um lado, terminava numa mata fechada e em juncos elevados perto da margem do rio Mississippi, e, do outro, começava onde no passado ficavam os campos de cana-de-açúcar, que agora consistiam em uma vegetação emaranhada que cobria tudo.

O meio do muro formava um arco aberto onde havia um portão de ferro. Rosas selvagens subiam espiraladas por entre as barras, criando uma confusão compacta de folhas verdes, trepadeiras cheias de espinhos e flores de um carmim vívido. Havia algo ao mesmo tempo exuberante e selvagem naquilo tudo, e um calafrio estranho – que era parte medo, parte empolgação – percorreu a espinha da garota.

Ela ficou apenas olhando por um instante, pasma com o tamanho do muro e por estar finalmente diante daquilo que vinha ocupando sua mente havia semanas. Se era verdade que o muro chorava, não estava chorando naquele dia. As pedras estavam secas, e sua cor lembrava a do céu logo acima, com vários tons cinzentos e prateados. Pequenos raios de luz platinada brilhavam através das fendas criadas pela rachadura da argamassa, e era em tais espaços que se podia enfiar um pedaço de papel contendo um desejo.

Eu desejo...

Eu desejo...

Era como se os sussurros, as esperanças... as orações ainda estivessem oscilando ao vento, de algum modo suspensas ali, como se também fossem espíritos fantasmagóricos aprisionados para sempre no ar que circunda o lugar assombrado.

– Controle-se, Clara – ela murmurou para si mesma. Sempre era atraída pelas histórias. Adorava saber dos causos das produções de espetáculos de dança dos quais participava. O romance e a tristeza sempre alimentavam sua criatividade e a ajudavam a *entrar* no personagem. Era também por isso, ela supunha, que a lenda de Windisle, de Angelina Loreaux e sua história trágica, atraíam-na tanto.

Mas fantasmas? Maldições? Ela não acreditava *necessariamente* em nada daquilo, embora também não desconsiderasse por completo tal possibilidade. De todo modo, era a história no *cerne* daquilo tudo que a deixava mais intrigada. E era *ali* que tudo começava.

Ela se aproximou hesitante, a fascinação misturada com uma tristeza de tirar o fôlego. Apoiando as mãos trêmulas no muro e se inclinando para a frente, encostou a bochecha na estrutura sólida, sua mente cheia de vagas suposições do que teria acontecido do lado de dentro daquele muro.

O muro protegia a casa e o terreno de forças potencialmente nocivas, mas quem havia protegido as pessoas que ali viveram? De repente, Clara sentiu-se totalmente arrasada ao se dar conta de todo o sofrimento angustiante – não apenas de Angelina, mas também dos escravos que tinham vivido ali – que tinham estado tão perto do local onde ela se encontrava.

Ela se perguntou se o sangue e o suor deles ainda estariam misturados ao solo dos campos de cana-de-açúcar cobertos de ervas daninhas e sentiu tanta tristeza que achou que fosse chorar. Lembrou-se de quando era pequena e chorou ao ouvir sem querer uma história triste no noticiário da TV. Seu pai enxugara suas lágrimas e lhe dissera que ela não deveria chorar sempre pelo mundo, ou choraria o tempo todo.

– Mas, papai – ela dissera –, se eu não deixar minhas lágrimas saírem, não vou me afogar por dentro?

E era assim que Clara se sentia agora, parada diante do muro... seu coração se afogava lentamente.

Ela tirou do bolso o papelzinho que continha seu desejo – aquele que escrevera no Uber no caminho até ali –, parando ao ouvir o som discreto de algo se movimentando do outro lado, talvez um animal pequeno, ou quem sabe apenas o farfalhar das plantas ante o sopro da brisa. Ou talvez fosse Angelina, seu espírito fantasmagórico aguardando esperançoso do outro lado do muro, aguardando alguém que a libertasse de alguma maneira.

Uma gota do sangue de Angelina trazida à luz.

Ao olhar para o seu desejo escrito no papel, ela de repente se sentiu tola, não por estar *fazendo* um pedido, mas porque sua própria tristeza parecia tão... pequena. Insignificante. Clara acreditava que toda dor importava, mas a sua fazia parte da ordem natural das coisas, não?

Ela suspirou alto.

– Como você deve achar que somos tolos e egoístas – ela murmurou, amassando o papel na mão e fechando os olhos. – Vimos aqui depositar nossos desejos enquanto você espera há décadas que o seu seja concedido. Quando a vida que você levava tinha mais sofrimento do que jamais conheceremos.

Clara hesitou um instante, ponderando, antes de desamassar o papel e pegar uma caneta da bolsa que levava pendurada no ombro. Ela rasgou a parte em que havia escrito seu desejo, guardando o pedacinho de papel rasgado no bolso, e então escreveu *outro* desejo. Depois de dobrar o papel, ela o introduziu em uma fenda estreita.

Começava a se virar para ir embora quando se voltou impulsivamente para o muro, espiando pela rachadura. Uma movimentação a fez piscar, um pouco assustada, e se afastar da estrutura de pedras enquanto tomava fôlego.

Com cuidado, ela se reaproximou, espiando de novo pela rachadura. Dessa vez, não viu nada. Nem conseguia enxergar a casa, pois os espaços entre as pedras eram pequenos e estreitos demais. Ela só conseguia discernir um pedaço de mato. Obviamente, ao olhar para cima, dava para perceber que havia enormes carvalhos do outro lado do muro, e que provavelmente eram eles que a impediam de ver a residência.

O que vi? Ela continuava esperando... pelo que não sabia ao certo, e então jurou ter ouvido o som de papel amassado. Chegou mais perto novamente, apoiando as pontas dos dedos no muro.

– Olá? – Ela não sabia por quê, mas tinha a vaga noção de que algo ou alguém, o que quer que fosse, permanecia imóvel do outro lado do muro, assim como ela.

Quando não obteve resposta, ela se virou, sem saber ao certo o que fazer, deslizando ao longo do muro até nele encostar as costas e apoiar a cabeça, escutando. Sentia que havia alguém do outro lado, esperando, escutando, assim como ela.

Fechou os olhos e, após vários minutos, ouviu outra vez um leve farfalhar de papel. Se não estivesse encostada no muro, talvez tivesse pensado se tratar de um pássaro em alguma árvore distante, batendo as asas para alçar voo e passar pelos galhos. Clara pressionou a bochecha contra o muro, com o ouvido direito posicionado sobre a argamassa velha, porosa e rachada, e escutou... uma *respiração*. Seus olhos se arregalaram e seus batimentos cardíacos aumentaram. Não havia um fantasma do outro lado, e sim uma pessoa de carne e osso.

— Estou ouvindo a sua respiração. — A respiração parou de repente, e Clara esperou um segundo, dois. — Isso não quer dizer que você deva parar de respirar.

Após um instante, Clara notou que a respiração agora era alta. Ela piscou, atônita.

— Quem é você? — perguntou, sem saber se queria que respondessem ou não.

Por um bom tempo não houve resposta, e ela estava prestes a repetir a tentativa quando uma voz masculina disse, por fim:

— Meu nome é Jonah. E o seu?

A surpresa tomou conta de Clara. Havia um homem sentado do outro lado do muro, com as costas apoiadas no mesmo lugar em que ela apoiava as suas, e apenas uma barreira de pedra os separava. Por um instante, ela esqueceu o próprio nome.

— Hãããã... Clara.

— Clara — ele repetiu. Uma carícia sussurrada. Ela não fazia ideia de quem era ele, mas gostou de como seu nome soou em sua voz, de como ele havia pronunciado o *r* enrolando a língua.

— *Quem* é você?

Ele suspirou, um som pesado, e fez-se mais uma longa pausa.

— Não sei bem ao certo.

Clara franziu a testa, sem entender o que ele queria dizer com aquilo.

— Você... mora aqui?

– Moro. – A palavra soou mais distante, como se ele tivesse virado a cabeça, e ela pressionou mais o ouvido contra a pedra, imaginando um homem sem rosto que mirava ao longe. Quando ele falou outra vez, o som veio mais de perto, como se ele tivesse voltado a cabeça para o muro novamente.

– Disseram... disseram que ninguém morava aqui.

– Disseram?

Clara corou e balançou a cabeça. O homem nem podia vê-la.

– O pessoal da região gosta de falar sobre Windisle. Eu... fiz algumas perguntas sobre o local.

– E veio depositar um desejo entre as pedras.

– Isso. Eu... espera, você leu meu desejo? – Por isso ela ouvira o farfalhar de papel?

Ele soltou uma risadinha, um som meio enferrujado, como se não costumasse fazer muito aquilo.

– O papel foi *jogado* na minha propriedade.

– Acho que você tem razão. – Ela fez uma pausa. – Então é você... *você* lê todos os desejos.

– Não leio todos. Eu só os apanho.

– Você os apanha – ela repetiu com vagarosidade. – Então imagino que você seja o apanhador de desejos, não?

Ele se calou por um instante.

– O apanhador de desejos. Sim, acho que sou.

– E o que faz com eles?

– Acho que você não vai querer saber.

Ela suspirou e sorriu.

– Você concede esses desejos, obviamente, não?

– Eu os jogo fora.

Clara soltou uma exclamação de surpresa.

– Isso é terrível.

– O que eu *deveria* fazer? Deixá-los no gramado para que se desfaçam com a chuva? Para que o vento os espalhe por toda a propriedade?

– Não sei. Jogá-los fora parece... parece... bem, um sacrilégio. Um pecado.

– Sacrilégio. Isso é *sério*. O problema, Clara, é que não sei se esse pecado supera todos os que já cometi.

Ela não sabia ao certo o que dizer sobre aquilo, então permaneceu calada.

– O que acha que eu deveria fazer com eles? Colocar cada um deles em uma moldura especial e pendurá-los na minha parede? *A Galeria das Falsas Esperanças*, é assim que eu a chamaria.

– Você está sendo sarcástico – ela asseverou, notando a indignação na própria voz. – Com relação aos desejos íntimos das pessoas, suas esperanças e sonhos. Suas tristezas.

– Mas o *seu* desejo não é para si mesma.

Clara ouviu o farfalhar do papel, como se Jonah o estivesse desdobrando mais uma vez. Lendo seu desejo.

– Isso é particular.

– Foi entregue a mim. Aterrissou bem aos meus pés. – Havia um tom de divertimento na voz dele, e Clara se empertigou, bufando de irritação.

Ele riu mais uma vez e, apesar de tudo, Clara gostou do som. Era rouco, mas também belo e profundo.

– Bem – ela disse, erguendo-se e limpando as mãos. – Preciso ir embora. Já percebi que depositar desejos neste muro não faz sentido.

Clara percebeu que ele também havia se levantado, pois escutou o farfalhar do outro lado do muro e a voz dele veio de cima quando falou. Era mais alto do que ela.

– Espere. Sinto muito. Eu só estava brincando. Por favor...

Ele parou de falar e ela se inclinou na direção do muro. O jeito como ele pronunciara aquelas palavras... a evidente solidão que ela notara na voz dele... tudo isso deixou o coração de Clara apertado. Por um instante, pareceu que ele estava desesperado, que não queria que ela fosse embora.

— Quê? — ela perguntou delicadamente, com a boca sobre uma das rachaduras estreitas.

— Nada.

Clara fez uma pausa, colocando as mãos sobre as pedras do muro.

— Imagino que... morando aqui, você deve saber muita coisa sobre a fazenda. Sobre a história.

— Sei.

— Poderia me contar alguma coisa? Se eu voltasse?

— Se voltasse?

— Tenho folga aos domingos...

— Eu, hã... É quando geralmente faço minha pilhagem de desejos, na verdade. Por algum motivo, pouca gente aparece aos domingos. Talvez seja o dia em que fazem seus pedidos na igreja.

— Pilhagem de desejos. — Ela riu e jurou ter ouvido os lábios dele se esticando em um sorriso, mas obviamente não tinha plena certeza. — Então, se eu tivesse uma ideia de como lidar de outro modo com os desejos em vez de apenas jogá-los fora, você estaria aberto a sugestões? E, em troca, poderia me falar mais sobre Windisle?

— Talvez.

— Então vejo você no domingo.

Dessa vez, quando ele falou, não havia dúvida de que sorria.

— No mesmo horário?

Clara puxou o celular da bolsa e olhou para a tela.

— Às seis?

— Isso.

Havia algo na voz dele que ela não conseguia identificar... Esperança? Animação? Nervosismo? Talvez espanto. Mas por quê? Clara sentia o coração bater compassado e uma sensação de calor agradável no peito. Ela estava feliz porque agora tinha uma ligação pessoal com Windisle graças ao homem misterioso do outro lado do muro.

— Até a semana que vem, então.

— Até.

Ela pegou o telefone e se pôs a chamar um Uber, sorrindo à medida que se afastava de Windisle, indo na direção da rua vazia ladeada por árvores. Ela se perguntava se Jonah estaria parado do outro lado do muro, espiando pelas fendas, vislumbrando pedaços dela conforme se distanciava.

CAPÍTULO TRÊS

Junho de 1860

A festa de dezoito anos de sua irmã Astrid estava a todo vapor, com os risos e as conversas dos convidados audíveis sob a música que flutuava languidamente, escapando pelas janelas e sacadas do Solar Windisle.

— Ai! — Angelina sibilou ao espetar o dedão em um espinho. Ela levou o pequeno ferimento à boca por um instante e então continuou escalando discretamente a treliça em que se enroscava a roseira, carregada de perfumadas flores brancas e cor-de-rosa. *E de espinhos,* ela lembrou a si mesma. *Tenha cuidado com os espinhos.*

Espiou por cima do gradil da sacada, arregalando os olhos ao observar os convidados dançando e interagindo nas suntuosas áreas próximas. Uma mesa coberta de sobremesas havia sido posta — sobremesas que ela conhecia muito bem, pois havia ajudado a prepará-las durante toda a manhã e a tarde —, e do outro lado da sala ela viu a pirâmide de taças de champanhe, com o líquido dourado e borbulhante cintilando à luz das velas.

Angelina jamais faria parte daquele mundo, mas... ah, queria *ver* como era.

Seu olhar pousou na silhueta de um homem alto de farda quando este pegou uma taça de champanhe, levou-a à boca e sorveu um gole da bebida.

Do lado oposto da sala, ela viu a senhora do solar, Delphia Chamberlain, agarrar o braço da filha – a meia-irmã de Angelina – e conduzi-la na direção da fonte de champanhe, ou talvez na direção do soldado. Quando Angelina olhou de novo para o rapaz, ele observava a mulher que se aproximava, mas então pegou Angelina desprevenida ao se virar de repente e olhá-la nos olhos. Ela engoliu um arquejo de surpresa e inclinou com agilidade a cabeça para o lado, saindo de vista.

Por um tempo, permaneceu totalmente imóvel, apenas enchendo aos poucos seus pulmões com o ar que cheirava a rosas, até que enfim expirou profundamente. Decerto, aquela troca de olhares era coisa de sua imaginação. A casa estava iluminada, repleta de velas, ao passo que o jardim estava escuro.

Com o coração mais calmo, espiou devagar pela lateral da sacada, seus olhos focando direto a pirâmide de champanhe. O homem não estava mais lá. E quando ela voltou sua atenção para o local em que a senhora Chamberlain e Astrid haviam estado, notou que elas tinham sido interceptadas por um convidado, que ria e gesticulava enquanto a senhora Chamberlain parecia irritada e Astrid sorria de maneira educada.

Angelina observou a festa por mais uns minutos, absorvendo o esplendor da decoração de aniversário: arranjos extravagantes de flores por todo lado, mesas com pilhas de presentes embrulhados em papel colorido. Seu pai não economizara para celebrar mais um ano de vida de sua primogênita. Ela acompanhava o movimento dos vestidos coloridos das mulheres que giravam no ritmo da música enquanto os homens...

– Este não parece ser um local muito seguro.

Angelina soltou uma exclamação de surpresa, suas mãos agarraram a madeira da treliça e outro espinho se enterrou na palma de sua mão.

O homem se moveu depressa, parando abaixo dela enquanto a moça o encarava com olhos arregalados. Angelina engoliu em seco e continuou descendo pela treliça enquanto o homem recuava um passo, a fim de deixar espaço suficiente para que ela pousasse os pés no chão, com os braços estendidos na altura da cintura, como se estivesse preparado para segurá-la se ela escorregasse e caísse.

Ela ajeitou o vestido com as bochechas ardendo de vergonha enquanto seu coração batia descompassado no peito.

— Eu só... ah, estava tentando alcançar...

— Uma estrela?

Uma rosa para a minha mãe, ela esteve prestes a dizer, mas as palavras dele a fizeram se calar, surpresa. Ela piscou, atônita, ao perceber os lábios dele se contraindo de um jeito engraçado.

— Sim, uma estrela — ela respondeu, hesitante. Então olhou para cima e observou as estrelas espalhadas feito diamantes sobre o veludo negro do céu noturno. — Há tantas delas que dificilmente alguém daria por falta de algumas.

— Ah. E você faz isso sempre? Pegar estrelas direto do céu?

Angelina inclinou a cabeça, ganhando coragem. O homem a estava provocando e algo no modo como os olhos dele dançavam — embora sua expressão se mantivesse séria — fez com que um formigamento quente se espalhasse sob a pele dela.

— Claro. Já tenho várias.

O homem esticou o braço de repente, e Angelina arquejou, afastando-se. Os olhos dele encontraram os dela quando tirou algo dos cabelos da garota e então lhe mostrou que era apenas uma pétala de rosa enroscada em seus cachos rebeldes.

– E o que faz com elas? Com as estrelas? – Ele inclinou a cabeça. – Por acaso as usa como se fossem joias?

Angelina deixou escapar uma risadinha e se afastou do belo soldado. A proximidade dele a fazia se sentir meio estranha – ruborizada e zonza, mas ao mesmo tempo energizada. E o coração dela batia como se fosse saltar do peito.

– Ah, não. Não tenho onde usar joias. – Ela começou a caminhar, deslizando o dorso da mão nas pétalas de uma rosa vermelha aveludada. O soldado a seguiu, com as mãos para trás. – Não, eu extraio a magia delas e guardo numa garrafa. – Ela o fitou de relance e sentiu um calafrio percorrer sua espinha.

Angelina estava acostumada a falar com gente branca. Ela se sentava nos joelhos do pai e lhe contava histórias desde pequena. E frequentemente brincava com seu meio-irmão e com uma de suas meias-irmãs, mas aquela era a primeira vez que conversava por mais de um minuto ou dois com um branco que não fosse de sua família, e ela estava apreensiva.

O homem agora tinha um sorriso nos lábios e, apesar do nervosismo, Angelina notou a covinha na bochecha esquerda dele.

– Entendi. E para que exatamente você usa essa poeira estelar engarrafada?

– Bem, eu... ainda não decidi. – Ela lhe lançou um olhar. – O que sugere?

O soldado pareceu refletir a respeito do assunto por um instante.

– Bem, você poderia preparar uma poção, que beberia para iluminar toda a cidade.

Angelina riu, um som discreto e um tanto incerto. Mas o soldado também sorria, então ela expirou, encarando-o com timidez. Os olhos de ambos se encontraram mais uma vez, e eles pararam de andar.

— Qual é o seu nome? — ele perguntou, como se fosse a pergunta mais importante que já fizera na vida.

Angelina olhou para a casa, onde alguém deixara escapar um guincho na forma de risada.

— Angelina Loreaux.

O soldado estendeu a mão.

— John Whitfield.

Ela apertou a mão dele, hesitante. Nunca alguém lhe estendera a mão antes, muito menos um homem branco. E a mão dele era grande e quente. Forte.

— Prazer em conhecê-lo, senhor.

— Por favor — ele baixou a cabeça —, me chame de John.

Os olhares se cruzaram e ela desviou os olhos, soltando a mão dele, mas a tentação era forte demais, e mais uma vez ela mirou direto nos olhos azul-acinzentados do rapaz.

— John — ela sussurrou, o nome dançando em seus lábios e preenchendo o espaço entre eles.

Ela ouviu a porta dos fundos se abrindo e alguém proferindo seu nome, e então voltou-se naquela direção, embora as sebes do jardim não permitissem ver quem estava lá.

— Estou indo, Mama — ela respondeu. Então olhou para John. — Tenho que ir.

Ergueu as saias e deu as costas para o soldado, mas seu nome pronunciado na voz grave de John a fez parar e investigar por cima do ombro.

— Acho que você já bebeu a poção de pó de estrelas, Angelina Loreaux.

Ela piscou, surpresa. A expressão dele era tão sincera que a fez perder o fôlego. Os olhos dele se concentraram nos lábios entreabertos dela, e então voltaram a focar em seus olhos. Ela notou, pelo movimento da garganta, que ele engolia em seco.

– Boa noite, John Whitfield – ela se despediu, voltando-se para ele, e depois se virou e correu, deixando um perfume de rosas atrás de si, com o coração batendo no ritmo de seus passos sobre as pedras da aleia do jardim.

Acima dela, as estrelas brilhavam, e Angelina sentiu como se as *tivesse* bebido, como se também brilhassem dentro de seu corpo. Ela riu, e o magnífico som foi engolido pelo barulho da festa que continuava mais adiante.

CAPÍTULO QUATRO

Onde eu estava com a cabeça?

Jonah reduziu o ritmo para uma corrida leve, que depois se transformou em uma parada à sombra do cipreste desfolhado. Seu peito subia e descia depressa quando ele se curvou, colocando as mãos nos joelhos para tentar diminuir os batimentos cardíacos.

Ele tinha forçado muito no treino e se sentia um pouco enjoado, mas nem assim as dúvidas em sua mente lhe davam trégua.

Clara. Ele se surpreendera por falar com ela – embora ela já tivesse notado sua respiração. Outras pessoas já o haviam escutado do outro lado do muro e tinham até mesmo perguntado "quem está aí?", mas ele as ignorara e se divertira ao ouvi-las dando risadinhas e cochichando que aquele devia ser o espírito de Angelina.

Mas agora era diferente.

Mas concordar em reencontrá-la? Soar tão ridiculamente desesperado para falar com ela de novo? Por quê?

Sou tão solitário assim?

Deus! Ele endireitou a postura, passando os dedos pelos cabelos curtos e encharcados de suor.

Sou. Merda. Sou. Ele estava *pirando* devido à solidão, e agora precisava tanto de companhia que estava disposto a conversar com mulheres desconhecidas através das rachaduras do muro. *Patético.*

Só que... não era *apenas* o fato de se sentir solitário, embora Jonah admitisse ser verdade, ainda que pudesse conversar com Myrtle e Cecil.

Não, era o desejo dela.

Ajude-me a ajudá-la, Angelina.

Jonah sentiu uma cãibra leve na panturrilha e começou a andar para aliviar a dor, indo na direção das ruínas do que um dia haviam sido cabanas de escravos.

Ele entrou no bosque, seguindo por trilhas sinuosas, esticando a mão para tocar a madeira aquecida pelo sol e virando a cabeça a fim de enxergar com seu olho bom através da janela da cabana mais próxima.

O ar mais fresco daquele lugar arborizado o inundou, e esse simples prazer fez seus ombros relaxarem. Os pássaros cantavam nas árvores e, por um instante, uma sensação de grande e inexplicável paz encheu o peito de Jonah. Inclinando-se para a frente, ele espiou o interior da cabana vazia, onde folhas secas se acumulavam nos cantos.

Angelina Loreaux vivera ali. *Ajude-me a ajudá-la, Angelina* – a garota, Clara, havia escrito.

Como se tal coisa fosse de fato possível. Ainda assim... aquilo o intrigava. Ele tinha falado com ela brevemente, mesmo assim *ela* o intrigava. O tipo de compaixão altruísta que a garota demonstrava era raro. *Eu sei bem.*

Ele vinha apanhando desejos havia quase oito anos, juntando entre dez e vinte por semana. Agora já não encontrava no gramado tantos desejos quanto nos anos anteriores. Windisle e sua lenda só eram conhecidos pelo pessoal da região, principalmente pelos mais velhos. Aqueles que conheciam a história e a passavam adiante estavam todos mortos ou prestes a morrer e a levar a lenda consigo.

O muro que chora só era uma atração local – isso se fosse popular o bastante para ser *chamado* de atração – porque ficava em uma propriedade particular. Não era como se tivesse sido incluído na lista de pontos turísticos ou em sites destinados àqueles que visitam Nova Orleans.

Então os desejos que apareciam por lá eram de pessoas que tinham ouvido falar da lenda e estavam desesperadas ou curiosas o bastante para tentar.

Jonah os lia de vez em quando, mas nos últimos tempos não tinha lido muitos, apesar do que dissera a Clara.

– Clara – ele falou em voz alta, sua língua enrolando novamente para pronunciar o nome, e ele gostando de como soava. Gostando do leve arrepio em sua pele ao repetir aquele nome mais uma vez.

O fato era fazia tempo que ele tinha se *cansado* dos desejos das pessoas. Era sempre uma das três coisas: desejavam dinheiro ou algum bem material, desejavam amor ou desejavam a cura para si ou para alguém estimado. Ele não julgava os desejos; só estava cansado deles. E não era como se pudesse transformá-los em realidade. Ele *morava* em Windisle – se havia alguém que sabia que a lenda era só isso, esse alguém era ele. Então os desejos, aqueles pedaços de papel espalhados pelo gramado, agora eram apenas coisas que ele tinha que recolher, apenas uma tarefa doméstica.

Mas ele jamais tinha lido um pedido que fosse para Angelina, jamais tinha lido um desejo endereçado a um completo estranho. Aquilo o surpreendera. E fazia muito tempo que ele não se surpreendia – ele, o monstro atrás do muro. Não, monstro não, *apanhador de desejos*.

Um canto dos seus lábios se curvou. Ao conversar com ela, mesmo que brevemente, deixara de ser o monstro e se transformara no apanhador. E aquilo tinha sido emocionante. Como num passe de mágica, por um instante, ele deixara de ser horrendo e deformado, arruinado, e passara a ser bom e... misteriosamente encantador. Pelo menos era isso que o tom cativante da voz dela dera a entender quando ela assim o chamara.

O desejo de Clara o fez se sentir curiosamente fascinado por ela, e a rápida conversa que tiveram só tinha aumentado o fascínio. Mas também fez com que ele *ansiasse* por coisas que estavam fora do seu alcance havia tempo, e *isso* não era nada bom. Era definitivamente perigoso. De forma inconsciente, ele passou a mão pela pele arruinada, sentindo as elevações repugnantes e os sulcos com as pontas dos dedos. *Sim, perigoso*. E imprudente.

Então Jonah havia passado a noite precedente tentando não pensar no assunto sempre que ele surgia em sua mente, e naquela manhã tinha forçado tanto na corrida que quase desmaiou de exaustão.

Mesmo assim, ela não saía de sua cabeça. Aquela estranha. Aquela visitante entusiasmada de voz melódica e suave, com uma compaixão rara no coração e grande interesse na Fazenda Windisle. Ele também havia notado tais sinais na voz expressiva da garota. Perguntava-se se essas características combinavam com os traços desconhecidos do rosto dela, e pensar no assunto lhe causou um estranho estremecimento no corpo.

Sim, ela queria saber mais sobre a fazenda, sobre a história. Ainda tinha isso. O pedido dela o fez se sentir útil, como se ele tivesse algo a oferecer depois de tanto tempo se sentindo imprestável. Não era muita coisa, mas... bem, era algo e aparentemente havia se alojado dentro de si de tal modo que ele estava tendo dificuldade para deixar o assunto de lado.

Naquela manhã, a umidade do rio Mississippi havia formado uma névoa, que ainda não tinha se dissipado. Ela envolvia as árvores e se enrolava em suas pernas enquanto ele a atravessava, rumando na direção da cabana que sempre atraía seu olhar durante as sessões de corrida. A cabana em questão ficava um pouco mais distante do que as outras, à sombra de um salgueiro coberto de musgos cujo tronco inclinado e retorcido parecia ter assumido sua forma ao se deixar moldar pelo vento em vez de lutar contra ele.

Jonah raramente entrava nas cabanas, mas naquela manhã ele entrou, e as tábuas do piso rangeram sob o seu peso. Ela adoraria ver essas coisas, ele apostava. Um grunhido exasperado saiu de sua garganta. *Ela adoraria ver essas coisas?* Ele nem mesmo a conhecia! Mesmo assim, quem não amaria aquilo tudo? Faziam parte da história. Até onde ele sabia, aquelas cabanas guardavam segredos por trás de suas paredes... debaixo do piso empoeirado. Embora tivessem sido esvaziadas anos atrás, talvez ainda houvesse relíquias escondidas ali em algum lugar. Ele sabia que a sociedade de preservação estava louca para botar as mãos naquele lugar. E para fins históricos, ele achava ótimo. Mas aquelas terras... o solar... ali era sua casa, seu santuário... um refúgio para se esconder da luz do sol. Era tudo o que ele tinha. A única coisa que ainda importava para ele em uma existência que, de outro modo, não tinha importância alguma.

Ele andou pelo cômodo, retornando depressa à porta. O espaço era pequeno até para uma única pessoa e, pelo que sabia, famílias inteiras tinham ocupado aquelas cabanas minúsculas. *Inacreditável.* Uma parte da história dos Chamberlain da qual ele com certeza não se orgulhava.

Mesmo assim, havia histórias ali. Histórias que mereciam ser contadas, ele supunha, e por isso devia elaborar seu testamento, deixando a propriedade para a sociedade de preservação. Ele era o último dos Chamberlain. Depois, não haveria mais nenhum.

Aquele pensamento depressivo fez com que ele saísse depressa da cabana e pegasse o caminho que conduzia ao solar. Era mais um dia úmido, com o calor intenso do verão pesando sobre ele e a luz solar acariciando sua pele, sem ligar para as suas marcas. Se fosse outro dia, ele teria gostado da sensação. Mas naquele dia a velha sensação, muito familiar, de estar se isolando do mundo o oprimia. Já fazia *anos* que ele deixara de lado a desconfiança e permitira que o sol o tocasse, mas no momento a sensação conhecida voltou, a mesma que ele acreditava ter superado conforme foi se acostumando às suas cicatrizes, ao modo como a luz afetava seu olho ruim.

Não, de repente, tudo o que ele queria era se enfiar em um canto escuro da biblioteca e se perder em um livro.

— Por que está de cara feia? — Cecil perguntou.

Jonah ergueu os olhos, tão imerso em pensamentos depressivos que nem notara que estava tão perto da casa. Cecil e Myrtle estavam sentados na varanda, bebendo limonada.

— Um homem não pode estar de cara feia sem ter um motivo específico?

Myrtle olhou para ele desconfiada e emitiu um *humpf*.

— E, a propósito, estou sempre de cara feia. — Ele indicou o lado de seu rosto que era eternamente carrancudo. — Não tenho muita escolha.

Impassível, Myrtle tomou um gole de sua limonada.

— Sim, mas há níveis de expressão de desgosto. E essa aí na sua cara? Demonstra um nível bem alto.

Jonah virou o rosto para que ela enxergasse melhor e então, satisfeito por saber que ela conseguia ver perfeitamente, encarou-a estreitando o olho bom.

— Vocês dois não trabalham nunca?

Myrtle tomou um gole demorado de sua bebida.

— É um trabalho em tempo integral me preocupar com gente da sua laia. Estou exausta. E você, Cecil?

Cecil assentiu.

— Exaustão nem descreve bem como me sinto, Myrtle. Ah, terei que tirar uma longa soneca na rede lá atrás quando terminar este copo.

Foi a vez de Jonah soltar um *humpf*.

Myrtle deu um tapinha no joelho de Cecil.

— Tire uma soneca, então. Preciso ir ao mercado fazer umas compras. — Ela voltou-se para Jonah. — Quer alguma coisa específica para o jantar? Talvez queira vir junto, Senhor Ranzinza? — Ela ergueu a sobrancelha.

— Por mim, o que você fizer para o jantar está ótimo, Myrtle. E não, não quero ir junto. Pare de perguntar isso.

Ela balançou a cabeça, e as contas que enfeitavam uma miríade de trancinhas tilintaram com o movimento.

— Nem pensar. Só me demitindo para eu parar de fazer essa pergunta. Um dia desses, você vai dizer: "Ora, Myrtle, minha cara. Vou com você porque cansei de fingir que sou um vampiro que derrete com a luz do sol e estou pronto para encarar o mundo outra vez, pois ainda tenho algo a *oferecer*". Sua ida ao Winn-Dixie é um bom começo, tão bom quanto qualquer outro.

Cecil riu, obviamente indiferente à cara feia de nível alto de Jonah.

Jonah passou por eles e entrou na casa.

— Não espere por mim. Sou um caso perdido, Myrtle — ele murmurou. E ele não tinha *nada* a oferecer. A menos que assustar criancinhas fosse considerado um esforço louvável.

Myrtle e Cecil devem tê-lo escutado, já que Cecil gritou:

— Se a gente acreditasse nisso, já teria ido embora faz tempo.

Jonah suspirou, mas se encheu de gratidão mesmo assim, substituindo parcialmente o desânimo que preenchera seu peito quando ele estivera naquelas cabanas e o acompanhara até sua casa feito espíritos capazes de invadir o seu peito e deixar seu coração apertado. Porque o fato era que ele amava Myrtle e Cecil e não podia viver sem eles, e os dois sabiam muito bem disso. Se não fosse por *eles,* Jonah Chamberlain estaria total e completamente só.

Ele não podia desejar coisas que nunca havia tido. Não podia. Sim, ele tinha se encantado pela garota. Clara. Mas não podia se deixar encantar mais. Talvez ela voltasse ao muro na semana seguinte. Talvez não. Ele não se importava. *Porque, de qualquer maneira,* ele prometeu a si mesmo, *não estarei lá.*

Por que diabos estou aqui?

Jonah se sentou no chão perto do muro, à sombra de um carvalho velho e gigantesco, no mesmo lugar em que se sentara na semana anterior. Dobrou um joelho, apoiando o braço ali enquanto esperava. O dia começava a se transformar em noite, com o silêncio que acompanhava o pôr do sol em Windisle. Seu coração estava acelerado em virtude da ansiedade, e ele tentou se acalmar respirando fundo.

— Idiota — murmurou.

Você nem a conhece. Talvez ela nem venha.

Você prometeu a si mesmo que não viria.

Minutos depois, ele ouviu ao longe o som de uma porta de carro sendo fechada e depois passos leves de alguém se aproximando.

— Você está aí, Jonah? — ela perguntou, sua voz vindo de cima em relação ao lugar onde a bochecha dele estava encostada na pedra.

Ele tentou não responder. Tentou de verdade. Se ficasse em silêncio por tempo o suficiente, ela iria embora e levaria consigo aqueles sentimentos indesejados.

— Sim — ele respondeu por fim, tentando soar entediado, mas sem sucesso. Em vez disso, havia empolgação em sua voz, e

Jonah fechou os olhos enquanto repreendia a si mesmo. Mas, antes que fosse longe demais, um cheiro forte e pungente chegou até ele através de uma rachadura, atingindo-lhe o nariz e transformando sua expressão em uma careta confusa. – Que cheiro é esse?

Ela cheirava *mal*. Isso era... Não, isso era bom, uma descoberta positiva. Ele sem dúvida não gostaria de conhecer alguém cujo cheiro agredisse seu nariz daquele jeito. Não que ele pudesse ser muito exigente, na verdade. Afinal, ele agrediria os *olhos* dela se ela o visse. Mas mesmo assim. Aquilo era algo positivo... algo a que se agarrar.

Clara riu baixinho e o som era melodioso. Doce.

– Óleo medicinal caseiro. Dá para sentir daí? Minha vizinha, a senhora Guillot, jura que ajuda com as dores musculares. Passei o dia todo enjoada por causa desse cheiro. Acho que o modo de ação deve ser fazer você desmaiar e ficar imóvel o dia inteiro, resultando em zero distensão muscular.

Jonah sorriu, encantado mais uma vez, *apesar* do mau cheiro.

– E por que sua vizinha lhe deu óleo medicinal caseiro?

– Ah, sou bailarina. Dores musculares fazem parte do trabalho.

– Bailarina?

– Sim. Sou bailarina aprendiz do Balé de Nova Orleans. Eu me mudei para cá há uns meses. Aluguei o apartamento de um conhecido da minha professora na margem oeste do Mississippi, na Paróquia de Jefferson.

– Ah. – Ele poderia dizer com sinceridade que não conhecia nenhuma outra bailarina. – Então não tem família aqui?

– Não, vim sozinha. Minha família... quer dizer, agora é só o meu pai... mora em Ohio. – Ela terminou a frase num tom mais baixo do que quando começara, com um tipo de frustração logo abaixo da superfície. Jonah reconheceu o tom, pois o conhecia muito bem. Era... tristeza. *Será que ela também é solitária?*, ele se perguntou, e um leve aperto no peito o pegou de surpresa.

— E então... tem alguma ideia do que fazer com relação ao descarte de todos os desejos que jogam aqui?

Ela ficou calada e ele a ouviu se mexer, como se estivesse encontrando uma posição melhor para permanecer sentada, talvez se alongando, considerando a gravidade do assunto.

Ele se perguntou como ela seria. *Uma bailarina.* Imaginou uma pessoa magra com os cabelos puxados para trás e presos num coque apertado. Antes ele já teria dito, pela voz dela, que era uma garota, e agora estava mais certo ainda sobre isso. Pelo que sabia, bailarinas não tinham carreiras muito longas. E a voz dela indicava que a sua estava apenas começando.

— Na verdade, tenho. Pensei no assunto a semana inteira e tive uma ideia.

— Tudo bem, diga. Sou todo ouvidos.

— Bem... — ela começou a dizer, e sua voz soou tão séria, tão decidida, que ele não teve como não sorrir. Foi um pouco difícil e os músculos de seu rosto hesitaram desajeitados por um instante, mas, sim, agora ele se lembrava como era sorrir. — O importante é o desejo, mas o papel em que ele é escrito deve ter algum tipo de... hã, não sei... poder, também.

— Ok.

— Certo. Então o descarte do papel deve ter algum significado.

— Foi o que você argumentou na semana passada.

— Uhum — ela disse, e ele pôde vê-la assentir. Ela era uma garota com uma risada doce, uma voz límpida e agradável, um charme que o fascinava e um rosto que ele não conseguia imaginar. No entanto, ela *soava* bonita. *Isso é possível?* — Vamos pegar Angelina como exemplo. Você conhece toda a história de Angelina Loreaux, certo?

– Claro. Cresci ouvindo essa lenda. Meus empregados, Myrtle e Cecil, juram que a veem vagando pelo jardim.

– Oh. – A voz dela ganhou um tom ofegante, quase sonhador.

Jonah achou que deveria acabar com a esperança que havia notado na voz dela.

– Embora Myrtle seja meio cega e Cecil, bem, digamos que Cecil sempre concorda com qualquer coisa que Myrtle disser.

Clara riu e então se calou por um instante.

– Tudo bem. Em todo caso, sabe que Angelina conheceu John Whitfield e se apaixonou por ele no jardim de rosas, o mesmo lugar em que se matou.

– Diante da fonte.

Ela fez uma pausa.

– Oh. Eu não sabia disso. – De repente ela soou triste, como se imaginando a cena, o corpo de Angelina caído em frente à fonte ao passo que a água cascateava e borbulhava perto dele, o sangue encharcando a grama. Ou pelo menos foi assim que Jonah havia imaginado quando lhe contaram a história na infância. E a imagem ficou com ele para sempre, como em geral acontece com as imagens formadas nessa época da vida.

Clara pigarreou.

– Ok, então o jardim de rosas teve um papel importante tanto na vida quanto na morte de Angelina. E se você deixasse os papéis de molho até desintegrarem e os misturasse na cobertura de solo para plantas? Afinal, papel é biodegradável.

Jonah franziu o cenho.

– É essa a sua ideia?

– Sim. Qual é o problema? Tem um significado. Você estaria depositando os desejos no local onde dizem que ela vaga.

– Parece trabalhoso.

Ela fez uma pausa e então suspirou.

— Eu sei. Com certeza você é ocupado...

— Não sou ocupado. Na verdade, eu... bem, sou o oposto de ocupado. Mesmo assim, não sou muito de jardinagem.

Ela se calou por um instante e, quando ele já estava prestes a chamá-la, Clara perguntou:

— Por que você é o oposto de ocupado? O que quer dizer?

— Nada. Além disso, a maioria dos papéis é branca. Não acho que cobertura de solo dessa cor seja muito atraente.

Ela permaneceu em silêncio e Jonah notou seu desânimo. Quando falou novamente, o tom de sua voz revelou que os instintos dele estavam certos.

— Tem razão. Pelas fotos que vi na internet, esta é uma propriedade formidável. É evidente a importância de mantê-la em perfeitas condições.

Uma pontada de vergonha o fez mudar de posição.

— Bem, para ser sincero, eu poderia me dedicar mais a essa tarefa. — Mas o fato é que, para manter a propriedade como deveria, ele precisaria da ajuda de mais pessoas além de Myrtle e Cecil, e não queria que mais ninguém cruzasse os portões. Então, enquanto vivesse ali, o lugar continuaria em estado de abandono.

Mas no fundo ele gostava da ideia. Não porque fosse colocá-la em prática — ele não perdia tempo com o jardim —, mas porque revelava uma doçura que só aumentava o encanto de Clara. E deixava claro que ela havia de fato considerado o assunto, o que significava que havia pensado nele, Jonah, durante a semana, e não tinha como não gostar de saber disso.

— Fale sobre você, Clara.

— Não tenho muito o que falar. Sou do centro-oeste. Danço desde os quatro anos. Meu... — ela pigarreou e Jonah ouviu as costas dela deslizando para cima contra as pedras rústicas — ... maior sonho se tornou realidade quando fui selecionada para fazer parte do Balé de Nova Orleans. Em alguns meses será a estreia de "O Lago dos Cisnes" e tive a sorte de conseguir um papel. Sou um dos cisnes. É um sonho realizado – ela repetiu, embora seu tom desanimado fizesse Jonah se questionar se era mesmo verdade.

– Então por que você parece tão triste ao falar sobre o assunto?

Clara deixou escapar um som de surpresa.

– Eu... eu não estou triste. É que... – Ela deixou a frase morrer e mais uma vez ele ouviu o tecido do que quer que ela estivesse usando deslizando contra as pedras, dessa vez para baixo. – Meu pai, ele tem Alzheimer. Ele me criou sozinho com um salário de motorista de ônibus. Ele se sacrificou muito para que eu pudesse dançar. Nunca perdeu uma apresentação. Nunca. Sempre estava lá, com uma rosa vermelha, depois de cada apresentação. Todo o dinheiro gasto com aulas, e depois com sapatilhas, fantasias... Quando eu tinha quinze anos, consegui um papel importante na companhia de dança da cidade. Fiquei tão orgulhosa, mas tinha sido um ano difícil. Tinha acontecido uma greve onde meu pai trabalhava e ele não recebia há alguns meses e... lembro que um dia acordei cedo e o ouvi chegar em casa. Eu me levantei, olhei pela janela e o vi retirando a placa da pizzaria do teto do carro. Meu pai de cinquenta e cinco anos havia aceitado outro emprego, de entregador de pizza, para que eu pudesse participar da apresentação. Nunca toquei no assunto, nem ele, mas jamais esqueci.

Ela respirou fundo e então fungou. Jonah sentiu um aperto no peito. Ouvir Clara dividindo sua tristeza fazia todo o sofrimento dele desaparecer.

– Desculpe – ela disse.

– Pelo quê? – Jonah perguntou delicadamente.

– Por... ah, não sei. Ficar toda sentimental. Você nem me conhece.

Aí é que está, no entanto. Era como se de algum modo ele a conhecesse, ou pelo menos... soubesse informações sobre ela que só poderia saber se a conhecesse pessoalmente há muito mais tempo. Será que isso acontecia porque a sinceridade é maior quando você não conhece a outra pessoa do que quando conversa com ela cara a cara? *Ou era assim porque se tratava dela?*

— É isso que estamos fazendo, não?

— Sim. – E ele notou que Clara tinha virado a cabeça para que sua boca ficasse mais próxima da rachadura no muro à sua esquerda.

Ele esticou um dedo, percorrendo com a ponta a pequena fenda. Sentia-se meio bobo, mas ela não tinha como saber o que ele estava fazendo, então por que se preocupar?

— Então – ele disse depois de alguns instantes –, seu pai, que se sacrificou tanto para que você pudesse dançar, não verá o resultado de todo o sacrifício.

— É – ela disse. – É isso. Ele tem momentos de lucidez, mas atualmente são poucos e raros. Ele nem me reconheceu quando fui visitá-lo antes de vir para cá, e faz semanas desde que ouvi a voz dele pela última vez ao telefone, e mesmo naquele dia ele não conseguia me situar e, meu Deus, como doeu. Eu devia ter dito a ele mais vezes o quanto apreciava seu sacrifício e que sabia o quanto ele dava duro por mim. Nunca tive a chance de me despedir, embora ele não tenha partido de verdade. E... – ela fez uma pausa e inspirou novamente – ... isso me deixa arrasada, Jonah. Acaba comigo.

Jonah ficou em silêncio por um instante, absorvendo as palavras dela.

— Sinto muito, Clara. Deve ter sido muito difícil deixá-lo.

— Foi. Eu queria que ele viesse morar aqui, mas ele insistiu em ficar em Ohio. Foi um de seus últimos desejos e acho que, na verdade, ele queria me deixar livre para voar. Mas em certos dias acho que deveria largar tudo e voltar para ele, passar o tempo que lhe resta ao seu lado, aproveitando seus últimos e raros momentos de lucidez, mesmo que ele não tenha muitos. Em vez disso, estou aqui...

– Fazendo exatamente o que ele queria que você fizesse, Clara. Ele iria *querer* que você ficasse aqui. Não conheço o seu pai, mas aposto o que quiser que ele diria que você está exatamente onde ele gostaria que estivesse. Honre o sacrifício que ele fez dançando com todo o seu coração... por ele. É o que ele gostaria mais que tudo.

Clara deixou escapar um misto de risada e soluço e sua voz soou mais próxima novamente.

– Tem razão. Obrigada, Jonah. Obrigada por suas palavras. Era o que eu precisava ouvir. Você não faz ideia...

O som de um veículo se aproximando e então freando chegou aos ouvidos de Jonah instantes antes de ele ouvir o farfalhar das roupas de Clara ao se levantar.

– O carro chegou. Preciso ir.

O carro?

– Ok. Ei, foi bom conversar com você.

– Também gostei da nossa conversa. – Ela fez uma pausa e Jonah notou que prendia a respiração. – Dei minha ideia sobre os papeizinhos, por pior que fosse. – Jonah abriu a boca para dizer que ela estava enganada. Ele tinha gostado da ideia. Mas Clara deixou escapar uma risada discreta e prosseguiu: – Mas você não cumpriu sua parte do acordo. Deveria ter me dado alguma informação histórica. – Havia um tom de provocação em sua voz, e os lábios dele se curvaram.

– É, acho que não cumpri, não é? – Ela parecia estar aguardando. Ele ouviu a respiração de Clara através da fenda do muro, na altura de sua garganta. – Se quiser voltar, eu...

– Ótimo. Até domingo que vem, então. – Havia um sorriso na voz dela e, quando Clara voltou a falar, sua voz veio de mais longe: – Tchau, Jonah. Tenha uma boa noite.

Ele se locomoveu depressa até onde imaginou que o carro tivesse parado, do outro lado da grande barreira que havia entre eles, e aproximou seu olho bom de uma das fendas maiores do muro. Não conseguiu enxergá-la bem. Só viu vagamente um corpo magro vestido com uma blusa branca e cabelos cor de mel esvoaçando para os lados enquanto ela dava uma corridinha na direção do veículo. Para longe dele.

Jonah não queria se sentir insatisfeito com o pouco tempo que passara com ela, mas se sentia. Sentia mesmo.

CAPÍTULO CINCO

Ele lhe dera paz – Jonah, o homem atrás do muro. O apanhador de desejos. Clara realizou com perfeição um *grand jeté*, pousando em sua marca e mantendo a pose enquanto um dos bailarinos executava o seu movimento.

A sensação de paz continuava a envolvê-la feito um cobertor quentinho. Sim, ela pensou. *É isso!* Ali era onde seu pai gostaria que ela estivesse, nenhum outro lugar. *Dance com todo o seu coração*, Jonah havia dito, e era isso que ela faria.

Que engraçado, pensou. Aquele tinha sido seu desejo original: ficar em *paz* com relação à situação do pai. E conseguira. Em apenas um instante, Jonah dera um jeito de realizar seu maior desejo.

Clara sorriu para si mesma à medida que começava a se mover de novo, os outros bailarinos esvoaçando pelo palco com ela. Ela o havia chamado de apanhador de desejos, mas talvez ele também tivesse o dom de realizá-los. Pelo menos no caso dela fora assim.

– Clara – Madame Fournier chamou a garota enquanto esta deixava o edifício com a bolsa de lona pendurada no ombro. – Você dançou lindamente hoje. – Ela abriu um sorriso tenso, sinal de que não ficara impressionada, mas mesmo assim o coração de Clara bateu mais forte.

– Muito obrigada, Madame Fournier. Até amanhã. – Ela deu um sorriso largo, deixando a porta vaivém fechar atrás de si.

Já eram sete da noite e Clara sentiu um desejo súbito de ir até o muro que chora, chamar Jonah, contar-lhe sobre o seu dia e expressar o quanto ele a havia ajudado com suas palavras sinceras.

Mas obviamente seria estupidez. Eles mal se conheciam. Ele não iria gostar que ela aparecesse em sua casa – ainda que do lado de fora – sem ter sido convidada. Afinal, ele já não estava cheio de todas aquelas pessoas indo até lá do nada, o tempo todo? Amigos aparecem de surpresa às vezes, mas *eles dois* não eram amigos de verdade. Ou eram?

Pensamentos sobre Jonah, sobre o vínculo incomum que ela sentia se formar entre ambos, a acompanharam na volta para casa e, quando desceu do ônibus, ela avistou o homem que vendia artigos de hortifrúti e flores sob um toldo improvisado na esquina, guardando seus produtos.

Um borrão vermelho chamou sua atenção e ela percebeu que, naquele dia, ele tinha rosas vermelhas na barraca. Num impulso, Clara atravessou a rua, sorrindo ao se aproximar do senhor.

Ele retribuiu o sorriso, sua pele enrugada formando centenas de dobras, seus olhos se estreitando de um jeito gentil.

– Com licença, senhor. Sei que está fechando, mas será que ainda dá tempo de comprar um buquê de rosas?

– Claro que sim. Qual prefere? – O homem apontou para um buquê vermelho e depois para um cor-de-rosa.

– O vermelho, por favor. São as flores favoritas do meu pai.

– Ah. Um típico cavalheiro. Gosto disso.

Clara pegou a carteira, inclinando a cabeça ao entregar o dinheiro ao homem.

– E é mesmo. Vim de Ohio e estou morando aqui há pouco tempo, mas vi as rosas e pensei nele. Meio que me fez lembrar de casa.

O homem recusou o dinheiro.

– Bem, então considere estas rosas as minhas boas-vindas a Nova Orleans.

– Ah não, não posso aceitar. – Clara estendeu novamente as notas ao homem, mas ele as recusou mais uma vez, rindo.

– É melhor ir para casa e colocar as flores na água antes que comecem a murchar. – Ele deu uma piscadela e lhe ofereceu um sorriso caloroso e gentil.

Relutante, Clara baixou o braço.

– Se é assim...

– E toma – ele lhe entregou uma planta com florezinhas num vaso de terracota –, leve um mimo. – O vendedor riu ante a perplexidade dela. – É o que nós de Nova Orleans chamamos de brinde. Agora você tem algo bonito para pôr dentro de casa e também do lado de fora. Coloque nos degraus de entrada. Minha mãe sempre dizia que a melhor maneira de receber bem as pessoas em casa é mostrando que se importou em enfeitar o lugar para causar uma boa primeira impressão.

Com uma mão, Clara segurou a planta contra o corpo e, com a outra, agarrou o grande buquê de rosas, inalando seu doce perfume e ponderando que era melhor ir logo embora, antes que o homem começasse a lhe dar mais itens de graça e a fizesse se sentir ainda mais culpada. Embora... o fato era que, apesar de ser uma pessoa que sempre – *sempre* – pagava pelas coisas e era honesta com os outros, aqueles dois presentes singelos – gestos de pura bondade – tinham tocado seu coração. *Mimo*. Aquele homem podia não saber, mas tinha acabado de ganhar uma freguesa para toda a vida.

Ela abriu um sorriso largo.

– Obrigada. De verdade. Fico muito grata. A propósito, meu nome é Clara. – Ela imaginou que ele entenderia o fato de ela não lhe dar a mão.

Ele sorriu também.

– Clara, é um prazer conhecê-la. Israel Baptiste.

— Mais uma vez, obrigada, senhor Baptiste. — Clara segurou bem os pertences e venceu a pequena distância até sua casa. Quando chegou, parou diante da porta do apartamento. Ela não tinha degraus de entrada, mas perto da porta havia um cantinho com espaço suficiente para uma planta. Clara se abaixou sorrindo e deixou ali o vaso de terracota.

No domingo, ela voltaria para ver o senhor Baptiste e comprar ingredientes frescos para preparar uma lasanha vegetariana. De repente, ela se pegou pensando se Jonah gostava de lasanha. Ela poderia... *Não, eu não iria tão longe*, decidiu. *Ainda não*. Clara levaria um pedaço para a senhora Guillot. Mas era bom saber que havia pessoas com quem gostaria de dividir a refeição, se decidisse cozinhar.

Clara olhou mais uma vez para a planta, admirando como as flores amarelas iluminavam o espaço de concreto, antes tão lúgubre. Fazia do lugar um lar. *Meu pai gostaria disso*. Ela enfim estava se adaptando.

No domingo, como planejado, Clara caminhou alguns quarteirões até a barraca do senhor Baptiste e o cumprimentou com um sorriso caloroso ao se aproximar.

— Olá, Clara. Como vai?

— Vou bem, obrigada. As rosas continuam tão frescas e belas quanto há alguns dias.

— Que bom. Minha esposa, Marguerite, cultiva as flores no jardim de nossa casa e faz um ótimo trabalho.

— Ela deve adorar jardinagem.

— Sim, adora. Aquela mulher poderia passar o dia inteiro com suas plantas. Entra em casa toda suja de terra, e parece tão feliz quanto uma cotovia. – Havia carinho no olhar dele ao mencionar a esposa, e Clara suspirou por dentro. Ver a expressão de um homem mudar completamente ao dizer o seu nome... era algo com que ela só podia sonhar. – Você gosta de jardinagem, Clara?

– Não sei. Nunca fiz. – Ela se inclinou sobre a banca coberta de legumes, o cheiro de alimentos maduros e de terra chegando ao seu nariz. – A gente tinha um quintalzinho em Ohio, só com grama. Meu pai trabalhava muito e não tinha tempo de cuidar de mais nada. E eu estava sempre ocupada com coisas da escola. E aqui, bem, mal tenho espaço para um vaso de planta.

O senhor Baptiste riu e Clara sorriu para ele.

– Vou encher a cesta com estes legumes que parecem saborosos – ela avisou, pegando a cesta e depositando dois tomates grandes em seu interior. Ela olhou de relance para o senhor Baptiste e um pensamento lhe ocorreu: ele parecia ser bem idoso. Talvez não tanto quanto Dory Dupre, que já devia ter quase cem anos, mas certamente estaria na casa dos oitenta ou noventa. – Senhor Baptiste, sempre morou em Nova Orleans?

– Sim. Nasci e cresci aqui.

Clara assentiu enquanto escolhia abobrinhas.

– Tenho pesquisado sobre a Fazenda Windisle e a história de fantasma ligada ao muro que chora.

O senhor Baptiste fez uma careta discreta.

– Ah. História triste, não?

– Sim. – Clara colocou uma abóbora de um amarelo forte na cesta e então parou. – Estou completamente fascinada por ela.

– Não a culpo. Há certo mistério em torno daquele lugar antigo. É uma pena estar abandonado.

Clara abriu a boca para mencionar Jonah, mas refletiu melhor e decidiu não dizer nada. Ela não sabia bem por que hesitava em contar ao senhor Baptiste que havia gente morando lá, só que

Jonah obviamente preferia que não dissesse nada, já que todos acreditavam que a propriedade estava vazia.

Sem dúvida, ele devia entrar e sair discretamente, de modo a não revelar a ninguém sua presença. Será que mantinha todas as luzes apagadas à noite? Essas dúvidas ocorreram de repente a Clara, que fez uma anotação mental de que deveria perguntar tais coisas a Jonah. Por que tanto segredo? Em todo caso, e independentemente de quais fossem seus motivos, ela não pensava em entregá-lo.

E, por mais estranho que fosse, ela se sentia possessiva com relação a ele. Ele era o apanhador de desejos *dela*.

— Sim, é uma pena. — Escolheu mais alguns legumes, pensando mais um pouco. Ela sabia sobre a lenda, a maldição e o enigma. Pesquisara por conta própria sobre Windisle e esperava que Jonah lhe contasse mais alguma novidade mais tarde naquele dia. Mas provavelmente ele não teria muita informação sobre John Whitfield, certo? Talvez o senhor Baptiste pudesse esclarecer melhor quem ele fora. — Senhor Baptiste, sabe alguma coisa sobre John Whitfield? O homem que traiu Angelina Loreaux?

O senhor Baptiste coçou o queixo, correndo os dedos pela barba grisalha e áspera.

— Não sei muita coisa sobre a família dele. Deixe-me ver... Em algum momento ele foi noivo de Astrid, a filha mais velha dos Chamberlain, não foi?

Clara pairou a mão suspensa no ar, segurando um pimentão que pretendia pôr na cesta.

— Ah, *foi*? Foi *assim* que traiu Angelina? Ficando noivo de sua meia-irmã? E ainda assim, ele nunca se casou com ela?

O senhor Baptiste mantinha os olhos fixos no céu, como se tentasse recuperar suas lembranças guardadas nas nuvens.

— Já faz muito tempo que minha avó me contou essa história.

Obrigada a todas as mães e avós, Clara pensou. Parecia que elas é que tinham contado a história de Angelina, passado as informações para as gerações seguintes. Talvez sentadas na beirada de camas, em cadeiras de balanço, diante de lareiras e em balanços de varanda.

Os homens também contavam histórias, é claro. Mas eram as mulheres que se lembravam dos detalhes do coração. Eram as mulheres que passavam adiante a essência de quem se lembravam.

O senhor Baptiste balançou a cabeça, como se desistisse de tentar recuperar aquelas lembranças, e Clara sentiu-se desapontada. Mas então ele ergueu um dedo.

— Mas lembro que minha mãe contou que sua tia-tataravó Lottie tinha sido chamada à casa de John Whitfield para cuidar dele quando ele contraiu tuberculose. Tia Lottie era enfermeira e, na época, era muito comum atendimento domiciliar. O médico tinha feito o diagnóstico de tuberculose, e lembro de ouvir minha mãe dizer que John não quis ser tratado. De acordo com Tia Lottie, pelo menos. Poderiam tê-lo salvado, ela falou. O caso não era sério quando ele foi examinado. Imagino que era orgulhoso demais. Ou talvez quisesse morrer. Dizem que ele sofria com os *flashbacks*.

Clara assentiu, franzindo a testa.

— Sim, ouvi dizer. — Ela se perguntou por que um homem recusaria o tratamento médico que lhe era oferecido. Até onde sabia, tuberculose era horrível, um jeito doloroso de morrer. Por que alguém *escolheria* isso? Ou era como o senhor Baptiste havia dito, ele era simplesmente orgulhoso demais e acreditava que poderia vencer a doença sozinho, sem ajuda médica?

Clara ainda conversou com o senhor Baptiste por mais uns minutos, mas outros fregueses começaram a aparecer, trazendo cestas e enchendo-as com produtos de hortifrúti frescos, então ela pagou por seus itens e desejou um bom dia ao senhor Baptiste.

Ela iria para casa preparar duas travessas de lasanha, uma para si e outra para a senhora Guillot – embora a senhora Guillot provavelmente fosse insistir em "pagá-la" com um frasco de óleo medicinal caseiro tóxico. E depois Clara prestaria uma visita ao seu apanhador de desejos. A jovem sorriu todo o caminho de volta para casa. Seu mundinho estava se expandindo.

CAPÍTULO SEIS

Agosto de 1860

Com nervosismo, Angelina deslizou a mão pela estrutura de madeira da cama ao se dirigir até a janela. Uma brisa leve soprava do rio Mississippi, e o salgueiro lá fora envergava seu tronco jovem e fino. Uma lufada de ar fresco se infiltrou no calor e Angelina suspirou e inclinou a cabeça para trás, deixando por um instante que a brisa refrescasse sua pele corada.

Ela ouviu o piso ranger atrás de si, e um misto de euforia e terror correu por suas veias, deixando seu coração aos pulos.

Ela se virou, agarrando o parapeito da janela às suas costas enquanto ele entrava com o rosto ruborizado e gotas de suor brilhando na testa.

Ele levantou o braço e usou a manga de sua camisa para enxugar a perspiração, com um sorriso radiante no rosto.

— Havia tomates suficientes para alimentar um batalhão. — Ele deixou a cesta no banquinho junto à porta e Angelina acompanhou o movimento com os olhos, absorvendo a gama colorida de legumes da horta, ainda com torrões de terra de onde tinham sido colhidos.

Angelina voltou o olhar para a cara de satisfação pessoal dele, incapaz de segurar uma risada.

— Alguém vai apanhá-lo arrancando legumes da horta dos Chamberlain e então o que você dirá?

— Você disse que ninguém mais cuida da horta, só você.

Angelina virou a cabeça e olhou para baixo, e depois para os olhos dele, com um sorriso ainda nos lábios.

— Bem, nunca se sabe quem pode aparecer e ver que não estou lá. Não sei se vale a pena correr esse risco.

John a vinha visitando em semanas alternadas fazia dois meses, com a desculpa de estar na fazenda com o único propósito de tomar chá com a senhora Chamberlain e Astrid. Vinte minutos depois de John se despedir das mulheres e de Angelina recolher o jogo de chá, ela dizia à mãe ou à ajudante de cozinha que ia colher legumes na horta, mas, em vez disso, ela se encontrava com John na cabana vazia que ficava perto do jovem salgueiro.

Para encobrir a mentira da colheita de legumes, o próprio John enchia uma cesta para Angelina levar quanto voltasse à cozinha, garantindo, assim, que pudessem passar o maior tempo possível juntos.

E então eles se encontravam ali, onde conversavam e conversavam até que Angelina tivesse que voltar correndo para a casa antes que alguém fosse procurá-la ou desconfiasse de algo.

E depois, mais tarde, deitada na pequena cama que dividia com a mãe na cabana, ela relembrava as palavras que os dois tinham trocado, as histórias que ele havia lhe contado sobre o exército, sua família, sua vida, tão diferente da dela. Ela fechava os olhos e imaginava o movimento das bochechas dele ao sorrir, a covinha que se formava e lhe dava frio na barriga. Lembrava-se de como às vezes John tocava os dedos dela — tão hesitante — enquanto conversavam, e era como se ela ainda pudesse sentir o toque dele arrepiando sua pele.

John a tocava como se ela fosse preciosa, talvez frágil a ponto de quebrar. E depois que começava, havia sempre alguma parte dele – a mão, um dedo, o interior da coxa – tocando a pele dela até a hora em que se separavam.

John chegou mais perto, e Angelina pôde sentir o cheiro marcante de suor masculino – a transpiração resultante do esforço que ele fizera por *ela,* e, aparentemente de bom grado, a julgar por sua expressão. Aquilo fazia o sangue em suas veias correr de um jeito estranho... mais rápido ou mais devagar, ela não sabia ao certo. Só o que sabia era que aquilo a assustava e a empolgava ao mesmo tempo.

– Para mim, vale a pena. Espero que para você também – ele disse, e ela poderia jurar ter notado nervosismo em suas palavras, como se ele tivesse medo que Angelina respondesse que para ela não valia a pena. A ideia lhe deixava meio mole, como se os seus músculos derretessem um pouco. Ele apreciava tanto quanto ela o tempo que passavam juntos. Ele queria mais tempo, mais *dela.*

Mas... falar sobre riscos lhe trouxe à mente o quanto era perigoso o que estavam fazendo, e ela desviou o olhar com a testa franzida. Aquele namorico – aquele tipo de encontro – era imprudente. Não fazia o menor sentido. Então por que ela não conseguia deixar de ir até a cabana semana após semana, com aquela alegria enorme no peito, com os olhos tão ansiosos para apenas *vê-lo* que ela mal conseguia *pensar* direito?

– O que foi, Angelina? – Ele chegou mais perto, segurando suas mãos entre as dele, aquelas mãos quentes e fortes que a faziam se sentir ao mesmo tempo segura e desprotegida.

O olhar dela se deteve nos dedos entrelaçados, os dele de um dourado claro, os dela de um tom de bronze escuro.

Ela se soltou e se virou para a janela, observando as margens dos campos de cana-de-açúcar. As plantas estavam altas demais para que enxergasse os trabalhadores ali no meio. Mas ela sabia que eles estavam lá. Ah, sabia muito bem. Ela já havia ajudado a mãe a cuidar das feridas deles quando retornavam após um longo dia de trabalho impiedoso. Angelina misturava o bálsamo que aliviaria e relaxaria os músculos exaustos e a pele rachada deles.

— Eu nunca lhe disse por que esta cabana está vazia, John.

Ele não respondeu, mas ela sentiu o calor do seu corpo atrás de si, percebeu o cheiro almiscarado de sua pele, notou o quão perto ele estava pelo arrepio em sua nuca.

— Um escravo chamado Elijah e sua mãe moravam aqui. Ele era um homem forte de ombros largos com a cabeça de uma criança pequena.

Angelina lembrou do homem/menino que sempre tinha um sorriso estampado no rosto, e pensar nele fez seu estômago revirar.

— Um homem da cidade disse que Elijah havia mostrado suas partes íntimas para a esposa dele. Disse que o escravo havia baixado as próprias calças no meio da rua e chocado tanto a mulher que ela caiu dura e morreu. — Angelina fez uma pausa para se recompor. — Elijah, ele estava sempre mexendo naquela corda que servia de cinto. Sempre... amarrando e desamarrando. Ele era tímido, nervoso, apenas uma criança por dentro. Não quis fazer mal a ninguém. Dizem que continuou sorrindo mesmo quando colocaram o laço em seu pescoço.

Angelina se virou e encarou John. Os olhos dele exibiam a mesma tristeza que ela sem dúvida exibia nos seus, a tristeza que ela sentiria para sempre em seu coração toda vez que pensasse em Elijah e na injustiça que ele havia sofrido. Mas ela também viu um brilho de raiva nos olhos de John, e foi aquilo, mais do que a tristeza, que fez com que ela confiasse nele.

— O senhor Chamberlain não fez nada para impedir?

Angelina balançou a cabeça.

– Aconteceu antes que ele tomasse conhecimento. Ah, ele fez um escândalo por não ter sido informado de imediato sobre a situação, mas do que adiantou? Elijah já estava morto.

John moveu as mãos para os braços dela e a puxou para perto. O choque a invadiu por um instante antes que ela se inclinasse na direção dele. Ela nunca tinha sido abraçada por um homem, nunca tinha estado tão próxima de *alguém,* exceto de sua mãe, quando era pequena. E ah... estar nos braços de outra pessoa. Era tão bom. Bom demais. Tão... *necessário.*

– Angelina – ele sussurrou nos cabelos dela –, jamais deixarei que algo desse tipo aconteça com você. Eu a protegerei. O mundo está mudando dia após dia. Há tanta coisa acontecendo. Você não faz ideia. – *É claro que não faço,* ela pensou, as palavras martelando em sua cabeça. Como poderia? Seu pequeno mundo começava e terminava na Fazenda Windisle.

Ela levantou a cabeça, olhando para o rosto dele, seus lábios tão próximos que dava para sentir o hálito dele em sua pele. Cheirava ao chá de hortelã que ele havia bebido pouco tempo antes com Astrid, que olhava para o homem que agora estava tão perto de Angelina com evidente cobiça. O homem com quem a senhora Chamberlain queria que sua filha se casasse por causa da fortuna da família dele. Um plano ao qual obviamente vinha se dedicando com muito empenho.

Ah, sim, Angelina estava brincando com fogo de muitas maneiras.

– Mas não rápido o bastante, John. E como pode me proteger? Você é só um. Diz que o mundo está mudando, mas não tenho provas disso. Mas mesmo assim... – ela pressionou seu corpo contra o dele – ...acho que não consigo deixar de vê-lo, não consigo deixar de... querer...

O que eu quero? Ela nem ao menos sabia, mesmo assim o desejo sem nome ardia dentro de si. Um desejo constante daquele homem que ela não deveria ter.

– John, estes... estes... encontros aqui, desse jeito... isso está errado e não faz sentido. É... – Mas, antes que ela pudesse continuar, ele levou a boca até a dela, pressionando com delicadeza seus lábios e então parando.

Seus hálitos se misturaram, seus batimentos cardíacos se uniram, com seus corações pulsando depressa, e então Angelina se deu conta de que ele esperava que ela tornasse o beijo mais intenso. Ou não. Ela não devia fazer aquilo, não devia encorajar aquele beijo proibido que era perigoso, e misterioso, e que fazia milhares de vaga-lumes girarem de forma inconsequente dentro dela.

Angelina soltou um suspiro discreto e inaudível e aproximou mais seus lábios. John também deixou escapar um som abafado e a puxou mais para perto enquanto inclinava a cabeça e deslizava a língua pelo canto dos lábios dela. A jovem abriu a boca, permitindo que ele entrasse, e se perdeu no gosto dele, se entregou às sensações que ele causava, numa certeza repentina de que, embora tivessem que fazer aquilo escondido, o relacionamento que tinham *não* era errado. De jeito nenhum. Ela sentiu isso em algum lugar dentro de si que só reconhecia o amor, e nada mais.

Talvez o mundo mudasse. Talvez não. Ela não tinha como saber. Mas o que Angelina sabia era que, de um jeito ou de outro, para ela, não dava mais para voltar atrás.

CAPÍTULO SETE

Jonah caminhou devagar em direção ao muro que chora, os pássaros nas árvores cantando alegremente acima de sua cabeça, as folhas farfalhando ao movimento das aves. Clara já estava lá. Ele viu seu corpo se movendo na luz bloqueada das fendas perto da base do muro. Seu coração acelerou e a sensação fez com que ele considerasse se afastar devagar. Mas... ah, e daí? Eles iam apenas conversar um pouco. E ele lhe devia informações, certo? Porque, apesar de todos os seus defeitos – e eram muitos e graves –, ele sempre mantinha sua palavra.

– Oi, Jonah.

Ele se sentou, recostando-se no muro e dobrando uma perna para que pudesse apoiar o braço nela.

– Você tem bons ouvidos.

– O barulho da grama sendo pisoteada o entregou.

– Ah. – O calor do verão tinha deixado quase toda a grama ressecada. Nova Orleans bem que estava precisando de uma chuva. – Como tem passado, Clara?

– Bem. Sinto que enfim estou me adaptando. – Havia felicidade na voz dela, e isso fez Jonah sorrir.

– Fico feliz com isso.

Ele ouviu Clara se mexer.

– Eu também. E, Jonah, tenho que agradecer *você*. – Sua voz demonstrava certa hesitação quando ela prosseguiu. – Ter vindo aqui, ter conversado com você, isso fez com que eu me sentisse...

não sei, como se eu tivesse um amigo e, bem, espero que não se importe por eu considerá-lo assim. Como amigo.

Por um momento Jonah não respondeu, pois seu coração pulsava contra as costelas. Ele havia se convencido de que ela *não era* uma amiga, e isso o deixara menos ansioso para conversar com ela. Mas agora... droga!

— Ok — ele se pegou dizendo, e uma careta se seguiu à resposta porque... o que diabos ele estava fazendo?

Ele devia lhe dizer que não era amigo de ninguém e que ela era idiota por considerá-lo assim. Ela não o conhecia. Ele jamais permitiria tal coisa, e, portanto, qualquer "amizade" que tivessem seria limitada e bastante passageira. Mas só isso já era uma forma de confirmar que não tinha problema dar um nome para aquilo que estavam fazendo, não é?

Ele podia ficar tranquilo porque ela deixaria de aparecer quando o clima esfriasse, ou antes disso, assim que sua vida social melhorasse, o que sem dúvida aconteceria conforme ela "se adaptasse" cada vez mais, e então ele voltaria para a segurança de seu casulo atrás do muro e estaria tudo acabado.

— Claro que pode me considerar um amigo. — *Um amigo temporário.*

Ela soltou o ar de forma audível, como se tivesse prendido a respiração enquanto aguardava a resposta dele, e, quando falou, havia um sorriso em sua voz.

— Ótimo.

Suas roupas roçaram com leveza nas pedras quando ela voltou à sua posição original.

— Perto do meu apartamento, tem um senhor que vende produtos de hortifrúti cultivados em casa. Perguntei a ele sobre John Whitfield, e ele me disse algo interessante. — Então ela continuou e contou a Jonah sobre a tuberculose e sobre a recusa de John Whitfield de aceitar tratamento. – Você sabia disso?

– Não sabia. Mas não sei um monte de coisa sobre a família Whitfield. As histórias que ouvi quando criança tinham a ver, em sua maioria, com esta fazenda e as pessoas que viviam aqui.

– Ah. Sabia que John Whitfield foi noivo de Astrid Chamberlain? Jonah franziu o cenho.

– Eu tinha ouvido rumores, mas, quando John voltou da guerra, eles com certeza não se casaram. Astrid se casou com Herbert Davies.

Fez-se silêncio por um instante do outro lado do muro.

– Dizem que John voltou com problemas psicológicos. Talvez seja por isso que eles nunca se casaram. Ele se tornou recluso, pelo que parece.

Talvez, Jonah pensou, fosse por isso que ele sempre sentira uma estranha afinidade com aquele homem – ele entendia a necessidade de se isolar do mundo. John também era o vilão da história e, infelizmente, Jonah também se identificava com aquilo.

– Se ele voltou perturbado, dá para entender o motivo. A Guerra Civil... não tem nada de bonito nela. As coisas que ele deve ter visto... – *Explosões... fogo... calor... sangue... tanto, tanto sangue.* Jonah cerrou os olhos e estremeceu, levando a mão inconscientemente à bochecha deformada.

Clara ficou em silêncio, como se tivesse notado algo na voz de Jonah que ele não pretendia revelar. Depois de um tempo, ela voltou a falar, mas estava hesitante.

– Sim. Só posso imaginar. – Os dois permaneceram calados alguns instantes antes que ela perguntasse: – Jonah, pode falar um pouco sobre o estado de Windisle? Como é aí dentro?

Jonah suspirou, afastando o máximo que podia aquelas imagens flamejantes.

— Não está nas melhores condições. Precisa de uma reforma externa e os campos estão arruinados. O jardim de rosas está uma bagunça, embora Myrtle faça o que pode para cuidar dele. Mas as cabanas de escravos ainda estão em bom estado...

— As cabanas de escravos ainda estão de pé?

— Todas as quinze. Os móveis foram removidos, mas as cabanas ainda estão lá.

— Uau! – Clara exclamou. – Você costuma entrar nelas?

— Às vezes, na minha corrida matinal.

— Sua corrida?

— Um homem tem que manter seu corpo forte. – Embora, na verdade, Jonah não *tivesse* que fazer nada, e de repente ele se perguntou por que havia instituído um programa de exercícios tão rigoroso que seguia à risca todas as manhãs. Há oito anos. Algo que ele pudesse controlar, talvez?

Não havia nada que ele pudesse fazer sobre o papel que tivera naquela tragédia terrível anos atrás, e não havia nada que pudesse fazer para consertar seu rosto desfigurado – não que pretendesse fazer se pudesse, pois merecia cada cicatriz que tinha –, mas ele podia manter o corpo forte. Ele podia manter o coração batendo. E aquilo o surpreendia. Parecia um pequeno ato de esperança. Ele havia pensado que iria para Windisle para morrer, mas... vinha se esforçando para se manter saudável e vivo. Talvez fosse algo que ele pudesse contemplar um dia.

— Imagino que sim. Tenho aquele óleo medicinal caseiro, se você se sentir dolorido...

Jonah gemeu.

— Já é ruim o bastante um de nós estar impregnado daquele cheiro. Mataremos a grama dos dois lados do muro se eu também passar a usar aquela coisa.

Clara deu uma gargalhada que se transformou em um riso baixo. O coração de Jonah acelerou, e ele sorriu em resposta à alegria dela.

– Para a sua informação, a grama está ótima deste lado. – O riso de Clara morreu e ela ficou calada um instante. – Pode descrever para mim como está a grama do seu lado?

E Jonah o fez, semana após semana, quando Clara voltava ao muro que chora e se sentava na grama do lado de fora, os dias de verão se esvaindo feito grãos de areia numa ampulheta. Ele contou a ela sobre os velhos salgueiros cobertos de musgos rendados que ficavam pendurados ali, e sobre os campos de cana-de-açúcar abandonados e dominados pelo mato, que tomava de volta as trilhas que homens e mulheres haviam criado. Ele lhe contou sobre a horta atrás das cabanas, onde de algum modo legumes continuavam crescendo, embora ninguém cuidasse dela.

Apesar de o jardim de rosas estar praticamente todo seco e morto, com as plantas crescendo espinhosas e de forma esparsa, a horta – embora selvagem e cheia de ervas daninhas – continuava a dar frutos, mesmo sem cuidados.

A horta captava a água da chuva e retirava os nutrientes do rico solo de Louisiana e dava tomates polpudos e suculentos, abobrinhas crocantes e pimentas de todos os tipos, entre outros alimentos.

Se as suas costas fossem mais jovens e mais fortes, Myrtle disse, ela daria mais atenção à horta, mas por que se importar, Jonah pensou, se ela parece estar indo bem sozinha?

Jonah descreveu os cômodos da fazenda – a forma como as tábuas do piso rangiam e estalavam, e como elas ainda eram lustrosas em dados pontos por causa da cera. A casa tinha sido redecorada nos anos 1930, nunca mais depois disso, mas, embora os móveis, as cortinas e a louça apresentassem sinais de idade e desgaste, ainda conservavam sua beleza.

Enquanto falava, Jonah notou que seu sotaque estava mais carregado, a fala mais arrastada, como as vozes daqueles que primeiro lhe falaram a respeito da Fazenda Windisle e lhe contaram a história de Angelina.

Clara escutou, aparentemente extasiada, cada detalhe que Jonah dividiu com ela. E então ele lhe perguntou sobre a dança, sobre as escolas de balé que havia frequentado, sobre quando havia descoberto que dançar era o que queria fazer da vida.

Ela lhe contou sobre suas professoras, sobre as outras garotas do balé. Contou-lhe sobre *arabesques*, e *soubresauts*, *relevés*, e *brisé volés*. E ele riu de como ela soava, pronunciando os termos com um arrogante sotaque francês, a risada dela borbulhando nele – doce, efervescente – feito champanhe. Como se ela tivesse lançado magia por cima do muro e ele a tivesse agarrado no ar e engolido.

E, sim, o tempo que passavam juntos *era* mágico para Jonah – um alívio em sua vida de monstro. Ele sabia que a situação não duraria, mas não queria pensar demais no assunto quando estava com ela. Quanto terminasse, como sem dúvida aconteceria, ele lidaria com a situação.

Por enquanto eles eram apenas um rapaz e uma moça sentados de lados opostos de um muro, com uma grande barreira de pedras entre eles, mas mesmo assim seus corações estavam ligados. E por enquanto ele aproveitaria os momentos que passavam juntos.

— Pelo amor de Deus, o que você está fazendo aqui, Jonah Chamberlain?

A voz de Cecil trouxe Jonah de volta à realidade e ele se pôs em pé, enxugando uma gota de suor da testa e apoiando a pá que segurava na cobertura de solo. Ele se inclinou, tentando parecer casual enquanto observava o outro se aproximar.

– Estou... – ele olhou à sua volta – ... preparando cobertura de solo.

Cecil parou diante de Jonah com uma expressão confusa no rosto enquanto seu olhar ia da cobertura de solo aos pés de Jonah para o rosto dele. Ele coçou a nuca.

– Certo. – A palavra saiu arrastada, como se ele estivesse tentando ganhar tempo para se afastar devagar antes de chamar os homens que viriam com a camisa de força.

Jonah não conseguiu conter o riso.

– É só uma... tarefa que uma conhecida sugeriu que eu fizesse.

Cecil inclinou a cabeça, espiando por cima do ombro.

– Myrtle?

Myrtle surgiu perto deles.

– O que foi?

– Jonah arranjou... alguém.

Oh, Senhor.

– Cecil, não é nada de mais.

– Alguém? – Myrtle se aproximou mais, com um ar de esperança tão evidente que Jonah soltou um gemido.

– Parem com isso, vocês dois.

– Quem é ela? – Cecil perguntou. – Alguém que conheceu por correspondência?

Jonah largou a pá apoiada no arbusto em que vinha espalhando a cobertura de solo e tirou as luvas de jardinagem.

– Acho que você quer saber se a conheci pela internet, mas não, não a conheci em um site de namoro.

Apesar disso, a ideia era ao mesmo tempo divertida e triste. O que ele colocaria em seu perfil? Talvez algo do tipo:

Eremita patético e horrendo procura... bem, qualquer mulher, na verdade, para encontros noturnos em uma casa de fazenda mal-assombrada e caindo aos pedaços.

Jesus.

Cecil e Myrtle trocaram olhares. Os dois sabiam que Jonah não saía da propriedade e deviam estar se perguntando se ele enfim teria pirado e começado a ver os fantasmas que todos diziam vagar por Windisle.

Jonah desistiu de seus afazeres e começou a caminhar na direção da casa. Tinha perdido a vontade de cuidar do jardim. Cecil e Myrtle o seguiram de perto. Ele até pensou em se virar e lhes explicar, mas tal ideia fez com que sentisse uma pontada de pânico no peito. O que ele diria? Conheci essa garota através do muro. Nunca a vi, mas acho que poderia me apaixonar por ela com facilidade?

Ele parou de repente de andar. Seu coração batia forte contra as costelas e sinos de aviso soavam em sua mente.

Ridículo. Apaixonado? Ele parecia *patético,* até mesmo em sua própria cabeça.

Seu relacionamento, *se é que dava para usar tal termo,* com Clara era uma invenção resultante de sua solidão e isolamento. Nada mais. Sim, ela chamara a si mesma de amiga, mas, na verdade, não passava de uma conhecida. Ela era alguém com quem ele conversava às vezes. Se ele levasse uma vida normal, ela equivaleria à moça tagarela que entregava a correspondência ou à vizinha que alguém encontra na rua e para a fim de saber das novidades. *Trivial.*

Ela o fizera pensar em coisas que ele não pensava havia muito tempo, era verdade, mas *ela,* Clara, a pessoa em si, não importava.

Conversar com qualquer outra pessoa que não fosse Myrtle e Cecil teria despertando os mesmos sentimentos nele. Ainda assim aquela ideia não parecia verdadeira. Ele sabia que estava enganando a si mesmo. E sabia o que tinha que fazer a respeito.

Mais tarde naquele dia, Jonah foi até o muro que chora e se sentou no lugar de sempre, debaixo do carvalho. Uma folha verde brilhante caiu do galho e aterrissou em seu colo. Ele a pegou, inclinando a cabeça para vê-la com o olho bom, girando o objeto delicado entre os dedos, notando as nervuras sutis mas vibrantes em tons de amarelo e dourado. Algo que ele só notou porque tivera tempo para examinar a folha de perto. Quantos detalhes ele havia ignorado na vida porque sempre estivera ocupado demais – se achando importante demais – para parar um pouco e procurar saber mais, olhar mais de perto, entender melhor? Aquele pensamento era deprimente. Se ao menos... se ao menos...

Uma leve brisa soprou em sua direção, fazendo com que o cheiro de minerais do rio Mississippi cruzasse a mata e o pântano que o separavam daquela enorme massa de água fluvial e o encontrasse do outro lado do muro, protegido pela sombra suave de árvores centenárias. Há coisas das quais não se pode só fugir. Há coisas das quais não se pode escapar nunca. Mas ele já havia descoberto isso. Ele já havia aprendido muito bem a lição.

Ele ouviu a porta de um carro se abrindo e fechando e, um instante depois, escutou a voz ofegante de Clara o saudar enquanto ela se sentava do outro lado do muro.

— Tudo bem com você?

— Tudo. E você, como está?

– Dolorida. – Ela gemeu. – Ficamos ensaiando até tarde ontem à noite. Parei de usar o óleo medicinal caseiro da senhora Guillot por causa do cheiro, mas tenho que dizer: o negócio funciona. Talvez eu tenha que fazer você sofrer com aquele cheiro outra vez.

Jonah riu.

– Estou do outro lado do muro, Clara. Você provavelmente deveria se preocupar mais com as pessoas com quem interage cara a cara.

Houve um momento de silêncio constrangedor e Jonah pigarreou.

– Falando nisso, nunca perguntei quem a traz aqui toda semana. – Ele supunha que ela pegava carona com um amigo ou amiga, mas ela nunca dissera nada sobre essa pessoa.

– Ah, venho de Uber.

– De Uber?

– Você sabe, um tipo de táxi. Que se pede por um aplicativo orientado pela localização. – Ela fez uma pausa. – Nunca ouviu mesmo falar de Uber?

Jonah sentiu vergonha. Ele não apenas nunca tinha ouvido falar de Uber, como também não se lembrava de já ter usado algum aplicativo.

– Não sou muito de sair, Clara. Acho que apenas... fiquei para trás com relação a algumas coisas. – Quantas coisas, ele não podia nem começar a imaginar. Só de pensar o que acontecia "lá fora", do outro lado do muro, já sentia uma onda de ansiedade invadindo seu corpo, e então colocou as mãos espalmadas na terra sólida e fria, agarrando a grama e sentindo as folhas deslizarem por entre seus dedos. O contato com as plantas fez com que ele de imediato se sentisse mais calmo.

– Você não é muito de sair? – Clara repetiu com hesitação na voz. Ela já lhe havia feito perguntas sobre sua vida, mas ele sempre se esquivara habilmente delas, trazendo o assunto de volta a Windisle.

Ela já havia perguntado por que todos achavam que o lugar estava vazio, se ele acendia as luzes à noite ou se as mantinha apagadas, e ele lhe respondera com sinceridade que achava que as luzes do jardim tinham deixado de funcionar anos atrás, que não dava para ver as luzes da casa simplesmente porque as árvores que cresciam no terreno as ocultavam.

Mas ele não lhe dissera que ele deixava as luzes bem fracas, e até apagadas às vezes, porque, no fim do dia, elas faziam seu olho ruim doer e lhe davam dor de cabeça.

Então ele fechou os olhos, lembrando-se do que tinha de fazer. Sabendo que era a atitude certa a tomar, sabendo que ele *devia* se antecipar. Clara tinha que saber que ele não saía da propriedade – nunca – e que talvez eles tivessem uma amizade passageira, mas ele jamais deixaria aquele lugar, em hipótese nenhuma. E ela tinha que saber o motivo.

– Quando você costuma sair, Jonah?

– Nunca – ele disse baixinho. – Faz oito anos que não saio de Windisle.

Ele sabia que o silêncio indicava que ela estava surpresa, provavelmente confusa.

– Nunca? – ela repetiu. – Como assim? Por quê? O que você... o que você faz?

– Eu... – Deus, o que ele *fazia*? Existia. E olhe lá. – Eu só... – Ele encostou a cabeça no muro, virando o rosto para que sua bochecha ficasse pressionada contra as pedras frias e duras.

– Você o quê, Jonah? O que foi? Diga, por favor.

As nuvens encobriram o sol, diminuindo temporariamente a luz que já era fraca, criando um clima de maior intimidade. Parecia que o mundo havia encolhido e que só havia os dois nele.

Ele procurava as palavras certas, a fadiga tomando conta de sua alma. *Não* havia palavras certas para aquilo e... ah, ele estava cansado. Ele estava *bem* cansado de tanto sofrimento. E, de repente, aquilo ganhou um tom confessional. Ou talvez sempre tivesse tido. Talvez fosse isso que o atraía e fizesse com que ele voltasse ao muro de novo e de novo. Mas não era justo com ela, certo?

Ele sabia que precisava acabar com o mistério – pelo bem dos dois. Precisava contar a ela a verdade. No entanto, prestes a confessar seu maior pecado, ele também tinha a noção de que estava encurralado e de que desejava algo desesperadamente, só não sabia o que era. Purificar sua alma? Sentir-se vivo de novo? Nem que fosse por um instante? Será que alguma dessas opções era possível?

– Eu me arrependo – ele disse num suspiro. – Eu apenas me arrependo. Fiz disso minha carreira aqui atrás deste muro.

– Ah – ela disse, e havia tanta emoção na palavra que ele se virou, ajoelhando-se e colocando as mãos espalmadas no muro, imaginando que talvez as mãos dela estivessem pressionadas contra as suas do mesmo jeito, que a boca de Clara estivesse em algum lugar ali perto. De que cor seriam os olhos dela? Que expressão ela teria no rosto naquele exato momento? Ele queria saber, mas não saber – o anonimato – era o que lhe permitia falar com sinceridade pela primeira vez em muito, muito tempo.

– Sei como se sente. Do que se arrepende, Jonah? Você... você pode me contar?

A surpreendente empatia o fez sentir um aperto no peito. Ele não merecia tanto. Logo ela descobriria isso e iria embora. E era isso que ele queria, não?

Jonah encostou a testa nas pedras lisas e frias e fechou os olhos, lembrando como as nuvens acima dele tinham parecido naquele dia, enquanto ele jazia no chão, meio morto, desejando que tivesse de fato morrido.

Ele pôde sentir a agonia da explosão, seu rosto queimando – quente, ardido – e então o abençoado torpor, os ruídos esmorecendo, a descrença e por fim o pesar. Nada além do pesar, e parecia que essa parte nunca acabava.

– Matei meu irmão. – E outras pessoas. Tantas outras. Seis inocentes, e sabia o nome de todos eles de cor. Ele os repetia às vezes enquanto corria, as sílabas de cada nome se enterrando em seu coração feito pequenas lâminas. Ele merecia aquilo. Merecia. E então continuava fazendo tal coisa – todos aqueles anos. Nunca deixava de fazer.

Ele ouviu quando Clara deixou escapar uma exclamação de surpresa.

– Você...

– Não tive a intenção, mas matei. Fui o responsável pela morte dele. E dos outros também. Sou o monstro atrás do muro, Clara. É isso o que sou.

A angústia de Jonah aumentou ainda mais, e ele deixou escapar um suspiro, como se admiti-lo fosse algo tangível, algo que tinha uma alma e morava em seu peito havia anos, soterrado pelas palavras. E ainda assim, admitir aquilo não acabou com seu sentimento de culpa. Só jogou mais combustível no fogo. Agora ela também conhecia sua culpa, a garota que tinha falado com ele com tanta gentileza, que o havia chamado de apanhador de desejos e que continuava *voltando*.

– Ah, Jonah. O que aconteceu?

Por que ela estava perguntando *aquilo*? Por que ela ainda estava ali? Por que o que ele lhe dissera não a fizera fugir? Será que ela queria mesmo saber os detalhes depois de uma confissão daquelas? Será que ela ainda queria ser sua "amiga"? Talvez ela fosse uma completa idiota. Ou fã de castigo. Ou uma daquelas boas samaritanas que achava que poderia salvar a alma dele.

Gente desse tipo costumava aparecer por ali logo que ele se mudou para a Fazenda Windisle. Talvez elas tivessem visto a história no noticiário e de algum modo soubessem que ele morava ali. Ou talvez tenha sido apenas coincidência elas terem aparecido com folhetos e livretos sobre redenção. Ele acabou gritando com elas pelas grades do portão e avisou que chamaria a polícia se elas não dessem o fora e nunca mais voltassem.

E, *que diabos,* de repente ele se sentia tão esgotado, como se pudesse deitar na grama e dormir. Ele não respondeu à pergunta, que ficou pairando no ar entre ambos, como uma outra barreira além do muro de pedras.

Clara permaneceu calada e Jonah gostou disso. Ele se virou, pressionando as costas contra o muro enquanto as lembranças invadiam sua mente, seu coração: Justin, pendurado na cama de cima do beliche que dividiam quando crianças, falando sobre seus sonhos para o futuro, sobre o quanto seriam bem-sucedidos, como mudariam o mundo.

Ele viu o irmão no verão anterior à ida dele para a faculdade, dando um salto-mortal do barco em que estavam e emergindo da água rindo, e então o riso dele se transformou em cara feia na mente de Jonah – a cara feia que ele esboçara ao sair do seu escritório naquele dia. *A gente se fala depois.*

Ele voltou ao tempo presente, encostando o rosto no muro, suspirando e espalmando as mãos na grama seca perto de suas coxas. A dor das lembranças fez seu estômago se contrair. Ele lembrava de situações que aconteceram depois daquilo, mas não passavam de borrões. Borrões cheios de horror. E desde então vivia fechado em sua concha. Como merecia. *Por que deveria seguir com sua vida se os outros não podiam mais fazer isso?*

– Jonah.

Ouvir seu nome pronunciado o arrancou daquelas lembranças que se embaralhavam em sua mente cheia de sofrimento – maravilhoso, trágico, imutável. *Cheia demais.*

Ele se levantou, enjoado e perturbado.

– Tenho que ir.

Jonah ouviu Clara se levantar também, a voz dela vindo de baixo, à direita de sua cabeça.

– Espere. Sinto muito se eu...

– Não é você, Clara. Eu só... – Seu estômago se revirava, e ele se sentia como se fosse vomitar. – Moro aqui por um motivo. Meu nome é Jonah Chamberlain. Pode procurar. E não volte mais. – Ele sabia que aquela instrução final era desnecessária. Assim que conhecesse sua história, ela *jamais* voltaria.

Ele se afastou depressa, ignorando Clara, que o chamava do outro lado do muro.

CAPÍTULO OITO

A Biblioteca Central abria às nove da manhã às terças-feiras, e Clara pegou um ônibus para lá, e, assim que chegou ao edifício, perguntou no guichê de informações sobre como acessar os terminais de consulta. Seus passos eram lentos, sua mente preocupada enquanto ela seguia para onde a mulher do guichê a mandara ir. Algo no que ela estava prestes a fazer ali – pesquisar sobre Jonah – parecia... errado. Invasivo. Mesmo assim, ele lhe dissera para fazê-lo. *Meu nome é Jonah Chamberlain. Pode procurar*. Chamberlain.

Ela não sabia bem por quê, mas não tinha imaginado que ele fazia parte da família Chamberlain. Pensara que ele era do pessoal que cuidava do lugar, junto a Myrtle e Cecil, ou talvez um parente distante.

Talvez tenha sido por causa de como ele soara ao falar brevemente sobre os Chamberlain, com um certo... distanciamento, combinado com um tom de desdém. Um patrão que ele não respeitava, ela presumira.

Era óbvio que ela lhe tinha feito perguntas, mas ele sempre mudara de assunto ou desviara a conversa de volta para Windisle. E ela deixara que ele fizesse isso, imaginando que ele se abriria se e quando estivesse pronto. Ela não quisera forçá-lo porque havia percebido tanta tristeza nele. Tanta... solidão.

E agora ela sabia que tinha razão. Ele era um recluso. Ele *nunca* ia além do muro que chora, nem às escondidas. *Por quê?*

Clara se lembrou de quando ele falara sobre John Whitfield, com tanta compreensão em sua voz ao mencionar o trauma de guerra. Ela se perguntava se Jonah também tinha sido soldado.

Ela colocou a bolsa de lona no chão, perto da cadeira, e ligou o computador. Gostaria de ter um laptop, mas estava economizando para comprar um carro e queria guardar cada centavo para isso. Além do mais, ela imaginava que a grande biblioteca central lhe daria um acesso maior a uma série de novos artigos arquivados.

Ela havia evitado jogar o nome dele no Google. Se ia pesquisar sobre Jonah – e até aquele dia ainda não havia decidido se o faria –, gostaria de obter todas as informações que estivessem à sua disposição. *Oito anos,* ele dissera. Ele não cruzava aqueles muros havia oito anos. Ou seja, aquilo que ele a havia encorajado a pesquisar deveria ter acontecido muitos anos atrás.

E não volte mais, ele ordenara. As últimas palavras dele ecoavam em sua mente havia dois dias, e a decepção e a confusão só cresciam. A dor no peito. Porque o fato era que ela havia passado cada semana do último mês e meio ansiosa por aqueles breves momentos da noite de domingo em que se sentaria do lado de fora do muro e conversaria, aprenderia e – ela havia imaginado – cultivaria uma amizade diferente de todas que ela já havia tido até então.

Em toda a sua vida, ela nunca havia tido muito tempo para cultivar amizades fora de sua agenda de ensaios rigorosos e de constantes apresentações, nunca tivera tempo para festas ou compras, ou para as coisas que as outras garotas faziam juntas. Até os poucos namorados que havia tido acabaram se ressentindo porque ela não tinha muito tempo para eles. Talvez não tenha feito deles a sua prioridade. Talvez nunca tenha colocado seu coração em nenhum relacionamento.

Talvez fosse por tudo isso que a ligação que sentia com Jonah significasse tanto para ela.

Clara gostava de passar o tempo com ele, gostava de dividir com ele coisas que nunca havia dividido com ninguém. E também gostava de ouvi-lo falar, gostava de como ele descrevia seu mundo. De como ele acrescentava pedacinhos do que ela sabia que era algo só *dele*, apenas a visão dele sobre determinado assunto, como o jeito que ele comparava Myrtle com uma sebe: redonda e espinhenta às vezes, mas sem dúvida a pessoa mais fiel e adorável que conhecia.

E, embora ele deliberadamente não tivesse compartilhado com ela muita informação pessoal, Clara sabia que aqueles eram pedacinhos dele entregues de modo involuntário, e ela os agarrava e guardava como se fossem presentes preciosos, da mesma forma como guardava cada pequeno comentário que a senhora Guillot fazia sobre o seu falecido marido ao contar uma história.

Aqueles eram pequenos tesouros que todas as pessoas dividiam, mas *apenas* com aqueles em que confiavam, e Clara lhes dava o devido valor.

Ela estava intrigada com Windisle quando chegou lá no primeiro dia, mas Jonah a tinha feito se apaixonar pelo lugar. Ele lhe havia descrito a propriedade com tantos detalhes maravilhosos, com sua fala arrastada com sotaque marcante serpenteando através das rachaduras do muro e a envolvendo, doce e deliciosa, como as trepadeiras carregadas de flores que subiam pelos portões, enrolando-se no ferro de um jeito que parecia que as barras eram feitas de pétalas e folhagem. Era isso que ele tinha feito com ela, enquanto ela permanecia lá sentada, com as cores do céu se misturando e se imiscuindo à escuridão. Ela havia se sentido *consumida*. Totalmente engolfada por algo intenso e terno.

Jonah.

Seu apanhador de desejos.

Seu tecedor de sonhos de voz aveludada e determinada.

Seus dedos pairaram incertos sobre as teclas por um instante antes que por fim expirasse, baixasse as mãos e digitasse o nome dele.

Tantas ocorrências surgiram no mesmo instante que ela nem sabia por onde começar. Clara notou que tremia, e uma sensação estranha percorria seu corpo. Aquilo mudaria tudo, obviamente. Se o pouco que ele lhe dera – *Matei meu irmão* e *Sou o monstro atrás do muro* – não tivera tal resultado, aquilo teria. Ela podia sentir.

Clicou primeiro nas imagens e se inclinou na direção da tela enquanto ele – Jonah Chamberlain –, a voz atrás do muro, se transformava em um homem de carne e osso.

Ela se recostou na cadeira, piscando intrigada diante da foto sorridente dele. Ela não havia pensado muito no que esperava, mas *aquilo*... aquilo com certeza não era o que tinha em mente.

O olhar dela passou do queixo bem-feito para os lábios carnudos e sorridentes dele, depois para seus malares altos e para seus olhos castanho-claros e sobrancelhas escuras. *Ai, meu Deus!*

Ele tinha um rosto feito para contos de fada e fantasias, criado para um artista, talhado para palcos e telas de cinema e para noites escuras e estreladas. O cabelo dele, penteado para trás, era ondulado e de um tom de chocolate, com o bico de viúva se destacando em sua espessa linha dos cabelos e parecendo apontar para a perfeição de sua face.

Ela engoliu em seco, arrepios percorrendo sua pele. A beleza dele, formada por minúsculos pixels e parecendo unidimensional na tela do computador, de algum modo era dolorosa para ela, embora o motivo lhe fosse desconhecido.

Clara se forçou a rolar a página. A maioria das imagens eram de Jonah de terno, parecendo poderoso e confiante ao se inclinar na direção de um microfone. Outras eram dele no que parecia ser um tribunal, e aquele close-up, aquela primeira que a havia feito perder o fôlego, era a foto que fazia parte de um material de apresentação de escritório de advocacia. Jonah Chamberlain era advogado. Ou tinha sido.

Deixando as imagens de lado, Clara abriu o primeiro artigo e começou a ler, a bile subindo à sua garganta conforme o horror a dominava.

Uma hora e meia depois, Clara se levantou cambaleante da cadeira do terminal de acesso em que estivera pregada. Ela esticou a mão trêmula para agarrar a bolsa de lona, derrubando o porta-lápis de plástico com movimentos descontrolados. Os lápis se espalharam pela mesa e uma mulher sentada à sua frente olhou feio para ela.

Sem tempo para recolocar os lápis no lugar, Clara se virou, caminhando depressa para fora da biblioteca, inspirando fundo para encher seus pulmões com o ar mais que necessário enquanto corria pela rua para longe.

Mas não conseguia fugir do que havia descoberto, e a imagem do seu sorridente apanhador de desejos tomando champanhe e brindando ao seu sucesso pouco antes de a vida de tantas pessoas ser arruinada – incluindo a dele própria – permanecia nítida em sua mente.

– Você parece tensa hoje.

Marco ergueu a bolsa de Clara e a pendurou no ombro enquanto ela se levantava. Ela esticou a mão para pegar a bolsa, mas ele se afastou, dando aquele sorriso que era sua marca registrada e começando a caminhar.

Clara suspirou e andou depressa para alcançá-lo.

– Forcei demais ontem. Então hoje quis pegar leve para não acabar distendendo algum músculo.

Ele lançou um olhar desconfiado para ela, erguendo uma sobrancelha escura enquanto atravessavam as portas duplas que davam para o estacionamento.

– Onde você estacionou?

– Em lugar nenhum. Venho de ônibus.

Ele parou e se virou para ela.

– Você vem e volta de ônibus do teatro todos os dias?

– Por enquanto. – Ela deu de ombros. – Estou economizando para comprar um carro.

Ele balançou a cabeça, murmurando algo em italiano que ela não conseguiu entender. *Pobrezinha,* talvez? *Mulher indefesa? Presa fácil?* Qualquer uma dessas opções era provável. Marco era o maior conquistador do balé – e Clara tinha quase certeza de que ele não se limitava às colegas de trabalho.

– Dou uma carona pra você.

– Não, obrigada. – Clara esticou a mão para pegar sua bolsa.

Marco abriu e fechou a boca sem dizer nada, e Clara quase riu de sua expressão perplexa. Era evidente que ele não estava acostumado a dispensas.

Pelo que já havia notado, as outras bailarinas – e alguns bailarinos também – arregalavam os olhos quando percebiam que ele lhes lançava olhares.

Ah, ele era atraente, isso ela não podia negar. Mas era também convencido e narcisista e, como regra geral, ela não saía com outros dançarinos. E aquele seria um momento especialmente ruim para quebrar tal regra; ela já estava bastante distraída.

Aproveitou o silêncio constrangedor para pegar a bolsa do ombro dele e pendurar no seu próprio enquanto se virava e dizia tchau.

Marco a alcançou e ela o olhou de relance enquanto soltava um suspiro, apertando o passo, embora ele conseguisse acompanhar seu ritmo com facilidade, e ela sabia com precisão o porquê. Clara conhecia muito bem aquelas pernas longas e musculosas de bailarino.

— Você não tem uma opinião muito boa sobre mim.

— Eu o admiro muito, Marco. Acho que você é um bailarino extremamente talentoso. Mas não saio com outros bailarinos. — *E estou distraída e triste e confusa e... só quero ficar sozinha.*

— Eu não a convidei para sair. Só ofereci uma carona.

Aquilo fez Clara parar de repente, um calor subindo para suas bochechas e a fazendo corar. Ele tinha razão. Ela havia sido presunçosa. Na verdade, sua atitude tinha sido a de quem *se acha* boa demais. Ele estava sempre atrás de mulheres, sem dúvida, mas isso não queria dizer que ele estivesse interessado em *qualquer* uma. Não queria dizer que estivesse interessado *nela*. Clara tinha sido egoísta e rude. Ela fez uma careta.

— Desculpe, Marco, eu...

— Não que eu *não queira* sair com você. — O olhar dele desceu para o corpo dela e depois voltou para os olhos. — Eu só estava esperando você entrar no carro para então fazer minha investida.

Ele lhe lançou um olhar lascivo, mas ela notou o movimento engraçado dos lábios de Marco. Ele a estava provocando. Talvez fosse verdade num certo nível, mas foi o que bastou para desarmá-la.

Ela riu, olhando, por cima do ombro dele, para onde os carros estavam estacionados.

— Sem investidas, ok? Aceito a carona. Muito obrigada. Gentileza sua oferecer.

Marco sorriu.

— Venha comigo. — Ele tirou a bolsa do ombro dela e a colocou de novo sobre o seu, e ela permitiu, revirando os olhos enquanto o fazia. *Flerte.*

Enquanto eles se afastavam, um grupo de dançarinas saiu do edifício, conversando e rindo. Elas viram Clara no banco do carona de Marco quando o carro passou por elas, parando de falar enquanto seus olhos seguiam o veículo. Clara desviou o olhar, focando na rua à sua frente enquanto Marco deixava o estacionamento. *Que comecem as fofocas,* ela pensou. *Que ótimo.*

— E então, Clara, o que tem feito para se divertir desde que se mudou para Nova Orleans?

— Para me divertir? Quem é que tem tempo para se divertir?

Marco riu, sorrindo para ela.

— Todo mundo precisa arranjar tempo para se divertir um pouco. Só trabalho e nenhum lazer...

Ela ergueu a sobrancelha conforme ele deixou a frase morrer, com um tom sussurrante ao pronunciar a palavra *lazer*. Ela sabia com exatidão a que tipo de diversão Marco se referia.

— Tenho reservado um tempo a conhecer Nova Orleans. — *E um homem que se esconde atrás de um muro... um homem que coleta desejos, que tem uma voz que se enrosca em meus ossos... um homem que viveu uma tragédia terrível.*

— Excursão? É isso que chama de diversão? — Marco suspirou. — É óbvio o quanto você precisa de mim, Clara. — Ele deu um tapinha no joelho dela e então puxou a mão de volta. — Se eu soubesse que o caso era tão grave, teria vindo resgatá-la antes.

Clara se surpreendeu com a risada que saiu de sua boca após os pensamentos tristes que havia tido segundos antes.

— Aposto que sim.

Marco deu um sorriso torto e eles rodaram alguns minutos em silêncio, mas sem desconforto.

Clara observava a cidade passar por sua janela e se perguntava o que Jonah estaria fazendo naquele instante, e então forçou sua mente a pensar em outras coisas.

Mesmo após duas semanas, ela ainda não sabia como se sentia a respeito do homem que havia se transformado em amigo, o homem com quem ela passara a se importar apesar do muro de pedras que os separava.

— Você já tem acompanhante para ir ao Baile de Máscaras Beneficente?

— Ainda não – Clara respondeu. O Baile de Máscaras Beneficente era um evento sofisticado para ajudar a companhia de dança, e todos os bailarinos deveriam participar, mas Clara não tinha pensado em arranjar um par. E faltavam duas semanas para o baile. O que fez com que ela lembrasse que ainda precisava achar um vestido... e uma máscara, embora não achasse que encontrar uma máscara em Nova Orleans fosse um problema. A cidade era conhecida por seu amor às fantasias que transformam o ordinário em extraordinário.

— Então está combinado. Serei seu par.

Clara riu.

— Achei que tivéssemos concordado que não haveria investidas.

— Não concordei com nada. E, se você acha que isso é uma investida, é porque não me conhece muito bem.

Clara revirou os olhos, mas não conseguiu segurar o sorriso.

— De qualquer modo, não é necessário. Todos nós vamos nos encontrar lá.

Ele olhou para ela de canto de olho.

— E você não sai com outros bailarinos.

— Isso mesmo. E, de verdade, Marco, eu não valho a pena.

Ele sorriu ao parar no endereço que havia inserido no GPS quando entraram no carro.

– Eu acho, Clara, que talvez seja exatamente por isso que você vale a pena.

O sorriso dele se alargou enquanto saía do carro, e ela também desceu. Ele deu a volta no veículo, segurando a bolsa que havia pegado no banco traseiro e a entregou à garota.

– Busco você às sete antes do baile? – Ele inclinou a cabeça. – Apenas um colega de trabalho inocentemente acompanhando o outro.

Clara abriu a boca para recusar, mas hesitou. Algo lhe dizia que essa história de "apenas um colega de trabalho inocentemente acompanhando o outro" não era bem verdade, mas o fato era que ela preferia pegar carona com um amigo a chamar um Uber usando vestido de festa. Isso seria muito solitário, e ela já vinha tendo solidão suficiente nos últimos tempos.

Apesar de estar confusa e agitada, ela sentia falta de Jonah. Ela *sentia falta* de não estar totalmente sozinha naquela cidade estranha. Sentia falta das conversas e da ligação deles. Não podia só ter *imaginado* que tinham uma, pois se fosse assim ela não sentiria tanta falta dessa ligação.

– Tudo bem. Às sete. Colegas de trabalho. – Ela lançou para ele um olhar inquiridor.

– Ótimo. – Marco se virou e começou a voltar para o carro. – Vejo você na segunda, amiga. – Ele deu uma piscadela ao entrar no veículo e Clara balançou a cabeça dando uma risadinha enquanto o observava se afastar.

Amiga.

Somos amigos, certo?, ela perguntara a Jonah, e ele dissera que sim, embora com tanta hesitação que Clara tinha prendido a respiração enquanto esperava pela resposta dele.

Eu apenas me arrependo. Fiz disso minha carreira aqui atrás deste muro.

Ah, Jonah. Ela ainda não conseguia fundir o homem sobre o qual havia lido, o homem que parecia impiedoso e egoísta, com o homem sensível a quem ela abrira seu coração durante semanas. Nem uma vez ele tinha soado interessado apenas em si mesmo ou indiferente, pelo contrário: parecera intuitivo e introspectivo.

Não volte mais.

E ela não voltara. Ele provavelmente havia *imaginado* que ela não voltaria, *contado* com aquilo talvez. Ele se odiava; Clara havia notado na voz dele a dolorosa aversão que ele tinha de si mesmo quando lhe contou parte do que havia feito. Sobre o que ele julgava ter sido o responsável. O que ela ainda não conseguia aceitar.

E agora que ela não tinha voltado mais lá, será que ele achava que Clara concordava com seu autoexílio? Ou era isolamento voluntário? *As duas coisas,* ela pensou.

Começou a chover, gotas grandes que caíam na calçada e atingiam a cobertura metálica da varanda. Clara se protegeu sob a cobertura e observou o mundo se transformar em um borrão de cores desbotadas. Apesar do pé-d'água, raios de sol suaves se infiltravam por entre as nuvens escuras carregadas, fazendo com que as camadas de água brilhassem e cintilassem.

Clara começou a se afastar da varanda e a se virar na direção do seu apartamento quando identificou um som em meio à chuva ruidosa. Era a voz da senhora Guillot que chegava aos seus ouvidos, o tempero adocicado que a envolvia feito açúcar polvilhado com um toque de pimenta.

"Graça Maravilhosa, como é doce o som que salvou um desgraçado como eu."

Um desgraçado.

Era isso que Jonah pensava sobre si mesmo, Clara tinha certeza. E ele era mesmo, Clara supôs. Ou... tinha sido.

"Foi a graça que ensinou meu coração a temer, e foi a graça que aliviou meus temores."

Graça. Perdão. Compreensão. Ela sempre tinha se achado uma pessoa que sabia perdoar. Mas será que conseguiria começar a entender as coisas que ele tinha feito? O papel que havia tido?

Mais uma vez, Clara começou a caminhar na direção de seu apartamento, mas desistiu, se virou e começou a correr na chuva até a casa da senhora Guillot. Quando chegou lá, a senhora Guillot parou de cantar, deu um sorriso largo para Clara e a conduziu para debaixo da cobertura de sua varanda.

— Ora, ora, Clara, querida. Faz tempo que não vejo você. Está tudo bem?

Clara se juntou à senhora Guillot em sua varanda, correndo os dedos pelo cabelo encharcado e afundando na cadeira de balanço. O sorriso da senhora Guillot a aquecia mais que uma xícara de chá recém-infundido.

— Tudo.

O sorriso da senhora Guillot se transformou em uma testa franzida.

— Como está o seu pai?

— Na mesma. Falei com ele uns dias atrás. Só por um minuto, mas ainda assim...

— Bem, isso é ótimo. Então por que parece incomodada, querida?

Clara mordeu o lábio.

— Senhora Guillot, acha que todos merecem perdão?

A senhora Guillot demorou o olhar sobre Clara.

— Eu diria que você não está se referindo a todos, e sim a uma pessoa específica. Estou certa?

Clara assentiu.

— Está...

— E essa pessoa é um amigo, querida?

– Achei que fosse, senhora Guillot. – Clara faz uma pausa, e então continuou. – Sim, era um amigo. – Era? *É? Ah, estou tão confusa.*

– Alguém em quem você confiava?

– Eu... sim.

A senhora Guillot se inclinou para a frente e deu um tapinha no joelho de Clara.

– Acho que todos merecem perdão, Clara. O que você tem que perguntar a si mesma é se dará o seu perdão de perto ou de longe. Perdoar não significa entregar seu coração. O coração, minha querida, você deve proteger a qualquer custo.

Clara assentiu devagar, absorvendo as palavras da senhora Guillot e refletindo sobre elas. Sim, era exatamente com aquilo que ela estivera se debatendo nas últimas semanas. Devia perdoar e se afastar de Jonah, ou perdoar e continuar sendo sua amiga? Ela ainda não tinha certeza... mas falar rapidinho sobre o assunto com a senhora Guillot a havia ajudado a decidir algumas coisas.

Ela precisava voltar ao muro que chora uma última vez. Eles tinham sido amigos e talvez ainda pudessem continuar sendo.

Ela precisava falar com Jonah pessoalmente sobre o que havia lido. Ela lhe devia isso, pelo menos.

CAPÍTULO NOVE

Os galhos das árvores balançavam com a brisa suave, criando um som sutil e agradável que acalentaria e acalmaria em situações normais. Mas Jonah estava triste demais para ser acalentado. Preocupado demais para ser acalmado.

Ele olhava para as árvores à sua frente, os olhos fixos no pedaço do Solar Windisle que ele conseguia enxergar de onde estava sentado.

Ouviu um veículo se aproximando e seu coração ficou aos pulos, com batimentos acelerados enquanto a porta de um carro era fechada e passos chegavam mais perto. Então ele escutou um murmúrio do outro lado do muro e um pedacinho de papel aterrissou na grama à sua direita.

Depois de um instante, os passos se afastaram e o coração de Jonah se acalmou, a decepção que ele detestava sentir ondulando dentro dele feito fumaça densa e tóxica e enchendo seus pulmões, tornando a respiração dolorosa.

Por que ele estava ali fora outra vez? Para se torturar? Para ter a verdade esfregada em sua cara? Ela jamais retornaria.

Ele alcançou o desejo, abrindo o papelzinho dobrado com uma mão e virando um pouco a cabeça para que pudesse enxergar as letras pequenas da caligrafia precisa com seu olho bom. *Meu filhinho precisa de cirurgia e não tenho como pagar. Por favor, me ajude a encontrar um jeito de ajudá-lo.*

Merda.

Ele detestava quando os desejos envolviam crianças. Isso o fazia se sentir mais deprimido do que já se sentia, e não havia nada que ele pudesse fazer a respeito. Então só o que tinha que fazer era tentar não pensar no fato de que em algum lugar lá fora havia uma desconhecida com um filho doente a quem não conseguia ajudar. Ah, se Justin estivesse ali, ele teria...

Outro veículo encostou, e a porta do carro se fechou com um som discreto. Jonah encheu os pulmões de ar e depois expirou devagar e com suavidade. Ele inclinou a cabeça e esperou que um papel fosse jogado através de uma das rachaduras do muro, mas em vez disso ele escutou o carro se afastando. Ficou tenso.

— Oi, Jonah — Clara disse, e ele a ouviu deslizar de costas contra o muro enquanto se sentava no lugar de sempre, aquele que havia ficado vazio nos dois domingos anteriores. Ele sabia disso porque tinha ido até o muro mesmo assim, forçado a si mesmo a se sentar sozinho e aguentar a solidão que agora era muito pior do que antes. Antes de Clara.

Não vou dizer nada. Não vou, ele prometeu a si mesmo. Deixaria que ela pensasse que ele não estava ali. Ele havia dito a Clara que não voltasse, então por que *deveria* revelar a ela a sua presença? Revelar que estava ali esperando feito um tolo patético por algo a que ele mesmo dera um fim?

E por que diabos ela estava ali? Será que não tinha ouvido? Não tinha pesquisado sobre ele?

— Sei que está aí. Eu... eu esperava que estivesse.

Tudo bem, era provável que ela conseguisse ouvi-lo respirando, assim como ele também a ouvia. Era provável que ela tivesse visto os pequenos trechos de rachadura com a luz do sol bloqueada na parte em que ele se encontrava encostado no muro. Droga, talvez ela conseguisse *senti-lo* como ele a sentia. Algum tipo de magnetismo inexplicável que o atraía, que o fazia querer se dissolver para atravessar o muro e tocá-la para sentir o seu calor. *Não!*

Não. Era por isso que ele lhe dissera para ir embora. Esses pensamentos involuntários que ele tinha sempre que ela estava perto, a forma como conseguia sentir o cheiro sutil dela mesmo sob o odor desagradável do óleo medicinal caseiro que ela usava às vezes.

Clara suspirou.

— Tudo bem. Já que não quer falar comigo, falarei com você. — Ela parou de falar e ele pressionou o ouvido contra as pedras frias, como se ela estivesse sussurrando e ele talvez pudesse ouvir aquele som suave e secreto se chegasse mais perto.

— Li sobre o que aconteceu, Jonah. Li sobre Amanda Kershaw. Li sobre Murray Ridgley e todas as vítimas dele. Li tudo o que consegui encontrar.

Ela parou de novo, e Jonah sentiu um aperto doloroso no peito ao ter certeza de que ela sabia de tudo. Ela sabia por que ele havia dito que era um monstro. Ela sabia.

— Vi sua foto, Jonah.

O coração dele se acelerou, a vergonha tomando conta de si.

— Não tenho mais aquela aparência. — Ele fechou os olhos com força. Ele não tivera a intenção de explodir, mas notara o tom gentil e de aprovação que ela usara ao dizer *foto*, como se o estivesse imaginando naquele exato momento. E tal coisa era impossível.

Clara não podia acreditar que ele ainda tinha a mesma aparência de antes. Ela não podia achar que ele ainda era o homem que fazia as mulheres arregalarem os olhos quando entrava em um ambiente. Pensando bem, elas ainda arregalariam os olhos, mas agora por outro motivo.

Quando ele lhe dissera que era um monstro, deixara implícito que era em todas as formas. Ele *não* queria que ela voltasse ali porque havia gostado do que tinha visto na internet e decidido que valia a pena ignorar suas más ações.

Ele passou a mão pelos cabelos grossos, fazendo uma careta. Aquela não era a Clara que ele conhecia. Ela não era assim fútil, mas... por que *outro motivo* ela estava ali?

– Não – ela murmurou pensativa. – Não acho que sua aparência seja a mesma. As cicatrizes devem ser... – *feias, terríveis, horrendas* – ... consideráveis – ela concluiu. – A dor que você deve ter aguentado... só posso imaginar.

Por um instante, Jonah não soube o que responder. Ele notou sofrimento na voz dela... tristeza. Compaixão. Aquilo o perturbava e ao mesmo tempo despertava uma emoção súbita e arrebatadora que ele não conseguia identificar, ou talvez tivesse medo de fazê-lo.

– Isso é o que tenho de menos feio em mim. Não leu as notícias? – ele perguntou.

– Li, mas quero ouvir da sua boca.

– Por quê? – ele disse com rispidez. O que mais ela precisava saber? Cada maldito detalhe sórdido estava disponível on-line. Ele havia pesquisado assim que recebera alta do hospital. Ele tinha lido os comentários em cada artigo, o que o fizera vomitar no penico que Myrtle havia deixado ao lado de sua cama.

Ele tinha voltado àqueles comentários dia após dia, forçando a si mesmo a ler todos e cada um deles, cada palavra vil de ódio e julgamento, sabendo que as merecia.

Ele dissera a Myrtle que era a medicação para dor que o havia deixado enjoado e, embora ela lançasse um olhar preocupado para o laptop ao lado dele, não dissera nada.

– Porque todos têm o direito de contar suas próprias histórias, e sei que fiquei longe daqui por um tempo, mas sinto muito por isso, Jonah. Eu precisava de tempo para digerir tudo, mas espero que você confie em mim o bastante para dividir comigo a sua versão. Eu gostaria de ouvir.

Jonah ficou calado enquanto as palavras dela o envolviam. Será que ela achava que a versão dele seria de algum modo diferente daquela que ela já conhecia? Será que era isso?

Pela primeira vez desde aquele fatídico dia, ele se perguntou se havia algo de diferente, nem que fosse algo pequeno mas possivelmente importante e que ele nunca havia considerado.

Ninguém jamais pedira a ele que contasse sua versão, e ele tentava imaginar se conseguiria separar a sua história daquela que todos os outros haviam contado. Ainda assim, nenhum dos *fatos* era diferente, então por que se importar? A desesperança baixou sobre ele feito uma nuvem carregada e escura.

— Isso *não* muda nada, Clara. Não desfaz o que aconteceu.

— Não, é claro que não. Não se pode mudar o passado. Só dá para mudar o futuro. Mas não estou pedindo a você que faça nenhuma das duas coisas. Estou apenas pedindo que me ajude a compreender aquele dia terrível do seu ponto de vista, não da perspectiva daqueles que só queriam encontrar um vilão para jogar toda a culpa.

Jonah suspirou, o velho e conhecido cansaço o dominando. Ele encostou a cabeça no muro. *Mas que diabos?* Clara queria ouvir a história de sua própria boca. Ótimo, ele a contaria. Pela primeira e última vez, ele a contaria. Só porque era *ela* quem estava pedindo.

— Eu era advogado, você sabe. — Ele havia lhe contado sobre como se formara depressa, sobre o programa de aceleração da faculdade de direito, sobre ter sido aprovado no exame da Ordem dos Advogados. Ele havia lhe contado sobre ter sido contratado pela Applegate, Knowles e Fennimore e sobre suas grandes aspirações de carreira.

– Você sempre foi assim tão motivado? Mesmo quando criança?

Ele parou e pensou a respeito.

– Sim. Sempre planejei seguir os passos do meu pai. Ele era advogado, assim como meu irmão, Justin. – Jonah pronunciou o nome de Justin num sussurro e pigarreou. – Eu era aquele que imitava meu pai, e Justin era o que ia contra tudo que meu pai defendia.

– O que seu pai defendia?

– Naquela época? Poder. Sucesso. Para Justin, ele era ganancioso e narcisista.

– Você disse *naquela época*. E agora? O que você pensa sobre seu pai?

Jonah fez uma pausa, refletindo sobre a pergunta de Clara pela primeira fez.

– Não penso no meu pai há muito tempo, desde... que vim morar aqui.

Ele se calou de novo por um instante e ela também permaneceu em silêncio, pois sabia que ele precisava organizar as ideias, e ela lhe daria tempo para fazê-lo.

– Mas agora...

Jonah fechou os olhos, imaginando o pai como ele tinha sido. Desdenhoso, passando rapidamente para ríspido, sarcástico, mordaz. As coisas que ele dizia quando Jonah o decepcionava magoavam. Sim, ele admitia isso agora. E então Jonah passou a se esforçar para *ser* como ele, para deixá-lo *orgulhoso*, para não ter mais que lidar com a sua reprovação, sem ter pensado em nada mais. Como ele tinha sido covarde.

Justin tinha sido o corajoso. Justin tivera a audácia de ir *contra* o que o pai acreditava.

– Vejo que meu pai tinha várias das características que Justin apontava. E, como eu imitava meu pai, eu também as tinha. – A vergonha era como milhares de espinhos perfurando sua pele.

Você está escolhendo um caminho, Jonah.

Ah, sim. Justin estava certo. E aquele caminho o levara até ali, até Windisle, para uma vida de pária, de monstro. Mas Justin... o corajoso, o bom, perdera a sua vida. Por causa de Jonah. Por causa do caminho que Jonah havia escolhido, aquele que Justin implorara que ele não trilhasse.

— Justin sabia quem era o meu pai e fez de tudo para ser o total oposto dele. Ele lutou por justiça, aceitou o máximo possível de casos *pro bono* e doou praticamente cada centavo ganho para a caridade. Ele fez do mundo um lugar melhor. — *Ao contrário de mim,* o comentário silencioso que pairou no ar entre eles, e de algum modo Jonah *sabia* que ela também ouvira aquelas palavras não pronunciadas.

— Há muitas formas de evitar a dor — ela murmurou. — Nenhuma delas é saudável se for baseada no medo. Uma reação — uma rebelião, se quiser chamar assim — em vez de se deixar levar pela emoção.

Mas ele não queria pensar no que podia ou não ter sido culpa do irmão, no que o irmão poderia ter feito apenas para evitar a dor em vez de ter agido com total sinceridade. Ele queria continuar vendo Justin como ele merecia ser visto: bondoso e correto.

— Talvez — ele disse sem muita convicção, empurrando a ideia para o fundo da mente.

Os dois ficaram em silêncio por um instante antes de Clara dizer:

— Conte a história do começo, Jonah.

O começo. Ele forçou a mente a voltar para quando ele só tinha ouvido falar de Murray Ridgley no noticiário, quando *ele* era o monstro, não Jonah. Ainda não.

Ele deu um suspiro entrecortado.

— Quando comecei a trabalhar no escritório de advocacia, várias garotas tinham sido estupradas e mortas em Nova Orleans no ano anterior. A polícia ainda estava procurando o criminoso, mas não tinha muitas pistas para prosseguir com a investigação. Quando uma garota foi encontrada espancada na beira da estrada, ensanguentada, quase morta, e os investigadores por fim conseguiram algo com que trabalhar. Os pulsos da garota ainda estavam atados, e a forma como ela havia sido amarrada, o tipo específico de nó usado, era o mesmo utilizado nas garotas assassinadas.

– Amanda Kershaw – Clara sussurrou. – Ela era a única sobrevivente.

– Sim. Ela pôde ajudar a polícia a encontrar o lugar para onde tinha sido levada, onde o homem posteriormente preso e identificado como Murray Ridgley a havia estuprado e quase a matado antes que ela conseguisse fugir.

O estômago de Jonah se revirou de nervoso. Escapou dele uma vez só para ser morta por ele mais tarde. A dor daquilo, a injustiça cósmica desoladora na qual ele tivera um papel importante, ainda o assombrava a cada minuto de seus dias. Era terrível e trágico e *errado*. E ele podia ter *acabado* com aquilo.

– Enfim... – ele disse, embora pudesse ouvir o desânimo em sua própria voz –, quando Murray Ridgley entrou em contato com o escritório, os sócios decidiram assumir o caso. E depois o passaram para mim.

– Você acreditava que ele era inocente? –A forma como ela pronunciara a última palavra, depressa e aspirada, o fez crer que ela estivesse prendendo a respiração.

Ele fez uma pausa porque algo em seu interior lhe dizia que era muito importante ser sincero, não com Clara especificamente, mas consigo mesmo.

Ele havia descrito as conversas deles como uma espécie de confissão e, embora não tivesse a intenção de confessar *aquilo* para ela, se fosse fazê-lo, e se pudesse obter qualquer migalha de redenção para sua alma sombria, ele precisava ser sincero.

— Não totalmente — não havia provas concretas, apenas um número considerável de provas circunstanciais —, mas eu sabia que era uma possibilidade.

Jonah ouviu o ar expirado saindo dos pulmões de Clara.

— Você ocultou provas, Jonah?

— Não. Pelo amor de Deus, não. Eu queria ganhar, Clara, então foi nisso que foquei. Mas não menti nem trapaceei.

Ele lembrou dos sussurros por trás de portas fechadas, de como os sócios paravam de falar quando ele entrava em uma sala, e se perguntou novamente se eles tinham escondido alguma coisa dele... Aquele pensamento passou por sua cabeça, mas Jonah não se agarrou a ele. De que adiantaria àquela altura?

— O que acabou inocentando Ridgley foi o depoimento de Amanda Kershaw.

Jonah fechou os olhos com força, deixando a cabeça bater na pedra com um barulho.

— Sim. Ela... ela não era forte, Clara, e eu sabia disso. Ela não era como você.

Ele parou de falar, lembrando da primeira vez que vira Amanda no tribunal, de como ela tremia enquanto falava, de como seus olhos alertas inspecionavam tudo ao seu redor, de como ela encolhia os ombros como se quisesse parecer menor, como se quisesse se esconder do mundo. Ele vira como ela puxava as mangas de sua roupa para ocultar marcas de picada de agulha nos braços, e ele usara aquilo também.

— Usei sua fraqueza contra ela quando Amanda ficou em pé no banco das testemunhas. — Ele bateu a cabeça na pedra mais uma vez, um som abafado, e ouviu Clara se mexendo. — Eu acabei com ela. Eles quase tiveram que carregá-la, ela saiu emocionalmente arrasada. Fiz com que ela parecesse instável e nada confiável – quase maluca –, exatamente como eu tinha planejado. Todos os sócios me parabenizaram depois. Eles me deram tapinhas nas costas e disseram que eu tinha sido brilhante.

Jonah riu, mas o som era áspero e rascante, sem nenhum traço de humor.

– Brilhante. Eu destruí *brilhantemente* uma garota que tinha sido vítima de um crime terrível ao qual a maioria das pessoas não sobreviveria.

Você está escolhendo um caminho, Jonah.

Seu coração batia sem emoção dentro do peito, um lembrete de que ele ainda estava ali, vivendo, respirando, fazendo com que se lembrasse *também* de que não havia justiça verdadeira na vida. Ou talvez houvesse às vezes. Ele levou a mão à face desfigurada e passou os dedos pela pele derretida e com saliências que cobria a superfície dos ossos, inclinando a cabeça para trás enquanto olhava para a estrutura de pedras que o mantinha isolado do mundo. É, talvez houvesse.

Talvez isto *seja pior que a morte.*

– E depois, o que aconteceu? – Clara sussurrou. Ela sabia. Ela já sabia, mas queria ouvi-lo dizer. E ele já tinha chegado até ali. Só precisava ir um pouco mais longe.

– O júri inocentou Murray Ridgley. – Ele fechou os olhos outra vez, lembrando-se do referido dia. – Eu senti... não sei. Eu achava que me sentiria feliz... orgulhoso, mas só o que senti foi uma espécie de... vazio, acho. Atribuí isso ao fato de saber qual teria sido a reação de Justin. Eu sabia que, para ele, a notícia seria muito ruim. Mas eu não atendia às ligações dele. Era *por isso* que eu não atendia às ligações dele.

– Você sentia vergonha.

— Eu... — Será? Será que ele se sentira envergonhado por ter ganhado? *Talvez.* Talvez tal ideia já tivesse passado por sua cabeça, mas ele nunca pensara mesmo a respeito.

Vencer tinha sido sua intenção, e ele havia vencido. Só que não se *sentira* vitorioso.

Ele achou que talvez fosse uma reação tardia. Estava cansado. Afinal, vinha trabalhando feito um camelo desde que assumira o caso.

— Sim, embora eu não admitisse tal coisa para mim mesmo naquele momento. E, para falar a verdade, talvez eu tivesse deixado aquele sentimento de lado se as coisas não tivessem... tomado o rumo que tomaram.

— E aquele vídeo?

— O vídeo era mentira, Clara. Fiz muitas coisas horríveis, mas o vídeo não foi uma delas, nem retrata fielmente como me senti depois de Murray Ridgley ser solto, apesar de eu ter sido, em grande medida, o responsável por sua absolvição.

O vídeo fora exibido em vários noticiários que cobriram o caso. Era um clipe de Jonah estourando um champanhe enquanto ele e os sócios riam e comemoravam.

— Uma secretária que trabalhava lá fez o vídeo depois de um caso que havíamos ganhado muitos meses antes, um caso no qual eu nem havia trabalhado. Não tinha nada a ver com o caso de Murray Ridgley, mas era óbvio que os noticiários não se importaram com isso nem se deram ao trabalho de checar os fatos.

O vídeo o fizera parecer animado e frívolo. Eles tinham combinado aquela imagem com as de um vídeo de carnaval anterior e exibido aquilo repetidas vezes, e a história contada era horrível e vergonhosa. Mas apenas parte de tudo aquilo era verdade.

Clara fez uma pausa, como se estivesse absorvendo aquelas informações.

– Conte o que aconteceu, Jonah. Conte o que aconteceu naquele dia.

Aquele dia.

Aquele dia.

Aquele dia.

As palavras ecoavam em sua cabeça como os tiros tinham ecoado, como os gritos ainda ecoavam.

Aquele dia. Ele achou que jamais falaria outra vez sobre o dia em questão, mas lá estava ele. E de repente lhe ocorreu que somente aquela garota, *daquele* jeito específico, poderia fazê-lo tocar no assunto. E ele se perguntou se tratava-se de uma bênção ou de uma maldição.

CAPÍTULO DEZ

Clara aguardava ansiosa pela fala de Jonah. Com o coração na boca e os braços envolvendo o próprio corpo, ela esperava enquanto ele contava a sua história e se abria, sabendo que era isso mesmo que ele estava fazendo, embora ela ainda não soubesse ao certo se o seu perdão seria dado de perto ou de longe.

Jonah havia dito que ela era corajosa, e ela não sabia bem por que ele achava isso, já que nos últimos tempos não vinha se sentindo nem um pouco valente – apenas perdida e cheia de dúvidas.

Mas ela *era* uma garota que seguia o seu coração, e assim o faria naquele caso. Afinal, tinha sido o seu *coração* que a levara até ali, para começo de conversa. Até Windisle. Até o muro que chora. Até Jonah.

– Eu estava indo para o tribunal para resolver alguma coisa relacionada a outro caso naquele dia. Eu estava... distraído, cansado, eu acho... – Ele deixou a frase morrer.

Ela havia percebido a mesma hesitação em sua voz quando ele descrevera como havia se sentido quando ganhou o caso. Ele havia ficado incomodado com o desfecho, confuso com sua ambivalência, ou pelo menos era isso que Clara suspeitava. Mas ela não queria colocar palavras – ou sentimentos – na boca dele, e não queria atribuir a Jonah emoções que ele mesmo não tivesse afirmado sentir. Não apenas porque não lhe dizia respeito, mas

porque ela não queria livrá-lo de qualquer situação que ele não merecesse se ver livre.

Clara seguia, *sim,* seu coração, mas não pretendia ser intencionalmente tola nem facilitadora.

– Não sei – ele finalmente prosseguiu. – Mas enfim... não tinha notado a coletiva de imprensa até chegar aos degraus do tribunal onde os repórteres estavam. Primeiro, vi meu irmão. Ele estava nos degraus, escutando. Ele não me viu. Ele observava Amanda Kershaw, que estava lá com seus advogados, e eles respondiam às perguntas, falavam sobre a grande injustiça que tinha sido a absolvição de Murray Ridgley. Amanda parecia... hã, em choque, acho. Ela só... tinha o olhar fixo na multidão. E então seus olhos se arregalaram de um jeito...

Ele deixou escapar um suspiro rascante. *Em choque,* Clara repetiu dentro da mente. Drogada era mais provável, a julgar pelo que havia lido sobre o passado da mulher. Ela tinha sido uma viciada que se prostituía de vez em quando para bancar o vício, embora Jonah não tivesse mencionado isso até então nem quando falara sobre como ele a havia destruído no banco das testemunhas, e Clara se perguntava por quê.

Ele tinha usado a fraqueza de Amanda contra ela mesma uma vez – em suas próprias palavras –, mas não parecia disposto a fazer tal coisa de novo. Jonah Chamberlain parecia comprometido e determinado a carregar cada grama de sua culpa.

– Segui o olhar de Amanda, e foi então que o vi. Murray Ridgley estava parado às margens da pequena multidão, bem no fundo. O tempo pareceu... fluir em câmera lenta e vi quando ele enfiou a mão na jaqueta para pegar alguma coisa e depois... foi só tiro e grito e gente correndo para todo lado, se jogando no chão para se proteger.

Clara sentiu um nó na garganta ao imaginar a situação – o terror absoluto, o caos repentino enquanto Murray Ridgley sacava uma arma do casaco e começava a atirar, primeiro em Amanda Kershaw e depois na multidão.

Jonah ficou em silêncio por tanto tempo que Clara inclinou a cabeça na direção do muro, tentando ouvir ele se mexendo, perguntando-se se ele continuaria, sentindo a sua dor mesmo através da grossa barreira entre eles.

– Não consegui alcançá-lo rápido o bastante. As pessoas corriam, trombavam comigo. Eu... caí e me levantei e foi quando vi os fios que saíam de debaixo da jaqueta dele e entravam em seu bolso. Murray tinha uma bomba. Corri na direção dele o mais depressa que consegui, mas... não rápido o suficiente. Tentei derrubá-lo, mas ele já estava apertando o botão em seu bolso e então... Não lembro bem do que aconteceu depois.

O silêncio permaneceu ali, pesado e espesso como o sangue que com certeza se acumulou nos degraus do tribunal naquele dia. Uma mancha horrorosa que jamais poderia ser removida, mesmo se fosse esfregada com força. Uma mácula que ficaria para sempre entre as fendas e rachaduras, em lugares profundos e invisíveis que jamais poderiam ser alcançados. *É assim que se sente, Jonah? No fundo de sua alma?*

– Por que correu na direção dele, e não na direção oposta?

– O quê? – Jonah disse com rispidez.

– Ele estava atirando. Você viu a bomba. Todos estavam se jogando no chão para se proteger. Correndo para *longe*. Por que você correu na direção dele? O que o fez agir assim?

– Por quê? Porque... não sei.

– Jonah...

– Não, Clara. – Ela ouviu quando ele trocou de posição, talvez se sentando, se recompondo. – Sei o que está imaginando, e você pensa bem demais de mim se está sugerindo que eu estava sendo heroico. Foi só uma reação, não uma escolha racional. Nem pensei no que estava fazendo.

— Talvez seja isso que torne o ato heroico de verdade.

Ele riu, mas o riso era frio e cortante como as pedras irregulares que espetavam suas costas e a faziam mudar de posição por causa do desconforto gerado quando se enfiavam demais na pele.

— Você quer acreditar nisso, mas não é verdade.

Clara suspirou.

— Não sei se é verdade ou não, mas será que você não pode ser um pouco misericordioso consigo mesmo? Fez algumas escolhas ruins e o resultado... bem, é tudo muito trágico. Mas você não queria que nada daquilo acontecesse. Você não sabia que ia acontecer. Como poderia saber? Murray Ridgley é o verdadeiro monstro nessa história. Não você.

— Pode haver mais de um monstro, Clara. — Mas o tom de voz dele estava mais suave, e havia algo que não estava ali antes, embora ela não pudesse dizer ao certo o que era.

Talvez, ela pensou. Talvez *todos* nós sejamos um pouco monstruosos em determinadas circunstâncias.

— Você não é *de todo* mau, Jonah — Clara sussurrou. Ele havia feito coisas ruins, mas os resultados não tinham sido intencionais, e ele havia *sofrido* por causa deles. Ainda sofria. Ele *permitia* que eles o fizessem sofrer. Ele *se obrigava* a sofrer por causa deles. Ela sabia que sim. E Jonah se agarrava incansavelmente àquele sofrimento havia oito anos, e, a julgar por suas palavras, planejava continuar assim para sempre.

— E alguém é? — ele perguntou, e então riu, um tom de ironia que ela não entendia.

— Não, talvez não. Mas acredito que existe redenção para aqueles que a desejam *de fato*. Para aqueles que buscam alcançá-la.

– Ah, Clara, você é tão ingênua. Não há redenção para mim. Sabe o que aconteceu quando deixei o hospital? Havia uma multidão do lado de fora do edifício, e as pessoas gritaram e cuspiram em mim enquanto Myrtle me conduzia porta afora.

Por um momento, ela se irritou por ter sido chamada de ingênua, mas logo a tristeza substituiu o sentimento em questão. Seu coração doía e ela fechou os olhos, baixando a cabeça ao imaginar a situação que a lembrança dele evocara.

– Sinto muito. Sinto muito que você tenha passado por isso em um momento em que devia estar sentindo uma dor terrível. Sinto muito que as pessoas tenham sido cruéis com você quando estava ferido e de luto e precisando de amor, não de julgamento.

– Por que sente muito? Eu mereci. E aceitei. Fui o rosto do caso, e depois fui o rosto da carnificina. E que rosto marcante eu tenho.

– É por isso que se esconde atrás deste muro? Porque as pessoas verão suas cicatrizes e o reconhecerão? Porque tem medo que elas sejam cruéis de novo?

Ele ficou em silêncio por um bom tempo, pois não sabia bem como responder àquela pergunta.

– É melhor assim.

– Não acredito nisso. – Clara não sabia ao certo em que momento, enquanto ele contava a sua história, ela tinha decidido perdoá-lo de perto, mas percebeu bem depressa que, o que quer que tivesse acontecido, ela o havia perdoado.

A convicção a envolveu e fez sua coluna se endireitar, embora houvesse uma corda invisível bem apertada de algum modo amarrada a ela e a unindo a ele. Clara se ajoelhou e virou para o muro, de modo que sua boca ficasse encostada em uma das estreitas fendas.

– Creio que você mereça perdão, Jonah Chamberlain.

As pedras duras eram ásperas contra seus lábios macios, mas apesar disso ela os pressionou ainda mais contra o muro, esperando que, de algum modo, ele pudesse inalar o perdão através da minúscula abertura lá do outro lado, onde seu apanhador de desejos despedaçado estava sentado, desesperado e sofrendo. Sozinho.

– Creio que... – Ela sentiu umidade em sua bochecha e se afastou do muro, inclinando a cabeça para cima para ver se chovia. Mas o céu era de um azul vívido e sem nuvens, sem uma gota de chuva à vista.

Clara olhou outra vez para o muro e notou que mais gotas d'água escorriam das pedras. Ela deixou escapar um som de surpresa. *Está chorando!*

– Jonah! – Clara exclamou, pressionando as palmas das mãos contra as pedras úmidas. – O muro está chorando.

Uma alegria enorme a invadiu, um otimismo cheio de espanto que a fez rir alto.

– Está vendo? O muro está chorando do seu lado também?

– Está. – O ponto em que os lábios dela haviam tocado o muro de repente foi coberto por uma sombra e então ela viu o tom rosado dos lábios dele através da fenda entre as pedras. De maneira espontânea, ela levou um dedo até aquele ponto e, embora o muro fosse largo demais e a fenda estreita demais para que Clara pudesse tocar em Jonah, ela sentiu seu hálito quente e sentiu um arrepio por todo o corpo.

– Jonah... – ela sussurrou, se sentindo estranha, como se estivesse em um sonho. Não sabia o que estava acontecendo, mesmo assim queria mais. Baixou a mão, substituindo o dedo pelos lábios e sussurrando o nome de Jonah de novo, seu hálito se misturando ao dele.

Por um instante, eles só respiraram juntos e ela fechou os olhos, imaginando como devia ser vê-los de cima, seus corpos na mesma posição, pressionados um contra o outro, com a barreira do muro entre eles. Aquele era o momento mais íntimo que Clara já vivera.

As lágrimas do muro escorriam por suas bochechas e pelos cantos de sua boca aberta. Ela passou a língua pelos lábios e riu.

– São salgadas, Jonah. – Como lágrimas de verdade. *As lágrimas de Angelina.*

A tristeza se misturava à alegria no peito de Clara, a visão do muro chorando desaparecendo e sendo substituída pela lembrança da lenda que dizia que o muro só *pararia* de chorar quando Angelina estivesse livre.

Talvez Clara não pudesse libertar Angelina. Talvez o muro chorasse por outros motivos além de magia ou lenda, motivos que Clara não sabia explicar. Mas Jonah Chamberlain era muito real, e talvez ela pudesse libertá-lo de seu isolamento voluntário. Talvez ela pudesse fazer o bem ali mesmo na Fazenda Windisle afinal.

– Venha me encontrar, Jonah – ela sussurrou através das pedras, na direção dos lábios dele.

– Quê? – ele grasnou. – Por quê?

Clara se afastou um pouco para que pudesse falar com mais facilidade, sentindo no mesmo momento a falta da proximidade de suas bocas. *Um beijo, só que não.*

– Porque pode confiar em mim. Porque sou sua amiga. Sei que você tem cicatrizes. Sei que... é difícil para você. Entendo isso. De verdade. Mas, se você der o primeiro passo, se sair de trás deste muro, nem que seja por alguns minutos, estarei aqui para dar esse passo com você.

A esperança cresceu no peito de Clara. Ela não sentia aquele tipo de alegria intensa havia anos, desde que seu pai adoecera. *O tempo é tão precioso.* Ela havia aprendido que não se deve perder tempo. Às vezes não há uma segunda chance.

— Venha me encontrar. Saia de trás deste muro e venha me encontrar — ela repetiu.

Ele se afastou também, e Clara quase podia sentir a tensão e a indecisão dele.

— Não posso.

— Você pode. Jonah, você pode. — Ela pensou que poderia lhe pedir que a deixasse entrar, mas de algum modo Clara sentia que era mais importante fazê-lo sair. Talvez depois disso ele a convidasse a entrar em seu santuário particular, talvez ela pudesse ver como era Windisle, em vez de apenas ouvir sua descrição. Mas ela fazia aquilo por ele, e acreditava que, se Jonah saísse, nem que fosse uma vez, veria que não precisava viver enjaulado feito um monstro. E quem sabe ele começasse a se perdoar.

Angelina jamais voltaria a viver. Mas o apanhador de desejos de Clara podia fazê-lo. E ela o ajudaria.

— Você pode — ela sussurrou com toda a convicção que havia em seu coração.

Clara se levantou e observou as sombras se moverem através das rachaduras do muro quando Jonah também ficou em pé. Eles estavam mais uma vez encostados de lados opostos do muro, só que agora toda a extensão de seus corpos tocava as pedras.

Um formigamento quente percorreu a pele de Clara e ela engoliu em seco.

— Meu ensaio acaba às nove da noite na próxima quinta. Tem um parque há pouco mais de um quilômetro daqui, com uma fonte e alguns bancos. Você conhece?

— Sim — ele disse hesitante.

— Encontre comigo lá. Esperarei você perto da fonte. Nunca tem ninguém quando passo por lá na volta do ensaio. Estará escuro e só eu estarei lá.

— Clara, eu...

– Por favor. Estarei esperando por você. Só o que tem que fazer é aparecer.

Ele ficou em silêncio por uns bons minutos antes de suspirar.

– Tudo bem.

Clara sorriu, uma felicidade tão grande a invadindo que o sorriso se transformou em uma risada alegre.

– Tudo bem? Ok – ela disse, se afastando antes que Jonah mudasse de ideia. Chamaria um Uber mais adiante naquele quarteirão. – Então a gente se vê. A gente se vê, apanhador de desejos – ela se despediu.

CAPÍTULO ONZE

Novembro de 1860

A brisa fria de outono soprou sobre a pele nua de Angelina, fazendo com que ela se arrepiasse de leve, embora os cantos de seus lábios continuassem voltados para cima, demonstrando felicidade. Ela sentiu a boca de John em seu ombro, os lábios dele quentes e macios quando a beijou ali, dando mordidinhas enquanto ela ria.

As molas da velha cama rangeram quando ela se virou para se aninhar nos braços de John, correndo um dedo pelo queixo dele e então aproximando os lábios do ponto em que seu dedo havia tocado. Sob as cobertas, percebeu que ele se excitava de novo e sorriu encostada na pele dele.

— Tenho que voltar — ela sussurrou.

Ele gemeu e a puxou para mais perto.

— Só mais um pouquinho.

Angelina hesitou, desejando mais que tudo passar o resto do dia escondida naquela cabana vazia com ele, mas sabendo que a cada minuto que se ausentava estava arriscando ser pega.

— Eu queria, John, mas...

— Eu sei — ele disse, beijando-a de leve nos lábios e se sentando. Ela fez o mesmo, virando-se e pegando o vestido que estava jogado no chão. Um dos botões estava se soltando. Ela precisava prendê-lo direito depois.

Ah, mas John estava com tanta pressa para arrancar logo esse vestido. Ela sorriu mais uma vez ao relembrar os dois na cama.

Atrás dela, a mão de John descia por suas costas e, quando ela olhou por cima do ombro, ele tinha uma expressão de reverência no rosto, como se o toque da pele dela o hipnotizasse.

– Um dia teremos todo o tempo do mundo para ficarmos juntos – ele murmurou. – Um dia não teremos que nos preocupar em sermos pegos, ou que alguém descubra que estamos juntos. – A voz dele soou calma, introspectiva, como se não percebesse que estava dizendo aquilo em voz alta.

– Será ótimo – ela respondeu, levantando-se e se afastando da mão dele. *Ótimo? Era pouco. Esplêndido parecia uma palavra mais apropriada.*

Ela sabia que eles estavam jogando com hipóteses, mas era bom demais para não participar. E se... ah, *e se* ele pudesse ser seu, alguém que adormeceria e acordaria ao seu lado? Alguém com quem ela caminhasse de mãos dadas pela rua... partilhasse refeições e se casasse e... – Ela cortou aqueles pensamentos ao terminar de se vestir e se virar para ele, ainda sentado na cama, a pele dourada nua à luz difusa que atravessava as cortinas de aniagem.

Angelina gostava daquele jogo de hipóteses, mas, se a sua mente fosse longe demais, a brincadeira se tornava dolorosa. Ela sabia muito bem o quanto limites eram importantes, embora olhar para o peito nu de John naquele momento a fizesse lembrar que ela já havia cruzado vários. Um calafrio percorreu sua espinha, e desta vez não tinha nada a ver com o ar frio que entrava na cabana.

– Venha aqui – ele disse, parecendo notar a súbita melancolia dela. Puxou-a para perto e a abraçou, acariciando-lhe as costas alguns instantes antes de soltá-la e vestir as próprias roupas.

John ficou de pé diante dela, com os braços cruzados na altura do peito.

— Daremos um jeito. Nem que tenhamos que ir para outro continente para morar numa caverna no deserto.

Ela riu e os olhos dele brilharam, mas, na verdade, talvez aquela fosse mesmo a única opção que eles tinham.

Ainda assim... uma caverna, com John, todo para si, dia e noite...

— Ou numa toca sob um enorme carvalho. — Ela já tinha visto uma vez, uma família inteira de coelhos se enfiando em um buraco debaixo da terra. Havia ficado com inveja deles, para dizer a verdade. Que tranquilo devia ser lá embaixo. Totalmente seguro. — Amarraremos redes de dormir nas raízes e comeremos bolotas no jantar.

John riu, mas ela notou a tristeza em seu sorriso. Ele enrolou um dedo em um dos cachos dela, esticando um pouco os fios e então observando o cabelo voltar à forma original. Por um instante, ele parecia maravilhado, como se o cabelo dela fosse algum tipo de milagre que havia acabado de descobrir que existia.

— Há um lugar para nós, Angelina. Em algum canto deste vasto, vasto mundo. Confia em mim?

— Confio — ela sussurrou com toda a convicção de seu coração puro e gentil. — *Confio.*

Eles trocaram um beijo que durou minutos, séculos, eras, e mesmo assim não havia durado o suficiente, mas Angelina sabia que corria contra o tempo. Ela podia sentir em seu sangue, como se tivesse uma espécie de relógio interno que estava sempre em contagem regressiva rumo a um fim desconhecido. *Por favor, que seja um dia bom,* ela pensou. *Por favor, por favor.*

Ela deixou John na cabana, descabelado e com os lábios vermelhos por causa dos beijos dela, e rumou depressa para casa, com a cesta de legumes pendurada no braço.

Entrou ofegante na cozinha, colocando a cesta sobre a bancada.

– Oi, Mama. – Angelina sorriu, mas a mãe não retribuiu o sorriso, voltando o olhar para a batata em sua mão, a faca se movendo depressa sobre a casca, que caía em longas tiras dentro de um cesto aos seus pés.

– Você precisa ter cuidado, Lina.

O sangue de Angelina gelou, mas ela se esforçou para parecer calma enquanto tirava os legumes da cesta e os colocava na bancada.

– Sempre tomo cuidado, Mama.

A mãe se levantou, os olhos castanhos profundos e penetrantes descendo do rosto de Angelina para o seu corpo, parando no botão solto antes de encontrar o olhar de Angelina outra vez. A garota sentiu o calor invadir sua pele e, inconscientemente, conduziu a mão ao botão, mexendo nele por um instante antes de soltá-lo e deixar a mão cair pesada ao lado do corpo.

A mãe olhou para os legumes sobre a bancada e esticou a mão, pegando uma abóbora amarela e examinando-a antes de colocá-la de volta no lugar.

– Parece que ultimamente você não sabe mais quando um legume está pronto para ser colhido. Curioso, já que você os colhe desde criança.

– Ando cansada, Mama. Não tenho dormido bem.

A mãe olhou bem para ela, e Angelina podia jurar que tinha visto medo em seus olhos, junto com desaprovação.

– Estamos todos cansados, Lina. – Ela deu as costas para a filha. – Saiba em quem confiar. – E então ficou outra vez de frente para Angelina, os olhos brilhando como se estivessem cheios de lágrimas. Angelina ficou imóvel. Ela nunca tinha visto a mãe chorar, nem uma única vez na vida. – E em quem não confiar.

A mãe pegou a faca outra vez e continuou sua tarefa enquanto Angelina tirava da cesta o restante dos legumes meio verdes que John havia colhido, obviamente com pressa para encontrá-la logo.

Ela não pôde conter um discreto sorriso que chegou aos seus lábios. Olhou para sua bela mãe, absorvendo a maciez de sua pele de ébano, os malares altos de seu rosto, os olhos grandes que pareciam ver tudo e compreender as coisas num nível que os outros não conseguiam.

— Você o amava, Mama?

A mãe não olhou para ela ao responder, e não fingiu que não sabia a quem Angelina se referia.

— Se eu o amava? Aqui não tem lugar para o amor.

Mas sua mãe estava errada. Angelina amava. E a mãe de Elijah o havia amado. Ela chorara com desespero, feito uma louca, quando o vira pendurado naquela árvore, e isso havia partido o coração de Angelina. E embora não fosse do tipo que expressa com frequência o seu amor, Angelina sabia muito bem que sua mãe a amava também, independentemente de haver ou não lugar para o amor ali. Não, Angelina não achava que era assim que o amor agia.

— O amor arranja um lugar para si mesmo onde não existe um lugar, Mama — ela disse baixinho. — O amor se infiltra até nos lugares mais difíceis.

Mama Loreaux parou de descascar batatas mais uma vez, a intensidade de seu olhar perfurando Angelina, tão cortante quanto a faca que ela manuseava com habilidade nas mãos calejadas.

— Esse tipo de conversa vai acabar em mágoa ou coisa pior.

Ela fez barulho ao depositar a faca sobre a bancada, voltando os ombros magros para a filha.

— Não, eu não amava seu pai e ele não me amava. Você foi concebida no chão do porão enquanto a esposa dele tomava chá na sala de estar. Ele teve a ideia de erguer minhas saias enquanto eu guardava as conservas de beterraba, e eu deixei que ele o fizesse porque seria mais fácil assim.

Seus olhos se arregalaram, e então ela deixou escapar um longo suspiro e seu olhar pareceu um pouco menos tenso.

– Ele não é um homem cruel, e também não é de todo ruim, mas escolherá sua família de verdade em vez de você toda vez, todos os dias. Você pode falar bonito como eles, e pode *amar* tudo o que quiser, mas eles nunca a amarão do mesmo jeito, e você nunca será vista como parte da família. Entendeu?

Angelina olhou para o rosto majestoso da mãe, imaginando a cena do porão que ela havia acabado de descrever, imaginando o chão úmido e cheio de musgo em que ela tinha sido concebida. Ela corou, desviando o olhar, sem saber como se sentir a respeito do que acabara de descobrir, a dor se acumulando dentro de si.

O que ela havia pensado? Que seu pai tivesse amado sua mãe em segredo? Que, para ele, Angelina e a mãe eram de algum modo especiais, embora ele não pudesse demonstrar tal coisa porque sua esposa ficaria brava? Que porque ele a havia sentado em seu joelho e a chamado de pequeno beija-flor ele a amava tanto quanto a seus outros filhos? Sim, era isso que ela havia pensado. Aquilo a fizera sentir como se... ela tivesse algum valor, em um mundo em que ela não valia nada.

A tristeza se abateu sobre Angelina. Mas então ela pensou em John. Ela pensou em como as coisas entre eles eram *diferentes* do que a mãe havia descrito com relação a ela e ao seu pai. Eles não faziam sexo apressado no chão frio do porão. O tempo que passavam juntos era cheio de toques suaves e risadas, promessas sagradas e sonhos tecidos. E a comparação fez a esperança ressurgir. *Confia em mim?,* ele havia perguntado.

Confio, ela respondera, e era verdade. Ela confiava com todo o coração. Eles *dariam* um jeito. Apesar de não haver "lugar" para o amor deles, apesar de o mundo todo estar contra eles, ou assim parecia. Eles dariam um jeito. *Dariam.* Porque onde havia amor *sempre* havia esperança.

Angelina virou de costas para a mãe, mas podia sentir o calor do olhar preocupado dela em suas costas mesmo assim, fazendo a pele arder, como se tivesse se aproximado demais das chamas e estivesse prestes a se queimar.

CAPÍTULO DOZE

Faça isso.

Jonah encarou o trinco do portão, mas não se mexeu. *Ou... não.*

Olhou para trás. O carro de Myrtle não estava muito longe, mas ele não ia perguntar se podia usá-lo. Primeiro porque não queria envolvê-la naquilo; segundo porque sua habilitação estava vencida fazia anos. Mas a verdade era que Jonah ainda não havia decidido se iria se encontrar com Clara. Ele ainda não sabia bem por que concordara com aquilo, para início de conversa.

Ou talvez eu saiba. Sim, admitiu para si mesmo com um suspiro de resignação. *Sim, eu sei.*

Era porque se deixara levar pela esperança dela – pela *alegria* dela – e se sentira maravilhado por Clara tê-lo perdoado mesmo depois de ouvir sua história, depois de conhecer cada detalhe sinistro. A garota tinha lhe oferecido sua compaixão – sua compreensão –, e o assombro daquilo o deixara zonzo.

Venha me encontrar, ela havia dito, a voz tão cheia de espantosa esperança e alegria quando o muro começara a "chorar". O maravilhamento dela tinha sido contagioso. Por alguns instantes, Jonah se sentira parte daquilo. Parte do espírito vibrante de Clara. Porque aquilo era tudo que ele de fato conhecia a respeito dela. Não sabia como se parecia, só que seu cabelo era dourado – isso ele tinha conseguido ver através de uma pequena rachadura do muro – e que ela devia ter um corpo magro e atlético de bailarina. Fora isso, só sabia que Clara era compassiva, sensível e muito fiel. Pensando bem, aquilo era o máximo que Jonah sabia sobre qualquer garota, mesmo com relação àquelas com quem havia se relacionado de maneira mais íntima num sentido físico.

Seus pensamentos o fizeram se lembrar de quando Clara o beijara. E, sim, ele sabia que não tinha sido um beijo *de verdade,* e sabia que eram só amigos, mas aquele havia sido um dos momentos mais bonitos de sua vida. Tinha feito com que ele se sentisse um *homem* de carne e osso mais uma vez, quando fazia tanto tempo que ele não passava de um monstro invisível.

Jonah colocou a mão no trinco e soltou o ar, levantando a gola do casaco e puxando o gorro para baixo, de modo a esconder seu rosto o máximo possível.

A lua se escondeu atrás de uma nuvem, fazendo com que as sombras da noite ficassem maiores. Clara o esperava. Ele *podia* fazer aquilo.

Com um movimento rápido, abriu o trinco, passou para o outro lado do portão e deixou que se fechasse às suas costas.

Seu coração estava acelerado, as mãos começaram a suar enquanto tentava recuperar o fôlego. Fazia oito longos e infelizes anos que não saía de Windisle.

Jonah ficou parado à sombra do portão por um instante, criando coragem antes de dar mais um passo, e então enfiou as mãos nos bolsos do casaco preto de tecido leve e começou a descer a rua vazia.

Caminhava entre os fachos de luz, de cabeça baixa, como se andasse contra o vento, embora não houvesse nem brisa naquela noite. Seu coração continuava batendo forte conforme se afastava cada vez mais de Windisle, e várias vezes quase se virou e disparou de volta para a fazenda, como fazem as crianças que sobem os degraus correndo quando têm certeza de que um demônio as persegue. Mas Jonah era o único monstro na rua naquela noite, e de repente ele entendeu que era muito melhor ser *perseguido* por demônios do que ser o próprio demônio. Se ele soubesse disso antes...

Chegou ao parque quinze minutos depois e se apoiou numa árvore, com uma risada de choque subindo-lhe a garganta, meio que de surpresa, meio que de pavor. Tinha conseguido. Havia saído de Windisle e feito todo o trajeto até o parque onde Clara o esperava. Sim, eram só alguns quarteirões de casa até ali, mas, para Jonah, era como se tivesse percorrido mil quilômetros. O medo ainda enchia seu peito, mas sob ele havia o triunfo borbulhante. Fazia *tanto tempo* que não sentia aquilo. *Não pensei que pudesse me sentir assim novamente.*

Jonah ficou totalmente imóvel, escutando o barulho de água, um som gorgolejante que lhe dizia que a fonte ficava ali perto. *Clara*. Será que já havia chegado? Ele já estivera bem mais perto dela do que agora, mas ainda assim, naquele momento, era como se nunca tivessem se aproximado tanto. Ele a veria pela primeira vez.

Ele daria um rosto à voz doce que ouvia através do muro, à mulher que se doara tanto a *ele,* um estranho que nem de longe merecia tanta bondade.

Mas ela também veria o seu rosto. Ficaria horrorizada? Faria uma careta e se afastaria? Ah, Deus! A reação dela o apavorava. Jonah estava com um medo gigantesco.

Ele se lembrou da cara das pessoas que o viram logo após a explosão, da expressão de asco no rosto delas. Tremeu ao lembrar como aquilo o *magoara,* como atingira algo sensível e vulnerável dentro dele. E não achava que pudesse suportar a mesma reação por parte dela. *Dela não.*

Tomando fôlego, moveu-se por entre as árvores, seguindo o som de água corrente, a promessa de um encontro com Clara o atraindo.

A fonte entrou em seu campo de visão, a água borbulhante captando o brilho da luz da rua posicionada logo acima dela.

Parou em meio a um grupo de árvores, se aproximou de um velho tronco e se recostou nele. Lá estava ela, sentada na beirada de uma pedra cinza, com as mãos pousadas sobre os joelhos enquanto esperava.

A luz capturava fragmentos dourados do cabelo de Clara e os lançava no ar que a cercava. Ela se virou um pouco, os olhos inspecionando a entrada do parque, e então se voltando depressa para a área escura da floresta onde Jonah se escondia, mantendo-se imóvel e apoiado no sólido e enorme carvalho.

Seu coração parou um instante e então seus batimentos aceleraram quando viu o rosto dela. Jonah gemeu, um som baixo que se misturou aos ruídos da noite e desapareceu antes que pudesse ser ouvido além do canto escuro em que se escondia.

Ela é linda.

Minha nossa, ela é linda!

Clara, a garota que ele antes só conhecia pela voz suave do outro lado do muro de sua fortaleza, a mulher que o confortava e o fazia questionar tudo, era *linda* por dentro e por fora. *Ah, merda, merda, merda.*

Ele sentiu um aperto no peito, o coração pressionando os pulmões não o deixava respirar. Por que de repente ele se sentia tão arrasado? Talvez esperasse que ela fosse feia e, portanto, pudesse dar uma chance a alguém como ele? Pudesse beijá-lo de novo, só que da próxima vez sem nenhum obstáculo entre eles? E ele era mesmo tão insensível – tão superficial – a ponto de achar que mulheres desprovidas de beleza tinham que ficar com homens desfigurados como ele? Ou que as pessoas amavam as outras apenas pela aparência? E, mais uma vez, por que ele não deveria? Antigamente não escolhera mulheres apenas com base em suas características físicas? Não havia se sentido orgulhoso ao chegar a uma festa com uma bela mulher ao seu lado, a qual substituía quando a relação perdia a graça, como inevitavelmente acontecia? Ele nunca tinha amado nenhuma delas. Nenhuma.

Ah, mas sua mente estava agitada. E, *Senhor!* Amor? Por que estava *pensando* em amor? Ele, o homem desfigurado escondido atrás de uma árvore no parque, intimidado e envergonhado demais para sair dos arbustos e se aproximar da garota que o esperava.

Jonah suspirou, perdendo toda a energia ao se apoiar ainda mais na árvore. Sentia-se confuso, triste, solitário, e só queria se esgueirar de volta para Windisle e se esconder novamente.

Como se tivesse ouvido seu suspiro discreto, Clara virou a cabeça, os olhos inspecionando a escuridão que o envolvia. Ele gelou, o olhar dela passando por ele sem notá-lo.

Um carro parou perto da entrada do parque e Clara se levantou, observando, com a postura tensa, até que o veículo partiu. Ela voltou a se sentar na beirada da fonte e se virou com tristeza para a água que jorrava, mergulhando os dedos no líquido.

Seus movimentos eram elegantes, dolorosamente femininos, e cada fibra masculina de Jonah respondeu a isso. Ela deve dançar maravilhosamente bem, e Jonah sentiu um pequeno tremor de desânimo ao perceber que nunca a veria dançando.

Ele a observou enquanto ela esperava, memorizando os movimentos dela, vendo como voltava seus olhos para as estrelas de vez em quando. *O que você pensa quando faz isso, Clara?*, ele se perguntou, a necessidade de saber transformando-se em uma pontada de desespero no peito. *O que procura?* Ele jamais saberia, é claro. Não depois daquela noite.

Uma hora se passou e ela continuava esperando, enquanto Jonah se sentia mais triste a cada segundo. Ela o esperava, e ele precisava que ela fosse *embora* para que também pudesse voltar para casa. Mas não a largaria sozinha naquele parque deserto e escuro, embora Clara achasse que era exatamente isso que ele havia feito. Jonah esperaria até que alguém viesse buscá-la e então iria embora. Mas, quando Clara por fim se ergueu, minutos depois, olhando à sua volta uma última vez antes de se dirigir à entrada do parque, não havia nenhum carro esperando por ela.

Mas que diabos?!

Era uma região relativamente segura, mas mesmo assim... ela não deveria estar andando sozinha por um bairro estranho.

Jonah a seguiu, mantendo-se nas sombras, erguendo a gola e baixando a cabeça para o caso de alguém passar por ele. Mas encontrou a maioria das ruas vazias enquanto andava atrás de Clara, a uma distância segura, o que ele esperava, para que ela não ouvisse seus passos.

Apesar das emoções intensas e da culpa que sentia por ter deixado Clara lá plantada, ele teve a mesma sensação de triunfo que havia sentido antes. Ele estava fora de sua prisão autoimposta, caminhando por uma rua residencial feito qualquer pessoa normal. Ele tinha conseguido!

Fechou os olhos e respirou fundo, deixando a liberdade entrar e o medo sair.

Se tomasse cuidado, ocultasse o rosto para que ninguém olhasse duas vezes para ele, poderia andar por aí como estava fazendo naquele instante. Continuaria se escondendo – ele *merecia* viver nas sombras – e não tinha nenhuma intenção de ser visto. Mas não *precisava* se torturar mais do que já o fazia com dias vazios preenchidos apenas pelo tédio e pela mesmice. Precisava?

A região se tornava menos residencial conforme Clara avançava, e, quando ela finalmente entrou em um restaurante quase vazio e bem iluminado, Jonah suspirou aliviado, permanecendo sob o umbral escuro de uma porta enquanto ela se sentava a uma mesa próxima da janela do outro lado da rua, as mãos segurando uma caneca de café fumegante.

Ele conseguia enxergá-la melhor sob as luzes brilhantes do restaurante, conseguia ver o formato de coração de seu belo rosto e seus lindos olhos grandes, a elegância arrebatadora de seus malares e o lábio carnudo que ela mordia tristemente enquanto olhava pela janela.

E ele sofreu. Sofreu com um desejo tão intenso que o deixou sem ar. *Ela* era a sua Clara. Aquela garota bonita na janela, que parecia tão perdida em seus pensamentos.

Jonah inclinou a cabeça para que pudesse vê-la melhor com seu olho bom, sabendo que a havia decepcionado, mas também sabendo que era melhor assim. Aproveitou aquele momento para fundir a Clara que estava diante dele com a garota que conhecera antes, até que pudesse não só *ouvi-la* em suas lembranças, mas também visualizá-la, sentada do outro lado do muro, com seu cabelo brilhante preso em um rabo de cavalo como estava naquele instante, as pernas longas e magras dobradas sob o corpo.

Ele se assustou quando Clara se levantou de repente, procurando na bolsa o dinheiro que deixou sobre a mesa antes de sair apressada do restaurante.

Ele não a vira chamar um táxi, mas imaginou que fizera isso e que era por esse motivo que havia saído daquele jeito. Mas, quando ela olhou para os dois lados e atravessou a rua correndo, ele se encolheu sob o umbral da porta, espiando com cautela quando ouviu os passos dela se afastando depressa, indo na direção do parque, indo na direção de Windisle. O que ela estava *fazendo?*

Ele a seguiu novamente, só que dessa vez na direção contrária, enquanto ela caminhava rápido pelas ruas escuras, movendo-se com fluidez pela noite. Ela estava indo para Windisle. Ele a tinha deixado plantada – ou era isso que ela achava – e agora ela estava indo confrontá-lo.

Ou, má escolha de palavras. Ela estava indo lhe dar uma bronca através do muro que sempre haveria entre eles.

Parte dele vibrou com a audácia dela.

Aquela garota não desistia. Ela daria uma excelente advogada, se não tivesse um corpo perfeito para a dança. E dava para ver que tinha mesmo um corpo feito para dançar. Era esbelta e forte, com as pernas delgadas enfiadas em um jeans justo, cada movimento elegante e gracioso. *Ah, como queria vê-la dançar!* Ele teria essa visão para sempre em sua mente. Talvez essa imagem o sustentasse pelo resto dos dias solitários que ele passaria escondido atrás daquele maldito muro que ambos odiavam e pelo qual ele seria para sempre grato.

Mas não havia como ele chegar ao portão dos fundos da propriedade – aquele que ela não conhecia – sem que ela o visse. Então tinha que permanecer escondido até Clara ir embora.

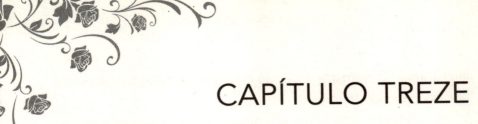

CAPÍTULO TREZE

As pontas dos dedos de Clara tocaram as pedras ásperas quando ela encostou sua testa no muro, tentando ouvir Jonah.

O pedaço de lua no céu não iluminava muito, só o suficiente para que ela notasse que ele não estava no seu lugar de sempre. Não que esperasse que Jonah estivesse ali, mas mesmo assim chamou o nome dele.

Esperou um pouco, mas não obteve resposta. Será que ele estava sentado em algum ponto ali perto? Encostado em uma das árvores enormes do outro lado do muro, talvez? Ela podia *senti-lo*, podia jurar que sim, só que... bem, aquilo era tolice. Era só aquele lugar, o lugar *dele*, e lá estava ela, e era por isso que sentia um arrepio quente sob a pele que associava a ele.

No entanto, havia sentido a mesma coisa enquanto o esperava no parque, e ele não aparecera, então era óbvio que aquela sensação não tinha relação com a presença dele — talvez tivesse mais a ver com o fato de estar pensando nele.

Mesmo assim, só para o caso de Jonah a estar escutando, ela precisava pedir desculpas, ou talvez só quisesse expressar o que sentia em voz alta, ali, encostada no muro que Clara tinha certeza de que Angelina usava para enviar a eles um sinal.

— Sinto muito, Jonah. — Ela suspirou. — Eu me deixei levar pela emoção quando o muro chorou. Eu... eu fui mandona e egoísta. Praticamente forcei você a dizer que me encontraria, e é provável que você não estivesse pronto. — Os ombros de Clara se

curvaram. – É claro que você não estava pronto. *Não* se sinta mal por isso. A culpa foi minha.

Ela ficou em silêncio por um instante enquanto organizava as ideias naquele lugar onde parecia ser mais fácil ser sincera.

– Sou sua amiga e deveria ter sido mais cuidadosa com os seus medos. Eu deveria... ter perguntado o que você estava pronto para fazer, em vez de ter feito planos.

Um discreto farfalhar veio de um arbusto denso atrás de Clara e ela virou a cabeça naquela direção, espiando. Provavelmente era um esquilo, ou talvez uma brisa errante que não chegara ao lugar em que ela se encontrava.

Virou-se para o muro outra vez.

– Eu me importo com você, Jonah. Sinto essa... atração por você que nunca senti antes, e você está aí dentro, e eu estou aqui fora e... – Ela deixou escapar um suspiro de frustração. – Mas serei sua amiga do jeito que você quiser que eu seja. Queria que soubesse disso. Eu só... queria que você soubesse. Era só isso.

Ela pegou o pedaço de papel em que escrevera enquanto estava no restaurante decidindo o que fazer e o enfiou em uma fenda. Torcia para que Jonah o lesse, em vez de descartá-lo junto com os outros desejos que coletasse. *Meu apanhador de desejos,* ela pensou com um suspiro triste.

Clara se virou para o outro lado, pressionando as costas contra o muro, a vegetação farfalhando de novo enquanto uma nuvem cobria o pequeno fragmento de lua, fazendo com que as sombras que já eram grandes se fundissem e crescessem e ganhassem vida.

Um calafrio percorreu sua espinha, sua pele se arrepiou. Embora ela não tivesse visto ninguém na rua enquanto caminhava até ali, a adrenalina tinha deixado seus nervos à flor da pele. Mas agora... ela se sentia *observada* por alguém do lado de fora do muro, o que a deixou alerta.

Pegou o celular e chamou um Uber. Um motorista chegou dez minutos depois, mas aquela sensação de estar sendo observada só desapareceu depois que Windisle sumiu de vista pela janela traseira do veículo.

A sensação de estar sendo observada continuava. Clara estava sendo paranoica, é claro. Tinha certeza disso porque agora estava ensaiando do outro lado da cidade, completamente oposto a Windisle, e mesmo assim a sensação persistia.

Era tarde e ela sentia-se cansada, mas Madame Fournier insistia que todos ficassem mais um pouco, até que o ensaio fosse perfeito.

Seus músculos doíam e seus dedões sangravam, cheios de bolhas causadas pela sapatilha de ponta, mas ela sabia que os outros bailarinos também sentiam dor, então botou um sorriso no rosto e realizou todos os movimentos com determinação.

Marco ergueu Clara no ar, a mão dele se demorando um instante além do necessário em suas costas, e ela lhe lançou um olhar de censura antes de rodopiar sem esforço e se afastar girando. Viu a piscadela dele uma fração de segundo antes de virar a cabeça, seu olhar encontrando sua marca.

Uma movimentação no fundo do teatro chamou sua atenção e ela se atrapalhou um pouco e lançou um olhar na direção de Madame Fournier, que, *felizmente*, estava olhando para o outro lado.

Um homem – ela só conseguia ver sua silhueta alta – parou em um canto. Só o zelador, ou alguém que veio buscar um dos dançarinos, ela imaginou, mas seu erro a fizera se lembrar de que precisava manter o *foco* se quisesse que todos fossem embora dali num horário decente.

Depois do que pareceu uma eternidade, Madame Fournier bateu palmas duas vezes, informando que o ensaio havia terminado e que ela os veria no dia seguinte. *Obrigada, Deus dos Pés Cheios de Bolhas,* ela pensou se encolhendo um pouco.

Clara agarrou a bolsa, vestiu um moletom por cima da malha e trocou de calçado com agilidade.

Os outros bailarinos gemiam e se alongavam e reclamavam de dor nas costas e nos músculos quando Clara deixou o teatro. A porta se fechou com um estrondo atrás dela, que se dirigiu ao ponto de ônibus na esquina, pegando o celular enquanto caminhava. Nenhuma chamada perdida. Ela se sentiu frustrada, embora não achasse mesmo que ele fosse ligar.

Quando enfiara o papelzinho com seu número de telefone na fenda do muro, depois de ter voltado correndo do restaurante naquele dia, Clara se perguntara por que não tinha feito aquilo antes. E então percebera que era porque queria visitá-lo em Windisle.

Dar a ele o seu número talvez tornasse suas visitas desnecessárias, e ela gostava de tudo o que envolvia aquelas ocasiões: sentar-se na grama do lado de fora do muro que chora e ouvir Jonah falar perto dela, sua voz melódica passando por cima do muro e envolvendo-a como uma carícia reconfortante.

Mas, de qualquer modo, ele não tinha ligado.

Talvez ele não tivesse telefone, ou não tivesse vontade de voltar a ter depois que passou a morar em Windisle. Talvez ele só não quisesse falar mais com ela.

A tristeza a invadiu, com a indecisão vindo na esteira. Será que devia voltar lá para pedir desculpas, desta vez tendo certeza de que ele a ouviria? E se ele não tivesse aberto o papelzinho? E se...

Clara gemeu, massageando as têmporas, como se isso a fizesse deixar de lado sua obsessão por Jonah. Era só o que ela vinha fazendo – por um motivo ou outro – desde que o havia conhecido, e ela precisava de um tempo.

Deveria pegar uma garrafa de vinho e afogar sua tristeza sozinha em seu apartamento, mas nunca fora muito de beber. Haveria outro ensaio logo cedo na manhã seguinte e, se ela se apressasse, daria tempo de passar na loja de fantasias que havia encontrado pela internet mais cedo naquele mesmo dia.

A noite estava úmida e abafada, a chuva batendo nas janelas sujas do ônibus que Clara tomou para o bairro de French Quarter.

O baile de máscaras era parte de seu trabalho, e ela precisava garantir que teria algo apropriado para vestir, em vez de ficar esperando até o último minuto só para descobrir que não tinha muitas opções. Embora achasse que dois dias antes do baile *era* o último minuto. Então orou em silêncio para que a fantasia certa estivesse esperando por ela.

As calçadas estavam cheias de gente conversando e rindo, deixando restaurantes, entrando e saindo de lojas de suvenires, algumas pessoas usando boás de cores vívidas e segurando bebidas coloridas.

Parecia que em Nova Orleans sempre havia uma festa acontecendo em algum lugar, independentemente do horário e do dia da semana. Clara adoraria vagar por ali, observando as pessoas e indo de loja em loja.

Um homem deu uma risada escandalosa e trombou com Clara, o grande copo plástico que ele segurava inclinando perigosamente. Ele conseguiu endireitar o copo, mas não antes de derrubar um pouco de bebida. Ergueu as sobrancelhas num pedido de desculpas, mas continuou sorrindo enquanto se esquivava.

– Droga! – ela murmurou, parando na entrada de uma loja e limpando as gotas de um vermelho vivo que manchavam a parte da frente da malha cor-de-rosa que ela ainda usava por baixo do blusão aberto.

Clara suspirou fechando o blusão e ergueu os olhos para a porta à sua frente. *Madame Catoire: Leitura Espiritual e Quiromancia – Passado, Presente, Futuro.*

Hesitou, mas a curiosidade era grande, e ela se inclinou na direção do vidro fumê, espiando a pequena loja.

Dava para ver mesas sobre as quais havia bijuterias e velas e outros itens e, após certa indecisão, Clara abriu a porta e um sininho soou quando ela entrou na loja.

Havia um cheiro doce e enjoativo e fumaça, bem como o que parecia ser o som de sinos de vento e música suave vindo de um piano que estava em algum lugar mais adiante.

Uma brisa discreta tocou a pele de Clara, embora não houvesse nenhuma janela aberta à vista, e embora a porta estivesse fechada.

Ela estava nervosa, mas curiosa demais para dar meia-volta, seu olhar parando em cada objeto interessante. Andou devagar pela loja, inclinando-se e examinando a variedade de cristais e geodes que brilhavam sobre uma mesa, e parando para ler os nomes nos frasquinhos cor de âmbar sobre outra. Cada um deles tinha um rótulo escrito à mão: dinheiro, sucesso, amor. *Minha nossa! Há tantas formas de manifestar os desejos neste mundo,* ela pensou.

– E o que *você* deseja, minha querida?

Clara se virou e viu uma senhora de idade de vestido roxo parada no fundo da loja em um vão de porta meio obstruído por uma cortina. *O que você deseja?,* ela tinha perguntado. Era como se a mulher tivesse lido seus pensamentos.

A senhora se aproximou, e Clara notou que, embora fosse idosa, ainda era deslumbrante, com grandes olhos azul-turquesa e cabelos que eram um misto de branco e loiro tão claro que a garota só conseguia distinguir os dois tons agora que a mulher estava parada diante dela.

— É amor que você deseja, não?

— Eu... eu creio que sim. — *Não é o que todos desejam?*

A mulher inclinou a cabeça, estudando Clara por um instante.

— É difícil para você desejar coisas para si mesma, não é? Que coisa rara.

A mulher havia formulado uma pergunta, mas virou de costas para Clara, como se não precisasse de resposta.

— Venha. Já fechei, mas farei uma leitura para você. De graça.

— Ah, me desculpe. Não percebi...

A mulher gesticulou sinalizando que não tinha problema e segurou a cortina para Clara passar. Ela hesitou, mas o desejo de escutar o que a senhora lhe diria era grande, e a curiosidade superava a inquietação que sentia desde que entrara na loja.

Clara olhou para trás mais uma vez e, ao fazê-lo, notou uma sombra se afastando da porta de entrada, escondendo-se, como se tivesse ficado espiando dentro da loja por um instante.

Ela se virou para a mulher, que também olhava para a porta onde a sombra havia estado segundos atrás, a testa franzida desfigurando seu belo rosto. Mas tão rápido quanto Clara o notou, ele desapareceu, e a mulher gesticulou mais uma vez para que ela a seguisse, e então sumiu atrás da pesada cortina vermelha. Clara a seguiu.

O fundo da loja era mal iluminado e quase vazio, havia lâmpadas piscantes penduradas no teto e uma mesa redonda posicionada no meio do cômodo, e a mulher já estava sentada de um lado. Clara se sentou na cadeira vazia de frente para ela.

— Sou a Madame Catoire. E o seu nome é...?

— Clara.

Ela sorriu discretamente e pegou um maço de cartas que estava no centro da mesa.

– Embaralhe, por favor.

Madame Catoire entregou o baralho a Clara e ela embaralhou as cartas e devolveu o maço à mulher, que também as embaralhou, examinando Clara atentamente o tempo todo.

Madame Catoire virou as cartas uma por uma e as colocou sobre a mesa, cada uma delas contendo símbolos e números que nada significavam para Clara. A vidente as observou por um instante antes de se recostar na cadeira.

– Vejo tristeza em você. Você sofreu uma perda, só que... – A mulher ergueu as sobrancelhas, como se tivesse tentando encontrar as palavras certas. – Não é *bem* uma perda. – Ela olhou para Clara. – Alguém que você ama está muito doente.

Clara assentiu.

– Sim – ela disse num suspiro. – Meu pai.

Madame Catoire concordou com um movimento de cabeça.

– O que os médicos lhe disseram é verdade.

Clara assentiu novamente, devagar, triste. Sim, ela sabia.

Madame Catoire examinou as cartas outra vez.

– Você busca respostas para um mistério.

O coração de Clara deu um salto, mas ela respirou lentamente, pensando em uma resposta casual. Videntes são como vendedores, não? Deixe que percebam sua empolgação e eles terão uma vantagem.

– É verdade.

A vidente não olhou para Clara, como se não quisesse nem precisasse da validação dela. Inclinou-se para a frente, seus olhos parecendo brilhar sob a luz dourada das lâmpadas que piscavam acima de sua cabeça.

– Continue sua busca. Não pare. É muito importante.

– Tudo bem...

– Muito importante – ela sussurrou outra vez antes de voltar os olhos para as cartas, os grossos lábios vermelhos apertados e com os cantos virados para baixo.

Clara sentiu um tremor e se remexeu na cadeira. Será que Madame Catoire estava falando *de fato* do enigma e de como libertar Angelina?

– Madame Catoire, pode me dizer onde encontrar mais respostas? Onde procurar?

– Não. As cartas não respondem perguntas nem revelam nenhum detalhe. O que elas dizem está envolto em sombras, e só vejo o que desponta em meio à névoa.

Bem, aquilo era meio... vago. A decepção tomou conta de Clara e ela se perguntou se aquele seria algum tipo de truque. Se Madame Catoire não podia revelar detalhes nem responder perguntas, generalidades não se aplicavam a praticamente todo mundo? Só que... as duas coisas que ela dissera a Clara até então não se aplicavam a qualquer um, mas eram bastante aplicáveis a ela. E ela insistira que Clara não a pagasse, então não havia de fato motivo para enganar Clara de algum modo.

Madame Catoire olhou a moça nos olhos enquanto seu dedo se movia para outra carta, devagar, quase como acariciando o objeto.

– Tome cuidado com o homem de duas caras. Ele a machucará se você deixar.

Tome cuidado... com o homem de duas caras? Ela estava falando... de Jonah? Ele tinha cicatrizes no rosto, ela sabia disso, mas o que a vidente queria dizer com duas caras? Seu rosto antigo e o novo? *Ele a machucará se você deixar?* Jonah?

Ela balançou a cabeça, rejeitando o próprio pensamento. Ela não acreditava que Jonah pudesse machucá-la. Confiava nele. Pelo menos... bem, pelo menos com relação à sua segurança. De novo, talvez ela fosse ingênua. Achava que o conhecia, mas era mesmo possível conhecer uma pessoa que se esconde do outro lado do muro? *Sim,* seu coração insistia. Era possível. Mas a dúvida persistia... ele *não* aparecera no encontro. Nem a esperara no muro.

Madame Catoire dissera que as cartas não respondiam perguntas, então Clara não pediu esclarecimentos.

— Vê mais alguma coisa, Madame Catoire? Algo sobre... amor?

Madame Catoire se recostou na cadeira, parecendo exausta, o que era estranho, considerando que elas só estavam ali sentadas havia uns dez minutos.

— O seu verdadeiro amor dança entre os raios da lua.

Mas que diabos?! Dança? Ela era dançarina, obviamente, mas, tirando isso, Clara não fazia a menor ideia do que aquelas palavras queriam dizer, e abria a boca para dizer isso quando Madame Catoire se levantou de repente.

— A leitura acabou.

Ela juntou as cartas com um floreio e saiu por outra porta no fundo da pequena sala. Clara ouviu a mulher subindo uma escada e se levantou, confusa com a saída abrupta dela. Ela não a levaria até a porta e trancaria tudo? Havia dito que a loja estava fechada...

Clara pegou na bolsa uma nota de vinte e uma de cinco e as colocou sobre a mesa, para que Madame Catoire visse o dinheiro assim que descesse. Não havia uma placa informando o preço das leituras, mas ela não achava justo que a vidente trabalhasse de graça, e esperava que o dinheiro que tinha deixado sobre a mesa estivesse na faixa do que ela geralmente cobrava.

O sininho na entrada soou novamente quando Clara abriu a porta, que fechou atrás de si ao sair para a noite abafada. A rua estava mais vazia do que quando ela entrara na loja.

Clara pegou o celular e olhou as horas, surpreendendo-se ao descobrir que uma hora havia passado. *Como assim?*, ela se perguntou, franzindo a testa, confusa.

Ela virou à direita, descendo depressa pela rua. Tinha dez minutos para chegar à loja de fantasias. Dez minutos para achar algo para usar no baile de máscaras. Mais uma noite solitária. Ela sabia que continuaria pensando nas palavras da vidente: *Continue sua busca. Não pare. É muito importante.*

CAPÍTULO CATORZE

Janeiro de 1861

— Senhor Whitfield, está elegante hoje.
John deu um sorriso forçado. Se a senhora Chamberlain notou, não demonstrou.
— Obrigado, senhora Chamberlain. A senhora está adorável como sempre.
Ele se virou para Astrid, que estava à direita da mãe.
— Você também, Astrid.
Astrid corou até a raiz dos cabelos e John sentiu um discreto aperto no peito. Ele detestava o fato de estar usando a garota como desculpa para passar um tempo em Windisle – *para passar um tempo com Angelina* –, mas no momento não havia outro jeito.
— Aquela é a senhora Holdsworth? Creio que sim. Por que vocês dois não tomam um pouco de ponche? Volto já.
Ela deu um tapinha no ombro de Astrid, lançando-lhe um olhar cheio de significado, e John virou o rosto para o outro lado, fingindo não ter notado aquele olhar nada sutil.
Ele pigarreou, cumprimentando a senhora Chamberlain com um movimento de cabeça quando ela passou depressa por ele.
— Ponche? — John perguntou a Astrid, erguendo a sobrancelha.
Ela ficou vermelha, mas fez uma careta como se pedisse desculpas.

– Sutileza não é o forte da minha mãe. Mas, sim, obrigada. Adoraria um pouco de ponche.

John riu. Ele não tinha nenhuma intenção romântica com relação a Astrid, mas ela era uma garota legal. E bonita. Lembrava um pouco Angelina, com os mesmos olhos amendoados do pai e a testa alta. Logo chamaria a atenção de algum outro homem, e esse sujeito teria sorte se ela olhasse para ele, apesar do dragão que ela tinha como mãe.

Ele conduziu Astrid até a mesa onde estava o ponche e encheu um copo para ela e depois um para si.

– Feliz Ano-Novo, Astrid – ele disse tocando o copo dela com o seu.

– Feliz Ano-Novo, John – ela disse baixinho, tomando um gole de sua bebida.

Um homem de cartola e máscara preta riu, passando por eles com uma mulher que usava um boá vermelho e um chapéu delicado enfeitado com o que pareciam ser plumas de cardeal.

– Não sabia que era para vir fantasiado.

– Oh, não dizia nada no convite. Meus pais deram uma festa à fantasia de Réveillon muitos anos atrás, e algumas pessoas ainda vêm fantasiadas como uma tradição.

– Ah, entendi. – John tomou mais um gole de ponche aguado, desejando que alguém tivesse batizado a bebida ou que ele mesmo tivesse trazido algo para batizar o seu copo, para ajudar a suportar as trivialidades sociais daquela noite.

Tudo que queria fazer era abrir caminho entre aquele monte de gente e sair para o ar fresco da noite. Queria ir até *ela*. Ele a queria tanto que chegava a doer.

De repente, como se a sua mente tivesse conjurado, alguém que parecia com ela... ou melhor, que se *movia* como ela surgiu, e seu olhar foi atraído por uma mulher que usava um vestido rosa-claro de gola alta e uma máscara de gato que cobria o rosto todo, até o topo da cabeça. John tentou ignorar aquela mulher, desviar os olhos, mas não... ela *definitivamente* se movia como a sua Angelina. Ele devia saber, pois havia passado longas horas revivendo cada momento que passara com ela, visualizando repetidamente cada espreguiçada daquele corpo esguio, cada gesto, cada pequena contração dos músculos dela. Mas Angelina nunca fora convidada para aquela ou qualquer outra festa. De algum modo, ela estava muito perto, é verdade, mas... ah, era um mundo totalmente diferente!

— Então, John — Astrid disse, e John desviou os olhos da mulher parada do outro lado da sala e olhou para Astrid, que mordia o lábio de nervoso. — Eu... hã... gostei muito de tomar chá com você. Espero que, bem, eu...

Os olhos de John voltaram a focar na mulher mascarada, a voz de Astrid morrendo aos poucos. A mulher esticou a mão enluvada e pegou um pedacinho de bolo que estava sendo servido numa bandeja e levou a mão até sua cabeça abaixada, enfiando discretamente o bolo sob a máscara. Ela endireitou levemente a coluna enquanto baixava a mão, mastigava e engolia.

Aquele jeito de se curvar... era exatamente como Angelina fazia ao sentir prazer, arqueando as costas e sentindo a sensação com seu corpo todo — *Puta merda*. Os ruídos da festa explodiram na cabeça de John.

— John? Está tudo bem? Ouviu o que eu disse?

— Desculpe, o quê? — ele murmurou. John olhou para Astrid, que o encarava com uma expressão que era um misto de preocupação e mágoa.

— Perguntei se você...

— Desculpe pela grosseria, Astrid, mas tenho que falar com uma pessoa.

— Oh, claro, eu...

John desviou dela, tentando chegar o mais calmamente possível até a mulher parada perto da janela, a mulher... não, não *a mulher*. Angelina. A *sua* Angelina. E ela estava brincando com fogo.

Seu estômago se contraiu e ele engoliu um palavrão que já estava na ponta da língua, botando o que esperava que fosse um sorriso casual no rosto e se aproximando dela.

— Siga-me — ele disse baixinho, de modo que apenas ela escutasse. Então passou por ela, saiu da sala e começou a andar pelo corredor, onde olhou para trás uma vez para se certificar de que ela o seguia e de que ninguém os tinha visto.

Entrou na biblioteca no fim do corredor, deixando uma fresta de porta aberta. Quando ela entrou discretamente um instante depois, ele a estreitou nos braços, fechando a porta e trancando-a com um rápido movimento de pulso.

— O que diabos acha que está fazendo?

— Como me reconheceu?

Ele tirou a máscara e a jogou para o lado, e aproximou ainda mais Angelina do seu corpo com o braço que ainda a segurava, expirando com força.

— Eu a reconheceria em qualquer lugar, não sabe disso?

Angelina olhou para ele, que tinha os cantos dos lábios voltados para cima. Colocou uma mão sobre o coração dele, que batia forte no peito, em parte por causa do medo de que ela fosse pega, em parte de alegria por tê-la em seus braços, quando aquilo era tudo que ele vinha desejando com tanto fervor.

— Eu queria estar perto de você, John. Eu queria dançar com você e beber champanhe. Eu queria provar um daqueles bolos que minha mãe passou o dia todo assando. E vi as máscaras e eu...

John colou sua boca à dela, e as palavras de Angelina foram abafadas. Seus gemidos de prazer se misturavam enquanto suas línguas se moviam juntas, seus beijos ansiosos e cheios de desejo, cheios de certeza de que não haveria nem dança, nem champanhe, não para eles. *Mas há isto aqui. Ah, há isto aqui,* a mente febril de John lhe dizia. Mesmo que aquilo nem de longe bastasse.

— Não quero me esconder — ela disse, sua boca se separando da dele —, não em uma caverna, não em uma toca. Quero viver na luz, John.

Ah, droga. Droga, *droga. Isso é loucura,* John pensou. Aquilo o estava deixando maluco, fazendo com que sentisse uma necessidade doida de *fazer* alguma coisa, de encontrar uma saída para eles. Mas, apesar de não conseguir dormir de tanto pensar nela, de ficar acordado até tarde só olhando para o teto, ele não conseguia pensar em nada que não pusesse a vida de Angelina em risco. *A vida dela,* que era mais valiosa para ele do que a sua própria.

— Angelina — ele sussurrou, a palavra cheia do amor e desamparo que sentia em seu coração. Ele precisava de tempo. O que fariam?

Ele a beijou mais uma vez, correndo um dedo pela bochecha macia dela.

— *Nós dois* beberemos daquela poção de estrelas que você engarrafou. Brilharemos para o mundo todo ver.

Angelina deixou escapar uma risada que não tinha muito de humor.

— Só que ela não é de verdade, e você sabe disso.

John olhou nos olhos dela, daquela mulher que de algum modo mexera com sua alma.

— Não é? — Tudo que ele sabia era que se sentia mais radiante, mais atraente quando estava com ela. Sentia como se pudesse fazer *qualquer* coisa, se isso significasse cuidar dela.

Angelina o soltou e se abaixou para pegar a máscara do chão enquanto ia até uma mesa próxima.

Ela pegou um livro e o examinou, erguendo os ombros antes de colocar o volume de volta no lugar. Quando se virou, ainda tinha uma expressão perturbada, que substituiu rapidamente por um sorriso. Ela abria a boca para falar quando uma chave girou na fechadura e, antes que eles pudessem reagir, Astrid irrompeu no cômodo. Seus olhos estavam arregalados, e ela olhava de John para Angelina e de volta para John, com uma expressão de incredulidade no rosto enquanto John sentia um frio na barriga. *Ah, meu Deus, não!*

John se moveu de modo a ficar na frente de Angelina, um movimento instintivo de proteção, quando ouviu o som inconfundível de salto alto no piso de madeira do corredor segundos antes de a senhora Chamberlain se juntar à filha.

Ela olhava de um rosto assustado para o outro.

— Por Deus, o que está acontecendo aqui?

A mente de John girava. Elas a machucariam de algum modo — talvez não fisicamente, mas dariam um jeito de feri-la. Ele não podia deixar aquilo acontecer.

Astrid se adiantou, um sorriso frágil surgindo em seu rosto.

— Mama, pedi a Angelina que buscasse uma das minhas máscaras lá no quarto e a trouxesse aqui. Eu queria surpreender todo mundo.

Ela andou até onde Angelina estava e esticou a mão para pegar a máscara de gato.

John podia ver Angelina tremendo, e isso fazia seus músculos se contraírem dolorosamente, numa necessidade de ir até ela, mas sabia que era melhor não fazê-lo.

— Não foi, Angelina?

John nem piscava, pronto para se mexer se fosse necessário, tentando entender o que Astrid estava fazendo. Ela estava *dando cobertura* para eles?

— Foi, sim, senhora — Angelina disse, a voz pouco mais que um sussurro enquanto enfiava a máscara na mão esticada de Astrid.

Astrid pegou a máscara e deu outro sorriso forçado ao se virar para a mãe. A senhora Chamberlain estreitou os olhos para Astrid.

— Isso é mesmo necessário, Astrid? Só o pessoal mais velho ainda mantém essa tradição. — Ela olhou para John. — O que faz aqui, John?

— Eu... hã... errei de porta. Estava procurando o lavabo.

— Minha nossa! Você já frequenta a casa tempo suficiente para saber onde fica. — Ela fez um gesto vago com a mão. — Bem, imagino que não tenha tido tempo suficiente para conhecer bem *todos* os cômodos. — Ela fez uma pausa. — Espero que isso mude.

— Ah, sim. Bem... — Ele se virou para Angelina. — Desculpe-me se a assustei, senhorita.

A senhora Chamberlain olhou para Angelina como se tivesse esquecido de que havia uma pessoa de verdade ali.

— John, talvez você se lembre de Angelina. Ela é ajudante de cozinha e já serviu chá em nossos almoços — Astrid disse.

John olhou para Angelina, tentando lhe dizer com o olhar o quanto ele sentia muito pela situação. Parte dele queria chacoalhá-la por ter se arriscado, para início de conversa, o que os deixara à beira de um desastre. Graças a Deus havia Astrid. Ele ia pensar em uma explicação para dar a ela mais tarde. Mas ela devia suspeitar da verdade, já que havia mentido espontaneamente por eles, mas *por que* tinha decidido fazer aquilo era um mistério.

Ele cumprimentou Angelina com um movimento de cabeça.

— Lembro, olá. — Então desviou os olhos dela para Astrid. — Ainda não consegui aquela dança que você me prometeu.

A senhora Chamberlain bateu palmas, a satisfação nítida em seu rosto.

— Isso precisa ser remediado então. Astrid, John acaba de tirá-la para dançar.

A tensão o retorcia por dentro, e saber que aquilo estava magoando Angelina, o fato de ele a estar ignorando deliberadamente, piorava ainda mais as coisas, mas ele sabia que era preciso ter cautela. E ambos estavam acostumados com aquilo, com o discreto roçar de dedos quando ela lhe entregava a xícara de chá, acostumados com os olhares e os fingimentos, com sorridos polidos e mentiras descaradas.

Não quero me esconder. Quero viver na luz, John. Ele afastou a lembrança das palavras dela. Aquele momento ainda não havia chegado.

— Eu adoraria dançar, John — Astrid murmurou, segurando o braço que ele lhe oferecia enquanto os três se voltavam para a porta. Ele não ousava olhar outra vez para Angelina.

Enquanto John e Astrid abriam caminho até a pista de dança, uma música lenta substituiu uma outra mais agitada que estava tocando antes — obviamente a pedido da senhora Chamberlain.

John segurava Astrid nos braços, rodopiando com ela devagar, junto com os demais dançarinos.

— Obrigado — ele disse baixinho.

Ela ficou tensa por um instante, mas assentiu, e John sentiu-se grato por ela não fingir que não sabia por que ele estava agradecendo.

— Astrid...

— Não precisa explicar. Eu já sabia. Ou pelo menos suspeitava. O jeito que você a olha, John... percebi já há algum tempo.

Ele suspirou.

— Acha que sua mãe sabe?

– Sei que ela não sabe. Se soubesse, Angelina... bem, vocês estão correndo um risco muito grande – ela terminou de falar delicadamente enquanto era girada mais uma vez. – Tem certeza de que vale a pena?

John viu Angelina de soslaio, saindo pela porta e indo para os fundos. Por uma fração de segundo, seus olhares se encontraram, e então ela desapareceu. O corpo dele permanecia na sala, mas ele podia jurar que sua alma a havia seguido.

– Muito – ele disse com uma voz suave, mas resoluta.

– Então precisam tomar mais cuidado. Se eu percebi, é só uma questão de tempo até minha mãe também perceber. Ela só presta atenção em si mesma, mas tem faro para coisas que podem atrapalhar seus planos.

– Como os planos que envolvem você e eu – ele disse, com uma pontada de culpa.

Astrid parou.

– Sim, como os que envolvem você e eu.

– Sinto muito, Astrid. Se...

Astrid deu uma risadinha.

– Sorria, John. Parece que tenho um revólver escondido sob a anágua e apontado para você, que estou forçando você a dançar comigo. E, se pretendia dizer que se as coisas fossem diferentes seria feliz por ficar comigo, por favor, esqueça. É demais para mim.

– Eu *ia* dizer isso, e é verdade. Você fará um homem muito feliz um dia, Astrid.

– Só que esse homem não será você.

– Não... não serei eu. – Ele se afastou um pouco de Astrid e a olhou nos olhos. – Vai nos ajudar, Astrid?

Astrid parou, desviando o olhar por um instante, e depois voltou a olhar para John. Aquilo podia ser desastroso. Ele sabia que havia soado rude e totalmente desesperado, *mas valia a pena correr aquele risco por Angelina*. Ela merecia brilhar na luz. *Eles mereciam uma chance, sem dúvida*. Sua única esperança era que Astrid conseguisse deixar de lado a própria mágoa em nome do amor.

Astrid respirou fundo.

– Sim, John. Vou ajudá-los.

CAPÍTULO QUINZE

— Se ainda não disse, vou dizer agora: você está deslumbrante — Marco disse ao segurar a mão de Clara enquanto ela saía do carro.

A garota deu uma risadinha.

— Você já disse isso uma ou duas vezes. Obrigada. De novo.

Marco sorriu, lindo em um smoking preto e usando uma máscara preta que só cobria o nariz e a região dos olhos, oferecendo o braço para ela enquanto se dirigiam ao luxuoso hotel onde o baile de máscara beneficente estava sendo realizado.

Clara *se sentia* deslumbrante em seu vestido de cetim preto com saia rodada e minúsculas mangas que escorregavam dos seus ombros, o corpete ajustado coberto de centenas de lantejoulas azuis e verdes.

Não havia muitas opções na loja de fantasias, mas ela conseguira achar uma máscara azul-celeste adornada por um fio dourado e com uma cascata de penas azuis e verdes de um lado. Era delicada e linda e única, e ela gostara de imediato. Lembrava beija-flores.

Sua intenção tinha sido usar um longo simples, mas bonito que comprara para o casamento de um amigo no ano anterior, mas, ao passar por uma loja de roupas *vintage,* viu o vestido de lantejoulas que combinava perfeitamente com sua máscara e que, no fim, coubera certinho nela. Como se tivesse sido feito para ela. Como se fosse o destino.

Clara estava acostumada a usar fantasias – era o que fazia da vida –, mas aquele vestido parecia mais especial do que qualquer outro que usara. Brilhante. Acetinado. *Romântico.*

Não parecia que ela estava se fantasiando para uma festa, apenas que usava um vestido que a *representava.*

– Uau! – Marco disse, parando e olhando para o salão em geral. Clara concordou com aquela exclamação simples. *Uau, mesmo!*

Todo o ambiente estava decorado em tons de preto, branco e dourado, os lustres extravagantes pendurados sobre as cabeças iluminavam o salão e faziam cintilar os detalhes dourados.

Havia luxuosos arranjos de lírios brancos e folhagens em todas as mesas, cada um deles sobre um espelho que refletia ainda mais a luz cintilante pelo salão.

Clara respirou fundo, fechando os olhos de prazer ao inalar o perfume doce e inebriante de flores frescas.

– Dance comigo – ele disse, inclinando-se na direção dela com um sussurro.

Clara deixou que ele a conduzisse até a pista de dança onde casais mascarados bailavam ao som da música ao vivo executada pela banda posicionada no canto.

Marco a tomou nos braços e Clara olhou em volta para as duplas que passavam por ela, admirando suas máscaras, seus lindos trajes formais.

A decoração da festa era toda nas cores preto, branco e dourado, mas os vestidos das mulheres eram de cores brilhantes, as joias opulentas se destacando ainda mais por causa da ausência de cor do ambiente.

– Já está tão acostumada com minhas mãos no seu corpo que se desliga automaticamente quando seguro você?

Clara balançou a cabeça.

– Eu não estava desligada, só admirando as fantasias.

– E eu estou aqui admirando você – ele sussurrou contra o cabelo dela.

Clara se forçou a focar em Marco, que parecia tão charmoso com o smoking. Ela havia achado que ele fosse um conquistador, mas só olhava para ela, e talvez... talvez ela pudesse considerar aquele um encontro de verdade. Talvez a sua regra de não sair com colegas de trabalho fosse rígida demais. Afinal, *onde mais* ela conhecia alguém? No muro de alguma fazenda abandonada?

Clara zombava de si mesma por dentro. Talvez fosse bom para ela voltar sua atenção para outra pessoa que não um homem perturbado que não conseguia perdoar a si mesmo e que decidira viver trancado atrás de muros para todo o sempre.

Não que Clara fosse impaciente ou indelicada, mas se ele nunca quisesse ser encontrado... *ela devia continuar procurando por ele?* Ela queria viver *agora*.

Colocou as mãos no pescoço de Marco e o puxou mais para perto. Ele pareceu surpreso por uma fração de segundo, mas então a estreitou mais em seus braços. Ela olhou para ele, tentando enxergar nele mais do que apenas Marco, um colega de trabalho. Via nele um homem que, sim, parecia gostar de várias mulheres, mas que talvez estivesse apenas esperando a certa aparecer.

E talvez ela também estivesse esperando pela pessoa certa.

Marco se inclinou para a frente, seus olhos fixando os lábios dela. Ele ia beijá-la, e ela permitiria que ele o fizesse.

– Com licença – uma voz feminina o interrompeu. A irritação surgiu nos olhos de Marco antes que ele se afastasse, espiando por cima do ombro para ver quem era aquela que estava ali pigarreando. – Entramos em dez minutos. – Era Roxanne, uma colega aprendiz, e ela lançou para Clara um olhar de curiosidade, mas não maldoso, antes de se virar e ir embora.

Marco balançou a cabeça.

— Desculpe.

— Está tudo bem. Já tinha quase esquecido que você ia se apresentar. Vá se preparar. Só tem dez minutos.

Marco deu um suspiro de frustração, e assentiu brevemente.

— Ok.

Ele se afastou, segurou a mão de Clara e caminhou com ela até a beirada da pista de dança.

— A apresentação dura só uma meia hora. Me espera aqui? — Ele indicou uma mesa perto da pista de dança que se transformaria em palco onde alguns bailarinos se apresentariam para os convidados.

Clara não havia se voluntariado — já havia voluntários demais — e agora agradecia por isso. Era bom fazer parte do público para variar, e seus pés sempre podiam aproveitar um descanso.

Sentada à mesa, ela sorriu para Marco antes de ele se dirigir gingando para o palco.

— Boa sorte! — ela disse, sabendo muito bem que Marco não precisava disso. Ele era um dos bailarinos mais habilidosos que ela conhecia.

Pediu uma taça de vinho quando um garçom se aproximou e ficou ali sentada, bebendo relaxadamente até os bailarinos serem apresentados e as luzes baixarem.

Clara adorava aquele momento, adorava de dentro e de fora do palco, adorava aqueles segundos de expectativa quando seu coração ficava aos pulos enquanto ela esperava algo maravilhoso acontecer. *Nada se compara a este momento,* ela pensou enquanto uma ansiedade boa fazia sua pele arrepiar.

As luzes se acenderam e Clara expirou devagar. Marco estava no meio do palco com Roxanne, posicionado e totalmente imóvel.

Um saxofone começou a tocar, o som nebuloso enchendo o salão silencioso enquanto o casal começava a se mover em sincronia.

Algo acima da cabeça de Clara chamou sua atenção e ela olhou para lá. Era uma lua, suspensa sobre a pista de dança/palco, com milhares de luzinhas piscantes no teto numa imitação de estrelas.

Roxanne rodopiou para longe e Clara voltou sua atenção para Marco, que se movia sozinho sob o brilho do céu noturno fictício.

O seu verdadeiro amor dança entre os raios da lua.

O coração de Clara deu um salto. Será que a vidente estava falando de Marco? Ela o observou por um instante, tentando mais uma vez enxergá-lo com novos olhos, não com aqueles que o haviam julgado antes. Olhos que tinham visto as mulheres esperando por ele após os ensaios – uma diferente a cada semana. Olhos que o tinham visto flertar com colegas de trabalho enquanto elas o examinavam com esperança no olhar, só para se decepcionarem dias depois quando ele voltava sua atenção para outra pessoa.

Ele se movia linda e habilmente, sua expressão indicando enorme concentração. Ele não era um bailarino emocional – não tocava o seu coração como outros dançarinos a que ela amava assistir. Mas ele era bom. Incrível, na verdade. Só que ela não achava que a música, a *história* da dança, preenchesse a alma dele.

Clara provavelmente era o oposto. Ela sentia *demais* a história, e se esquecia de executar os movimentos com a precisão exigida. Os bailarinos excelentes têm as duas coisas, Clara pensou. E era algo raríssimo.

Sua bolsinha de festa vibrou de leve, a tela do celular acendendo lá dentro e gerando um brilho suave. Clara agarrou a bolsa, seus pensamentos indo direto para o pai. Ela se levantou durante um crescendo da música e deslizou com discrição pelo salão escuro, esperando até estar longe o suficiente para não atrapalhar ninguém, e então tirou o celular da bolsa e leu a mensagem de texto enviada por um número desconhecido.

Você está linda hoje.

Clara olhou fixamente para aquelas palavras e sentiu um calafrio percorrer seu corpo. *Quem poderia ser?*

Ela ergueu a cabeça, olhando ao redor naquele ambiente escuro, seu olhar voltando para Marco, que ainda dançava sob o teto de lua e estrelas, e depois se desviando.

Uma sombra se moveu perto de uma das saídas, passando por uma porta. Ela podia jurar que o homem olhou para trás e direto para ela antes de sumir em um canto.

Clara foi naquela direção, seu coração parando por uma fração de segundo enquanto ela respondia a mensagem.

Quem é?

Já me chamaram de apanhador de desejos.

Clara respirou com dificuldade, parou por um segundo, surpresa, e então começou a andar outra vez, desviando de um casal que estava parado no fundo do salão.

O casal olhou rapidamente para ela e voltou a assistir à apresentação de dança. Clara correu para a porta em que o homem havia desaparecido. *Você está aqui, Jonah? Como assim?* E como ele a descobrira no meio da multidão? Metade do seu rosto estava coberto por uma máscara.

A porta dava para um pátio com uma fonte gorgolejante no meio. Grandes árvores em vasos estavam posicionadas por todo o perímetro, suas copas lançando sombras que se moviam sobre as pedras do calçamento. Ele tinha desaparecido.

Ela avançava devagar, com o coração aos pulos e a pele arrepiada. O clima estava agradável, mas Clara sentia tremores de nervoso, de dúvida e de medo.

Uma sombra se moveu à sua esquerda e ela deixou escapar um gritinho de surpresa, virando naquela direção.

Era um homem, alto e forte, a sombra dele se misturando a todas as outras e então ficando mais nítida conforme ele se aproximava.

Clara estava indecisa, assustada, pronta para correr, só que...
aquele era *Jonah. Não há o que temer,* ela disse a si mesma dentro da cabeça, suas palavras lhe dando confiança.

A surpresa de tê-lo bem à sua frente venceu as suas dúvidas, e ela avançou para poder vê-lo melhor.

Algo dentro de si sussurrava discretamente, algo lhe dizia que tudo estava prestes a mudar. *Tudo.* Ela deu mais um passo, sua visão se adaptando mais à escuridão.

Seus olhos se arregalaram quando o rosto dele se tornou mais nítido, sua boca se abriu em choque, sua pulsação acelerando ao ver os ossos na face dele. Ela ficou sem ar. Mas não, era só uma máscara, metade dela cobria o rosto dele com uma imagem de caveira, e a outra metade cobria apenas um olho e parte do nariz.

Embora ela não tirasse os olhos daquele rosto, notou também que ele usava um smoking preto, a gravata-borboleta branca fazendo um grande contraste, assim como os ossos leitosos de sua máscara contra a cor escura que cobria a maior parte de sua pele.

O ar estava parado, o perfume de jasmim-da-noite chegando ao nariz dela, o som gorgolejante da água atravessando seu medo e sua confusão e mais centenas de emoções que ela não era capaz de distinguir.

– Não era nesta fonte que você deveria me encontrar – ela disse esbaforida, avançando mais na direção dele.

Jonah parecia congelado, a metade dos lábios que ela conseguia ver formando uma linha dura.

Depois de uma pausa, o canto dos lábios dele se curvou levemente para cima, indicando que aparentemente ele havia escutado o que ela dissera.

– Não, eu sei.

Era ele. Seu apanhador de desejos. Ela reconheceria aquela voz de tenor e aquele jeito de falar em qualquer lugar. A voz dele era perfeita para contar histórias, para lançar feitiços, para convencer e persuadir. Para seduzir e atrair e para induzir garotas sonhadoras a fazerem coisas que elas não tinham a intenção de fazer. Era isso que ele vinha fazendo com ela desde o começo? *E se era,* ela se perguntava, *por que amo tanto essa voz?*

Clara se aproximou dele e sentiu o calor do seu corpo. Houve uma súbita mudança no ar, algo relacionado à química que Clara não sabia explicar, mas que ela *sentia.* Assim como ela sabia quando uma tempestade se aproximava. A colisão dos átomos, a vibração do ozônio, só que naquele caso o fenômeno ocorria exclusivamente na pequena distância que os separava.

Ele está aqui, o coração dela sussurrou. Ela estava parada diante dele sem que nenhum muro os separasse.

O assombro tomou conta dela, um senso de irrealidade, como se aquilo não passasse de um sonho e ela pudesse acordar a qualquer momento.

Clara esticou a mão e tocou no braço dele, seus dedos deslizando pelo tecido rígido do smoking. Não havia nada os separando, nada mesmo. Bem, exceto suas máscaras.

Ela segurou a sua, engolindo em seco de nervoso ao levantá-la até o topo da cabeça. Ela o olhou nos olhos timidamente, expondo por completo o rosto para ele ao inclinar a cabeça na direção da luz. Pelo que ela conseguia ver, a expressão dele não havia mudado.

– Oi, Jonah – ela sussurrou. *Esta sou eu,* pensou. Ela não fazia ideia do que ele esperava, se é que esperava algo, mas o nervosismo a invadiu mesmo assim e seu sangue gelou nas veias.

– Oi, Clara. – O tom da voz dele era sério, inseguro, e, quando ela esticou a mão hesitante para tirar a máscara dele, ele recuou para as sombras de novo. Ela afastou a mão. – Você é linda.

Havia um tom de quase reverência na voz dele, e Clara respirou aliviada.

Ela ficou surpresa consigo mesma por ter se sentido feliz com o elogio, pois nunca tinha sido muito de se preocupar com sua aparência, preferindo focar em seus talentos, habilidades e coisas que podia controlar.

Mas ainda assim ela era uma garota, e ouvir que aquele homem, cuja opinião passara a importar para ela, a achava bonita a encheu de alegria. Ficou bem claro para ela por que ele tinha tanto medo de lhe mostrar suas cicatrizes.

– Eu fui encontrá-la naquela noite – ele disse, virando a cabeça de um jeito que a fez pensar que ele a olhava com um olho. – Observei você. Eu só... não estava pronto.

Ele tinha ido até lá naquela noite? Oh! Ela suspirou, aproximando-se, buscando o calor do corpo dele. Jonah ainda não estava pronto para lhe mostrar seu rosto – suas cicatrizes – e ela não o forçaria, mas eles já tinham ficado tanto tempo afastados, e era difícil resistir à atração que sentia por ele.

– Tudo bem. Você está aqui agora. – Ela ergueu as sobrancelhas enquanto aceitava a realidade daquilo. – Por que veio até aqui? Como ficou sabendo do baile?

Ele deu uma risada discreta de embaraço.

– Eu queria vê-la dançar. Fui ao seu ensaio. – Ele balançou a cabeça. – Desculpe, sei que isso parece meio...

– Parece adorável. Queria que você tivesse me falado. Quem me dera eu soubesse que você estava lá. Eu teria dançado só para você.

Seus olhares se cruzaram por uma fração de segundo e, embora ele estivesse quase todo oculto, havia algo acontecendo entre os dois e Clara não conseguia determinar o que era.

Jonah desviou o olhar e se recostou no muro atrás dele. À luz da lua, Clara podia ver a pulsação na parte exposta do pescoço dele. Aquilo gerou uma sensação estranha dentro dela. Queria tocá-lo, sentir a vida pulsando dentro dele, mas sabia que tal coisa o faria se retrair ainda mais. Ele já parecia prestes a ir embora se houvesse a menor provocação, e ela queria desesperadamente que ele ficasse.

— Havia um flyer do baile de máscaras no saguão. — Os lábios dele — a metade visível daquela linda boca — se inclinaram levemente para cima de novo. — Parecia perfeito demais para resistir. — E então os lábios voltaram à posição original. — Não vou ficar muito tempo.

— Por quê? — Ela segurou as mãos dele e Jonah olhou para baixo, para os dedos unidos deles. — Você está seguro aqui comigo. — Ela sorriu para ele. — Estou tão orgulhosa de você. Deve ter sido difícil sair de Windisle. Mas você está aqui. Você conseguiu.

— Sim. Consegui. — Ele virou a cabeça de leve. — Não sei com que frequência farei isso de agora em diante, mas agradeço por ter me ajudado a lembrar que existe um mundo fora de Windisle. E se estiver escuro o bastante...

— Ah, Jonah — ela apertou as mãos dele —, você não precisa esperar escurecer para sair. Você pode viver na luz. — Mas ela sentiu uma pontada de culpa no peito. Sentiu que o estava forçando mais uma vez, e não queria que ele se ressentisse com ela por causa disso. Clara queria inspirá-lo, fazer com que se sentisse seguro, não pressioná-lo. — Mas no seu ritmo. Esta... — ela apertou as mãos dele outra vez — é a surpresa mais maravilhosa da minha vida.

Ele riu discretamente, mas havia algo no jeito como ele mexia a boca que dizia a Clara que ele tinha ficado feliz com o que ela dissera. E ela esperava que Jonah soubesse que não era exagero da parte dela.

Jonah lançou um olhar na direção da porta de onde vinha a música que indicava que a apresentação estava chegando ao fim, e depois voltou a olhar para os dedos unidos dos dois.

Ele segurou as mãos dela, virando as suas palmas para cima, examinando o dorso das dela. Passou um dedo sobre um dos nós da mão dela e soltou um suspiro entrecortado e, ao mesmo tempo, um tremor invadiu o corpo de Clara, e os músculos do estômago dela se contraíam quando seus olhares se cruzaram de novo.

Ela não conseguia ver totalmente o rosto dele, mas, ah... ninguém jamais a olhara com tanta intensidade. Ela havia dito que ele era seu amigo, mas *aquilo* não parecia nem um pouco com coisa de amigos. O simples toque das mãos dele, a presença dele pareciam... eróticos, e Clara engoliu em seco, sentindo-se deslocada, dominada por sensações que nunca havia sentido, seu sangue pulsando com tanta força nas veias que ela se sentia zonza.

Clara tivera dois namorados sérios com quem havia tido intimidade. Mas nada tinha sido como *aquilo* – nem de longe – e só o que fazia era segurar as mãos de Jonah, um homem cujo rosto ela só vira na internet, um homem com cicatrizes terríveis sob a máscara. No entanto, só um lado do rosto dele estava coberto por inteiro. A pele exposta da outra face era lisa e sem marcas, e ela enxergava naquele pequeno pedaço dele a mesma beleza que vira em sua foto da internet.

Tome cuidado com o homem de duas caras. Ele a machucará se você deixar.

Ela sentiu aranhas descendo por sua coluna ao se lembrar das palavras da vidente. Ela as espantou e elas se espalharam, desaparecendo no ar noturno perfumado.

– Você acredita em profecias, Jonah? – Suas palavras saíram hesitantes, como se tivesse falado sem pensar. O fato era que se sentia meio zonza e meio focada com tanta intensidade que sua cabeça doía.

O dedão de Jonah acariciou novamente o nó do dedo dela e Clara podia jurar que mais calor emanava dele. Era uma noite agradável, não muito abafada. Mas Clara se sentia quente.

– Profecias?

– Sim. Acredita que nossos destinos já estão traçados?

Jonah balançou a cabeça.

– Não, acredito que nós escolhemos nossos caminhos. Escolhi o meu e ele...

– O trouxe até mim. – Clara completou a frase, embora soubesse que não era aquilo que ele ia dizer. Ele estava prestes a dizer que o caminho dele o levara a Windisle ou fizera dele um assassino ou algo assim. Mas ela não deixaria que dissesse tais coisas.

Os cantos dos lábios de Jonah se curvaram.

– Sim. – Ele soou pensativo. – Acho que trouxe, sim.

Ele ergueu as mãos dos dois, soltando seus dedos e afastando um pouco as suas mãos, e então as levou para a frente de novo. Clara deu um suspiro de prazer, os dedos de Jonah junto aos seus.

– Por que pergunta sobre profecias? – Sua voz parecia mais grave, tensa.

– Eu... eu... – Ela balançou a cabeça, perdendo o fio da meada quando os dedos dele deslizaram entre os seus. Não, com certeza aquilo não era coisa de amigos. – Deixa pra lá.

Uma nova música começou, o som do salão de festa escapando pela porta aberta que dava para o pátio.

– Dança comigo?

Ele hesitou, seus dedos parando no meio do movimento enquanto deixava escapar um suspiro.

– Clara...

— Só uma dança? — ela sussurrou. E se ele decidisse não se aventurar novamente? E se aquele baile de máscaras, onde ele podia esconder o rosto sem problemas, fosse sua única chance de dançar com ele?

— Tudo bem — murmurou, aproximando-se dela e devagar, muito devagar, tomando-a em seus braços, seu calor sólido a envolvendo. Ela derreteu e se fundiu a ele. — Faz muito tempo que não danço.

Clara sentiu o hálito dele contra a sua bochecha enquanto o enlaçava e começava a se mover com vagarosidade ao som da música que mal chegava onde eles estavam.

Ela dançava todos os dias. Estava acostumada a ter homens encostando seus corpos contra o dela, suas mãos no corpo dela. Ela estava *tão* acostumada com aquilo que, às vezes, ficava dessensibilizada com relação a como o seu corpo *podia* reagir ao toque físico em relacionamentos pessoais. Ossos do ofício, ela diria a si mesma. E *ainda assim*, o leve roçar do corpo de Jonah contra o dela a fazia se sentir como se estivesse cheia de eletricidade.

— Eu estava pensando... — Jonah começou a dizer, mas deixou a frase morrer.

— E? — ela sussurrou, a palavra saindo ofegante, calafrios percorrendo a sua pele ao escutar a voz dele tão perto de seu ouvido.

— Naquela noite, enquanto me esperava na fonte, você ficava olhando para as estrelas. — Ele fez uma pausa, aproximando ainda mais sua boca e fazendo o corpo dela pulsar. — No que estava pensando?

Por um instante, ela foi pega de surpresa pela pergunta, todo o seu ser tão focado no momento presente que era difícil levar sua mente para outra ocasião.

— Eu... eu me perguntava quantas vidas podemos viver com aqueles que amamos. Eu estava pensando se existe algo após esta vida – *esperando* que houvesse. Uma outra vida, uma outra chance. – Ela virou a cabeça deliberadamente, deixando sua boca perto do pescoço de Jonah e um pequeno tremor percorreu o corpo dele. – O amor não pode apenas sumir quando esta vida termina, não é, Jonah? Mesmo que nossos corpos virem pó, o amor que sentimos deve ir para algum lugar.

Ele ficou calado, mas a estreitou mais em seus braços enquanto ela também chegava mais perto do corpo dele, querendo *mais,* escutando a respiração entrecortada dele e sentindo seus músculos tensos e rígidos. Eles se moveram juntos daquele jeito por um bom tempo antes de ele se afastar, dando um passo para trás, respirando com mais dificuldade, como se aquela breve dança tivesse sido um esforço para ele.

– Tenho que ir.

Clara abriu a boca para pedir que não se fosse, para dizer que ela iria embora *com* ele se ele insistisse em deixar o baile, quando a porta que dava para o pátio foi escancarada, batendo na parede do edifício. Ela escutou passos bruscos e alguém chamando seu nome.

Clara franziu a testa, virou-se na direção da voz e saiu de debaixo da pequena cobertura oferecida pelas copas das árvores onde ela e John estiveram protegidos pelas sombras.

Marco se voltou para Clara quando ela entrou em seu campo de visão.

– Aí está você. Eu estava à sua procura.

Droga. Marco. Ela sabia que o que estava prestes a fazer era rude, mas iria embora com Jonah.

Por que não iria? *Bem, isso vai ser embaraçoso,* ela pensou, se encolhendo por dentro.

– O que faz aqui fora?

— Estava conversando com uma pessoa. Marco, este é... — Ela se virou para Jonah, mas ele tinha sumido.

Marco entrou na frente dela, examinando a escuridão onde Jonah estivera segundos atrás.

Clara olhou por cima do ombro para a porta de saída do outro lado do pátio, sentindo-se frustrada. Ele tinha ido embora. Ele havia desaparecido.

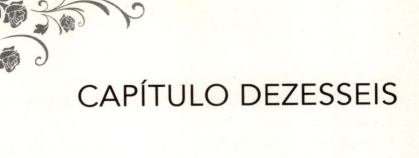

CAPÍTULO DEZESSEIS

Jonah pressionou as costas contra o muro do edifício ao lado do hotel, tentando recuperar o fôlego.

Ele havia escapado discretamente e descido depressa a escada de saída do hotel, mas não estava com falta de ar porque não se exercitava ou porque estivesse fora de forma. Não, sua incapacidade de respirar devidamente era por causa de Clara. *Clara.*

Droga, seu corpo ainda excitado, ainda pulsando com a lembrança do corpo dela apertado contra o seu, o cheiro dela o envolvendo, a forma como o olhara com aqueles lindos olhos castanhos. *Castanhos. Os olhos dela eram meio dourados. Um belo tom de caramelo.* E eles pareciam poder *enxergá-lo* apesar do rosto coberto. Jonah fechou os olhos, desejando que seus batimentos cardíacos diminuíssem, desejando que seu corpo relaxasse.

Quando se sentiu mais controlado, desencostou do muro, enfiando as mãos nos bolsos do paletó e baixando um pouco a cabeça.

Ele ainda usava a máscara escolhida para o baile, o que lhe dava mais liberdade de andar pelas ruas mais à vontade, sem a necessidade de esconder as cicatrizes.

Recebeu alguns olhares estranhos dos transeuntes, mas ali era Nova Orleans, e ver pessoas metidas em roupas esquisitas e fantasias não era incomum, então, depois de lançar um ou dois olhares de curiosidade, as pessoas seguiam em frente sem dizer nada.

Mesmo assim, Jonah não gostava de chamar a atenção, nunca havia gostado que olhassem para ele. Pedia a Deus que fizesse

com que ele voltasse a ser anônimo de novo. Mas isso jamais aconteceria. Ele baixou mais a cabeça, levantando a gola para cobrir o pescoço.

Os olhares o faziam lembrar de quem ele era agora, e de quem jamais voltaria a ser. Os olhares deixavam seu coração pesado e seus pelos eriçados. Os olhares o faziam perceber que ele jamais caminharia em paz ao lado de alguém como Clara.

Havia um grupo de pessoas na esquina esperando o semáforo de pedestres ficar verde, e Jonah se demorou diante de uma porta de entrada, não querendo passar por elas, preferindo aguardar até que tivessem atravessado a rua.

Ele se inclinou na direção da escuridão, movendo o tronco antes dos pés, caminhando com cautela, tentando fazer movimentos discretos.

Era uma espécie de dança, pensou com tristeza, se mover entre as sombras, saber com precisão onde pisar e como desviar da luz, mesmo ao luar.

Antes, ele era um homem acostumado com os holofotes; agora, dançava entre os raios da lua.

Seria romântico, Jonah pensou, bufando de mau humor, *se não fosse tão patético.*

O grupo de jovens animados se moveu e Jonah também, sua mente trazendo de volta o breve tempo que ele havia passado com Clara.

Ah, ela era linda e gentil! Sua mente curiosa contemplava o amor, a vida e os mistérios que iam além de si mesma. Ela era boa e perfeita e cheirava deliciosamente bem... e ele queria que ela fosse *sua.* Aquela ideia o encheu de desejo – um desejo lancinante e doloroso.

Ele se lembrou da noite no teatro, quando fora vê-la dançar, quando convencera a si mesmo a fazer aquilo, uma única saída, para depois retornar para a segurança dos muros de sua propriedade e reviver aquela lembrança para sempre.

Ele tinha permanecido nas sombras no fundo do teatro, misturado à escuridão enquanto o corpo dela girava e saltava e se movia de um jeito que fazia o coração dele inchar e se partir no tempo de uma única respiração.

Ela era hipnotizante, não apenas o seu corpo, mas a expressão em seu rosto enquanto a música aumentava, chegando ao crescendo e depois diminuindo, as notas de um piano solitário morrendo aos poucos.

A expressão de Clara havia captado a alma da música e contado a ele a história da dança que ela executava. Jonah não sabia o nome da música, mas sabia que era uma história cheia de tristeza e dor, e, por fim, redenção. Ela havia contado essa história com o corpo e o rosto, com as lágrimas que brilhavam em seus olhos sob as luzes fortes do palco. *Ele havia sentido tudo aquilo e se apaixonado*. Bem ali, exatamente assim, o peito dela subindo e descendo enquanto olhava sem enxergar para a escuridão onde ele se escondia, desejando-a tanto que se sentia até zonzo. Ele havia se apaixonado e ela nem sabia que ele estava lá. Não sabia que o coração dele havia batido no mesmo ritmo da música que ela dançara com tanta graça. Inchando e esvaziando... em êxtase. Sofrendo.

Jonah tinha saído discretamente, comovido demais para continuar a observá-la, e foi quando viu o flyer do baile de máscara.

Ouviu um casal discutindo ao passar por um beco e diminuiu o passo, sua mente o trazendo de volta para o presente. A voz da mulher estava esganiçada de medo, a voz do homem soava ameaçadora.

Jonah se escondeu na sombra projetada pelos edifícios. Por que estava escutando aquilo? Por que havia parado? Não era da sua conta, e ele precisava chegar até a moto que havia comprado e aprendido a dirigir mais ou menos um ano antes do julgamento de Murray Ridgley, com a intenção de usá-la para ir até o escritório, um brinquedo que descobrira ser inútil depois de apenas uma ou duas ocasiões.

Ele a havia ligado algumas vezes nos últimos anos, mexido nela devido à falta do que fazer, planejado, sem entusiasmo, dar uma volta pela vizinhança, protegido pelo anonimato do capacete escuro, mas por fim o medo e a vergonha o haviam impedido. Ele tinha decidido não sair mais de Windisle. Nunca, nem para dar uma volta no quarteirão. Ele não tivera vontade nem motivação. Não antes de Clara.

— Vou pagar você — a mulher disse, a voz trêmula.

— Isso foi o que você disse na semana passada, sua puta barata. Isto aqui não é centro de caridade. Ou me dá o dinheiro, ou vai me pagar de outro jeito agora mesmo. A escolha é sua.

— Por favor, Donny. Não estou mentindo. E minha filha pequena está sozinha em casa. Tenho que voltar para ela.

— Então é melhor ficar de joelhos e fazer um bom trabalho. E depressa.

Jonah observou o homem avançar na direção da mulher, agarrando-a pelos cabelos e forçando-a a se ajoelhar enquanto ela gania de dor.

Oh, Deus! Jonah inspirou devagar pelo nariz e expirou. Ele deveria se virar e ir embora — a mulher sem dúvida tinha mexido com a pessoa errada e ia aprender uma lição dura, mas talvez ela merecesse.

Isso não tem nada a ver comigo. Seus músculos se retesaram para fazer seu corpo girar.

Você está escolhendo um caminho, Jonah. Ele congelou, tinha certeza de ter escutado a voz do irmão perto de sua orelha, mas sabia que era apenas imaginação.

Justin não estava ali, era só a lembrança de outra ocasião em que ele se sentira como se sentia agora – dividido, indeciso, cheio de... aquilo era culpa? Sim, era exatamente isso. *Culpa* por ter feito vista grossa, por ter participado, mesmo que por omissão, de algo que, em seu íntimo, ele sabia que era errado.

Jonah saiu das sombras.

– Largue a mulher.

O homem grunhiu e se virou para Jonah, mas sem soltar os cabelos dela. Diante dele, os olhos da mulher estavam arregalados e cheios de medo, e ela fez uma careta quando a mão do homem aparentemente agarrou seus cabelos com mais força, puxando o couro cabeludo.

– Cai fora, cara. Isto não é problema seu.

Jonah avançou mais, entrando sob o facho de luz fraca que vinha do poste de iluminação pública no fim do beco, e o homem arregalou os olhos. A mulher abriu a boca de surpresa, o medo ainda presente em seus olhos.

Jonah, com sua máscara de caveira, com certeza parecia ainda mais assustador do que o idiota nojento que tentava agredi-la.

– O que diabos é você? – o homem perguntou, seu olhar examinando o smoking de Jonah e depois voltando para seu rosto de caveira.

– Sou o cara que está fazendo disto problema meu – Jonah disse, sua voz um rosnado baixo que mal dava para ouvir acima do ruído dos aparelhos de ar-condicionado pendurados do lado de fora do edifício ao lado de onde eles estavam.

O homem largou o cabelo da mulher, e ela cambaleou para o lado antes de recuperar o equilíbrio e deslizar para trás feito um caranguejo assustado.

O homem riu, um som tão seboso quanto os cabelos ralos que emolduravam seu rosto gordo. Jonah soltou um suspiro. Ótimo, agora ele teria que dar um jeito naquele maldito imbecil.

– O Halloween ainda não chegou, garotinho. Vá para casa e diga à sua mãe que ela botou a fantasia em você cedo demais.

– Talvez o que está debaixo da máscara seja ainda mais assustador, seu gordo de merda.

O homem estufou o peito.

– Sabe com quem está mexendo?

Jonah deu um passo à frente, mordendo a isca. Algo violento dentro dele se agitou de repente com aquela situação – não pelo fato de uma mulher ter estado prestes a se tornar a vítima de alguém, mas porque agora ele tinha um bom motivo para derramar o sangue daquele cara, de vê-lo estirado no chão à sua frente. Suas palmas coçavam de vontade.

Se eu sei com quem estou mexendo?, Jonah riu.

– Um valentão ensebado que ataca uma mulher com metade do seu tamanho em um beco cheio de lixo esparramado. – Jonah se deu conta de que tinha os punhos cerrados e baixados ao lado do corpo e os pés separados, pronto para encarar a briga.

O homem estreitou os olhos e se moveu inquieto, obviamente chocado pela ausência de medo na voz de Jonah, e pelo fato de que Jonah avançava em vez de recuar. E embora o homem tivesse zombado da máscara de caveira, aquilo – e o fato de não poder ver a expressão de Jonah – tornava a coisa toda ainda mais assustadora, mais misteriosa.

O homem tirou algo brilhante do bolso e Jonah deu um passo para trás. Era uma faca e o homem avançou na direção de Jonah.

– Vá, dê o fora daqui, aberração.

Aberração.

Jonah olhou de relance para a mulher que ainda estava ajoelhada encolhida em um canto, recuando um passo, fingindo que desistia de brigar. O homem baixou a arma devagar, Jonah se virou com lentidão e então girou depressa, avançando com velocidade e chutando o braço do homem com toda a força de suas pernas, as pernas que haviam corrido quilômetros e quilômetros ao redor de Windisle todos os dias nos últimos oito malditos anos.

O homem ganiu, a faca caiu retinindo no chão. Jonah chutou a arma para longe e girou atingindo o homem com o punho em um único movimento coordenado.

Ouviu-se o som de osso quebrando e de sangue espirrando quando o homem emitiu um grito agudo, levando a mão ao nariz.

— Você quebrou meu nariz, seu desgraçado.

Então o homem avançou contra Jonah violentamente, conseguindo acertar um golpe antes de ele se esquivar para o lado e acertar um soco na barriga gelatinosa do outro, que se curvou, com falta de ar.

Jonah usou as pernas de novo, e chutou a lateral da cabeça do homem. Ele desabou em uma poça de um líquido desconhecido, e o os respingos acertaram os sapatos de Jonah. *Ah, merda.*

Jonah deu alguns passos, juntou a faca que havia chutado para longe e foi até o homem que ainda gemia no chão.

Ele encostou a faca no pescoço do homem, enfiando a ponta da lâmina em sua pele enquanto o agressor soltava um arquejo e seguia a lâmina brilhante com os olhos cheios de medo conforme Jonah a deslizava sobre sua pele suada.

— Chegue perto dela outra vez e eu garantirei que uma lâmina como esta seja enfiada nessa sua barriga gorda. Entendeu?

O homem assentiu, parando de mexer a cabeça quando sentiu a lâmina entrando em sua pele novamente.

— De pé.

O homem hesitou por uma fração de segundo, como se não tivesse certeza se Jonah estava mesmo falando sério, e então se sentou, foi para trás e se levantou, ofegando como se tivesse acabado de correr uns trinta quilômetros.

O sangue continuava pingando do seu nariz e do ponto em que Jonah havia encostado a lâmina em sua garganta, escorrendo em volta do pescoço.

– Vá – Jonah disse com rispidez, dando um passo para o lado. O homem correu, pisando em poças escuras no caminho.

– Obrigada, senhor. – Jonah se virou, voltando a atenção para a mulher que continuava ajoelhada no chão. Ela se levantou devagar, obviamente tentando se recompor enquanto ajeitava a roupa e passava as mãos sob os olhos contornados de preto.

Jonah assentiu.

– Vá para casa, para a sua filha. O que quer que tenha feito para se meter em dívida com um aproveitador feito aquele, não faça de novo. Sua filha precisa que você tome boas decisões. Que a proteja. Ela espera que *você* escolha o caminho certo.

Você está escolhendo um caminho...

A mulher espancada diante dele ainda tinha uma chance de fazer a escolha certa, de dar a meia-volta e ir na direção certa. Jonah sinceramente esperava que ela o fizesse.

A mulher assentiu, enxugando uma lágrima.

– Farei isso. Obrigada. Você não faz ideia... – Ela engoliu em seco. – Obrigada. – Então passou correndo por Jonah e, ao sair do beco, dobrou a esquina na direção oposta àquela em que o homem tinha ido minutos antes.

Você não faz ideia... Só que Jonah fazia ideia, sim. Ele sabia o que era se sentir derrotado, quebrado além de qualquer possibilidade de conserto, sem esperança, desamparado...

Aberração.

Só que ele não se sentia desamparado agora. Havia ajudado uma pessoa que estava mais desamparada que ele. Ah, Justin não teria orgulho do irmão? Ele riu baixinho para si mesmo.

– Esta foi pra você, meu irmão.

As palavras o deixaram triste, mas também trouxeram para o seu peito um calor inegável que não sentia fazia muito, muito tempo. Por um instante, ele se sentira *útil*, não a pessoa sem propósito que vinha sendo todos aqueles anos.

Enquanto caminhava, botou a mão no bolso, sentindo a superfície lisa e sólida do celular que Myrtle havia habilitado para ele no dia anterior. Tirou o aparelho do bolso e olhou para a tela. Havia uma mensagem de texto.

Clara: Aonde você foi?

Ele digitou depressa uma resposta.

Desculpe, Clara. Tive que ir embora. Obrigado pela dança.

Merda. Obrigado parecia muito inadequado. Ou talvez fosse o motivo *real* do seu agradecimento que parecia errado. *Obrigado por fazer eu me sentir vivo outra vez, nem que tenha sido por um instante. Obrigado por me fazer sentir que tenho valor.* Nossa, isso é que é saber como espantar uma garota! Não, sendo verdade ou não, ele não diria nada disso.

Fechou os olhos, evocando uma imagem de Clara de horas atrás, seu vestido de festa cintilante enfeitando seu lindo corpo, fazendo com que ela parecesse saída de um conto de fadas. Seus cabelos cacheados descendo em ondas brilhantes por suas costas, a máscara em tons vívidos de azul e verde que escondia metade de seu rosto, fazendo com que seus lábios – a única parte do rosto que se podia ver bem – parecessem especialmente rosados e atraentes. Ah, como ele quisera beijá-la, provar seu...

Pare. Nem pense nisso.

Jonah podia jurar que havia acontecido algo significativo e importante entre eles no jardim, algo que parecia muito como atração mútua, mas, se ela havia se sentido atraída por ele, era só porque não podia ver no que ele tinha se transformado.

E ele a havia observado antes de lhe revelar sua presença. Tinha visto Clara dançar com outro bailarino no palco do teatro e se perguntado se haveria algo entre eles.

Por um segundo, havia pensado que o cara beijaria Clara, e uma sensação de pontadas quentes o fizera ranger os dentes. *Ciúme*, ele pensara. *Esta é a sensação de ciúme*. Mas ele não tinha o direito de sentir tal coisa. Não mesmo.

Clara: Quando o verei de novo?

Jonah franziu a testa, enfiando o telefone de volta no bolso, sem saber ao certo como responder àquela pergunta.

A volta para casa foi como um borrão, pois Jonah passou todo o caminho revivendo cada momento que havia desfrutado ao lado de Clara. Ele ainda estava meio zonzo quando tirou o capacete, a máscara saindo junto e aterrissando no chão.

— Estávamos preocupados com você.

Jonah praticamente deu um pulo.

— Minha nossa, Cecil! Quase me fez ter um ataque cardíaco!

— Bem, então estamos quites. Em nome do Senhor, o que estava fazendo zanzando pela cidade nessa coisa? — Ele apontou para a moto preta e polida.

— Vocês tentam me convencer a sair de Windisle há anos e, quando eu saio, reclamam? — Jonah colocou o capacete sobre o assento da moto e se virou por completo para Cecil.

— Não estou exatamente reclamando. Só parece um movimento repentino, e queríamos saber por que todo esse segredo. Aonde tinha ido. O que teria motivado tudo isso. O que estava fazendo. — Cecil franziu o cenho conforme Jonah entrou totalmente sob o brilho da luz. – O que aconteceu com você? – ele perguntou, estreitando os olhos enquanto examinava melhor o rosto de Jonah.

Hein? O homem estava ficando gagá?

– Uma bomba explodiu no meu rosto.

– Ah, pelo amor de Deus, não estou falando disso. Você está sangrando.

Jonah levou os dedos ao lábio que o homem havia acertado com seu único golpe. Quando afastou os dedos, eles estavam manchados de sangue.

– Eu... – ele balançou a cabeça, baixando a mão. – Vi uma mulher ser agredida. Interferi. Não foi nada.

Cecil olhou para ele por um bom tempo.

– Nada – repetiu.

Jonah se virou, indo na direção da porta.

– Isso. Nada.

– Agora vai sair à noite pela cidade em missões secretas?

Jonah parou, rindo ao se voltar para Cecil.

– Missões secretas? Pelo amor de Deus, Cecil! Eu... – Ele jogou as mãos para o alto e as deixou cair. Cecil era um maldito enxerido. – Fui ver uma garota.

Aquilo fez Cecil parar de repente.

– Uma garota? Aquela com quem tem se encontrado no muro?

Jonah suspirou.

– Sim. O nome dela é Clara. Ela é... uma amiga. Hoje teve um baile de máscaras e fui me encontrar com ela lá. É só isso.

– É só isso.

– Virou papagaio agora? – Jonah soltou o ar, passando a mão pelos cabelos curtos, sentindo os pontos com cicatrizes do lado esquerdo do couro cabeludo onde os cabelos nunca voltaram a crescer.

— Eu só... estou *saindo*, Cecil. Estava anônimo no baile esta noite, e anônimo de capacete, então pude andar de moto e ser outra pessoa por algumas horas, ok?

— Clara — Cecil repetiu, obviamente focando na informação mais importante que Jonah lhe dera.

— Sim, Clara.

— Quem é ela?

Jonah se virou de novo e começou a ir na direção da casa, do seu quarto. Cecil o seguiu.

— Só uma garota.

— Só uma garota.

Jonah soltou um suspiro de frustração e se voltou para Cecil novamente. O velho parou de súbito.

— Sim, só uma garota. Uma garota chamada Clara.

Cecil se inclinou e o examinou de perto.

— Você está apaixonado.

— *Apaixonado?*

Cecil cruzou os braços.

— Mm-hmm. Definitivamente apaixonado. O jeito como diz o nome dela. É como se estivesse fazendo uma oração.

Ah, não. O velho estava perdendo o juízo. Ou talvez fosse muito perspicaz. Jonah preferia ficar com a primeira hipótese. Mas... *ah, sim,* ele desejava Clara. Sim, ele estava apaixonado por ela.

Jonah soltou um suspiro de derrota. Não importava, e não admitiria a Cecil ou Myrtle o quanto estava apaixonado. Aquilo só dizia respeito a ele, e a ninguém mais.

— Não é nada de mais.

— Se você está dizendo... — Cecil falou, erguendo uma sobrancelha em sinal de descrença.

Jonah parou antes de atravessar o corredor que levava ao seu quarto.

– Não há com o que se preocupar. É uma coisa... passageira. – O tipo de vida que levava não permitia que ele tivesse alguém de forma permanente, em particular uma mulher tão vibrante quanto Clara.

Ele havia gostado da liberdade de desbravar as ruas em sua motocicleta, mas não tinha certeza se o risco valia a pena. Em algum momento, poderia ser parado. Não tinha habilitação... e teria que mostrar o rosto para o policial.

Um pequeno calafrio percorreu sua espinha. Inferno, ele correra o risco de ter problemas com a lei quando enfrentara o valentão no beco naquela noite.

Não, aquela era só uma diversão passageira em sua vida sem brilho. Mas logo tudo estaria acabado. Ele mesmo poria fim àquilo. Nada valia a pena de se expor ao mundo.

Ele se voltou para o velho, notando, de repente, que tinha muito mais cabelos brancos do que pretos na cabeça, e muito mais rugas em sua pele morena do que Jonah já havia notado.

Myrtle e Cecil envelheciam a cada dia. Eles não estariam ali para sempre, e se dar conta subitamente de tal coisa fez o medo explodir dentro de Jonah. Ele riu.

– Pode deixar que aviso se eu for sair de novo, Cecil. Diga a Myrtle para não se preocupar.

Ele não esperou pela resposta do outro, embora pudesse jurar ter ouvido Cecil resmungar "Sim, definitivamente apaixonado" baixinho, com um tom de preocupação na voz.

Jonah caminhou depressa até o seu quarto e fechou a porta atrás de si. A notificação sonora de mensagem soou mais uma vez e ele tirou o celular do bolso.

Clara: Jonah, está aí?

Jonah: Sim, desculpe. Já estou em casa.

Ainda está no baile?

Clara: Não. Chamei um carro e saí pouco depois de você.

Uma sensação de alívio invadiu Jonah. Se ela chegara com o dançarino, ele não a havia levado de volta para casa.

Clara: Jonah, quer conversar por telefone um pouco? Tudo bem se não quiser.

Jonah hesitou. Ela sempre lhe dava uma saída, e ele não achava que merecia tanta gentileza o tempo todo. Antes que pudesse responder, outra mensagem de texto chegou.

Clara: Meio que sinto falta de ouvir a sua voz.

Ah, aquela garota! Ele também queria ouvir a voz de Clara. Fechar os olhos e conversar com ela, como haviam feito nos últimos tempos, quando ela se sentava do outro lado do muro. Ele se jogou na cama, pôs um braço dobrado sob a cabeça e ligou para ela.

— Oi — Clara disse, a voz sonolenta. O coração dele acelerou ao ouvir aquele doce som pertinho do seu ouvido.

— Oi — ele respondeu, imaginando como ela estaria, deitada na cama vestindo sabe-se lá o que ela usava para dormir... uma regata talvez, algo simples e confortável. Seu corpo se excitou diante da imagem que sua mente havia formado, e ele desejou que seu sangue esfriasse.

— Isso é familiar, mas diferente. Se fecho meus olhos, é como se você estivesse sentado ali, do outro lado do muro, mas é um muro diferente, uma parede de pedras fina feito papel — Clara disse. Jonah sorriu ao pensar naquilo, mas, quando ela falou outra vez, sua voz era séria. — Sempre haverá alguma coisa entre nós, Jonah?

— Sim — Jonah disse, e até ele mesmo percebeu o tom de arrependimento em sua voz. Sempre haveria algo entre eles. Um muro, um telefone, uma máscara, as sombras em que ele se escondia.

Clara fez uma pausa e ele sentiu que ela estava pensando em como responder àquilo, independentemente de sua intenção de aceitar ou convencer.

— Espero que um dia você mude de ideia.

— Não mudarei, Clara.

— Mas você também disse que nunca sairia de trás desse muro, e saiu. — Havia um tom de satisfação na voz dela.

Jonah sorriu.

— Ok, nessa você me pegou. Você é uma pessoa muito convincente. Devia ter sido advogada.

Clara riu.

— Ah, meu Deus, não! Eu seria péssima. Minha mandíbula trava quando tenho que falar em público. É uma visão assustadora.

Jonah riu, mas as palavras dela lhe causaram um arrepio de vergonha. Ela não fazia ideia do que era assustador. Se visse sua face paralisada e deformada, pensaria melhor na escolha de palavras.

— Jonah... espero que não se importe com a minha pergunta, mas... por que não precisa trabalhar? Quer dizer, sei que isso é pessoal e não tenho a intenção...

— Tudo bem. Não é pessoal. — Principalmente depois de tudo que ele já havia dividido com ela. — A verdade é que sou rico.

Ele se virou na cama, olhando através da janela para a trama escura de árvores entrelaçadas lá fora.

— Os Chamberlain sempre foram bem de vida, mas meu pai ganhou muito dinheiro, que ele investiu com sabedoria, e, quando morreu, deixou tudo para mim e para o Justin. Quando Justin morreu, fiquei com a parte dele.

— Ah – ela sussurrou, parecendo compreender que Jonah não era feliz com sua riqueza. Ele pagara um preço muito alto por ela.

— Eu devolveria tudo, se pudesse — ele disse baixinho. — Cada centavo.

— Eu sei — Clara disse, e sentia mesmo que ele dizia a verdade.

— Mas, sendo justo, sou grato pelo dinheiro, pois me permite levar a vida de consolação que eu quero. — *Consolação*. Aquela parecia ser uma escolha errada de palavras, já que Jonah se sentia pouco consolado, mas ele não se corrigiu, e ela tampouco o fez.

— Por que Windisle? Por que escolher um lugar que você descreveu como caindo aos pedaços e precisando de conserto?

— No início, foi porque era o único lugar em que consegui pensar para fugir dos repórteres, das câmeras, das... *pessoas* em geral. Os Chamberlain tinham abandonado Windisle havia muito tempo. Todo mundo sabia que a propriedade estava vazia. Cecil e Myrtle cuidavam do lugar quando cheguei aqui, mas naquela época eles não moravam na propriedade. Depois... não sei. Acho que ficou mais fácil me esconder aqui.

Clara ficou em silêncio por um instante, e ele imaginou o rosto dela, aqueles olhos grandes e perspicazes piscando e olhando para o teto, a imaginou mordendo o lábio inferior carnudo como já a vira fazer quando focava em algo que sua professora dizia na noite em que ele a observara dançar.

— E sua mãe? Ainda é viva?

— Sim.

— Sim? — Ela parecia surpresa.

— Minha mãe mora no sul da França com o novo marido.

— Ah, eu... ela certamente deve saber o que aconteceu com você.

— Sabe, sim. — Ele sentiu um discreto aperto no peito e se surpreendeu por ainda sentir a dor do abandono materno mesmo depois de todos aqueles anos. O distanciamento *emocional* dela.

— Eles já estavam morando em outro país naquela época. Ela voltou e ficou aqui por pouco tempo, e depois foi embora de novo.

– E naquela ocasião ele tomava remédios demais para a dor e por isso não se lembrava direito da breve visita dela. – Foi demais para ela... a morte de Justin, tudo que havia acontecido comigo.

– Demais para *ela*? – Clara parecia incrédula.

– Minha mãe é egoísta, Clara. Sempre foi. Eu não esperava outra coisa dela. – Aquilo era verdade e mentira ao mesmo tempo, e as duas coisas estavam tão intimamente ligadas que Jonah não sabia como separá-las. Fazia muito tempo que ele não pensava naquilo.

Até agora ele nunca havia tido um telefone, mas sua mãe sempre lhe mandava cartões-postais dos diferentes lugares que visitava, e ele sempre lia aquela única linha rabiscada – *Queria que você estivesse aqui!* Ou, *Te amo muito!* – e nunca sabia se era para rir ou chorar. Tinha vontade de fazer as duas coisas, mas em vez disso geralmente rasgava o cartão em centenas de pedacinhos e os observava cair dentro da lixeira. Ele nunca tinha escrito de volta.

– Ah – Clara suspirou. Jonah percebeu sua tristeza naquela única sílaba pronunciada em meio ao suspiro.

– E a sua mãe, Clara? Nunca me falou dela.

– Minha mãe morreu quando eu tinha oito anos. Não tenho muitas lembranças, mas as poucas que tenho são boas.

– Tem sorte por isso.

– Sim, tenho. Eu... – Ela deixou a frase morrer e Jonah esperou que ela reorganizasse as ideias. – Sinto muito por você ser tão sozinho.

Seu coração ficou pequenininho. Ele merecia aquilo. Merecia sua vida solitária. E era o que ele *queria,* o que tinha construído para si mesmo, apesar de alguns passeios de moto, apesar de ter ido a um baile de máscaras. Então por que as palavras de Clara – ditas com tanta sinceridade – lhe causavam dor? Haviam feito com que ele se apaixonasse? Ah, aquele safado do Cecil tinha razão sobre o maldito dinheiro.

— Você não está mais sozinho.

Ele sorriu diante da doçura de Clara, embora o sorriso tenha deixado um gosto amargo em seus lábios.

— Você parece cansada — ele disse, usando a fala levemente enrolada dela como desculpa para mudar de assunto.

— Estou. — Ela bocejou e riu baixinho. Jonah fechou os olhos e absorveu cada pequeno som que Clara fazia, como se pudesse guardar para sempre pedacinhos dela dentro de si. — E tenho que acordar cedo. Posso ligar para você outra vez?

— Claro que sim.

Ele notou o sorriso na voz dela ao dizer:

— Boa noite, Jonah.

— Boa noite, Clara.

Jonah deitou de costas, deixando o telefone cair na cama ao seu lado. Ele estava exausto, mas demorou um bom tempo para adormecer naquela noite.

Quando o fez, sonhou com Clara, erguendo o vestido de festa ao correr, olhando para trás com medo e tristeza no olhar. A visão se misturou com imagens turvas de becos escuros e altos pés de cana-de-açúcar enfileirados em uma plantação, uma mulher ajoelhada em uma poça escura que refletia o brilho prateado de uma faca que se transformava em uma navalha.

Havia um som estranho de batidas ao fundo que fazia seu coração acelerar de medo. *Depressa! Depressa!* E então viu Justin no fim do beco acenando para ele, com um sorriso no rosto antes de sumir na névoa.

CAPÍTULO DEZESSETE

Tudo parecia mais claro para Jonah no dia seguinte, como se um véu diáfano de neblina que sempre cobrira o mundo e cuja existência ele desconhecia, de repente, tivesse sido erguido.

Ele sabia o motivo. Era porque havia adormecido com a voz de Clara em sua mente e, apesar das reviravoltas e transformações dos seus sonhos, ela fizera parte deles.

Jonah saiu para sua corrida matinal e depois ficou caminhando a esmo pela propriedade, alongando os braços e respirando o ar fresco enquanto seu coração desacelerava e o suor secava em sua pele.

Quando se virava para voltar para casa, jurou ter ouvido um choro baixo. Parou, apurando o ouvido. Sim, sob a animada cantoria matinal dos pássaros, havia o som de alguém chorando.

Ele avançou hesitante na direção do muro, tomando o cuidado de não pisar em nada que pudesse fazer barulho e revelar a sua presença.

Inclinou-se para a frente, posicionando o olho bom perto de uma das maiores fendas. Não dava para enxergar muita coisa através daquele pequeno espaço, mas ele pôde ver que era uma mulher. Ela estava de pé, de costas para o muro, perto o bastante para que ele notasse que era jovem e tinha cabelos escuros. Por um instante, ela continuou lá parada, chorando baixinho.

Jonah se afastou, incomodado por estar invadindo aquele momento íntimo em que a mulher obviamente acreditava estar sozi-

nha. Mas ele parou no meio do movimento quando ela começou a falar.

— Sei que já estive aqui antes e que já fiz um pedido, mas acho que não custa nada fazer de novo. Tenho certeza de que você deve receber muitos, e... se o meu chamar sua atenção...

Ela soluçou e deixou escapar um som abafado, um misto de risada com choro.

— Estou desesperada, não? — Fez uma pausa. — É que... eu estava pensando que talvez meu último pedido não tenha sido específico o suficiente. Você pode ser um espírito, Angelina, mas isso não significa que consiga ler mentes, ou, bem, talvez consiga, mas...

A mulher soltou um suspiro entrecortado, e Jonah esperou, pois não queria se mover e deixar que ela soubesse que ele estivera ali enquanto ela abria o coração no que acreditava ser uma confissão. *Sei como se sente,* ele pensou, fechando os olhos enquanto corria os dedos pela pedra áspera, imaginando Clara do outro lado, escutando enquanto ela abria o próprio coração.

Sentia-se um cretino por estar ali escutando a mulher, mas os pássaros haviam se calado, os soluços dela haviam parado e ele tinha medo de se afastar do muro e fazer algum barulho. Estava preso ali.

— Enfim... — a mulher continuou, e ele notou que a voz dela parecia mais embotada, como se tivesse perdido a esperança em seu próprio pedido, como se ela já tivesse se convencido de que não havia chance de seu desejo ser realizado antes mesmo de dizer qual era. — O nome do meu filho é Matthew Fullerton, e ele está no Hospital Infantil. Ele está muito doente e precisa de cirurgia... se é que há esperança para ele. Não tenho como pagar e preciso de ajuda. Só... — ela deixou escapar outro som de engasgo — uma ajuda de cinquenta mil dólares.

As palavras dela morreram e Jonah sentiu um aperto no peito ao fechar os olhos. *Merda*. Essa era a mulher que havia enfiado o papelzinho com o pedido para o filho doente? Devia ser.

– É isso. – Ele parecia esgotada, a voz pouco mais que um suspiro. – Preciso de ajuda para salvar meu filho.

Jonah escutou o som dos passos dela se afastando e pressionou outra vez o olho contra a fenda, observando enquanto um carro azul desaparecia, deixando para trás apenas o silêncio.

Jonah se sentou na grama, o coração tão pesado como ficara da primeira vez em que ouvira o pedido daquela mulher para o filho doente, sentindo-se impotente de novo.

Mas você não é impotente, não é mesmo?

A pergunta continuou vagando em sua mente e, por um instante, parecia que tinha sido feita por outra pessoa. De onde tinha vindo aquilo? Será que ele achava que era algum tipo de herói mascarado agora que havia ajudado uma mulher indefesa que estava sendo agredida num beco?

Passou os dedos pelos cabelos, agora totalmente secos devido à brisa suave que soprava em Windisle. *Ah, Jonah, você é um grande idiota.*

Só que... desta vez, a pessoa em apuros estava pedindo algo que exigiria muito menos esforço da parte dele: ela só precisava de dinheiro. *Meu filho precisa de cirurgia e não tenho como pagar.*

Ele expirou. Estava mesmo pensando em *realizar* um dos desejos feitos no muro que chora? Ah, Justin não *adoraria* aquilo?

Jonah se levantou, a ideia ganhando força em sua mente, a facilidade com que ele a via se formando.

Ele nem precisaria sair de casa. Embora... não, ele não queria que ligassem a doação ao seu nome. Teria que entregar o dinheiro pessoalmente. Teria que se certificar de que a mãe de Matthew Fullerton receberia o dinheiro de que precisava. Cinquenta mil dólares. Aquilo não era nada para ele, mas seria tudo para ela.

E pela primeira vez em muitos, muitos anos, os problemas dos outros ofuscaram os seus.

Talvez ele ainda pudesse ser útil para o mundo, no fim das contas. E não teria que esperar até se deparar com uma venda de droga dando errado em algum beco escuro. Talvez *ele* pudesse ser Angelina.

Jonah sorriu, sentindo a pele se esticar do lado desfigurado do rosto, lembrando a ele de suas limitações. Ainda assim, seu coração estava mais leve, e o dia acabava de ficar mais claro.

Raios dourados translúcidos escapavam de trás das nuvens prateadas, trazendo luz e calor ao dia que havia começado em tons desbotados de cinza. Jeannie gostaria que eles pudessem atravessar a tristeza plúmbea que envolvia o seu coração.

Ela lançou um olhar para a janela do quarto de hospital onde seu filho Matthew dormia, seu garoto precioso que não ficaria muito mais tempo neste mundo. Ela não sabia como poderia seguir vivendo sem ele.

Sentou-se pesadamente no banco de madeira aquecido pelo sol e olhou sem enxergar para a via onde os pacientes se exercitavam, alguns apoiados no braço de enfermeiras, outros empurrados em cadeiras de rodas. Todos estavam aproveitando aquela pausa no tempo feio para caminhar ao ar livre.

Um homem se aproximou do banco e ela o notou com sua visão periférica, mas não virou a cabeça na direção dele. Ela percebeu as ataduras no rosto dele e sua jaqueta esportiva preta com a gola levantada, protegendo seu queixo e pescoço.

Ele caminhava encurvado, como se fosse velho, mas algo em sua altura e constituição física não combinava com aqueles movimentos. Se ela tivesse que descrever o seu tipo de corpo, embora não tivesse olhado diretamente para ele, ela diria que era... *robusto*. Estranho, mas deixou aquela sensação esquisita de lado enquanto o homem se sentava na beirada do banco, curvado, com os cotovelos apoiados nos joelhos, observando enquanto os outros pacientes caminhavam com seus membros quebrados e corpos doentes.

Jeannie sentia-se curiosa, mas não com medo. Ela estava em um local público, com uma dúzia de pessoas passando bem na sua frente e, para ser sincera, não havia mais nada no mundo que lhe desse medo.

Seu maior pavor era perder o filho, e a iminência da perda pesava sobre ela feito uma rocha enorme prestes a rolar montanha abaixo. Quando acontecesse, ela seria esmagada.

— Seu filho está doente?

Jeannie se virou para o homem, surpresa com as palavras. Ele observava a via diante deles, e ela só conseguia ver o seu perfil, pesadamente coberto por gazes brancas.

O homem usava um boné de beisebol, então ela não podia dizer se o machucado se estendia por toda a cabeça ou se envolvia apenas o rosto. E não conseguia ver o cabelo dele, o que lhe daria uma boa pista de sua idade, embora a voz grave e macia fosse de alguém jovem.

— Desculpe. Conheço você?

O homem fez uma pausa.

— Ouvi você falando do seu filho. Matthew, não é? Ele está muito doente?

Jeannie franziu o cenho. Aquele homem devia ser um paciente. Ele devia ter escutado o diagnóstico de Matthew, talvez os tivesse visto caminhando pelos corredores. Ela também sabia muito sobre os outros pacientes, só porque passava muito tempo no hospital.

Ela nunca tinha visto o homem em questão, mas talvez ele tivesse acabado de passar por cirurgia e, quando se viram antes, ele parecesse bem diferente.

Jeannie suspirou. Todos ali tinham uma história, e obviamente ele também tinha o seu trauma.

– Câncer. Está muito mal.

Fez-se silêncio mais uma vez, e então o homem disse:

– Sinto muito. Achei que tivesse ouvido você dizer que ele precisa de cirurgia.

Jeannie olhou para ele. Com certeza, era um paciente. Só Deus sabia o quanto ela já havia falado e chorado e praticamente implorado aos médicos que a ajudassem a encontrar uma maneira de colocar Matthew no estudo que estava realizando cirurgia em crianças que tinham a mesma doença que ele.

Eles vinham sendo muito bem-sucedidos, mesmo em casos avançados, e Matthew era um ótimo candidato, mas o seguro não cobria o tratamento experimental, e ela estava longe de conseguir o dinheiro necessário para que ele participasse do estudo.

Os médicos eram solidários com ela, e se importavam muito com Matthew, disso ela não tinha dúvidas, mas não havia muito que pudessem fazer além de ouvi-la chorar.

Jeannie não tinha uma família que pudesse ajudá-la, o pai de Matthew tinha dado o fora assim que ficara sabendo da existência dele, e ela era tudo o que o filho tinha no mundo.

E estou falhando com ele.

Jeannie contou tudo isso ao homem, uma lágrima escorrendo por sua bochecha. Ela não sabia bem por que havia aberto seu coração para um desconhecido que obviamente tinha se ferido feio, só sabia que não conseguia parar de falar – as palavras apenas saíam de sua boca, como se tivessem sido represadas e agora pudessem enfim fluir livres.

E também havia o fato de haver na voz dele uma empatia que apenas aqueles que já sentiram uma grande dor pareciam ter. Ela nunca havia reconhecido essa empatia antes, mas, agora que reconhecia, conseguiria identificá-la nos outros pelo resto da vida. A angústia fazia aquilo, aguçava os sentidos para que fosse possível ouvir e ver e *sentir* nos outros a tristeza não expressa em palavras.

– Desculpe – ela disse, balançando a cabeça. – Provavelmente não era isso que você estava procurando.

Ele suspirou e a moça notou que havia um sorriso ali, se é que ele conseguia sorrir por baixo de toda aquela gaze, seja lá o que tivesse acontecido com o rosto dele.

– Com certeza você também não estava procurando por nada disso. Às vezes a vida só... nos derruba.

Ela sorriu e isso a surpreendeu. Parecia que estava meio enferrujada, não sorria fazia muito tempo. Mas foi bom, como se devesse tentar mais vezes.

Ela queria ser forte por Matthew. Queria que ele visse que ela ficaria bem quando ele se fosse. Independentemente de ela acreditar ou não nisso, sabia que ele ficaria em paz. Ele era seu pequeno cuidador, o garoto que assumira o papel de homem da casa, como se tivesse nascido para proteger.

Ah, ele seria um homem maravilhoso. Um líder. Uma força *do bem* no mundo. Ela sentia isso, não apenas como uma mãe orgulhosa, mas como uma mulher que fizera muitas escolhas erradas com relação a homens e que por fim havia aprendido a identificar um bom porque ele fora colocado em seus braços.

– Já estou pensando nele no passado. – Outra lágrima rolou pela bochecha dela. – Preciso parar com isso – ela sussurrou. – O fato é que foi ele que me colocou no caminho certo. Antes dele, o rumo que eu estava tomando, bem, não era nada bom, digamos.

Jeannie fez um ruído discreto e tímido, mas o homem continuou em silêncio. Era um silêncio confortável, e ela deixou que se prolongasse um pouco, imaginando sua vida antes de Matthew, e agradecendo a Deus por ele e pela mudança de rumo que sua gravidez indesejada a obrigara a fazer.

— Você desejou que ele pudesse fazer a cirurgia.

Ela franziu a testa. Ele devia estar falando no geral. Não havia como ele saber de sua tentativa desesperada de se aproveitar de uma lenda local que havia escutado quando criança.

— Sim, desejo isso todos os dias. Ele não será mais um candidato se piorar.

— Eu gostaria de realizar o seu desejo. — Ele enfiou a mão no bolso e puxou um envelope, que entregou a ela.

Ela pegou o envelope e olhou fixamente para o objeto, confusa.

— O que é isto?

— Continue no caminho que está agora — o homem disse, ficando de pé. — Garanta que seu filho também continue no caminho certo. Ajude-o a se transformar em um homem bom.

Agora Jeannie podia ver que não se enganara com relação ao tamanho do homem. Ele era alto e tinha os ombros largos e, sim, era robusto. E ainda assim parecia andar como se fosse velho e doente.

Ele se virou para ela por um breve instante e os olhos dela se arregalaram. Então desviou o rosto depressa, mas, antes disso, a luz do sol havia iluminado seu rosto envolto em ataduras e parecera que, por baixo da gaze, ele usava uma máscara de caveira, a artificialidade da aparência inegável devido ao marcado contraste entre áreas pretas e brancas.

Jeannie ficou abalada por um momento, pega desprevenida. Ela lançou um olhar para o envelope que agora agarrava com força e o abriu. Dentro havia um cheque administrativo em seu nome, no valor de cinquenta mil dólares.

Ela se levantou, olhando freneticamente à sua volta, procurando o desconhecido que acabara de realizar o seu maior desejo, o estranho que bem podia ter livrado seu filho das garras da morte.

Os pacientes andavam e mancavam ao seu redor, mas o homem não estava em parte alguma. Havia sumido.

Jeannie deixou escapar um soluço de alegria, e correu para o hospital, para o seu filho.

— Você parece feliz, Jonah.

Jonah sorriu, sentando na poltrona no canto do seu quarto e tirando os sapatos com os pés. *Pareço?*

Ele se recostou, afastando os cabelos da testa, e se lembrou do que havia feito mais cedo naquele dia, da cara da mulher quando ele começara a falar com ela.

No início ficara desconfiada, ele com aquele rosto cheio de ataduras, ainda que estivesse no pátio de um hospital. E ela parecia ter ficado horrorizada por um instante quando ele a olhara de frente e ela notara a máscara de caveira por baixo da gaze.

Mas aquela fora a primeira vez que ele saíra de Windisle em plena luz do dia, e uma proteção dupla lhe parecera *necessária*. Era uma coisa assustadora, ele reconhecia. Mas, caramba, tinha valido a pena ver a esperança patente nos olhos dela quando percebera o que tinha em mãos!

Então... talvez ele não estivesse de fato feliz. Mas também não se sentia péssimo, e tinha sido muito bom dar esperança a outra pessoa.

— Felizinho — ele respondeu, com um tom de provocação na voz.

Jonah notou o sorriso na voz de Clara quando ela disse:

– Fico feliz em saber que você está feliz... inho.

Jonah riu, tirando depressa a camisa por cima da cabeça e a jogando na direção do cesto de roupa suja.

– Jonah, lembra que outro dia perguntei se você acreditava em profecias?

– Lembro.

– Bem... perguntei porque fui a essa vidente e ela disse uma coisa que me fez pensar.

– Vidente, Clara?

– Eu sei. Também nunca acreditei nessas coisas. Mas foi... não sei, sobrenatural, acho. Enfim... ela me disse que eu buscava as respostas para um mistério e disse que era muito importante que eu continuasse buscando.

– O mistério da maldição lançada contra John e Angelina, você quer dizer? – Aquele *era* o motivo que levara Clara a Windisle, para início de conversa, ele se lembrava agora. *Ajude-me a ajudá-la, Angelina.*

– Isso.

Ele suspirou.

– E quem *não* está buscando uma resposta para um mistério, Clara? Nem que esse "mistério" seja apenas... sei lá, algo do tipo "serei bem-sucedido em minha carreira?", "Encontrarei o amor?" "Os Mets vão vencer o campeonato?".

A explicação sobre como a vidente desconhecida havia acertado com relação à busca de Clara por respostas para um mistério parecia um pouco fraca, até mesmo para ele, mas videntes eram mestres na arte de enganar, essa era a verdade pura e simples. Qualquer que tenha sido o método usado por ela para chegar a algo quese aplicava a Clara, não passara de acaso. Trapaça.

— É, acho que sim. — Ela alongou as palavras, obviamente não convencida. — De todo modo, independentemente de as afirmações dela terem vindo direto do além ou não — ela disse com ironia na voz —, não quero descartar nada, e ela renovou minha vontade de saber mais sobre Angelina e a maldição.

— Ok. — Jonah desabotoou o jeans, deixando que escorregasse até o chão, e então o chutou para longe. Ele se sentou no colchão, apenas de cueca, e usou os travesseiros para se recostar na cabeceira da cama.

Adorava a determinação na voz de Clara, adorava aquela qualidade dela no geral porque sabia que era por isso que ela continuava voltando para ele. Clara decidira que havia algo que valia a pena conhecer em Jonah e, porque tomara essa decisão, ela não havia desistido nem quando ele lhe dissera para fazê-lo. Ela era... ah, ela era incrível! Tal pensamento encheu seu peito até ele sentir que ia estourar de tanta admiração por ela.

Clara era bonita e elegante, e ele não podia deixar de notar essas coisas, mas até parece que ele não gostaria dela se não fosse assim.

— E como está indo sua busca?

— Bem, tenho pensado nos caminhos que ainda posso explorar. Não há muitos, mas... pensei que talvez você pudesse me ajudar. O que pode me dizer sobre Astrid Chamberlain?

— Astrid Chamberlain? Não muito, para ser sincero. Justin é que era um grande fã da história da família. Ele poderia lhe dizer qualquer coisa que você quisesse saber.

Ele ficou em silêncio por um instante ao se lembrar de Justin tagarelando sobre Windisle e sobre as coisas que havia descoberto. Justin havia dito que queria vender a propriedade para a sociedade de preservação, e Jonah não tinha sido contra na época, mas estivera tão ocupado... sempre dizia a Justin que deixasse para depois... dizia que tratariam da venda de Windisle quando

Jonah tivesse mais tempo. É claro que, em retrospecto, Jonah admitia que nunca tivera a intenção de vender.

– Ele tinha alguns folders com informações, árvores genealógicas e não sei o que mais, acho que botei tudo no sótão. Eu posso pegar para você.

– Mesmo? – ela perguntou num suspiro e Jonah sorriu, pensando que a reação dela valia muito mais que qualquer papel empoeirado no sótão de Windisle.

– Claro.

Ela ficou em silêncio por um instante.

– O fato é, Jonah, que tenho a sensação de que as respostas estão todas *em algum lugar*. Eu só... elas estão *esperando* para serem reunidas e, não sei, mas sinto que é como se... houvesse um constante tique-taque, como se eu estivesse correndo contra o tempo. Parece loucura?

Meio que parecia, na verdade, mas o engraçado era que, ao ouvi-la dizer aquilo, ele também sentira a mesma coisa. Aquele tambor que rufava em seu peito e o impelia a correr para o sótão naquele mesmo instante para buscar os papéis para ela. Ou talvez fosse apenas o seu enorme desejo de agradar àquela mulher do jeito que pudesse. E o fato era que sua capacidade era muito limitada.

– Não, não parece loucura. É uma história interessante, Clara. E as pessoas que poderiam dar essas respostas ou passar essas histórias adiante ou já morreram ou são bem idosas.

– É – ela disse, mas Jonah sentia na voz dela que algo na explicação dele para a urgência que Clara tinha em encontrar as respostas lhe agradava.

– E a velha sacerdotisa que lançou o enigma que quebraria a maldição naquela festa dos anos 30? Sabe o nome dela?

O nome surgiu na mente de Jonah como se tivesse sido rabiscado em seu cérebro.

– Na verdade, sei, por mais estranho que pareça. Essa é uma das coisas que estão nas pastas de Justin: um convite original daquela festa. Foi uma das coisas que ele me mostrou, e tinha o nome da sacerdotisa no convite. Ela era a atração.

Ele tinha olhado o convite de relance, com outras coisas na cabeça naquela ocasião, mas se lembrava do nome da sacerdotisa porque era incomum e havia repetido a aliteração mentalmente.

– Sibille Simoneaux.

Clara disse o nome baixinho uma vez e depois repetiu, como se quisesse memorizá-lo.

– Acha que a família dela ainda está viva?

– Não faço ideia, mas mesmo assim... não pode sair batendo à porta de estranhos sozinha. Há gente perigosa e muitas áreas violentas em Nova Orleans.

– Venha comigo.

Jonah soltou um suspiro.

– Sabe que não posso.

Clara ficou em silêncio por um instante.

– Quem sabe eu não possa ir aí?

– Aqui?

– Sim, entrar em Windisle. Eu poderia ajudá-lo a procurar os papéis.

– Acho melhor não. – Ele fechou os olhos, odiando o fato de rejeitá-la de todo jeito. Ele já lhe dera o bolo uma vez e parecia estar fazendo a mesma coisa de novo, mas... não, ele não podia permitir que ela cruzasse o muro que chora, que visse o lugar em que exibia seu rosto desfigurado e arruinado. Não era só que ele não quisesse que ela visse o lugar, ali era onde ele se sentia seguro. Ali, ele não precisava se esconder. Não das árvores ou dos fantasmas ou de Myrtle ou Cecil. E não de uma bela garota que faria uma careta quando botasse os olhos nele, assim como todos os outros haviam feito. Nem mesmo a sua própria mãe havia conseguido lidar com a visão dele. Seu coração batia desanimado. Não, ele não podia convidá-la a entrar.

– Tudo bem – ela disse baixinho, a compreensão em sua voz fazendo com que ele se sentisse ainda mais culpado. – Mas me liga amanhã se tiver tempo de dar uma olhada nos papéis? Qualquer coisa que descobrir, Jonah, pode dividir comigo?

Eu dividiria tudo com você, se pudesse. Até minha alma sombria...

– Claro. Ligo pra você amanhã.

– Ok. – Havia um sorriso na voz dela. – Durma bem.

– Você também. Boa noite, Clara.

CAPÍTULO DEZOITO

Abril de 1861

Angelina tirou o capuz que escondia seu rosto, fechou a porta atrás de si e se virou para John com um sorriso que murchou no mesmo instante.

— O que foi? Que cara é essa, John? Alguma coisa errada?

Ele caminhou até ela, seus passos pesados no piso de madeira da garagem de barcos da enorme propriedade de sua família.

Eles vinham se encontrando ali desde que Astrid começara a dar cobertura para Angelina e a mandar à cidade para que realizasse várias tarefas fictícias para ela. Na verdade, Angelina seguia para a pequena estrutura às margens do Mississippi, onde ela e John passariam algumas horas juntos em um lugar em que não precisavam se preocupar em serem pegos. Ainda havia equipamentos e ferramentas ali, mas ninguém vinha à garagem de barcos de Whitfield desde que o pai de John morrera meses antes.

Ao se aproximar dela, a expressão de John era tão solene que fez Angelina sentir um aperto no peito e um frio na barriga.

Ele segurou o rosto da garota entre suas mãos grandes e, por um instante, ficou apenas olhando para ela. Angelina olhava para ele, sondando seus olhos e encontrando o amor que sempre estivera presente ali.

Ela soltou um suspiro contido. O que quer que fosse, tudo ficaria bem. Contanto que ele ainda a amasse, ela aguentaria qualquer coisa.

– Estou indo para a guerra, Angelina.

Angelina sentiu um nó se formar imediatamente em sua garganta e virou o rosto, as mãos dele deixando escapar a face dela enquanto se apoiava na parede.

– Quando? – ela perguntou num engasgo.

– Parto depois de amanhã.

Seu coração ficou pequenininho de tanta dor e ela levou a mão ao peito.

– Depois de amanhã? Por quê, John?

Ele virou de costas para ela, andando enquanto passava a mão pelos cabelos.

– A Confederação precisa de mim – ele falou depressa, seu tom de voz deixando os pelos da nuca de Angelina arrepiados. Havia um tom diferente na voz dele, um que ela nunca ouvira antes. Tinha a vaga noção de que ele estava mentindo para ela, ou pelo menos deixando de lhe dizer algo, e não sabia por que sentia aquilo, mas sentia mesmo assim.

Ele se voltou de novo para ela.

– Esta guerra, Angelina, pode mudar tudo. Pode *libertar* você. – A frase foi dita num só fôlego, depois a boca dele se fechou, tensa, enquanto um músculo pulsava em seu maxilar.

Angelina o encarou por um instante. Aquela guerra sobre a qual John vinha falando fazia meses sempre lhe havia parecido irreal, tão *distante* e sem relação nenhuma com o seu mundo. Mas de repente ela se deu conta de que não era bem assim.

– Mas, John, você lutará pelo Sul. – Lutará contra aqueles que queriam libertá-la, que queriam libertar a mãe dela e todos aqueles homens e mulheres e crianças que voltavam das plantações suados e sujos e sem esperança, dia após dia.

John deixou escapar um gemido de frustração.

– Eu sei. Mas é assim que tem que ser.

Ele fechou os olhos e inspirou fundo enquanto agarrava os braços dela, segurando-a como se fosse desaparecer a qualquer instante se ele não a agarrasse com força.

– Parece errado. Maldição, Angelina, *parece* errado. Mas eu... eu tenho que fazer isso. Sinto muito.

A dor a invadiu. Ela não tinha como evitar. Sabia que não era culpa dele, sabia que ele só estava cumprindo a sua obrigação de soldado, seguindo ordens dadas por outros homens que pensavam diferente. Era assim que a coisa funcionava, não era?

Mas saber que ele estaria lutando contra a sua liberdade era como ter a alma atingida por uma flecha. Apesar de não ter escolha, saber que a arma dele estaria apontando para o peito de homens que a *libertariam* se pudessem a devastava num nível além da lógica e da razão.

– Eu sei – ela disse num suspiro. Porque sabia, ainda que não conseguisse sentir tal coisa.

– Escute o que digo, Angelina. Mantenha a cabeça baixa. Não corra nenhum risco. Só faça o que deve fazer até esta guerra terminar.

Ela queria rir, ou chorar, ou as duas coisas ao mesmo tempo. O que ele sabia sobre manter a cabeça baixa? Ela havia sido *criada* para manter a cabeça baixa – tinha *nascido* para agir assim talvez, embora aquele fosse um pensamento desanimador demais para se ter – e para agir de acordo com essa postura. Era *tudo* o que ela sabia ser. Tudo o que ela tinha feito a vida toda... até ele aparecer.

E agora era *ele* quem lhe dizia para não correr riscos. Seria fácil, não, agora que ele estava indo embora? O pensamento devia tê-la deixado mais aliviada – ela não teria mais que se esconder nem disfarçar.

E talvez a ideia de tê-lo dizendo a ela que mantivesse a cabeça baixa devesse tê-la irritado. Mas seus sentimentos estavam todos misturados, e o único que ela conseguia identificar era a angústia.

Angelina não queria que ele partisse. Não queria uma guerra – em especial uma que o Sul pudesse vencer. *Só* queria amá-lo e ser amada. Era demais pedir tal coisa? Por que a cor da pele de uma pessoa deveria determinar o destino dela? Causar guerras. Separação. Como a cor da pele de uma pessoa podia gerar tantas diferenças se ninguém *pedia* para nascer como nascia? Sem dúvida não tinha sido aquela a intenção do Senhor do Céu. Ou tinha?

– Me beije, John.

O olhar dele percorreu o rosto dela ansioso, quente, intenso, como se estivesse memorizando cada um dos seus traços. Então a boca dele estava sobre a dela, exigente, urgente, e Angelina sentiu que corriam contra o tempo... porque, de fato, corriam.

John a deitou no chão e ela sentiu as mãos dele se movendo por baixo do vestido e algo pontudo espetando suas costas. Não importava. Contanto que ele estivesse ao seu lado, ela dormiria no chão de terra ou sobre pedras ou espinhos de centenas de roseiras.

Ele a penetrou sem dificuldade com um único movimento.

– *Amo* você. Voltarei para você, está me ouvindo? – ele sussurrou, as palavras pontuadas pelos movimentos de seus quadris.

– Prometa – ela arquejou, enterrando as unhas na pele suada das costas dele.

– Eu prometo, Angelina.

Ela guardou a promessa dentro de si, trancada num lugar seguro. Era a única coisa que tinha no mundo que era total e exclusivamente sua. Nada mais pertencia a ela – nem o seu futuro, nem a sua felicidade – nem ao menos ela mesma.

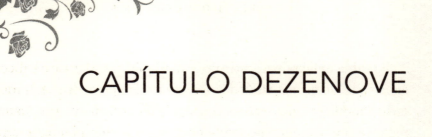

CAPÍTULO DEZENOVE

Vapor saía da tampa de um bueiro próximo quando Clara desceu da calçada, olhando para os dois lados antes de atravessar a rua estreita e deserta.

Era evidente que aquela não era a mais segura das vizinhanças, mas Clara estava determinada a chegar ao endereço que havia conseguido na internet, o endereço de uma loja que pertencia a Fabienne Simoneaux, que anunciava a si mesma como uma sacerdotisa vodu que oferecia cura e conforto espiritual. Uma frase em fontes pequenas no fim do anúncio tinha dado a Clara esperança de fato: "Descendente de uma longa linhagem de sacerdotisas vodu".

Clara havia ligado para o número do anúncio – várias vezes –, mas só entrava um aviso dizendo que a caixa de mensagens daquele número estava cheia.

Então ela se dirigira ao endereço, torcendo para ter mais sorte. Não sabia se Fabienne Simoneaux era um parente distante de Sibille mas, aparentemente, só havia um jeito de descobrir.

Clara olhou por cima do ombro, jurando ter ouvido passos, mas a rua atrás dela estava deserta, sem vivalma.

Apesar de o céu ainda estar claro, sem sombras que causassem receio, um arrepio estranho em sua nuca fez Clara estremecer, e ela desdobrou o anúncio impresso, verificando de novo o número da loja. Devia ficar logo em frente, no quarteirão seguinte. Rumou depressa para lá.

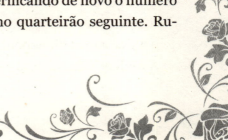

Jonah a avisara para não fazer aquilo e, para ser sincera, ela sabia que devia ter cuidado. Coisas ruins acontecem o tempo todo a mulheres que andam sozinhas por áreas duvidosas. Mas a maldita sensação de que seu tempo estava acabando ficava mais forte, mais insistente, e ela não podia ficar parada se houvesse informação em algum lugar esperando por ela. Simplesmente não era de sua natureza hesitar.

Clara segurava firme o endereço em uma mão e mantinha a outra no bolso, seus dedos em volta do spray de pimenta.

Ela passou por vários estabelecimentos comerciais fechados com tábuas, uma Laundromat, uma loja de molduras e uma que já tinha sido uma delicatessen. Será que aquela era uma das áreas que ainda se recuperava do Furacão Katrina?

O senhor Baptiste lhe dissera que algumas partes de Nova Orleans ainda lutavam para se reerguer, embora o desastre tivesse acontecido mais de uma década atrás. *Que terrível.*

Será que alguma loja ainda estava aberta? Um desânimo se abateu sobre Clara pouco antes de ela visualizar aquela que procurava, com uma placa descascada, mas ainda *lá*. Sentiu-se mais aliviada quando viu luz saindo por debaixo da porta, embora os vidros estivessem pintados com tinta preta.

Clara tentou entrar sem sucesso, então bateu à porta e enfiou as mãos nos bolsos da jaqueta enquanto esperava. Ouviu passos do lado de dentro e então a porta foi aberta, revelando uma mulher de cabelos negros, longos e cacheados e com um dos rostos mais bonitos que já tinha visto. Ela usava calça de cintura baixa e blusa *cropped* que deixava à mostra quase toda a sua barriga lisa cor de café moca.

— Pois não?

— Oi. Você é a Fabienne?

A mulher a examinou.

– Quem quer saber?

Clara estendeu a mão e Fabienne a apertou desconfiada.

– Oi, meu nome é Clara, e esperava que a loja estivesse aberta para que eu pudesse fazer algumas perguntas.

– Sobre o quê?

Clara ouviu vozes na rua e olhou para trás.

– Posso entrar?

Fabienne olhou por cima do ombro de Clara, apertando os lábios antes de voltar o olhar para Clara novamente. Ela suspirou.

– Leituras espirituais custam cento e cinquenta.

– Ah, não quero uma leitura...

– Leituras espirituais custam cento e cinquenta.

– Certo – Clara disse, enfim entendendo. Aquela mulher só responderia às suas perguntas se ela a pagasse.

– Não tenho todo esse dinheiro aqui.

– Aceito crédito.

Clara encarou Fabienne por um segundo, seu olhar escuro inabalável, sem um pingo de hesitação.

– Tudo bem, mas antes de pagar pela leitura espiritual, eu gostaria de saber se você é parente de Sibille Simoneaux.

Fabienne olhou por cima do ombro de Clara e apontou para um retrato na parede, próximo de outras fotografias.

Clara foi até lá, estreitando os olhos enquanto examinava o retrato de uma mulher muito, muito idosa de olhos brancos e opacos que pareciam olhar direto para a câmera.

– É ela? – Clara murmurou, um calafrio percorrendo sua espinha.

Aqueles olhos... Clara podia jurar que eles a seguiram quando ela voltou devagar para perto de Fabienne, embora, mesmo em vida, eles não tivessem enxergado nada.

– Aquela é Sibille – Fabienne disse.

Clara tirou o cartão de crédito do bolso da jaqueta e o entregou a Fabienne.

A mulher pegou o cartão e o enfiou na leitora que já estava conectada ao seu telefone, entregando-a a Clara para que inserisse a senha. Clara digitou depressa, tentando não pensar no fato de que havia acabado de gastar cento e cinquenta dólares que daria de entrada para comprar seu carro. *É bom isto valer a pena,* pensou, embora já estivesse duvidando.

— O que quer saber? — Fabienne perguntou, sentando em um sofá de veludo preto, que já vira dias melhores, e cruzando as pernas longas.

— Posso ter uma leitura espiritual junto com as minhas perguntas? — Clara perguntou, sentando em uma cadeira de madeira de frente para a mulher.

— Daí seria um extra.

Aquilo não fazia sentido algum e Clara se controlou para não revirar os olhos. Não que ela quisesse uma leitura espiritual daquela mulher, que ela sentia que a havia enganado para conseguir cento e cinquenta dólares.

— Estou interessada na história de John Whitfield, um soldado sulista, e Angelina Loreaux, uma escrava. São os dois espíritos supostamente presos na Fazenda Windisle.

— Tudo bem.

Clara ficou aliviada. Fabienne conhecia a história e estava disposta a lhe dizer o que sabia.

— Sua... o que Sibille seria de Fabienne? Uma avó de sexto grau talvez? — parente propôs um enigma em uma festa que, segundo ela, quebraria a maldição lançada em John Whitfield. A maldição que, de algum modo, também envolve Angelina e que mantém os dois aprisionados na Fazenda Windisle. Conhece o enigma?

— Refresque minha memória. — Fabienne lançou um olhar para a escada que levava ao andar de cima quando um bebê começou a chorar, mas, no momento em que o choro parou, um instante depois, seu olhar se voltou para Clara. Ou o bebê havia chorado enquanto dormia ou alguém o havia atendido.

Clara mordeu o lábio, voltando a focar na conversa.

— Sibille disse que a *única* coisa que quebraria a maldição que a mãe de Angelina, Mama Loreaux, havia lançado em John Whitfield, era uma gota do sangue de Angelina trazida à luz.

Fabienne encarou Clara, indiferente.

— Acredita nisso?

— Se acredito em... maldições? Ou que possam ser quebradas? — Ela não tinha certeza de nada no que se referia a histórias de fantasmas, ou maldições, ou enigmas que supostamente podiam quebrá-las. Aquilo tudo estava... além do seu alcance. Mas não tinha mais nenhuma outra pista que pudesse seguir para obter respostas para as várias perguntas que não saíam de sua cabeça.

Talvez a lenda de Angelina e John aprisionados nem fosse verdade. Talvez seus espíritos não vagassem pelo jardim de rosas, cegos quanto à presença um do outro, eternamente presos, apesar das histórias e das supostas visões, apesar do choro que ela definitivamente percebera perto do muro naquele dia com Jonah.

Mas havia um motivo que fizera John trair Angelina, um motivo para ele nunca ter se casado com Astrid Chamberlain, um motivo...

— Não. Maldições são bem reais. — Fabienne se inclinou para a frente. — E toda maldição tem um ponto fraco, algo que, se for feito direito, vai quebrá-la e libertar a pessoa.

Fabienne apontou para a galeria de retratos pendurados na parede.

— Provavelmente era isso que aquela velha profetisa cega quis dizer. Boa sorte para resolver o enigma.

Clara franziu a testa. Boa *sorte?*

— Aquela velha profetisa cega? Achei que fosse parente sua.

Fabienne balançou a cabeça.

— Eu nunca disse isso.

— Mas o sobrenome de vocês...

— Há milhares de Simoneauxes em Nova Orleans.

Que ótimo. Clara suspirou. Ela nem conseguia ficar brava. Clara tinha feito todas as suposições enquanto aquela mulher habilmente a convencera a pagar uma boa soma que poderia ter gastado com algo mais útil. *Muito bom mesmo.* Ela quase exigiu que Fabienne devolvesse o dinheiro, mas foi interrompida pelo bebê que começou a chorar no andar de cima, desta vez a plenos pulmões. Clara olhou para Fabienne.

— Sabe alguma coisa, qualquer coisa, sobre John Whitfield e Angelina Loreaux?

Fabienne examinou as unhas por um segundo, embora Clara achasse que aquele ar casual fosse fingido. Seus músculos pareciam tensos, prontos para ir até o bebê que chorava.

— Só o que você me contou. Parece uma história e tanto.

Os ombros de Clara se curvaram e ela começou a se levantar.

— E é. Você devia dar uma olhada. — Ela se virou para sair.

Fabienne também se levantou.

— Tem uma coisa que posso lhe dizer. — Clara se voltou para ela. — Maldições não aprisionam aqueles que não são seu alvo.

— O que... o que quer dizer? — Clara perguntou, o choro desesperado do bebê aumentou de volume e de intensidade, e Fabienne começou a ir na direção da escada que obviamente levava à sua residência.

— Se a maldição foi lançada em John, Angelina não foi aprisionada por ela. Se Angelina ficou aqui, foi por causa dele. Do soldado.

O bebê soltou mais um berro agudo e Clara assentiu para Fabienne, agradecendo antes de sair da loja.

Por um instante, ela permaneceu parada sob a cobertura da porta de entrada, as palavras de Fabienne soando em sua mente. *Se Angelina ficou aqui, foi por causa dele.* Mas *por quê?* Por que uma mulher ficaria aqui por um homem que, até o momento de sua morte trágica, ela acreditava que a havia traído? Ou... pelo menos assim dizia a história.

A lâmpada nua pendurada na porta de entrada de repente se apagou, e Clara se deu conta de que, enquanto estivera dentro da loja, o sol havia se posto.

As ruas agora estavam escuras, embora os sons – tanto aqueles distantes quanto os mais próximos – lhe dissessem que aquele lugar não era tão deserto quanto parecia.

Um cachorro latiu, outro respondeu, algo como uma tampa de lata de lixo caiu no chão, alguém riu e um vidro se quebrou mais adiante na rua, incitando Clara a começar a se dirigir para o ponto de ônibus alguns quarteirões adiante.

Ela havia planejado ir de Uber até a loja, mas, quando olhou no aplicativo, havia uma espera. Uma rápida olhada nos horários dos ônibus lhe disse que ela poderia chegar ali mais rápido de transporte público.

Presumira que era uma área cheia de lojas bem iluminadas, mas, se fora esse o caso em algum momento, sem dúvida não era assim agora.

No entanto, o calafrio que percorria sua espinha a convenceu de que era melhor chamar um carro em vez de andar alguns quarteirões naquele bairro desconhecido e de segurança duvidosa.

Ela parou de andar, abrigando-se em uma porta de entrada escura e tirando o celular do bolso.

— Está me procurando?

Clara deixou escapar um grito assustado e, ao girar, viu um sem-teto jogado no canto. Ele riu, erguendo uma garrafa dentro de um saco de papel.

— Venha, doçura.

Clara se afastou depressa da porta, balbuciando uma espécie de pedido de desculpas que seu cérebro apavorado nem registrou. O homem riu quando Clara desceu a rua correndo.

Às suas costas, ela ouviu passos, o som de sapatos pisando em poças, e correu ainda mais.

— Ei, você! — outra pessoa disse, a voz mais grave do que a do sem-teto e bem perto dela. Outro homem lhe disse algo que ela não escutou e, quando olhou para trás, viu dois homens caminhando com um par de musculosos *pit bulls*. Sua pulsação acelerou, a adrenalina correndo nas veias.

Clara atravessou a rua, segurando o spray de pimenta bem apertado no bolso, o medo aumentando quando os homens atravessaram a rua também, os cães rosnando. *Ah, meu Deus!* Onde ela havia se metido?

Devia ter ficado na porta de Fabienne e chamado um Uber dali mesmo e esperado. *Idiota, idiota.*

Os homens estavam conversando atrás dela como se aquela situação fosse a coisa mais normal do mundo para eles, o que a apavorou ainda mais.

Barulho de algo se quebrando veio de um pátio aberto perto do local para onde ela se dirigia, seguido do som de alguém xingando agressivamente, e então os cães atrás dela começaram a rosnar.

— É melhor ir para casa, garota. Você não é daqui — a pessoa gritou para ela do pátio. Clara correu.

O ponto de ônibus bem iluminado em frente a um posto de combustível aberto ficava a apenas dois quarteirões. Se chegasse lá, ficaria tudo bem.

– Não vai querer ir por ali – um dos homens falou. Ela não respondeu, não olhou para trás.

Correu um quarteirão, a batida de seu coração nos ouvidos, o som de pés pisando com força atrás dela aumentando o seu terror. *Ah, Senhor!*

Lágrimas escorriam por seu rosto e sua respiração saía entrecortada quando ela dobrou a esquina na rua em que ficava o ponto de ônibus – a do posto de combustível bem iluminado onde um balconista poderia chamar a polícia para ela –, mas então se deu conta de que havia entrado em uma rua errada em algum momento.

Aquela era outra rua escura e deserta, e Clara deixou escapar um soluço enquanto corria, tentando desesperadamente escapar dos homens que a seguiam. *Recomponha-se. Você é forte. Você tem energia para correr mais que qualquer um.* Uma explosão de adrenalina encheu seu organismo. *Sim!* Seus músculos eram fortes e tonificados. Ela deixaria aqueles desgraçados para trás.

Ouviu os cachorros ofegantes que a seguiam, ouviu as unhas deles atingindo o asfalto junto ao som das botas dos homens, e Clara correu pela rua escura, onde não havia nenhum poste de iluminação.

Ela deu de cara com uma cerca no fim da rua e deixou escapar um grunhido de frustração e medo, batendo com as mãos contra a corrente que prendia a cerca. *Ah, Deus, não...*

Olhou para trás e viu os dois homens no fim da rua, caminhando devagar, os cães esticando as guias.

– Ei, pare! Só queremos falar com você.

Até parece.

Clara engoliu em seco o medo que formava um nó em sua garganta, se virou para a cerca e começou a escalar. Passou com elegância uma perna por cima da cerca e, por um instante, sentiu o coração mais leve, a esperança dançando em suas veias. Ela ia conseguir, e os cães não conseguiriam subir tão alto.

Clara passou a outra perna por cima da cerca, seu pé tentando encontrar um lugar para apoiá-lo na cerca cheia de buracos, e então uma sombra se moveu atrás dos homens, aumentando sob a fraca luz da lua até assomar às costas deles, absurdamente enorme.

Ela arquejou e seu pé escorregou bem quando os homens se viraram para a sombra que se aproximava.

– O que diabos é você? – um dos homens perguntou, e Clara notou a hesitação – o medo – na voz dele.

Ela esticou a mão para agarrar a cerca, mas havia se inclinado demais para trás e seus dedos mal tocaram os elos de metal.

Clara gritou e virou a cabeça a tempo de ver apenas o chão se aproximando dela e então tudo ficou preto.

CAPÍTULO VINTE

Clara sentiu o cheiro dele – *Jonah. Meu apanhador de desejos.* O cheiro dele estava perto do seu nariz, aquele cheiro masculino que ela havia sentido no pátio do baile de máscaras e ansiava por sentir todos os dias desde então.

Ela estava dormindo e, em seu sonho, ele a carregava, os braços fortes dele envolvendo o seu corpo.

Sua mente clareou um pouco, um pequeno gemido subindo pela garganta enquanto um medo distante atingia sua mente.

— Shh — ele disse. Era a voz dele. Ela não estava enganada. Podia não conhecer bem o cheiro dele — talvez estivesse errada sobre aquilo. Mas a voz? *Não*, ela reconheceria aquela voz em qualquer lugar. Ela corria em suas veias e invadia suas células. Tinha se tornado parte de Clara.

— Pode se segurar em mim?

— Estou segurando em você — ela disse, sua fala enrolada, sentindo os músculos de Jonah ao passo que seus braços envolviam frouxamente os ombros dele.

— Com força, quero dizer. — Ele se sentou em algum lugar, segurando a garota no colo.

Ela enterrou o rosto nele, a névoa se dissipando um pouco quando abriu um olho e então o fechou com força novamente, o menor sinal de claridade fazendo sua cabeça latejar.

— Não importa — ele disse bem baixinho, como se falasse consigo mesmo. Ela só queria dormir. Estava segura — segura com Jonah — e só precisava fechar os olhos um pouco. — Perigoso demais.

O quê? O que era perigoso demais?

Ela estava adormecendo, mas podia jurar ter ouvido Jonah falando com alguém. Mas os braços dele estavam em volta dela e era tão gostoso, e Clara se sentia tão quentinha. Não havia perigo nenhum.

Ela dormiu e, ao acordar, ouviu uma porta de carro sendo fechada, depois outra. Alguém falava com Jonah, sua voz áspera e cheia de preocupação, e então ela estava nos braços dele outra vez, sendo deitada sobre algo macio.

– Não me deixe – sussurrou.

Clara se virou, os olhos abrindo de leve, a visão embaçada. O rosto dele surgiu diante dela e seu coração bateu um pouco mais rápido quando ele se aproximou. A luz era tão fraca e ele era tão indistinto.

O rosto dele chegou mais perto, a respiração dela acelerou, ossos de uma caveira ficando mais nítidos enquanto a distância entre eles diminuía.

Clara expirou com força, seus dedos percorrendo os ossos da bochecha da máscara de borracha.

– Não me deixe – ela repetiu. Ele podia usar uma máscara se quisesse, podia botar um saco de papel na cabeça de preferisse... só queria que ele ficasse *ali,* com ela.

Jonah pareceu se acalmar um pouco, e ela notou quando os olhos dele se moviam sob a máscara.

– Você estava me seguindo – ela murmurou, a realidade a invadindo e trazendo com ela a lembrança dos homens, dos cães, da cerca. Tinha sido *ele* a sombra atrás dos homens que a fizera escorregar e cair.

– Ainda bem. – A voz dele era áspera, e ela viu um músculo pulsar em seu maxilar exposto. – Talvez você tenha uma concussão.

Ele levou a mão aos cabelos dela, afastando os fios da testa. Clara sentiu uma pontada e sua cabeça latejou novamente.

— Como se sente?

— Dolorida. Com dor de cabeça. Onde estou?

— Em Windisle.

Clara se sentiu empolgada, mas ainda sentia dor, sua mente estava nublada e ela estava mais interessada no homem à sua frente. *Fisicamente.* Entendia a necessidade dele de permanecer oculto, mas mesmo assim continuava distante demais por trás da máscara.

Jonah voltou para as sombras e Clara afundou no travesseiro macio sob sua cabeça. O cheiro dele era mais forte ali. Ela estava na *cama dele?*

Um tremor percorreu seu corpo pouco antes de ele reaparecer e lhe entregar um copo d'água e dois comprimidos. Clara colocou os comprimidos na boca e os engoliu com um gole da bebida.

Ela fechou os olhos enquanto Jonah se afastava e, quando voltou, ele aplicou algo frio e molhado em sua testa. Tinha um cheiro esquisito, mas Clara não fez careta.

Quando Jonah tirou o pano branco da cabeça de Clara, ela notou uma mancha de sangue seca. Ela deveria ficar preocupada, mas ainda estava na cama dele. Com ele ao seu lado. Tocando-a. *Estou segura. Embora esteja levemente ferida.*

— Não estou acostumada a bancar a donzela em perigo.

O canto da boca dele se voltou para cima.

— Não, imagino que você esteja acostumada a comandar o show. — Ele se calou enquanto tocava o corte dela outra vez e espalhava algum tipo de pomada sobre o ferimento. — E achei que bailarinos soubessem saltar.

Clara riu e então se contraiu quando sua cabeça latejou.

— Não daquela altura. Havia homens atrás de mim... homens com *cães.*

Jonah abriu um Band-Aid grande e o colocou sobre o ferimento dela, com um pouco mais de pressão do que Clara achava necessário.

— Os Anjos de Latão.

— Os... o quê?

— Eles são uma gangue, mas do bem. Protegem as ruas de Nova Orleans, em especial bairros como aquele em que você estava. Tinha acontecido um roubo na região. Eles queriam lhe fazer umas perguntas, só isso.

— Ah. — Isso mesmo, *ah. Que bom*. Agora ela se sentia de fato uma idiota.

— Mesmo assim — Jonah disse, a voz fazendo a pele dela arrepiar, mas não de um jeito agradável —, foi muita idiotice ficar vagando por aquelas ruas sozinha.

— Eu não estava vagando. Tinha ido ver uma profetisa vodu que achei que pudesse ser parente de Sibille Simoneaux.

Ele manteve a mão parada no ar e riu.

— Eu nunca devia ter dito a você aquele nome. Não conseguiu ficar parada assim que o obteve, não foi? — Ele a estava censurando, mas ela adorava o calor em sua voz.

Clara se sentou, encolhendo-se quando uma pontada de dor atravessou seu crânio.

— Não consegui. Eu disse a você, Jonah, sinto essa... não sei, essa *urgência*.

Apesar da declaração de urgência, ela de repente se sentiu sem forças e afundou de novo na maciez da cama de Jonah, seus membros e olhos pesados.

— Pode voltar a caçar fantasmas amanhã — ele disse. — Agora, precisa dormir. Vou acordá-la algumas vezes para o caso de você ter uma concussão. Myrtle virá vê-la de manhã.

Como se tivesse escutado seu nome, uma mulher idosa de pele morena e trancinhas com contas que dançavam em volta do seu rosto entrou no quarto. Clara soube no mesmo instante que aquela era Myrtle e sorriu para ela, tentando se sentar.

– Não, não – Myrtle disse, gesticulando para que Clara se deitasse. Ela olhou para Jonah, empurrando para cima seus óculos de lentes grossas que escorregavam pelo nariz e fazendo cara feia. – Minha nossa, você vai acabar mandando alguém para o túmulo com essa coisa na sua cara.

Ela voltou a olhar para Clara, estreitando um pouco os olhos apesar dos óculos.

– Ouvi dizer que ele quase mandou. Você tem sorte de acabar só com um galo na cabeça.

Ela se aproximou mais, examinando Clara com aqueles olhos escuros e ampliados pelas lentes, e colocou a palma de sua mão fria na testa da garota, depois encostou os nós dos dedos na bochecha dela, como se estivesse medindo a temperatura. Parecendo satisfeita, sua expressão serenou, e ela sentou na beirada da cama.

Jonah se levantou, indo para a lateral da cama de Clara, onde pegou um copo vazio.

– Vou encher este copo para que possa beber água à noite se tiver sede.

Clara assentiu e ficou observando ele andar até a porta. Seus olhos se demoraram em seu corpo alto, aparentemente sem que a concussão a impedisse de apreciar seu traseiro musculoso e seus ombros largos e fortes.

Quando voltou seu olhar para Myrtle, a senhora a observava com um sorrisinho nos lábios, e Clara corou, baixando os olhos.

– Jonah pediu que eu viesse aqui me apresentar e dizer que estarei no quarto ao lado, se precisar de mim.

Clara franziu o cenho.

— Ah, ok. Obrigada.

— Acho que ele pensou que você ficaria assustada se achasse que estava aqui sozinha com ele.

Clara balançou a cabeça.

— Não tenho medo dele, Myrtle. Nem um pouco.

Myrtle sorriu, e era um sorriso gentil e agradável, e seus olhos fundos brilhavam por trás das lentes devido ao que Clara achou que fossem lágrimas.

— Não, dá para ver que não tem.

Myrtle esticou sua mão e segurou a de Clara, apertando-a delicadamente.

— Vou deixar você descansar agora. Vá até a cozinha de manhã e prepararei algo gostoso e caprichado pra você comer antes de ir embora.

Clara assentiu, mordendo o lábio. Jonah havia dito que Myrtle lhe mostraria a saída de manhã, o que significava que provavelmente ele não estaria por perto. Por quê? Por que ele só permitia que ela o visse – ainda que de máscara – na escuridão da noite?

Myrtle se levantou e começava a se virar.

— Myrtle?

Ela se voltou para Clara, inclinando a cabeça.

Clara se sentou um pouco, apoiada no cotovelo.

— Myrtle, como é o rosto dele sob a máscara? – Ela perguntou num sussurro, sentindo como se estivesse traindo a confiança de Jonah só de fazer aquela pergunta, mas curiosa demais para deixar a oportunidade passar.

Tristeza surgiu no rosto de Myrtle por uma fração de segundo, seus olhos se encheram do amor incondicional que Clara podia ver que ela sentia por ele.

— É o rosto de um homem que foi terrivelmente ferido pelo mundo e acredita que não há mais nada nele para ser amado.

O coração de Clara ficou tão pequenininho que era quase como se sentisse uma dor física.

Myrtle deu um sorriso de partir o coração e saiu em silêncio. Clara a ouviu dizer algo logo em frente à porta do quarto e uma resposta na voz bonita e macia de Jonah, e então ele entrou no quarto.

Ele deixou o copo cheio sobre a mesinha de cabeceira.

— Aqui está. Se precisar de mais alguma coisa à noite, Myrtle...

— Por favor, não vá embora, Jonah. Deite aqui comigo.

Jonah hesitou, levando inconscientemente a mão à máscara, como se tivesse aberto a boca para falar e então a fechado.

— Pode ficar de máscara, se quiser. Eu só queria que você ficasse. Por favor.

— Clara...

— Por favor.

Jonah deu um suspiro, hesitando de novo, e então assentiu devagar. Ele esticou a mão por cima dela e apagou o abajur que lançava uma luz muito fraca, e a escuridão os envolveu.

Ele se deitou ao lado dela e, por um instante, Clara prendeu a respiração, a proximidade dele fazendo o sangue correr mais rápido em suas veias.

Ela se virou devagar para ele, colocando a mão em seu ombro e fechando os olhos. Sentiu os músculos dele tensos por alguns instantes, mas então ele relaxou, levantando o braço e se virando um pouco, para que ela ficasse aquecida e protegida entre os seus braços, com a cabeça pousada sob o seu queixo.

Clara fechou os olhos, amando como ele a fazia se sentir segura e agitada ao mesmo tempo de um jeito agradável e excitante. E ela gostava de não ver aquela máscara que o escondia dela.

A máscara era perturbadora porque a encarava, inexpressiva e fria. E aquele não era o homem que a segurava em seus braços.

Ele não era inexpressivo. Frio. Ele era sensível e muito afetuoso, quer acreditasse nisso ou não.

Sim, eu acredito, ela sussurrou mentalmente.

Ergueu a mão e passou pela parte exposta da mandíbula dele, e ele se manteve imóvel.

– Jonah – ela sussurrou. – No escuro, imagino você como nas fotos que vi na internet porque é a única imagem sua que tenho.

Ele permaneceu calado, embora ela sentisse sua súbita tensão.

– Mas parece errado. Porque sei que você não é mais aquele homem, e quero que saiba que não preciso que você seja. Quero *ver* você. Quero *conhecer* você.

Ela se afastou e, na luz platinada do quarto escuro, iluminado apenas pela luz da lua que entrava pelos cantos das cortinas leves, ela olhou nos olhos mascarados dele.

Jonah deixou escapar um som abafado de sua garganta, desviou o olhar e a puxou mais para perto dele.

– Pode me imaginar como eu era, Clara. Fico feliz por você saber que não sou mais aquele, mas, acredite em mim, é melhor assim.

Clara ficou em silêncio. Ela não podia acreditar naquilo. Gostava tanto dele, gostava dele como pessoa, como homem. Ela não era tão superficial a ponto de não aceitar as cicatrizes dele. E isso não o deixava *livre* para mostrar a ela o seu rosto? Não tinha como ele gostar de usar uma máscara. Mas... ela não podia forçá-lo a mostrar o rosto. Ela continuava *fazendo* isso... forçando-o quando ele não estava pronto e depois se arrependendo. Ela enterrou o rosto no peito dele.

– Sou insistente, não sou?

Ele deu uma risada.

– É, sim. – Mas não parecia irritado, e a mão dele estava fazendo algo maravilhoso e acariciando as costas dela, fazendo com que se sentisse confortável e sonolenta.

E quando os braços de Jonah a envolviam como agora e ele a tocava, não havia nada mais importante no mundo – nem maldições, nem enigmas, nem histórias sobre pessoas que tinham morrido muito tempo atrás. Não havia cicatriz ou máscara ou muro ou qualquer outra coisa que o afastasse dela. Só havia a ternura dele e o coração dele e a voz dele. Só havia *ele*. E só havia ela.

Quando Clara acordou, a luz do sol inundava o quarto.

Ela se sentou, piscando ao olhar à sua volta. Ainda sentia uma dor fraca na cabeça, mas estava melhor e se lembrava vagamente de Jonah acordando-a várias vezes durante a noite, falando com ela por um instante com aquela sua voz hipnótica e depois deixando que voltasse a dormir. Clara se sentou na beirada da cama alta, balançando as pernas e olhando ao redor.

Havia uma linda lareira entalhada na parede oposta e os móveis de mogno obviamente eram de época. O cômodo era antigo e vazio, exceto por um móvel ou outro, mas ainda assim era charmoso e elegante devido aos painéis nas paredes e ao piso de tábuas largas que rangeram assim que ela pôs seu peso sobre elas.

Algo sobre a mesinha de cabeceira chamou sua atenção, e ela pegou uma pasta com seu nome escrito nele em letra de forma.

Clara a abriu, seus olhos arregalando de alegria quando percebeu o que era. Aquela era a pasta do irmão de Jonah, Justin, que havia reunido informações sobre os Chamberlain. Jonah tinha procurado a pasta e a deixado ali para ela. Apertou os papéis contra o peito. *Por favor,* pensou, esperança e empolgação correndo em suas veias, *por favor, que haja alguma informação importante aqui dentro. E que eu consiga reconhecê-la quando a vir.*

CAPÍTULO VINTE E UM

Jonah ficou parado na lateral da casa enquanto Myrtle mostrava a saída a Clara, seu coração apertado enquanto ele via a garota ir embora.

As mulheres conversavam com animação, os braços de Myrtle se mexiam, pontuando as palavras como sempre fazia. Clara ria, e o som chegava até Jonah, fazendo com que seu estômago se contraísse de desejo enquanto ele observava as duas escondido sob as sombras das árvores que cercavam a casa.

Ele queria se despedir dela, de verdade, mas não podia usar a máscara durante o dia. Tornaria bizarro e ridículo o que já era assustador. Pelo menos na escuridão da noite a bizarrice ganhava ares de algo *demoníaco,* e com demoníaco ele conseguia conviver. Com ridículo... não dava.

Monstros eram fascinantes de madrugada, não? Era por isso que se escondiam durante o dia. E, de todo modo, a maldita máscara ficava desconfortável depois de um tempo – emborrachada e suada – e ele não via a hora de arrancá-la e arremessá-la, de sentir o ar fresco sobre a pele machucada do rosto.

Myrtle disse alguma coisa e Clara olhou além dela por um instante, para a casa da fazenda.

Jonah virou o olho bom na direção dela, esforçando-se para enxergar a expressão do seu belo rosto. *Estupefata,* ele pensou. Sim, o rosto dela revelava maravilhamento, como se ela estivesse olhando para algum lugar de adoração. E, caramba, ele sentia inveja daquela estrutura inanimada!

Clara voltou o olhar para Myrtle e sorriu calorosamente enquanto acenava, atravessando o portão lateral da propriedade que Myrtle fechou atrás dela. O som era de solidão, lembrando a Jonah o vazio do dia que se arrastaria diante dele.

Um instante depois, Jonah ouviu um carro se afastar, levando Clara para casa. Ele observou Myrtle caminhar até a casa, falando consigo mesma.

E, apesar de seus pensamentos mundanos sobre se esconder atrás das árvores, seu coração estava alegre. Clara sabia de suas cicatrizes e gostava dele mesmo assim. E, ah, como tinha sido bom ser abraçado. Sentir a maciez dela contra o seu corpo, escutar a respiração dela enquanto dormia. Mas aquilo também o perturbara.

Ele havia pensado que a ver dançar seria o suficiente para saciá-lo pelo resto de sua existência solitária, mas na verdade tivera o efeito contrário. Fizera com que ele passasse a querer *mais*. Então, sim, Cecil tinha razão. Ele estava apaixonado. Droga, ele estava apaixonado! Era uma angústia constante pulsando em suas veias.

E agora, ter a lembrança dos braços dela o envolvendo, do seu nome nos lábios dela enquanto ela mergulhava nos sonhos, só aumentava seu desejo de viver, de ter Clara e outras coisas que ele jamais poderia ter.

Enfiou as mãos nos bolsos do agasalho e sentiu o cartão pequeno e liso. Tirou o cartão do bolso e examinou as informações impressas ali. Quem poderia imaginar que membros de gangue têm cartões de visita? Era só um nome e um endereço e a lembrança da oferta que o homem chamado Ruben com tatuagens faciais, sem dúvida feitas na prisão, lhe fizera: "Sempre que estiver a fim de agitação noturna, mascarado, pode me ligar. Arranjaremos algo para você fazer." E então ele rira, mas não de um jeito cruel. Na verdade, fora um riso cheio de respeito, e fizera

240

Jonah se sentir muito bem, apesar de ter Clara gemendo e se-midesmaiada em seus braços e da necessidade de levá-la para algum lugar seguro.

Falando nisso... ele precisava que Myrtle ou Cecil fosse com ele buscar sua moto mais tarde. Ao decidir que Clara estava mal demais para voltar de moto com ele em segurança, ele pedira à dupla que fosse buscá-los, e deixara a moto presa no local em que Clara descera do ônibus.

Jonah suspirou, saindo de trás das árvores e virando o rosto desfigurado para o céu. Ia chover.

Ele foi até o muro, apoiando a palma da mão nas pedras só-lidas. Era lá que tudo havia começado a mudar. E ele ainda não tinha decidido se a mudança que começara nele era algo bom ou acabaria por lhe trazer apenas sofrimento.

A uma certa distância, ouviu passos do outro lado do muro, e então um suspiro masculino pouco antes de um pedaço de pa-pel ser enfiado em uma das fendas e aterrissar na grama úmida de orvalho.

Os passos do homem se afastaram, e então o som de um carro sendo ligado e depois indo embora na direção oposta chegou aos ouvidos de Jonah um minuto depois.

A tinta já estava borrando por causa da grama úmida em que o papel havia caído quando Jonah o desdobrou com cuidado e leu o desejo.

— Gostaria de ter um motivo para não pular da CCC esta noite. Qualquer motivo. Qualquer coisa.

Meu Deus. A CCC.

Crescent City Connection, a ponte sobre o rio Mississippi que liga o centro de Nova Orleans ao West Bank. Ele costumava cru-zá-la com frequência quando tinha uma vida normal.

Jonah se apoiou no muro, jurando que a estrutura havia tremido sob o seu peso. Aquela coisa estava velha demais, provavelmente cairia aos pedaços ao menor toque um dia desses.

Ele tocou a mensagem e a enfiou no bolso, de onde tirou o cartão de Ruben.

Um cara estava planejando pular da ponte naquela noite e procurando um motivo – qualquer um – para não fazê-lo. Jonah pensou naquilo, no fato de que, se havia alguém que sabia o quanto uma pessoa pode se sentir desamparada, desesperançada e sem ideia do seu lugar no mundo, esse alguém era ele.

Ele já havia pensado – não seriamente, mas mesmo assim – em tirar a própria vida uma ou duas vezes, mas o carinho e amor incessantes de Myrtle e Cecil por ele o haviam impedido de considerar melhor aquela opção. Ele tivera aquilo. Ele tivera *os dois*. E a gratidão de repente encheu tanto o seu coração que lhe causou uma dor física. Um aperto no peito.

Talvez Justin tivesse razão ao dizer que sempre era possível ser grato por algo. Ele havia ignorado metade das coisas que Justin dizia – o irmão era praticamente religioso em seu otimismo e, pra falar a verdade, aquilo irritava Jonah. Mas... bem, talvez houvesse alguma verdade naquele caso.

Será que teria sobrevivido até agora se não fosse por Myrtle e Cecil? A inabalável crença que eles tinham nele não havia sido um consolo em seu sofrimento, em sua raiva, em sua dor? *E este homem aqui não tem nada.*

Ainda.

De todo modo, o quão negligente Jonah seria se não fizesse alguma coisa para tentar impedir um homem de acabar com a própria vida? Ele ficou ali parado por um tempo, pensando, e então se afastou do muro.

Ele tinha planos para aquela noite, afinal.

Eddy olhou fixamente para as águas agitadas lá embaixo. O medo trovejou dentro de si, mas não alto o suficiente para abafar o rugido do vazio escancarado feito uma ferida infeccionada em sua alma. O vazio que parecia vasto e interminável, um buraco negro de dor.

Ele tinha pensado que o vazio embotaria seus sentidos, mas não, os havia tornado mais aguçados, mais apurados de algum modo. Não podia mais conviver com aquilo. Ele só queria que tudo *acabasse*. E a água lá embaixo faria isso mesmo. Afogaria o barulho, a dor, as lembranças e, sim, encheria seus pulmões... porque ele não via outra saída.

Ele *queria*. Gostaria que tivesse *algo,* algum tipo de esperança de que as coisas fossem melhorar. Chegara até mesmo a ir àquele muro idiota, o que foi... bem, idiotice. Mas nada mudaria, e ele não conseguiria encarar outro dia daquela agonia sem fim.

— É uma queda e tanto.

Ele engoliu uma exclamação de susto misturada com exaustão e ar impregnado de água do rio, agarrando a grade de metal com mais força enquanto virava a cabeça.

— A-Afaste-se — Eddy ordenou, com uma voz que não era nem um pouco de comando.

Ele havia escolhido um ponto que ficava totalmente fora da vista dos carros que cruzavam a ponte. Como aquele cara o tinha visto ali?

O negro mais velho que ele, que usava um colete de couro e uma bandana escura em volta do que parecia ser uma cabeça totalmente careca, não se mexeu e não se afastou. Na verdade, ele deu um passo à frente, olhando Eddy nos olhos.

– Você é fuzileiro naval.

– Era – Eddy disse. Ele não sabia ao certo por que tinha vestido a farda antes de ir para lá. Na hora, parecia fazer sentido. Ele devia ter morrido naquela estrada deserta do outro lado do mundo como os seus seis amigos haviam feito, mas, em vez disso, fora salvo por algum motivo inexplicável que só lhe trouxera arrependimento. Então ele morreria de farda, nem que sua morte chegasse pelas próprias mãos.

– Ah. – O homem suspirou como se compreendesse muito mais do que aquela única palavra. -- Mas é o tipo de coisa que nunca vira passado de fato, não é?

Ele se encostou no apoio metálico gigantesco, enfiando as mãos nos bolsos, como se aquela fosse uma situação com que deparasse todos os dias da semana e, portanto, não o incomodava nem um pouco.

Eddy inclinou a cabeça, examinando o cara. Era provável que estivesse na casa dos sessenta, mas ainda era musculoso. Obviamente se exercitava, e sua roupa era como a de certo tipo de motociclista.

Eddy não conseguia ler os emblemas costurados na parte da frente do colete de onde estava, mas presumiu que fossem de alguma organização a que o homem pertencia. *Pertencia*. As palavras ressoaram em sua mente e ele não sabia o motivo. Elas o fizeram se encolher. Elas o fizeram suspirar.

– Você também foi fuzileiro?

– Sim. Voltei do Vietnã em 69. Já estive no seu lugar mais de uma vez.

– Tentou pular da ponte?

O homem riu, mas havia dor em seu riso.

– Não. Drogas e álcool eram mais a minha praia.

— Ah. — Eddy se virou para o rio novamente, observando mais uma vez aquela imensidão de água girando. Parecia mais revolta agora. Mais fria, mais escura.

— O fato é... — disse o cara atrás dele. Eddy voltou a olhar para o homem. — O fato é que você seria útil para nós. Um soldado aposentado já treinado.

Eddy franziu a testa.

— Útil *pra quê?*

— Para os Anjos de Latão.

— Você é um Anjo de Latão? — Eddy tinha ouvido falar deles. Eram um grupo voluntário de combate ao crime de Nova Orleans que patrulhava bairros com alto índice de criminalidade.

— Sou chefe da divisão de Nova Orleans, na verdade. — O homem se aproximou. — Meu nome é Augustus Bryant.

— Eddy Woods. — Augustus deu mais um passo adiante, estendendo a mão para cumprimentar.

Eddy esticou a sua, hesitante, e segurou a mão do outro. Augustus agarrou a mão dele e, embora estivesse segurando com força, algo dentro de Eddy vacilou. Eddy respirou fundo.

— Vamos descer, Eddy. Talvez a gente possa conversar sobre como você poderia nos ajudar.

Eddy parou por uma fração de segundo, lembrando-se do que desejara mais cedo aquele dia. O desejo que ele havia dito que era idiotice minutos atrás. *Gostaria de ter um motivo para não pular da CCC esta noite. Qualquer motivo. Qualquer coisa.*

Qualquer coisa, ele desejara. Bem, aquilo era alguma coisa, não era? Sim, ele *sentia* que era alguma coisa. Sentia que era a primeira *coisa* em muito, muito tempo, talvez desde o dia em que vira seus companheiros explodirem em mil pedaços diante dele. Aquele dia em que ele se levantara sem um arranhão enquanto o sangue dos homens que riam com ele minutos antes chovia do céu e encharcava a areia, manchando-a com vários tons de morte rubra.

Eddy agarrou a mão de Augustus e se afastou da borda. Augustus não o soltou.

— Sei como é, cara. Eu sei. Parece doloroso demais viver em um mundo onde Deus permite que coisas como as que você viu aconteçam. Nada faz sentido. Não há objetivo.

— É — Eddy disse, com a sensação de que algo se desprendia dentro dele, fazendo com que se sentisse fraco.

— É — Augustus disse. — É. — Ele olhou o outro nos olhos. — Há luz na escuridão, cara. Eu prometo. E você fará parte disso. Não há *ninguém* melhor que você para fazer parte disso.

Eddy enxugou as lágrimas que tinham enchido seus olhos, de repente tão comovido e grato por aquele pingo de esperança que se movia lentamente dentro dele e que o fazia apenas assentir.

— Podem sair, rapazes — Augustus chamou, e a cabeça de Eddy virou depressa para o lado de onde surgiam dois homens. Quando eles saíram das sombras, o coração de Eddy deu um pulo. Um deles usava uma máscara de caveira que cobria metade do seu rosto.

— Mas que diabos é isso? — Eddy murmurou.

Augustus riu.

— Foi o que eu também pensei. — Ele gesticulou na direção do homem sem máscara, aquele que não era muito menos sinistro com suas tatuagens no rosto. — Aquele é Ruben. — E então apontou para o cara mascarado. — E aquele é Jonah.

Jonah avançou e apertou a mão de Eddy.

— Prazer em conhecê-lo, Eddy. — Havia algo nos olhos dele, algo solene. Eddy não sabia bem por que, mas apostava que qualquer um que saísse por aí usando uma máscara devia ter uma história para contar.

— Jonah.

Augustus sorriu, colocando uma mão no ombro de Jonah e uma no de Eddy. Ele olhou para os dois, com algo que parecia orgulho brilhando em seu olhar.

— Formamos uma equipe formidável.

Eddy riu. Ele não sentia que nada nele fosse formidável, mas algo naquele grupo de esquisitos lhe dava uma sensação de paz. *E ele podia conviver com isso.* Ele podia *viver* isso.

— Como você está, Jonah?

— Estou bem. — Ele sorriu ao enxugar o banco, molhado pela chuva que havia caído mais cedo naquela noite, e se sentar, recostando e enxugando a palma da mão no blusão de moletom.

— Você *parece* bem. Dá para notar pela sua voz.

Ele inclinou a cabeça para trás, fechando os olhos para as estrelas, evocando a lembrança dos lábios dela.

Aquela pulsação dolorosa encheu suas veias, e ele supôs que devesse detestar aquilo – detestar porque significava que era algo que não poderia ter – mas não podia fazer tal coisa no momento. Ele se sentia bem demais, como se estivesse cheio de algo perigosamente parecido com esperança.

Jonah ouviu um barulho que parecia ser de uma gaveta abrindo e fechando.

— Acabou de chegar em casa?

Clara suspirou.

— Sim. Ensaiei até tarde. Quando terminar de falar com você, vou tomar um banho quente e desabar de cara na cama.

Ele não pôde evitar pensar mais no banho quente e menos em Clara na cama, mas o *desabar de cara* o fez lembrar da queda dela.

— Como está a sua cabeça?

— Melhor. Tive um pouco de dor de cabeça hoje, mas umas gotas de Tylenol deram um jeito nela. — Ela fez uma pausa. — Jonah, acabei não perguntando por que você estava me seguindo naquela noite. Não me importo — ela se apressou em dizer —, na verdade, fico feliz que estivesse lá, mas... bem, por quê? Por que me segue?

Jonah abriu os olhos, seu olhar se movendo entre as estrelas que formam a cauda da Ursa Maior.

O céu estava tão limpo, tão vibrante, tão claro. Aquelas estrelas, elas tinham visto tudo acontecer, todas as histórias desde o início dos tempos. Ele se perguntava quantas vezes seus corações teriam sofrido com o que elas viram.

— Porque quero estar perto de você — ele disse sem pestanejar. *Desejo você. Quero proteger você.*

Fez-se uma pequena pausa e o coração de Jonah deu um salto. Ele se sentou mais reto, piscando.

— Vou parar com isso — ele disse, deixando escapar uma risada de nervoso. — Nem sempre fui assim esquisito. Eu só...

— Pare — ela disse com delicadeza. — Eu também quero estar perto de você. Você não precisa me seguir escondido. Quero estar *com* você.

O coração de Jonah deu outro salto, desta vez de felicidade, embora aquela pontinha de decepção, por saber que jamais poderia ter mais do que tinha agora, se projetasse sobre a alegria, fazendo com que ela parecesse frágil e quebradiça.

— Enfim... — ela disse, mudando de assunto, talvez sentindo que os pensamentos dele estivessem rumando para a desolação —, liguei porque hoje, na hora do almoço, dei uma olhada na pasta de Justin.

Pasta de Justin. Ele adorava que o seu irmão fosse uma pessoa real para ela, adorava ouvir o reconhecimento dela.

— Ah, é? E o que encontrou?

— Uma coisa interessante, na verdade. O que sabe sobre a Reconstrução?

— O básico, acho. Que depois que a União venceu a Guerra Civil e milhões de escravos foram libertados, surgiram muitos problemas sociais.

— Sim. E sabia que o homem com quem Astrid Chamberlain se casou, Herbert Davies, lutou pelos direitos dos ex-escravos durante aquele período?

Jonah franziu o cenho.

— Não sabia disso, mas nunca soube muita coisa sobre Herbert Davies.

— Aparentemente, ele foi um importante ativista. Ainda preciso ler todas as informações que seu irmão imprimiu, mas o que é interessante mesmo é que, pelo que li até agora, parece que a esposa dele, Astrid, batalhou ao lado dele na luta. Na pasta, há cartas em que eles trocam ideias sobre o trabalho que ele realizava.

— Hum... — ele disse. — Quer dizer, é bom saber que um dos meus antepassados estava do lado certo. Mas o que você tirou de tudo isso?

— Ainda não sei. — Ela soava pensativa. — Acho que diz muito sobre as crenças posteriores de Astrid com relação à escravidão. E me faz questionar o papel dela na tragédia da meia-irmã. Nada do que eu tinha ouvido até agora indicava que Astrid pudesse ter sido solidária à situação de Angelina, ou que pudesse ter sido contra a sua família ter escravos.

— Hum... — ele disse. Embora, com toda a sinceridade, Jonah não conseguisse ver como aquela informação ajudava a entender o que havia acontecido tanto tempo atrás naquele lugar onde ele se encontrava agora.

Ele lançou um olhar na direção da fonte quebrada, vazia, exceto por um pouco de água de chuva acumulada e pelas folhas que haviam caído ali dentro e virado adubo. *Bem ali.* Bem ali era onde Angelina se sentira tão desesperançada que pegara uma navalha e cortara os pulsos. Um calafrio percorreu a espinha dele.

— É só mais uma peça do quebra-cabeça, sabe? Sinto... sinto que estamos chegando a algo mais importante.

Ele adorava o tom esperançoso da voz dela, a empolgação subjacente, e não acabaria com aquilo, mas, mesmo que houvesse um mistério a ser desvendado, como eles poderiam confirmar aquilo tudo?

Muitas décadas haviam se passado, muitas evidências tinham virado pó e muitas histórias e verdades tinham acabado no túmulo, junto com aqueles que as conheciam.

— Obrigada por me ajudar.

— Fico feliz em fazê-lo. — E ficava mesmo, apesar de não acreditar que nada daquilo pudesse levar a algo. Mas ele sem dúvida faria qualquer coisa pela garota do outro lado da linha.

— Não falei para você o que a sacerdotisa me disse.

Ah, é. *A sacerdotisa.* Ele a tinha visto entrar naquela loja e esperado diante da porta de outro estabelecimento até ela sair de lá.

— O que ela disse?

Clara suspirou.

— Talvez ela tenha sido um pouco... bem, não importa. Ela me deu boas informações gerais. Você sabe que a lenda diz que Angelina está aprisionada em Windisle porque ela, de algum modo, acabou envolvida na maldição lançada em John, não sabe?

— Sei.

– A sacerdotisa, Fabienne, disse que não é assim que funciona. Uma pessoa não pode ser envolvida em maldições que não tenham sido lançadas nela.

– Ok...

– Então – Clara disse, falando mais rápido, com aquela energia que fazia seus olhos brilharem e enchia sua voz –, Fabienne acha que, se Angelina ainda vaga por Windisle, é porque quer. É por causa de John que ela continua aqui.

– Não entendi.

Clara soltou o ar.

– A lenda está errada. Tem algo de errado nela.

– O quê?

– É o que precisamos descobrir. Por que Angelina iria querer ficar presa aqui por toda a eternidade, esperando infinitamente por um homem que a havia traído? Isso deve ser importante, Jonah. Angelina viveu a vida toda acorrentada – quase literalmente. Ela não escolheria passar a sua vida eterna do mesmo jeito se não fosse algo crucial para a sua alma. Será que espera algum tipo de vingança? Ou continua amando John apesar da traição dele? Existe um motivo para ela não tê-lo deixado, Jonah, e temos que descobrir qual é.

– E, falando disso, por que John vaga por Windisle? É por que foi em Windisle que a maldição foi lançada nele? – Ela fez uma pausa. – Ou... – o resto da frase saiu num só fôlego empolgado – Windisle está de algum modo envolvido na quebra da maldição?

Por um instante, Jonah se perdeu na paixão da voz dela, e levou vários segundos para voltar a pensar no que ela havia dito antes de responder.

– Clara, não sei se acredito em fantasmas, mas, a menos que você possa falar com eles, não vejo como resolver nada disso.

Clara suspirou e Jonah se arrependeu de suas palavras. Ele odiava dizer algo que a desanimasse, mas também não ia fingir que acreditava em coisas que não faziam nenhum sentido no mundo real.

Aquilo não só não levava a nada, como também era perigoso para ele em um nível pessoal. Jonah não era um homem que podia se entregar às fantasias. Não dava para saber onde sua mente iria parar se ele desse asas à imaginação. Mesmo que o assunto envolvesse aquelas duas pessoas mortas havia muito tempo.

– Tem um jeito – ela murmurou. – Admito que toda essa coisa de fantasmas é suposição, mas... ainda acho que podemos encontrar alguma coisa, se soubermos o que estamos procurando.

Um arbusto farfalhou perto de Jonah, e ele se endireitou no banco, um raio de luz perolada da lua iluminando uma roseira cheia de espinhos, mas sem nenhuma flor. Perto dela, uma samambaia, quase oculta por completo nas sombras, balançou. Jonah se arrepiou, como se Angelina em pessoa o tivesse ouvido falar que não acreditava em fantasmas e decidido provar que ele estava errado.

A samambaia balançou com mais vigor e um coelhinho saltou de repente do meio de suas folhas, assustando Jonah. Ele revirou os olhos, afundando no banco enquanto o animal olhava para ele, mexendo seu nariz rosado.

– Avise se encontrar mais alguma coisa naquela pasta, ok? Clara bocejou.

– Aviso, sim. Tenho que ir. Ei, Jonah?

– Sim?

– Obrigada.

– Pelo quê?

– Por ser você.

CAPÍTULO VINTE E DOIS

Junho de 1861

— Angelina, venha comigo até a sala de estar, por favor – disse a senhora Chamberlain, sua voz cortada, parada no vão da porta da cozinha antes de se virar e começar a andar de imediato.

Angelina enxugou devagar as mãos no avental, sentindo o medo crescer. Ela não fizera outra coisa a não ser tentar não chamar a atenção nos últimos três meses, como John lhe dissera para fazer. Ela mal tinha ânimo para fazer muito mais que isso, na verdade – a tristeza que sentia por causa da ausência dele a deixava fraca, como se uma camada de névoa invisível a envolvesse continuamente.

Angelina lançou um olhar rápido para a mãe, que cortava cebolas na bancada, a faca se movendo suave, mas firme em suas mãos habilidosas. A mãe franziu a testa, os olhos inquiridores. Angelina forçou um sorriso, dando de ombros despreocupadamente quando saiu da cozinha, indo atrás da senhora Chamberlain.

As janelas da sala de estar estavam abertas, uma rara brisa de verão fazia as cortinas leves esvoaçarem, e trazia com ela o perfume de rosas do jardim. *Rosas do jardim.*

A lembrança da primeira vez que vira John voltou à sua mente e lhe deu forças.

A senhora Chamberlain estava parada perto da lareira, de costas para Angelina.

– Pois não, senhora Chamberlain? – ela disse com delicadeza, e então seu olhar pousou em Astrid, sentada do outro lado da sala, branca feito um fantasma, de olhos baixos.

– Algo me incomodava desde aquela festa em que você trouxe uma máscara para Astrid. Eu não conseguia descobrir o que era, até uns dias atrás. Mas então descobri. Naquele dia, você usava sua roupa de domingo, Angelina. – A senhora Chamberlain se virou devagar para ela, com um livro nas mãos. – Por que vestia aquela roupa se tinha ido só buscar uma coisa para Astrid?

Angelina uniu as mãos, sua mente girando depressa.

– Eu... – ela engoliu em seco – não queria envergonhá-la, senhora Chamberlain. Era uma festa.

A senhora Chamberlain ergueu as sobrancelhas devagar.

– Aquilo não fazia sentido – ela disse, como se Angelina não tivesse dito nada.

Ela ergueu as mãos e gesticulou ainda segurando o livro, erguendo o nariz como se o objeto tivesse um cheiro ruim.

– Nunca entendi a necessidade de ter um diário – ela disse. – Em especial quando se tem tantos segredos sujos.

Angelina olhou para Astrid quando a senhora Chamberlain virou de costas outra vez, e o olhar de Astrid encontrou o seu, o semblante arrasado da meia-irmã acabando com qualquer esperança de Angelina e fazendo-a perceber que a senhora Chamberlain não precisava, de fato, de uma resposta para a sua pergunta. Ela já sabia a resposta.

– Sinto muito. – As palavras foram sussurradas e saíram pesadas de sua boca, revelando surpresa e um medo terrível.

A senhora Chamberlain se virou de novo para Angelina.

– Segredos sujos, imundos – a mulher falou, olhando o corpo de Angelina com nojo.

– Senhora Chamberlain – ela disse, a voz falhando, a mente tentando encontrar um jeito de explicar o que Astrid já tinha revelado em seu diário. Mas talvez ela não tivesse revelado tudo. Talvez ainda houvesse uma chance. – Desculpe, não estou entendendo.

A senhora Chamberlain riu, um som horrível cheio de desdém.

– Não? Bem, deixe-me fazer umas perguntas. *Entende* o que acontece com escravos velhos e acabados como a sua mãe quando seus donos não precisam mais deles e os jogam fora feito o lixo que são? *Entende* o que acontece com vagabundas negras que seduzem homens brancos de famílias ricas com seu vodu maligno? Foi isso o que você fez, Angelina? Enfeitiçou John Whitfield? Fez com que ele erroneamente acreditasse que você valia alguma coisa?

O horror tomou conta de Angelina, tão subitamente e com tanta intensidade que ela esticou a mão e se apoiou na parede para não cair.

– Mama – Astrid implorou.

– Cale a boca, sua ingrata! Sua mentirosa imunda! Como ousa me dirigir a palavra? – O rosto da senhora Chamberlain se contorcia de raiva enquanto ela gritava aquelas palavras, sua pele quase roxa de tanta ira.

Astrid afundou de volta na poltrona, o rosto cheio de tristeza, as mãos tão apertadas no colo que os nós dos dedos estavam brancos.

– Então – a senhora Chamberlain prosseguiu –, vou dizer o que vai acontecer. Quando John voltar, você não agirá mais feito uma vagabunda e deixará de lado sua sedução animal, permitindo que John e Astrid tenham um relacionamento apropriado. Fui clara?

O sangue pulsava na cabeça de Angelina e seus joelhos vacilavam. Angelina não conseguia falar, seus lábios frouxos e inúteis não conseguiam formar palavras. Mais uma vez, a senhora Chamberlain não parecia precisar de resposta, e se virou para Astrid.

– Fui clara, Astrid? – ela praticamente sibilou.

– Sim, mãe – Astrid concordou.

Os olhos de Angelina se voltaram para Astrid devagar. A garota continuava olhando para baixo e tinha o semblante vazio. Ela os havia ajudado, sim, quando acreditara que o segredo deles não seria descoberto. Mas Astrid não era páreo para a mãe. Nunca tinha sido.

– Então é isso – a senhora Chamberlain disse, pegando um fósforo que estava sobre o aparador e o riscando imediatamente. Ela segurou o diário por cima da grade da lareira e aproximou o fósforo do objeto. As páginas pegaram fogo no mesmo instante, as chamas crescendo tanto que a senhora Chamberlain foi obrigada a largar o diário. Ele caiu dentro da lareira, onde continuou a queimar até virar cinzas.

Um soluço subiu pela garganta de Angelina, suas mãos tremendo enquanto ela dizia a si mesma para ficar calma. Aquele era um aviso. Um aviso de gelar a espinha sobre o que estava por vir.

A guerra que John lutava havia chegado à Fazenda Windisle. A tempestade se aproximava. E Angelina estava no olho do furacão. *Indefesa.*

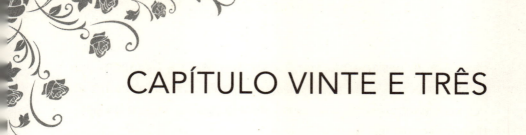

CAPÍTULO VINTE E TRÊS

— Liguei pra você ontem à noite — Marco disse. — Você não me ligou de volta.

Clara fez uma careta e se virou para ele. Ela se sentia mal de verdade por ter basicamente ignorado as tentativas dele de falar com ela na última semana.

— Desculpe, Marco. Quando vi sua mensagem, já era tarde. — O fato era que ela estava falando com Jonah quando Marco ligou. Foi uma escolha fácil deixar a ligação cair na caixa de mensagens.

— E sabia que o veria hoje. A propósito, você foi incrível. Vai arrasar na apresentação.

— Obrigado — ele se aproximou mais, inclinando a cabeça para examinar o ponto em que ela ainda tinha um hematoma na testa. Clara havia aplicado maquiagem de palco antes de ir para o trabalho, mas aparentemente a cobertura havia saído com o suor. — O que aconteceu?

Clara levou os dedos ao ponto dolorido da testa.

— Bati numa porta.

Marco ergueu a sobrancelha, parecendo desconfiado.

— Você? A pessoa que tem o andar mais gracioso e confiante que eu conheço bateu a cara na porta?

Clara riu, desconfortável com a evidente mentira — ela *nunca* fora boa em inventar desculpas plausíveis, mas não estava a fim de explicar como havia conseguido de fato o hematoma.

— Até as pessoas mais graciosas tropeçam e trombam nas coisas às vezes. — *Às vezes, pessoas graciosas escorregam de cercas e caem de cara, na verdade,* ela pensou com uma pontada de vergonha.

— É, acho que sim. Enfim, eu...

— Ei, Marco! — Roxanne disse, surgindo atrás dele com um sorriso sedutor. Ele se virou para ela. — Eu estava pensando se você teria tempo esta noite para repassar a cena...

Clara aproveitou a oportunidade para se afastar e ir em direção à porta. Ela não queria que Marco lhe oferecesse uma carona. Não queria ficar de papo furado com ninguém. Queria pegar o ônibus e se perder nos próprios pensamentos, o ronco do motor do veículo fazendo-a deixar o mundo à sua volta e voltar à época de Angelina. E talvez, se deixasse a mente vagar, algumas peças daquele quebra-cabeça difícil de montar começassem a se encaixar.

Ela também queria passar mais um tempo vasculhando a pasta de Justin, que agora mantinha em segurança na bolsa.

Felizmente, o ônibus dobrou a esquina enquanto Clara se dirigia ao ponto de parada no fim do quarteirão. Ela correu e chegou bem quando as portas se abriam, e então pegou o celular enquanto sorria cumprimentando o motorista.

Toda vez que subia em um ônibus, ela se lembrava do pai, do quanto ele havia trabalhado duro, dia após dia, por ela. Como ele chegava em casa sorrindo, embora devesse estar exausto. Pensar nisso sempre lhe causava uma onda de amor e um aperto no peito. Já fazia muito tempo que eles não se sentavam e falavam sobre seus dias, sobre as coisas engraçadas que haviam acontecido no trabalho, sobre as prima-donas que ela tinha que aguentar na companhia de dança. Ela sentia tanto a falta dele. Profundamente.

Clara escolheu um assento no ônibus quase vazio, inclinando a cabeça para trás e desfrutando do ruído branco do motor e, pela primeira vez naquele dia, parou e deu um descanso aos seus músculos.

Fisicamente, gostou da imobilidade, mas aqueles dez minutos não serviram para ajudá-la a montar o quebra-cabeça em sua mente. Clara soltou um suspiro de frustração, arrumou a postura e tirou a pasta da família Chamberlain da bolsa.

Inspecionou a pasta, lendo com atenção alguns documentos que já havia lido por cima, e então abriu um envelope marrom que estava no fundo e que continha várias cartas antigas endereçadas a Herbert Davies e que pareciam ser correspondência comercial, mas que ela já sabia que eram cartas de sua esposa, Astrid.

Ela não tivera tempo de ler com atenção todas elas no dia anterior, porque a escrita era tão formal e cheia de floreios que a leitura não fluía.

Só tinha lido o suficiente para saber que Astrid trabalhava com Herbert em seus esforços de construção, nada mais. Ela aproveitou para ler mais um pouco, parando em várias linhas que Astrid havia escrito com letras maiúsculas e sublinhado com dois traços fortes de tinta. "Jamais devemos preferir a segurança à retidão. A segurança é o cobertor sob o qual dormem os covardes. A segurança asfixia a esperança e sufoca toda a luta."

Clara leu aquelas linhas uma vez, depois de novo. Era óbvio que elas significavam algo importante para Astrid. Clara observou de novo que a caligrafia se tornava mais forte e levemente tremida, como se a mão de Astrid estivesse trêmula enquanto ela segurava a pena com força e rabiscava aquelas palavras.

Clara colocou devagar as cartas de volta nos envelopes, sentindo-se incomodada. Por quê? O que estava deixando passar?

Ela franziu a testa enquanto surgiam mais peças do quebra-cabeça, ainda sem conseguir encaixar nenhuma. A imagem estava *ali,* ela sentia. Só precisava dispor as peças da maneira correta a fim de ver com clareza. Ligaria para Jonah quando chegasse em casa e pediria a opinião dele.

A segurança é o cobertor sob o qual dormem os covardes. Quem tinha sido covarde? E que opção segura alguém havia preferido à retidão?

Ela enfiou o grande maço de papéis na pasta, e a árvore genealógica que ficou em cima de tudo chamou sua atenção.

Clara correu o dedo pela lista de nomes que já tinha lido e parou no nome de Jonah enquanto ela o circulava, seu dedo parando quando ela notou a data.

— Ah, meu Deus — sussurrou, enfiando a pasta depressa na bolsa, pois sua parada se aproximava. É claro que ele não dissera nada.

Clara pegou o telefone e olhou as horas. Dava tempo certinho para ir até a loja, que ficava a uns dez quarteirões de sua casa, onde ela vira algo que seria perfeito para a ocasião que tinha acabado de descobrir.

Clara respirou fundo antes de bater palmas diante do portão pelo qual Myrtle a deixara sair dias atrás.

Se não tivessem lhe mostrado o portão, ela jamais saberia que havia outra entrada além daquela coberta de espinhos na frente da propriedade.

Pelo que sabia, ali um dia fora uma entrada de garagem não pavimentada, mas agora estava tão tomada por juncos que parecia um campo e, ao que parecia, nem mesmo o sedã que Clara vira estacionado no terreno, e sabia que era usado às vezes, conseguia manter o mato permanentemente baixo.

Se uma pessoa olhasse de fora daquele do muro, veria o rio que corria próximo, exceto naquela parte, separado apenas por aquela faixa de mato que parecia um pântano.

Parecia instável, talvez perigoso, e ela certamente não se arriscaria a atravessar o mato alto se não soubesse que havia um portão de entrada depois dele.

— Quem está aí? — Myrtle perguntou.

— É a Clara, Myrtle — ela disse e fez-se silêncio antes que ouvisse Myrtle puxado o trinco do portão para abri-lo.

— Clara, querida, está tudo bem? — Ela ficou parada na entrada, bloqueando a passagem, estreitando os olhos para enxergar sem as grossas lentes de seus óculos, e Clara sentiu um aperto no peito.

Aquela mulher idosa que mal enxergava estava protegendo Jonah, formando uma barreira de amor que o isolava do mundo. E, de algum modo, Clara soube que ela lutaria com todas as suas forças para defendê-lo.

— Sim, Myrtle, está tudo bem. — Ela ergueu o pacote e o ofereceu a Myrtle. — É um presente de aniversário para Jonah. Pode entregar a ele por mim? Liguei, mas ele não atendeu, então o chamei no muro que chora, mas ele também não respondeu, e eu... gostaria muito de dar isto a ele.

Myrtle pegou o pacotinho azul com uma expressão meio apreensiva, meio contemplativa.

— Muito gentil da sua parte.

Clara sorriu e começava a se virar para ir embora quando Myrtle esticou a mão e a segurou.

Clara se voltou para Myrtle com ar inquiridor, e Myrtle abriu mais o portão, dando um passo para o lado.

— Ele está lá nos fundos. Não tem luz lá. Acho... bem, acho que, se você chamá-lo, se ele souber que você está lá, não se importará que lhe entregue pessoalmente.

– Ah! – Clara exclamou, a incerteza a dominando. – Não queria perturbá-lo, Myrtle.

– Não – Myrtle murmurou, seu olhar desfocado desviando de Clara, que mordia o lado interno da bochecha. – Mas... sim.

Clara franziu a testa, sem saber com exatidão o que fazer a respeito daqueles pensamentos conflitantes.

Myrtle voltou o olhar para Clara e pôs uma mão em seu braço.

– Você deve avisá-lo de que está lá. Não o pegue de surpresa. – Myrtle devolveu o pacote a Clara.

– Prometo que não o assustarei.

Myrtle a fez cruzar o portão e lhe disse qual caminho seguir, indicando com a cabeça mais uma vez enquanto Clara se afastava, seguindo as orientações de Myrtle.

Enquanto dava a volta na casa em direção às árvores, a luz do dia se extinguiu e diante dela só havia escuridão.

Clara colocou o pacote em um banco do jardim, querendo ter as duas mãos livres para andar no escuro.

– Jonah? – chamou baixinho, um calafrio percorrendo sua espinha, devido à incerteza e à expectativa. Ela estava perto dele. Ele estava ali em algum lugar, além do seu alcance, mas não muito.

Ela chamou o nome dele na escuridão à sua frente mais uma vez, deixando que sua voz a conduzisse, sem tentar não fazer barulho ao andar.

Era assim que Angelina tinha se sentido, mas sem a esperança – a promessa – de que o homem que procurava ouviria o seu chamado? Que sensação terrível, desoladora, saber que o homem que fazia o seu coração bater mais rápido e seu sangue correr mais depressa estava ali, tão perto, e ainda assim total e completamente fora de alcance.

Que tortura imaginar se ele também estaria procurando por você.

– Jonah?

Clara avançava, a copa das árvores e o musgo encobrindo a lua e mergulhando os arredores em tons de cinza-escuro. Ela ergueu a mão e a viu sumir quando a afastou do rosto.

– Jonah? – ela chamou mais uma vez, seu coração aos saltos.

– É a Clara.

Ela ouviu passos à sua direita e girou naquela direção, encarando a escuridão sem enxergar nada.

– Talvez você goste de monstros. É isso, Clara?

Jonah. A voz dele era grave, rouca, a voz que ela reconheceria em qualquer lugar, embora não conseguisse discernir o tom.

Apesar de seu humor desconhecido por ela aparecer sem ter sido convidada, a presença dele lhe trouxe alívio e empolgação.

– Você não é um monstro, Jonah. Mas, se insiste em dizer que é, então, sim, eu devo gostar de monstros.

– Tola Clara – ele disse, mas seu tom havia mudado e, embora suas palavras zombassem dela, sua voz macia era calorosa. – Está no meu covil, sabe disso, não?

– S-sim – Clara disse enquanto a direção da voz dele mudava e ela ficava sem saber onde ele estava, incapaz de enxergar alguma coisa, de perceber seus movimentos.

Ele riu, e a risada chegou até ela e a envolveu feito magia, causando arrepios.

– Está brincando comigo. – Era uma afirmação, mas também uma pergunta. Talvez devesse estar irritada, mas não conseguia conter a excitação.

Clara não considerava Jonah um monstro, mas parecia que ainda gostava de ser sua presa. *Será que sou mesmo uma presa que quer ser pega?*, ela se perguntou, enquanto um tremor de prazer percorria o seu corpo.

– O que está fazendo aqui?

— Myrtle disse que você estava aqui. Ela achou que não teria problema se eu... — Clara mordeu o lábio, jogando o peso do corpo para a outra perna, sentindo-se estranhamente nua ao estar ali, com ele, na escuridão.

— Se o quê? — Ele estava mais perto, mas ela não o tinha ouvido se mover, e sentiu como se pequenas bolhas estourassem sob suas costelas.

— Se eu avisasse que estava chegando.

— Nada teria me avisado que você estava chegando — ele disse em um sussurro, sua voz perto do ouvido dela.

Ela se sobressaltou e se virou na direção em que ele deveria estar, deixando escapar uma risadinha.

— Pare — ela disse, sua voz mais ofegante do que ela pretendia, o prazer daquela única palavra a contradizendo totalmente. — Não consigo saber onde você está.

Ela ouviu o barulho de algo sendo partido e sentiu o calor da mão dele segurando a sua.

— Venha comigo.

Ela agarrou a mão dele, segurando com força como se aquela fosse a sua tábua da salvação, tropeçando um pouco quando ele começou a andar à sua frente.

— Não consigo ver onde estou indo.

— Não precisa — ele disse, sua voz chegando até ela. — Conheço este terreno como a palma da minha mão. Não vou deixá-la cair. — Ela apertou ainda mais a mão de Jonah e se deleitou com sua força.

Ele acelerou e a puxou um pouco, e ela riu de alegria enquanto movia as pernas mais depressa para acompanhar as passadas longas e decididas dele. Ambos serpentearam por entre árvores, ou talvez fossem rochas, ela não fazia ideia, mas ele obviamente sabia bem o que estava fazendo e ela confiava nele. Se ainda não soubesse disso, descobriria naquele instante. Ela confiava nele com relação à sua segurança e estava disposta a deixar que ele a levasse para onde quisesse, mesmo no breu noturno e em um território desconhecido.

Ele não a deixaria cair. Embora, sendo sincera, talvez já fosse um pouco tarde para aquilo. Ela já havia caído. Em algum momento, havia caído e estava de quatro por ele.

Quando Jonah parou de repente, Clara colidiu com ele, rindo de surpresa quando ele se virou, os dois trombando de leve antes que ele desse um passo para trás, para fora do campo de visão dela.

— Estamos na floresta? — ela perguntou.

— Sim. Não sabe que é perigoso seguir monstros na floresta? — Mas ela sabia que ele estava provocando.

— Talvez eu goste de perigo também. — Clara sorriu, mas depois ficou séria. — Porque acho que eu o seguiria para qualquer parte, Jonah. — Sua voz continha toda a gravidade do seu coração. Sim, ela faria isso. Ela o seguiria para qualquer lugar.

Jonah ficou calado um instante antes de falar novamente.

— Clara. — Havia um tom de advertência na voz dele, mas ela não se importava. Ela não prestaria atenção naquilo, e ele precisava saber disso.

Ela ouviu o barulho do que parecia ser mato alto em algum lugar ali perto — talvez as plantações de cana-de-açúcar abandonadas — e o pio de uma coruja, seguido pelo sopro suave do vento.

— Feliz aniversário, Jonah.

Ele fez uma pausa antes de dizer:

— Obrigado. Como soube que era meu aniversário?

— A árvore genealógica na pasta de Justin.

— Ah.

— Trouxe uma coisa pra você. Um presente. Foi por isso que vim. Para entregar pessoalmente.

— Um presente?

– Sim. É só... não é nada de mais, mas...

Quando ele não interrompeu seu balbucio embaraçoso, ela se apressou, com medo de que o tivesse desagradado.

– Tentei ligar antes...

– Eu estava aqui fora.

– O que estava fazendo?

– Só caminhando.

E foi então que ela ouviu o rangido de dobradiças e inclinou a cabeça, surpresa ao se dar conta de que sabia exatamente onde estavam. *Ah.*

– Estamos entre as cabanas de escravos – ele confirmou o que ela havia pensado. Segurou a mão dela, que o seguiu. – Tem um degrauzinho aqui – ele avisou, guiando-a para que não tropeçasse. – Entre. Ligue a lanterna do celular para que possa dar uma olhada. Ficarei aqui fora.

– Não precisa ficar aqui fora. Não apontarei a lanterna para você, prometo. – A voz dela era um sussurro, cheio da solenidade de sua promessa.

Ele parou por uma fração de segundo, e então ela o ouviu subir o degrau atrás de si. *Ele confiava nela,* Clara pensou, e sabê-lo fez uma onda de calor percorrer sua pele. A porta se fechou com um rangido atrás de Jonah, e ela escutou quando ele se moveu para o lado, sem avançar mais um passo dentro do cômodo. Ela sentia cheiro de madeira velha e de folhas úmidas apodrecendo.

Clara se afastou de Jonah procurando o telefone, e a súbita luz forte a fez estreitar os olhos para a luminosidade. Ela ligou a lanterna e ajustou para a intensidade baixa, fazendo o facho de luz girar pelo aposento.

Não tinha móveis, só as quatro paredes nuas que sem dúvida guardavam segredos que jamais contariam a ninguém, nem que pudessem.

Clara foi até a janela e correu as pontas dos dedos pelo vidro sujo e rachado. Mesmo se houvesse luz do lado de fora, a visibilidade seria ruim.

Ela caminhou pelo quarto, apontando a luz baixa para os cantos e para o teto, tomando cuidado de não virá-la na direção de Jonah, permitindo que ele ficasse nas sombras onde se sentia seguro.

Depois de alguns minutos explorando o lugar, Clara desligou a lanterna e guardou o celular de volta no bolso.

Ela se virou para Jonah, dando passos cautelosos enquanto se movia às cegas até o canto onde sabia que ele se encontrava. Ouviu a respiração dele ao se aproximar, o som contínuo que lhe dizia onde ele estava.

– Estique a mão para mim – Clara pediu e ele o fez, agarrando a mão que ela trazia à frente do corpo para que pudesse encontrá-lo.

Ela se aproximou e foi direto na direção de Jonah, seus hálitos se misturando, a respiração lenta que ela havia escutado segundos antes agora menos regular.

Algo faiscou no ar, algo que Clara ficou surpresa por não ter iluminado a escuridão, algo que parecia brilhante e cintilante e que ela jurava que podia sentir em sua pele, como uma chuva de poeira de estrelas.

– Achei que eu fosse encontrar tristeza aqui – ela disse. – Achei que... não sei, eu sentiria o coração pesado ou...

– Eu sei. Tem alguma coisa diferente nesta cabana. Eu me sinto da mesma forma quando estou aqui. Engraçado você também se sentir assim.

Clara não sabia bem o que fazer com aquela informação, mas sentiu que dividia algo com Jonah, algo indefinido e especial.

Ela segurou a outra mão dele e se aproximou ainda mais, seus corpos se tocaram. Era assim que eles tinham estado no pátio do hotel naquela noite, e ela vinha desejando aquilo de novo. *Agora?*

Era ainda melhor, *mais intenso... mais.* – Acha que os lugares guardam memórias?

Ela ouviu o braço dele se mexer e então sentiu o roçar hesitante da mão dele em sua bochecha e prendeu a respiração, inclinando-se na direção de Jonah.

Um gemido subiu pela garganta dele, tão baixo que ela não tinha certeza se teria ouvido se estivesse no controle de todos os seus sentidos. Aqueles que estava usando estavam tão aguçados, tão sensíveis, tão despertos.

– Não.

Por um instante, ela ficou confusa, pois não sabia a qual pergunta ele estava respondendo. Por um instante, ela se perdera no toque dele, e por um instante se esquecera de que havia perguntado se lugares guardavam memórias.

– Não – ele repetiu. – Apenas pessoas guardam memórias.

Clara sorriu, pressionando mais o rosto contra a palma da mão de Jonah. Ele virou a mão, passando os nós dos dedos pela bochecha dela, e suspirou.

Pessoas... almas, Clara pensou. Então talvez Angelina estivesse mesmo ali, e a velha cabana fosse um lugar que guardava a alegria para ela. Clara gostava da ideia, mas envolvia tristeza também.

Ela virou a cabeça, roçando os lábios nos nós dos dedos de Jonah, e ele gemeu, mais alto desta vez, o nome dela seguido de uma expiração.

– Mas estas paredes – Jonah disse – são sagradas. Pertencem a outras pessoas.

Ele pegou a mão dela e Clara inspirou o ar puro quando ele a puxou para fora da cabana, de volta para a noite. Ele caminhava à sua frente e ela ria enquanto andava mais rápido para acompanhar o ritmo dele, e acabou batendo contra os sólidos músculos das costas de Jonah quando ele parou e se virou para ela novamente. Fez com que os dois girassem devagar, como se estivessem dançando, e ela sentiu algo duro contra as suas costas.

– É só um mourão alto – Jonah murmurou.

Clara ergueu o queixo, respirando o ar noturno. Ela sentia o cheiro penetrante de algo doce e fresco.

– A horta que cresce sozinha – ela disse, com um tom de espanto na voz. – Estou sentindo o cheiro.

– Sim. São os tomates. – Ela podia sentir o hálito dele em seu rosto e chegou mais perto mais uma vez quando ele tocou sua bochecha com os nós dos dedos assim como havia feito um minuto antes. – São tão grandes e doces que dá para comê-los como se fossem maçãs.

Clara sorriu contra a mão dele, colocando a língua para fora para sentir o gosto dele.

Ele congelou enquanto a língua dela dançava com vagarosidade por seus dedos, sentindo o gosto salgado de sua pele. A respiração dele agora estava mais ofegante, como se estivesse prestes a sair correndo, e Clara se deu conta de que o seu coração também estava acelerado, bombeando sangue no ritmo do coração de Jonah.

Jonah ergueu as mãos e segurou o rosto dela, como se de algum modo pudesse enxergá-la, embora não houvesse luz no canto escuro em que se encontravam.

Clara inclinou a cabeça para trás instintivamente, seus lábios se abrindo enquanto ela esperava. Uma excitação quente e líquida percorreu seu corpo, descendo em cascata por seus membros e se concentrando no alto de suas coxas.

Meio confusa, ela se lembrou de pensar que não havia nada equiparável à emoção causada pela expectativa, segundos antes de as cortinas do palco se abrirem. Nada. Mas, ah, ela estava errada. A espera pelo beijo de Jonah era como aquele outro momento, só que infinitamente melhor. *Ah, sim. Algo maravilhoso está prestes a acontecer,* seu coração cantava.

Os lábios dele tocaram os dela, delicadamente mas com firmeza, e foi como se mil fogos de artifício explodissem em sua barriga. Jonah pôs a mão na nuca de Clara, enroscando os dedos entre os cabelos dela e puxando gentilmente sua cabeça enquanto pressionava sua boca mais forte contra a dele.

Ela gemeu e isso pareceu incendiá-lo. Jonah deslizou sua língua para dentro da boca de Clara, e ela a tocou com a sua, sentindo o gosto dele, a sensação do corpo dele pressionado contra o seu, mais excitado e duro contra seu quadril.

O beijo ficou mais intenso, algo parecia tomar conta deles – carência, desespero, só que sem a parte dolorosa. Clara estava adorando aquilo, o que quer que *aquilo* fosse.

Jonah tinha as duas mãos nos cabelos de Clara, e ela ergueu os braços, agarrando os músculos dos bíceps dele enquanto ele explorava a sua boca.

Ela queria subir mais as mãos e tocar-lhe o rosto, saber como seria *senti-lo,* já que ele não deixava que seus olhos o vissem. Mas ela sabia que isso poria um fim ao que ele estava fazendo, e ela não queria fazer nada que acabasse com o beijo, com a magia que faiscava ao redor deles, com a alegria que fluía em seu coração.

Os quadris de Jonah se moveram um pouco para trás e depois na direção de Clara de novo, um movimento inconsciente de excitação – da *necessidade* do corpo dele de penetrar – e a atitude fez Clara vibrar com o seu próprio desejo.

– Jonah – ela ofegou entre os beijos, sua mão se movendo entre os corpos dos dois, sobre os músculos definidos do peito dele. Ele gemeu, como se o toque dela lhe causasse dor, e se afastou um pouco, mas então voltou a pressionar o seu corpo contra o dela, como se não pudesse evitar.

Clara mordeu de leve o lábio dele, passando a língua pelo inferior, sentindo os seus sulcos e como era um tanto enrugado de um jeito anormal, aquela parte que ele achava que o tornava impossível de ser amado, a prova de todos os seus pecados. Ela queria uma chance para provar que ele estava errado.

Um dia.

Ele fez um pequeno movimento com a cabeça, retomando o controle do beijo e a afastando de suas cicatrizes, deixando uma mensagem clara: *hoje não.*

Mas, ah, o homem sabia beijar e, aparentemente, a seca de oito anos – se sua suposição estivesse correta – não havia prejudicado em nada aquela habilidade em particular.

Ela sentia como se estivesse flutuando no vasto céu noturno, os lábios dele a única coisa que a prendia à realidade, o único caminho que levava para longe da escuridão. Era um beijo resultante de milhares de sonhos iluminados pelas estrelas. Um beijo que ela não queria que terminasse nunca.

Depois de mais um minuto, ele se afastou, com a respiração ofegante, e encostou sua testa na dela.

Clara ficou na ponta dos pés, buscando a boca dele novamente, e ele riu, um som que tinha um pouco de humor, mas em especial frustração, e que terminou com um gemido doloroso.

– Era este o meu presente? – ele perguntou, e ela notou o sorriso na voz dele. Não se atreveu a esticar a mão e deslizar os dedos pela curva dos lábios dele. *Um dia,* ela repetiu para si mesma em sua mente. Um dia, ele confiaria nela plenamente. Um dia, ele deixaria que ela o visse por inteiro.

Clara riu, enlaçando-o pela cintura e abraçando-o como havia feito na cama dele algumas noites atrás.

Ela enterrou o nariz no peito dele, sentindo o seu cheiro, aquele que ela conheceria tão bem quanto já conhecia a sua voz.

— Temos que voltar — Jonah disse, beijando o topo da cabeça dela e sentindo o cheiro dos seus cabelos. Ele esfregou sua bochecha nos fios, o lado do rosto que tinha menos cicatrizes, se é que tinha alguma. Ela só tinha visto o queixo, metade da boca e parte da bochecha dele.

— Temos mesmo? Gosto de ficar aqui, em outro mundo, com você. É como se só existíssemos nós dois no universo.

Ele riu.

— Você se sentiria solitária, não?

Clara sorriu, pensando naqueles de quem sentiria falta — seu pai, é claro, mas ela já vivia sem ele. Mas sentiria falta da senhora Guillot e da Madame Fournier, e de várias pessoas que ela gostava de ver dia após dia e, para a sua surpresa, até de alguns bailarinos que a vinham tratando melhor ultimamente.

— Talvez um pouco, depois de um tempo.

Ela encostou a bochecha no algodão macio na camisa dele. Jonah havia formulado a pergunta de um jeito que o excluía, e ela se deu conta de que ele já vivia solitário há tanto tempo que talvez nem tivesse considerado que poderia ficar ainda mais solitário do que já era. Ela ficou triste por ele. Tudo aquilo só porque ele acreditava que *devia* ser banido.

Ele parece um homem que foi terrivelmente magoado pelo mundo e acredita que não há mais nada nele que possa ser amado.

Ah, Jonah. Ela o abraçou com mais força, querendo garantir que não o abandonaria, mas ciente de que talvez fosse ele que a afastasse.

Clara torcia com cada fibra do seu ser para que isso não acontecesse, para que ela conseguisse convencê-lo de que havia uma vida para ele fora daquela escuridão vasta e insondável.

Ela o encontraria ali enquanto ele a permitisse, mas o seu maior desejo era que, em dado momento, ele deixasse que ela o segurasse pela mão e o conduzisse para longe do vazio daquele universo em que só cabiam duas pessoas, um mundo de luz.

Ele tinha tanto a oferecer. Não apenas a ela, mas também aos outros. Clara acreditava nisso piamente, mesmo que ele não acreditasse ainda.

E ele a fazia tão, tão feliz. Ela queria dividir aquela felicidade com todo mundo.

— Vamos — Jonah sussurrou. — Vou acompanhá-la de volta para que possa ir embora. Entre na casa e peça uma carona. Myrtle não gosta de dirigir à noite, mas sem dúvida Cecil ficaria mais que feliz em levá-la.

Clara começou a protestar. Ela queria ficar mais tempo ali. Ainda não estava pronta para se despedir. Mas era tarde, ela tinha ensaio cedo e devia ser responsável e ir para casa para o seu necessário descanso.

— Vou sonhar com você — ela disse ao se esticar e beijar o maxilar dele, a parte que ele já lhe mostrara. Ela sentiu o queixo dele se mexer e o leve ar expirado pelo nariz e soube que ele sorria.

— Tenho sonhado com você já faz um tempo — ele admitiu baixinho, muito sério, como se fosse uma confissão perigosa.

— Com o que você sonha?

— Com coisas que não deveria.

— Não — ela disse num suspiro. — Qualquer que seja o seu sonho, prometo que vou transformá-lo em realidade.

Ele sussurrou o nome dela.

— Como se você pudesse.

— Eu posso, se você permitir.

Ele sorriu de novo, mas a Clara pareceu um sorriso triste, mesmo no escuro, mesmo sem tê-lo visto. Ele beijou o topo da cabeça dela outra vez e tomou-lhe a mão.

Jonah a conduziu através da floresta de novo, contornou arbustos e passou por entre as árvores que surgiam diante dela tão de repente que chegava a soltar uma exclamação de surpresa algumas vezes. Mas ele segurava a mão dela com mais força, puxando-a para o seu lado enquanto seguiam por um caminho que ele obviamente conhecia de cor.

Oito anos, ela pensou. Oito anos andando por esta propriedade, dia após dia, noite após noite. De novo e de novo. O mundo dele se resumia ao tamanho de Windisle e nada mais.

Primeiro surgiram as estrelas, seu brilho oscilante dançando na escuridão do céu e criando pontinhos singulares de luz prateada.

Clara agora conseguia enxergar os movimentos de Jonah à sua frente, embora sem nitidez. Ele se virou de repente, e ela soltou uma risada quando ele a puxou para os seus braços, a beijou com firmeza, mas brevemente, e a soltou com a mesma rapidez e com um pequeno empurrão.

Clara deu um passo para a frente, avistando a luz da casa por entre as árvores que tinha diante de si.

— Boa noite, Clara.

Ela esticou a mão na direção de Jonah e viu de relance os dedos dele, também esticados na direção dela antes de sumirem nas sombras da floresta. *Meu monstro. Meu apanhador de desejos. Meu* amor.

— Deixei uma coisa para você no banco atrás da casa — ela disse, elevando a voz. — Boa noite, Jonah. Feliz aniversário. — E ela então se virou e foi na direção de Windisle. Para longe. Sempre para longe de Jonah.

Quando tudo que ela queria era chegar mais perto.

CAPÍTULO VINTE E QUATRO

Jonah sorriu ao baixar a caixinha de música, observando a minúscula bailarina girar ao som de "All I Ask of You".

Tocou a dançarina loira, que girava sem parar, o maior desejo dele. Se ao menos pudesse pedir a mesma coisa a Clara. Aquele era o jeito fofo dela, ele imaginava, de lhe pedir que pensasse nela mesmo quando estivessem longe um do outro. Ah, se ela soubesse! Jonah não fazia outra coisa *além* de pensar nela. *Ansiava* por ela. Desejava Clara com uma necessidade desesperada que fazia seu estômago se revirar e seus músculos se retesarem. Dor de amor, havia descoberto, era bem real. Ele sofria disso.

Mesmo assim, havia algo doce naquele sofrimento. Era um tormento que ele buscava continuamente, como se Clara fosse não apenas o sintoma, mas também a cura.

Ah, sou um caso perdido, pensou com um suspiro doloroso.

Jonah se perguntou se ela teria escolhido aquela música de propósito. Ele reconheceu a melodia porque tinha visto *O Fantasma da Ópera* várias vezes, em uma viagem de negócios que fizera a Nova York, quando ganhara ingressos para a Broadway. Fora acompanhado, mas, quando tentava evocar o rosto de sua acompanhante, não conseguia nem se lembrar vagamente dos seus traços.

A canção de amor da caixinha de música era sobre um fantasma mascarado, que não queria mostrar seu rosto desfigurado, e sobre a mulher que o amava mesmo assim.

Minha nossa, Clara!

Sim, ela o atormentava, mas também havia começado a afrouxar aquele nó de forca que ele trazia em volta do pescoço havia anos. Ele não tinha certeza se era prudente considerar *tal coisa*. Mas, desde que falara com ela pela primeira vez através do muro que chora, sua natureza cheia de vida... o havia preenchido. Antes dela, respirar fundo era algo quase inimaginável.

Jonah passou a mão pelo rosto rugoso e sulcado, os dedos percorrendo uma cicatriz particularmente grossa que descia do seu olho ruim e fazia a curva da bochecha, dando formato àquele osso.

Talvez ela *pudesse* aprender a aceitá-lo. Myrtle e Cecil haviam aprendido. Sim, mas Myrtle era quase cega sem seus óculos e Cecil tinha sido criador de porcos durante metade da vida, então estava acostumado a ver criaturas menos atraentes. Mas nenhum deles parecia mais abalado ao vê-lo.

Será que ele ousava considerar uma coisa dessas?

Levou o dedo ao lábio inferior, ao canto derretido que ela sentira com a língua e que não parecera desagradá-la. Clara até tentara tocar o local novamente, mas ele a distraíra. Mas é claro que sentir algo com a ponta da língua e ver todo o ferimento em plena luz do dia eram coisas completamente diferentes.

Jonah se lembrou do jornalista que havia seguido Myrtle e ele no dia de sua alta do hospital. A atadura de Jonah se soltara por causa da corrida insana até o carro para fugir da multidão que gritava e cuspia, e parte do seu rosto ficara à mostra – a carne crua e vermelha de sua ferida exposta –, e o jornalista primeiro ficara chocado, e depois sua expressão se transformara em horror enquanto ele se afastava aos tropeços. *Enojado*. E, naquele momento, Jonah ficara grato pela reação do cara ao ver seu rosto desfigurado, porque assim conseguira se livrar dele. Ou pelo menos era isso que dissera a si mesmo.

A música terminou, e o silêncio que a seguiu parecia triste. Solitário.

Normal.

Ele não *queria* que terminasse. Mas terminaria mesmo assim, não é? Ele sentia que estava mudando, emergindo, só que para ele não haveria uma transformação de lagarta em borboleta – sua aparência seria eternamente a do abdômen de um inseto. Aquilo não mudaria.

Voltou a pensar na semana anterior, quando havia andado no escuro com Clara, quando havia provado o sabor dela, sentido o corpo dela contra o seu. Ah, como queria sentir aquilo novamente! Não apenas os lábios dela, mas também seu pescoço, seus ombros, aquele lugar quente e agradável entre suas coxas.

Jonah só havia falado com ela por telefone desde aquela noite mágica. Ela estava ocupada com os ensaios, e ele vinha saindo quase toda noite, patrulhando aqui e ali com os Anjos por uma hora.

Aquilo lhe havia dado uma sensação de utilidade que ele agora almejava. Além disso, sentia-se um pouco responsável por Eddy. O rapaz obviamente ainda estava tendo dificuldades, mas continuava aparecendo, assim como Jonah, e ele achou que aquele era um sinal positivo.

Ele o vira caminhando com Augustus, conversando, rindo algumas vezes. Conhecia a sensação, sabia como era sentir uma ligação com alguém depois de ter passado tanto tempo desconectado, finalmente encontrar um ouvinte compreensivo. E ao observá-los ele se sentira aliviado por ter tomado a decisão certa naquele dia em que recebera o papelzinho com o desejo de Eddy – seu pedido silencioso e desesperado de ajuda – e ligado para Augustus, e não para a polícia.

Na semana anterior tinha ouvido Augustus dizer a Eddy algo sobre como buscar o perdão daqueles que ele tinha prejudicado fazia parte do processo de cura e, mais tarde, Jonah começara a pensar naquilo. Ele precisava pedir desculpas. Não se iludia achando que seu pedido seria aceito. Diabos, ele não acreditava que seria. Mas precisava pedir mesmo assim. Ele *precisava*. Não a todos que o odiavam pelo que tinha feito – ele não devia nada àquela gente, mas devia um pedido de desculpas a pelo menos uma pessoa. Não fazia ideia se havia alguma esperança de ter uma vida diferente da que levava agora, mas se houvesse, ah, se houvesse a menor possibilidade que fosse, ele precisava resolver aquilo primeiro antes de seguir em frente.

E ainda que não houvesse, ele devia pedir desculpas mesmo assim. Na verdade, era algo que devia ter feito havia muito tempo.

Jonah esperou até que a lua aparecesse no céu estrelado, apenas uma faixa amarela perolada no azul-escuro aveludado da noite.

Quando parou diante do bangalô decadente no bairro de Lower Ninth Ward, seu coração batia forte dentro do peito coberto por uma jaqueta de couro.

O ronco do motor da motocicleta ecoou no silêncio da noite por um instante antes de os grilos recomeçarem a cantar.

Jonah examinou o quarteirão. Parecia que a maioria das casas daquela rua continuava vazia. Fantasmas podiam ou não vagar por Windisle, mas sem dúvida o fantasma do Katrina ainda assombrava aquela área devastada.

Jonah continuava de capacete ao subir os três degraus instáveis que levavam à porta de Lucille Kershaw. Antes que desistisse, ele ergueu a mão e bateu à porta de tela, que pendia nas dobradiças, ameaçando se soltar totalmente e cair.

– Quem está aí? – ele ouviu uma voz perguntar bem do outro lado da porta.

– Hã... procuro Lucille Kershaw, senhora – Jonah disse, hesitante.

— Encontrou. Quem diabos é você?

Jonah fez uma pausa. Ele não tinha opção a não ser dizer àquela mulher o seu nome, mas então ela lhe diria para dar o fora e ele não teria chance de pedir desculpas como havia praticado.

— Jonah Chamberlain, senhora — ele disse depressa, num suspiro. — Antes que me diga...

A fechadura girou e uma fresta de porta se abriu.

— Jonah Chamberlain? O *advogado*?

Jonah ficou tão surpreso por um instante que não registrou a pergunta.

— Ah, sim, eu era. Eu era advogado. Trabalhei no caso... hã...

— Sim, sei quem você é — ela disse, abrindo um pouquinho mais a porta. Olhou para ele com uma expressão indiferente.

Ele sabia que devia parecer ameaçador com aquele capacete preto, de visor baixado, e esticou a mão na direção do objeto, mas não teve força para levantar o visor.

— O que você quer?

— Eu gostaria de falar com a senhora, se tiver alguns minutos. Não vou tomar muito do seu tempo.

Ela abriu mais a porta e deu um passo para trás, surpreendendo Jonah.

— Sim, reconheço a sua voz, Jonah Chamberlain. Bem, entre, então.

Ela virou de costas e Jonah a seguiu até uma pequena sala de estar, onde a TV exibia o programa *Jeopardy*.

O cômodo tinha móveis bem usados e que não combinavam entre si, mas estava limpo, com mantas colocadas com esmero no encosto de um sofá marrom feio e de uma poltrona rasgada.

Lucille Kershaw se sentou na poltrona reclinável, pegou o controle remoto e tirou o som da TV enquanto Jonah se sentava na beirada do sofá. Lucille olhou-o novamente e ele respirou fundo, tirou o capacete e o colocou no assento ao seu lado.

Ergueu os olhos para ela lentamente, esperando pela reação dela. Podia sentir sua pulsação acelerando, e colocou as palmas das mãos suadas sobre as coxas cobertas pela calça jeans ao fazer contato visual com ela. A expressão da mulher não mudou. Continuava olhando fixamente para ele sem mover um músculo.

Jonah olhou para ela por um instante, e então entendeu tudo. *Ela é cega.*

Puta merda. Ele quase gargalhou. O seu momento de maior coragem tinha sido diante de olhos cegos.

— E então? — ela perguntou. — Se tem algo a me dizer, diga.

— Senhora Kershaw, eu vim para... vim para... — sua voz falhou e ele se recompôs, ajeitando a postura e pigarreando —... para pedir desculpas. Sei que o que fiz é imperdoável. Sei disso. Eu só precisava lhe dizer o quanto me arrependo. E sei que demorei muito para lhe dizer isso. Sei disso também. Eu só... a senhora não faz ideia do quanto me arrependo. — A voz de Jonah foi sumindo, cheia de tristeza e do enorme arrependimento que ele trazia dentro de si e que agora havia subido e enchido sua garganta.

Lucille Kershaw, a mulher cuja filha ele havia arrasado no tribunal naquele dia, a mulher cuja filha tinha morrido por causa *dele,* olhava para ele, enrugando a testa.

— Nunca o culpei, rapaz.

— Quê? — A palavra saiu como um sussurro, rompendo aquele obstáculo que era o arrependimento entalado na garganta. Era áspera e bruta e arranhou a garganta de Jonah como se estivesse envolta em arame farpado.

Lucille Kershaw balançou a cabeça, seu olhar fixo em Jonah, os olhos cegos o perfurando de algum modo.

— Nunca culpei você — ela repetiu.

Então suspirou e se recostou na poltrona, com as mãos unidas e pousadas no colo.

– Você se refere à forma como a interrogou no tribunal? Sobre como a fez chorar?

Jonah assentiu, havia algo fechando a sua garganta novamente, e ele achou que não conseguiria falar.

Mas depois de forçar a passagem das palavras, ele finalmente disse:

– Sim. Eu estava errado.

– Você não estava errado. Deus sabe quantas vezes critiquei aquela garota. De um jeito muito, muito pior. Eu a chamei de drogada e fracassada. Disse que ela era inútil. Fui dura com ela porque a amava. Ah, ela chorava e desmoronava, às vezes fazia promessas. Mas nunca mudava.

Uma profunda tristeza surgiu no semblante da senhora Kershaw enquanto ela falava, e Jonah sentiu seu coração ficar pequenininho. Mesmo assim o fato de ela não o culpar continuava sendo um choque que reverberava em seu peito. Era espantoso. Ele não acreditava que merecia aquilo.

– Mas a senhora era a mãe dela, senhora Kershaw – Jonah disse, dando voz aos pensamentos. – O que eu fiz não foi por amor.

– Talvez tivesse dado certo... – ela se calou e deu um suspiro alto, seus ombros subiam e desciam –... se aquele maldito psicopata não tivesse atirado no coração dela. – Ela balançou a cabeça outra vez. – Ah... sei que algumas pessoas o culpam, mas eu? Não, nunca culpei você. Não foi você que a matou. – O olhar cego da mulher de algum modo pousou no rosto dele. – E, de todo modo, pelo que eu soube, você pagou o preço.

Jonah levou inconscientemente a mão ao lado do rosto que tinha queimaduras, cicatrizes, mas a baixou antes que pudesse passar as pontas dos dedos pelos ferimentos, um gesto de insegurança, de lembrança.

– Sim – ele disse, confirmando o que ela dissera. Ele podia ou não merecer o castigo que tivera – e o fato de estar questionando aquilo o deixava confuso, perplexo –, mas *com certeza* pagara o preço. Uma dívida que ele pagaria pelo resto da vida, querendo ou não.

A senhora Kershaw assentiu, solene.

– Sinto muito pelo que aconteceu com você, rapaz. – E o que foi como um soco no estômago de Jonah, o que o fez baixar a cabeça enquanto lágrimas escapavam dos seus olhos e desciam por sua face deformada, foi o fato de que dava para ver que ela estava sendo sincera. Aquela mulher, que ele achara que tinha prejudicado tão cruelmente, estava sendo misericordiosa *e* solidária com a dor *dele*.

Jonah não sabia o que sentir, o que pensar. Parecia que um balão gigante enchia devagar dentro do seu peito.

– Outro homem, advogado como você, também veio aqui uma vez, sabe. Ele me ofereceu suas condolências. Mas dava para sentir na voz dele que era tudo mentira. Ah, ele foi gentil, disse as coisas certas. Mas eu criei uma mentirosa. Sei como identificar um.

– Quê? – Jonah perguntou, expirando e diminuindo um pouco a pressão que crescia dentro dele. – Quem era ele?

A senhora Kershaw deu de ombros.

– Não lembro do nome. Eu não estava nos meus melhores dias. Um sujeito que eu havia contratado para consertar o estrago que a água fez na casa tinha levado todo o meu dinheiro. Estava tudo fora de lugar... uma mulher cega não pode viver em meio ao caos.

Ela suspirou e Jonah olhou à sua volta outra vez, notando a posição precisa dos móveis, com espaço suficiente para que fosse possível passar perto de cada objeto sem esbarrar em nada.

Ainda dava para ver uma linha discreta na parede indicando até onde as águas da enchente tinham chegado, e também dava para sentir um leve cheiro de mofo no ar. O carpete obviamente era novo, e os móveis – provavelmente de segunda mão – não estavam danificados.

Aquela mulher tinha feito o que podia, porém mais de uma década havia se passado e ela ainda não tinha terminado de reconstruir sua vida – assim como todo o bairro onde ela morava.

– Enfim... ele era velho, posso dizer pela voz – velho, mas esperto. Quase... – ela fez uma pausa, como se procurasse a palavra certa – *bajulador*. Ele pediu o telefone da Amanda usando uma desculpa esfarrapada. Eu lhe disse que não sabia nada sobre o celular dela nem onde ela o havia deixado, mas era mentira.

Jonah ficara perplexo com o perdão da senhora Kershaw, e agora se surpreendia com aquela informação inesperada e desconcertante.

– Applegate? – ele perguntou. – O sobrenome dele era Applegate? – Os *dois* sócios originais do escritório em que ele havia trabalhado, Applegate e Knowles, eram velhos, mas Palmer Applegate era o que tinha voz de trapaceiro. Junte a isso um par de dentaduras absurdamente brancas e um rosto macilento e você tem sua imagem perturbadora.

Não que Jonah pudesse falar mal da aparência de alguém. Não agora, pelo menos.

A senhora Kershaw assentiu e estalou os dedos.

– Esse mesmo. Agora me recordo. Applegate. Lembro que o nome não parecia combinar com ele.

Não combinava mesmo, Jonah concordou. Maçãs têm doçura e frescor. Mas Palmer Applegate, que tinha "maçã" no sobrenome, era murcho e cheirava a naftalina e fixador de dentadura.

– Por que ele queria o telefone da Amanda se o julgamento já havia terminado? – Jonah perguntou. *Se ela já havia morrido?*

A senhora Kershaw deu de ombros.

– Não sei. Não é como se eu pudesse dar uma olhada no telefone. Acho que a Amanda nem sabia que o aparelho tinha ficado aqui. Ela o deixou aqui quando veio pedir dinheiro. Estava chapada. – A senhora suspirou. – Eu não tinha como entrar em contato com ela para dizer que o celular estava aqui, então o deixei de lado e imaginei que ela voltaria em algum momento.

A senhora Kershaw parecia distante, provavelmente olhando para o passado que voltava à sua mente.

– Depois, quando o tal Applegate veio aqui, achei melhor não saber das coisas que Amanda podia ter em seu telefone. Nada de bom vinha dos caminhos que Amanda decidia trilhar. Eu não pude mantê-la a salvo nesta vida, mas talvez pudesse deixá-la descansar no além.

Jonah assentiu.

– Entendo, senhora Kershaw. Não direi nada sobre o telefone.

Perguntas sobre o que faria Palmer Applegate se interessar por aquele telefone giravam na mente de Jonah, mas ele fez o máximo para sumir com elas. *Por que depois do julgamento? O que poderia ser tão importante?* Ele jamais saberia. Ele estava ali para fazer as pazes. Só isso.

– Quero que você fique com ele.

Jonah inclinou a cabeça para trás, surpreso.

– Por quê?

– Porque não confio em mais ninguém para dar uma olhada nele. E talvez, para que Amanda possa descansar em paz, seja necessário conhecer a verdade guardada naquele telefone. Sei que você fará a coisa certa com o que encontrar ali.

– Eu... eu não sei o que dizer – Jonah gaguejou. E estava sendo sincero. Ele estava perplexo. Aliviado. Confuso. Profundamente grato. Impressionado.

Mas um tremor de medo também percorreu seu corpo. Ele não só se sentia indigno da responsabilidade de olhar o conteúdo do telefone de Amanda Kershaw para a mãe dela, mas também tinha receio de ser arrastado de volta para aquele caso. O caso que tinha sido a sua queda e que havia causado a morte de tantos inocentes. Mas a senhora Kershaw havia lhe oferecido seu perdão, sua compreensão e sua confiança sem pedir nada em troca. Como ele poderia dizer não?

A senhora Kershaw se levantou e, com passos lentos mas seguros, contornou a mesinha de centro e caminhou pelo corredor que saía da sala de estar. Jonah ouviu uma porta ser aberta e o som do que parecia ser um móvel sendo arrastado, e depois ruídos de coisas sendo reviradas, e um minuto depois ela estava de volta, entregando a ele um velho celular.

Jonah olhou para a relíquia e não se surpreendeu que ele estivesse sem bateria.

– Tem o carregador?

– Não. Você terá que arranjar um.

Jonah assentiu, se perguntando se ainda faziam carregadores para aqueles celulares que abriam e fechavam.

– Arranjarei, senhora Kershaw. – Jonah enfiou o telefone no bolso da jaqueta e se levantou. – Quando eu descobrir o que tem aqui, venho lhe dizer. – Ele fez uma pausa, se recompondo. – Jamais poderei lhe agradecer o suficiente, por ter parado para conversar comigo. Por... por sua bondade. Eu faria qualquer coisa para trazê-la de volta. Se eu pudesse voltar no tempo...

A senhora Kershaw sorriu, embora fosse um sorriso triste.

— Talvez seja melhor seguir em frente. — Ela esticou a mão e Jonah a segurou entre as suas, apertando-as enquanto deixava escapar um riso abafado.

— Sim — ele disse. — Sim.

O sorriso dela se alargou.

— Ótimo. Vou deixá-lo sair sozinho. Já perdi metade do programa.

Jonah riu novamente e pegou o capacete no assento. A senhora Kershaw voltou a se sentar em sua poltrona e aumentou o som da TV, e então a voz de Alex Trebek encheu a sala, fazendo uma pergunta sobre Roma antiga.

Jonah deu uma última olhada na sala decadente. Aquela mulher tinha sido arruinada tantas vezes e mesmo assim havia *reconstruído* sua vida, mantido o coração aberto o suficiente para oferecer perdão a um homem culpado, e continuava colocando um pé na frente do outro, dia após dia. Ele estava tão tomado pela admiração que quase tropeçou ao se virar e ir na direção da porta.

— Marco Brutus — ele a ouviu dizer para a TV antes de abrir o frágil trinco interno, sair da casa e fechar a porta atrás de si.

Por um instante, ficou parado nos degraus de entrada, com o capacete pendurado ao seu lado. Virou o rosto para o céu, fechou os olhos e deixou que um monte de estrelas diferentes visse sua face desfigurada pela primeira vez em oito anos.

Depois de um instante, baixou a cabeça e colocou o capacete enquanto andava até a moto. Na volta para Windisle, seus lábios exibiam um sorriso.

Lucille Kershaw abriu as cortinas, deixando que a luz do sol iluminasse a sala. Não que ela pudesse vê-la. Mas ela nem sempre fora cega. Era apenas por hábito que continuava abrindo as cortinas dia após dia, ela supunha. Ou talvez continuar fazendo o que sempre fizera para saudar o nascer do sol era o que lhe dava um pouquinho de esperança de que cada manhã lhe traria promessas se você fizesse a sua parte, independentemente de poder enxergar ou não. Algum tipo de fé.

Assim que a cafeteira apitou três vezes, informando que o café estava pronto, ela ouviu uma batida na porta de entrada. *Ora, mas isso não é interessante?* Ela não tinha recebido nem uma visita durante três anos, e de repente recebia duas em vinte e quatro horas.

– Quem é?

– Meu nome é Neal McMurray, senhora. Sou da empresa de reforma. Vim inspecionar a sua casa.

– Deve ter errado de casa. Não chamei empresa de reforma nenhuma. – Ela teria chamado, se pudesse pagar uma, *ou* se confiasse em alguém depois do que aquele trapaceiro tinha feito com ela anos atrás. Ainda se lembrava da enganação daquele homem com uma pontada de dor que a fazia se encolher. Depois da devastação do Katrina, depois de tudo o que sua comunidade havia perdido, aquele parecia ser o pior tipo de traição.

– Não, senhora. Foi Jonah Chamberlain quem me mandou aqui. Ele disse que a senhora o conhece.

Lucille parou um instante antes de abrir uma fresta da porta. O ar fresco chegou às suas narinas. Era cheiro de chuva. A água começaria a cair dentro de uma hora, mais ou menos. Tempestades ainda lhe faziam tremer de medo, mesmo depois de tanto tempo. Como poderia ser diferente?

– Por que ele o mandou? Não posso pagar por uma reforma.

Ela tinha alguns amigos do bairro que a vinham ajudando nos últimos anos, quando podia pagar alguma coisa. Eles tinham pintado sua casa, instalado um carpete novo, consertado os lugares em que o estrago causado pela água tinha sido pior. Ela sabia que ainda havia muito trabalho a ser feito, mas dava para morar, e faria o resto quando pudesse pagar.

— Ele vai pagar pelo trabalho, senhora. Já fez um depósito, inclusive, e me pediu para avisar que cuidará do resto. Vim aqui hoje para preparar uma lista do que precisa ser feito, com a sua aprovação, é claro. Minha equipe pode começar os reparos depois de amanhã.

Lucille estava chocada. Ela dissera a Jonah Chamberlain que não o culpava pelo que havia acontecido a Amanda, nem por qualquer outra coisa, e era a mais pura verdade. Ele não precisava se sentir em dívida com ela. Mas ela ouvira o grande pesar na voz dele, além de sinceridade. Aquilo que ela rezara tanto para ouvir na voz da própria filha e nunca conseguira.

Tinha noção de que aceitar aquela oferta ia muito além de ajudar um homem jovem a deixar para trás a culpa que ele sentia pelo que quer que fosse. Mas, ah, ela não podia negar a empolgação que aquilo lhe causava.

— Ele vai pagar tudo? A conta toda?

— Sim, senhora. Cada centavo. Ele disse que talvez a reforma seja grande.

— Bem... talvez seja. — Sinceramente, ela não fazia ideia. Ela só pudera pagar por pequenos reparos, mas sentia o cheiro de mofo que crescia em algum lugar. Sentia aquele cheiro melhor do que ninguém.

— Então é melhor eu começar logo.

Lucille abriu toda a porta, um pouco de luz solar incidindo sobre o seu rosto, um raio que devia ter atravessado as nuvens escuras que ela farejara no ar da manhã.

— Ele falou a você sobre a minha deficiência?

— Sim, senhora. Não vou mexer em nada. Vou lhe dizer sempre onde estou, e vou lhe explicar o que encontrei quando tiver acabado a inspeção.

— Isso é ótimo. Do contrário, teria que pendurar um guizo no seu pescoço, como um gato. — Ele riu e ela fez uma pausa antes de acrescentar: — Contratei um pedreiro uma vez, quando podia pagar. Dei a ele cada centavo que eu tinha para tornar este lugar habitável novamente. Ele me roubou.

Neal McMurray permaneceu calado um instante antes de dizer solenemente:

— Sinto muito por isso, senhora Kershaw. Não entendo como uma pessoa pode se aproveitar de outra que já está numa situação ruim. Está além da minha compreensão. — Era nítida a sinceridade na voz dele, a mesma sinceridade que ela tinha ouvido na voz de Jonah Chamberlain na noite anterior, mas sem o tom doloroso.

Lucille assentiu e virou o rosto para que ele não visse as lágrimas que surgiram subitamente em seus olhos.

— Bem, pode ir na frente, então.

CAPÍTULO VINTE E CINCO

Agosto de 1861

Homer se encolheu quando a mãe de Angelina esfregou o unguento nas palmas de suas mãos feridas, e em seu rosto surgiu uma expressão mais relaxada, de alívio, quase imediatamente.

— Melhor? — Mama Loreaux perguntou, enquanto esfregava o unguento de ervas na pele em carne viva e ensanguentada de Homer.

— Sim, senhora — Homer disse quando ela colocou em suas mãos luvas de algodão que Angelina havia costurado para ele.

— Durma com elas esta noite e, de manhã, suas mãos já estarão boas.

— Você é uma joia, Mama — Homer disse, dando seu característico sorriso com dentes faltando que nunca deixava de arrancar um sorriso de Angelina. Ele olhou timidamente para ela, seu sorriso diminuindo um pouco. Cumprimentou-a com um movimento de cabeça. — Senhorita Angelina — disse. — Durma bem.

— Você também, Homer. Venha nos ver amanhã se precisar de uma nova sessão de tratamento.

— Venho, sim. — Com mais um gesto de cabeça, deixou a cabana delas, e a porta de tela se fechou suavemente às suas costas. Angelina ficou parada do lado de dentro da porta, observando o homem sumir na escuridão e desejando que houvesse uma brisa,

nem que fosse leve. Mas era uma noite quente e abafada, e Angelina encarava o escuro, a desolação que havia deixado de lado quando Homer estava ali agora a invadia novamente.

Noite após noite eles vinham procurar a sua mãe, buscando alívio para lacerações e mãos ensanguentadas, para músculos doloridos e dores de todo tipo. Mas essas eram as visitas fáceis. Essas eram as que ela conseguia resolver com unguentos ou ervas, com os óleos especiais da Mama ou tinturas de cheiro forte.

Era a dor que não podia ser aliviada que perturbava a alma de Angelina – a dor da perda, a dor de amor, a imensa tristeza.

Em algum lugar distante, sob a mesma lua cujos raios se infiltravam discretamente por entre as copas das árvores, John lutava em uma guerra. Ele lutava contra o lado que poria um fim às injustiças que ela testemunhava todos os dias, um fim à tristeza e ao sofrimento, um fim às ameaças feitas por mulheres como Delphia Chamberlain, que controlavam e arruinavam vidas.

Ela o amava e não queria culpá-lo por coisas que estavam além do seu controle, mas quanto mais se sentia solitária, quanto mais se sentia temerosa e desesperançada, mais se ressentia.

Sua mãe lhe lançou um olhar enquanto colocava os saquinhos de ervas de volta no estojo de couro em que os guardava.

– Você pensa demais. Vai acabar com dor de cabeça.

Angelina riu, mas seu riso não era bem-humorado.

– Bem que eu queria não pensar tanto, Mama. Se tiver um unguento para isso, pode aplicá-lo imediatamente.

A mãe lhe lançou um olhar duro e retesou os lábios.

– Só cabe a *você* fazer isso, garota. Tantos pensamentos e sonhos... isso não vai acabar bem.

Sua mãe tinha razão, é claro. Já *tinha* dado errado. Ela estava apaixonada por um homem que tornara sua vida perigosa e incerta. As ameaças de Delphia Chamberlain pesavam sobre seus ombros, ameaças que incluíam não apenas ela mesma, mas também a sua mãe.

Angelina vinha mantendo a cabeça baixa desde aquele dia terrível na sala de estar. Passava os dias abatida e desesperançada, embotada de medo. Não fazia a mínima ideia de como aquilo tudo poderia dar certo.

Angelina lançou um olhar para o estojo da mãe.

— Mama, como se amaldiçoa uma pessoa?

A mãe a havia ensinado como misturar ervas para fazer remédios, como preparar tinturas e óleos que acalmavam e limpavam, e como aplicar unguentos que aliviavam e cicatrizavam, mas nunca lhe mostrara os outros rituais que realizava quando Angelina não estava na cabana, os rituais que Angelina sabia que eram passados de uma geração para a outra antes de sua mãe ter sido enfiada em um navio do outro lado do oceano e enviada para Louisiana.

— Às vezes sinto cheiro de fumaça quando volto para a cabana. Sei que você pratica a velha religião.

A mãe não olhou para ela e suas mãos continuaram colocando os itens de volta no estojo.

— Você não precisa saber de nada disso. Me chamam de bruxa, dizem que faço magia negra. Eu nunca quis nada disso para você. Não posso ignorar o que já sei, mas certamente posso evitar que você aprenda essas coisas. É mais seguro assim.

Mais seguro.

Mas nada em suas vidas era *seguro*. Era assim que uma pessoa *segura* deveria se sentir? Sua mãe se sentia segura? Algum escravo da fazenda se sentia seguro, independentemente de agir da maneira correta, do quanto trabalhasse duro, de quantas regras seguisse? Angelina achava que não.

– E de todo modo – a mãe prosseguiu – as maldições só dão certo se houver paixão por trás delas. Não funcionam só porque você quer que funcionem.

– Há paixão por trás do que desejo – Angelina insistiu. Ela desejava que Delphia Chamberlain tivesse mil mortes dolorosas. Ela merecia cada uma delas.

– E para cada grama de ódio envolvido numa maldição, deve haver a mesma quantidade de amor.

Angelina observava a mãe, a exaustão a dominando. Aquilo tudo parecia confuso e complicado, e com poucas chances de dar certo.

Talvez ela odiasse Delphia Chamberlain tanto quanto amava John, contudo, não fazia ideia de como medir aquilo. Mas não devia ser apenas sobre amor e ódio. Certamente havia palavras envolvidas, os cantos sussurrados que ela ouvia a mãe entoar quando passava diante da vidraça da cabana às vezes, a delicada fumaça do que quer que fosse que ela queimava e que era levada até o parapeito da janela.

Mas a mãe nunca compartilhara aquilo com ela, e Angelina duvidava que pudesse convencer a mãe a fazê-lo agora. De todo modo, ela não tinha certeza se acreditava naquelas coisas.

Se a mãe sabia como amaldiçoar pessoas, por que não tinha lançado uma maldição em seu pai antes que ele a engravidasse a contragosto no chão de terra do porão? Por que não havia amaldiçoado os homens que a colocaram em grilhões e a enfiaram no casco de um navio negreiro que cheirava a vômito? Por que não tinha amaldiçoado o grupo que enforcou Elijah e deixou seu corpo apodrecer ao sol?

Para cada grama de ódio envolvido numa maldição, deve haver a mesma quantidade de amor.

Sabe-se lá o que aquilo queria dizer.

Angelina se sentou pesadamente na cama.

– Foi aquele homem que começou tudo isso – sua mãe afirmou, com a expressão dura, os olhos cheios de preocupação ao olhar para a filha infeliz. – Se ele realmente a amasse, não colocaria a sua vida em perigo.

Mas como poderia amá-la *sem* colocar a vida dela em perigo? A guerra de fato libertaria os escravos? Parecia tão improvável e inimaginável. Absurdo. *Será que o mundo algum dia mudaria tanto assim?*

A dúvida fazia sua pele arrepiar. Ela queria insistir que John a amava, *sim,* que as promessas dele eram sinceras e verdadeiras. Mas o via em sua mente, a forma como ele desviara o olhar quando eles falaram sobre o fato de ele lutar pelo lado que jamais a libertaria. Havia algo que ele se recusara a lhe contar, e lembrar aquilo só fazia suas dúvidas a respeito do amor dele por ela aumentarem ainda mais.

– Sim – a mãe murmurou, um brilho intenso em seus olhos. – Ele é um perigo. Perigo e *nada mais.*

CAPÍTULO VINTE E SEIS

Clara jogou a jaqueta leve nos ombros e inspirou o ar fresco e puro de uma noite de céu límpido devido a um dia de chuva.

O som familiar da voz da senhora Guillot chegou até ela trazido pela brisa, e Clara sorriu de alegria enquanto aquela canção a envolvia.

Meu espírito há muito tempo aprisionado
Fortemente ligado ao pecado e à noite na natureza
Vossos olhos lançaram um raio que dá vida
Acordei com o calabouço ardendo em chamas.

Clara atravessou o portão, passando pelo gato tigrado que tomava seu banho no piso de pedras.

A senhora Guillot parou de cantar e abriu um sorriso caloroso ao avistá-la.

– Ah, Clara, querida, como você está? Faz tempo que não a vejo.

– Estou bem. Procurei pela senhora, mas não a vi sentada na varanda ultimamente. Como vai?

– Estou ótima. Tenho feito companhia a Harry – ela disse, e Clara poderia jurar que o rosado em suas bochechas ficou mais intenso. – E, obviamente, agora que esfriou um pouco, tenho passado mais tempo dentro de casa à noite.

– Ah, sim – Clara concordou. – O tempo mais fresco é um alívio.

– Não é? Eu ia fazer um café. Quer me acompanhar? Comprei alguns cremes de outono para pôr na bebida. Tenho de calda de abóbora com especiarias, menta e o que mais...? – Ela

colocou um dedo no queixo ao se levantar da cadeira. – Ah, sim! *Crème brûlée.*

Clara sorriu.

– Como sabia que sou louca por cremes de outono no café?

A senhora Guillot riu ao abrir a porta de entrada e a segurar aberta para que Clara entrasse atrás dela.

– E quem não é, querida?

– Ninguém que eu queira conhecer.

A senhora Guillot riu enquanto Clara fechava a porta atrás de si, e então as duas entraram na sala aconchegante. Os móveis eram antigos, mas obviamente bem cuidados, com mantas quentinhas nos encostos das poltronas e almofadas de pelúcia nas extremidades dos dois sofás. No canto, havia uma TV ligada com o som tão baixo que mal dava para ouvir.

– Sente-se que vou preparar o café. Vejo que virou freguesa do senhor Baptiste.

Clara assentiu, colocando a sacola que continha abobrinhas verdes e amarelas sobre a mesinha de centro da senhora Guillot.

– Sim. Ele vai fechar a barraca dentro de algumas semanas, quando mudar a estação. Tenho ido lá sempre que posso. É um homem tão gentil. Sentirei falta dele quando a barraca estiver fechada.

– Ele é mesmo. Também sentirei falta dele. Fique à vontade que já volto. Que creme você quer?

– Calda de abóbora com especiarias, por favor – Clara disse enquanto se sentava no sofá, olhando à sua volta para os diversos bibelôs da senhora Guillot.

Ela olhou para todas as fotografias sobre as mesinhas de canto e sobre o console onde ficava a televisão, para todas as pessoas que a senhora Guillot tinha amado e perdido.

Ouviu a senhora Guillot cantarolando a melodia que cantava quando Clara chegou ao portão.

– É uma bonita canção, senhora Guillot – Clara disse erguendo a voz.

– É mesmo, querida – a senhora Guillot respondeu, sua voz chegando nítida da cozinha, localizada ao lado da sala de estar. – Chama "And Can It Be". Minha mãe, que Deus a tenha, não sabia ler, mas cantava como ninguém. Como um anjo. Ela me ensinou todos os hinos de louvor que conhecia.

– A senhora canta muito bem.

– Obrigada, querida. Ah, esqueci de dizer que comprei um ingresso para a sua noite de estreia. Fiquei de olho e, quando abriram a pré-venda, garanti o meu rapidinho.

– Mesmo? – Clara perguntou, a alegria nítida em sua voz.

Que mulher adorável era a senhora Guillot. E que ótimo saber que, embora o seu pai não pudesse estar em sua noite de estreia – a primeira que ele perderia e, ah, saber disso era *doloroso* –, Clara pelo menos teria alguém na plateia que fora lá para vê-la.

– Obrigada, senhora Guillot. Significa muito para mim.

– Mal posso esperar.

O barulho do moedor de café chegou aos ouvidos de Clara e ela se recostou no sofá, assistindo distraidamente ao noticiário na TV, enquanto a senhora Guillot voltava a cantarolar.

Depois de um minuto, Clara se endireitou, olhando surpresa para a tela. Ela pegou o controle remoto na mesinha de centro e aumentou o volume, seus dedos um pouco atrapalhados devido à sua pressa de ouvir o que estava sendo dito.

– Eu adoro esta história, Genevieve – o apresentador disse para a companheira de bancada. – Parece que o homem mascarado anda por Nova Orleans fazendo boas ações e ajudando quem precisa. Alguns relatos dizem que ele faz parte dos Anjos de Latão, que, como você sabe, é um grupo de voluntários de combate ao crime formado após o Furacão Katrina.

– Um homem mascarado? – Clara sussurrou, chocada. Era o que achava ter visto na chamada do telejornal. A máscara era sinistramente familiar, se não exatamente a mesma que ela vira Jonah usar em duas ocasiões. Seu coração acelerou.

– É isso mesmo, Brennan – a apresentadora chamada Genevieve respondeu. – É muito interessante. Mas o mais fascinante é que, aparentemente, ele não tem ajudado as pessoas apenas como membro do Anjos de Latão, e tem doado dinheiro em alguns casos. Muito dinheiro.

Clara viu uma mulher jovem de olhos marejados sentada em um leito de hospital, ao lado de um garotinho obviamente doente, falar sobre o homem que tinha se aproximado dela no pátio do hospital, que de algum modo sabia do tratamento que o filho dela precisava, e lhe dado um cheque administrativo no valor de cinquenta mil dólares, um cheque que não continha informações pessoais, apenas o banco que o havia emitido.

– Eu só quero agradecê-lo – a mulher disse, e uma lágrima escorreu por sua bochecha. – A cirurgia do meu filho está agendada para amanhã, espero que consigam salvá-lo e... – Ela fungou, esticando o braço e segurando a mão do garotinho, que olhava para a mãe com olhos amorosos e um sorriso discreto nos lábios. – E eu só gostaria de agradecer ao homem que tornou isso possível.

– O News Eight obteve imagens da câmera de segurança do estacionamento do hospital e, se olharmos bem, dá para ver o homem mascarado caminhando no canto. Infelizmente, a câmera do outro lado estava fora de serviço no momento, mas congelamos a imagem do homem misterioso que está agora na tela. Se você o conhece, entre em contato, para que esta mãe agradecida e outras pessoas possam dizer a ele obrigado por sua bondade e generosidade.

A tela mostrava uma imagem granulada de um homem que olhava para a câmera acima dele, sua cabeça levemente inclinada, como se espiasse com um olho que enxergava melhor que o outro.

O coração de Clara deu um grande salto e ela tapou a boca com a mão.

– Um homem mascarado que ajuda os que não têm esperança – a senhora Guillot disse atrás de Clara, antes de dar a volta e colocar as duas xícaras de café sobre a mesinha, o delicioso aroma de café e calda de abóbora com especiais chegando até a garota e a arrancando do transe causado pelo choque. – Que incrível! Sou a única nesta sala que acha isso... atraente?

Clara não conseguiu segurar a risada que subiu por sua garganta enquanto se virava para a senhora Guillot. *Atraente*. Não, senhora Guillot. A senhora definitivamente não é a única.

– Senhora Guillot, eu... eu o conheço.

A senhora Guillot inclinou a cabeça, os olhos cheios de surpresa.

– Conhece? Quem é ele?

Clara balançou a cabeça.

– Não posso dizer. Quer dizer, eu não sabia disso, só descobri agora. Ele obviamente não quer que ninguém saiba.

A senhora Guillot colocou sua mão sobre a de Clara.

– Por acaso é esse o homem a quem você não sabia se perdoaria de perto ou de longe?

– *É.*

A senhora Guillot assentiu.

– E o que decidiu, querida?

– Decidi perdoar de perto. De muito perto.

Os lábios da senhora Guillot se curvaram para cima e ela lançou para Clara um olhar sagaz.

– Entendi. – Ela voltou o olhar para a TV, que agora mostrava outra história de interesse público. – Parece que foi uma boa decisão. Qualquer pessoa que aja como aquele homem está agindo leva a redenção muito, muito a sério.

Ela deu um tapinha carinhoso na mão de Clara.

– Agora tome o seu café, querida. E depois vá encontrar aquele homem e ofereça um pouco mais de perdão. E, desta vez, considere chegar ainda mais perto.

Clara arregalou os olhos e então riu, passando os braços em volta da senhora Guillot e lhe dando um abraço apertado.

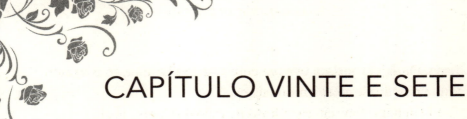

CAPÍTULO VINTE E SETE

—Olá? Jonah, está aí?

Ele ouviu Clara chamando e gelou. Ela estava no portão lateral, sua voz firme acabando com o silêncio de Windisle. Seu coração acelerou, a agitação crescendo dentro dele, junto com uma pontada de pânico.

O que faz aqui, Clara? Ele continuou calado por um tempo, respirando lenta e profundamente e deixando que o ar fluísse por seu corpo. Ousaria responder? Myrtle e Cecil tinham saído para um raro jantar romântico seguido de show no centro histórico da cidade, e ele estava sozinho.

Levou a mão ao rosto, passando os dedos pelas cicatrizes, seu medo aumentando. Não... não. Ele não estava pronto. Ainda não.

Talvez não devesse responder, embora tal pensamento fizesse seu pânico crescer. A ideia de deixar Clara ir embora era mais assustadora do que a de deixá-la ficar. Seu estômago se contraiu. *Merda.*

Ela chamou o nome dele novamente, sua voz ecoando pela propriedade, dentro *dele*. E se Clara estivesse com algum problema? E se ela precisasse dele?

Jonah deixou escapar um resmungo de frustração, apagando as poucas lâmpadas que havia acendido dentro de casa, desceu as escadas e desligou a arandela que iluminava a porta dos fundos.

A escuridão se aproximou, envolvendo Jonah com seus dedos que ofereciam segurança, acalmando o coração dele. Clara parou

de chamá-lo no portão. Obviamente tinha visto a luz se apagar e deduzido que ele estava indo recebê-la.

— Ele chega no escuro — ela sussurrou quando ele abriu o trinco, esticou a mão e a puxou para dentro depressa, antes de fechar o portão.

A porta lateral da casa dava para um corredor curto que levava diretamente à cozinha. Jonah fechou a porta e pressionou Clara contra a parede em dois movimentos rápidos.

— O que faz aqui? — perguntou, perto do rosto dela.

Clara respirou fundo, e a ele pareceu que ela sentia o seu hálito, o que fez com que uma onda de excitação percorresse o seu corpo.

— É *você* — ela disse.

— Sim, sou eu. Quem achou que era?

— Não, quero dizer, era você no noticiário.

Jonah ficou agitado.

— No noticiário? — Aquelas duas palavras eram suficientes para fazer o medo ricochetear dentro dele. *No noticiário* só evocava reações negativas para Jonah. Era uma vez *o noticiário* que o esfolara vivo. — Eu não estava no noticiário.

— Você *estava* — ela disse, e havia algo na voz dela... admiração? — Você tem andando por Nova Orleans ajudando pessoas que precisam de amparo. — A voz dela tinha um tom de incredulidade, mas ainda a mesma admiração.

— Não. — Jonah deu um passo para trás, voltando um pouco o rosto na direção da escuridão, que só não era completa por causa de um raio de lua que entrava pela janela da cozinha. Ele só conseguia enxergar a silhueta de Clara, nenhum detalhe, então esperava que o mesmo valesse para ela.

— Não — Jonah repetiu, mas até ele notou como a palavra tinha soado, mais uma pergunta do que uma afirmação. — O que disseram?

— O jeito como você vira a cabeça — ela murmurou, como se falasse consigo mesma. — Reconheci você no instante em que vi o vídeo.

— Clara, do que diabos você está falando? — Jonah perguntou, sua agitação crescendo.

— Desculpe. — Ele achou tê-la visto balançar a cabeça discretamente, seu movimento se misturando à escuridão que a cercava quando ela se encostou na parede.

Sem pensar, aproximou-se dela, buscando-a. *Sempre buscando esta mulher.*

— O noticiário mostrou uma reportagem sobre um cara mascarado que ajuda as pessoas anonimamente em Nova Orleans. Eles mostraram uma mulher com um filho doente que tinha acabado de ser aceito em um estudo clínico. Ele vai ser operado amanhã.

Jonah deixou aquela informação vencer sua agitação, seu coração se encheu de felicidade ao saber que Matthew teria a chance que merecia.

— Ela disse que o homem havia pagado pela operação, se aproximado dela durante o dia, todo envolto em ataduras, e lhe entregado um cheque. — Clara falava depressa, sua voz baixa e ofegante. — E outras pessoas disseram que o viram patrulhando a cidade junto com aqueles voluntários que combatem o crime, os... Anjos de Prata, aqueles sobre os quais você me contou outro dia. Os caras que achei que estivessem me perseguindo.

— Os Anjos de Latão — Jonah murmurou. *Jesus.* Como diabos o noticiário ficara sabendo daquilo? E agora ele tinha se transformado em uma espécie de personagem que despertava o interesse do público? Que *merda.* Aquela nunca fora a sua intenção. Não era uma boa notícia.

— É você — ela repetiu. — Mostraram imagens suas gravadas pela câmera da garagem do hospital. Era a máscara que vi você usando, e então... você virou a cabeça. – Ela ergueu a mão e o buscou às cegas, correndo os dedos pelo maxilar dele. – E foi assim que eu soube. Soube que era você.

– Clara...

– Não minta para mim, Jonah. Diga a verdade.

Jonah suspirou. E o que importava? Ele confiava nela. Ela não o exporia. O que importava se soubesse a verdade? De todo modo, depois disso ele não poderia mais patrulhar. Provavelmente viriam atrás dele. Querendo transformá-lo em notícia outra vez. Não permitiria tal coisa, então sua participação breve mas ilustre nos Anjos de Latão combatendo o crime chegava ao fim.

– Sim. Era eu.

Clara ficou em silêncio por um instante, e ele achou que talvez ela estivesse boquiaberta. Jonah se mexeu, incomodado.

– Por quê? – ela perguntou, a admiração novamente em sua voz. – Por que está fazendo isso?

– Por quê?

– Sim. Quer dizer, é maravilhoso, mas... por que decidiu começar a ajudar as pessoas? A ser um herói para os outros?

– Minha nossa, Clara! – Ele deixou escapar uma risada. – Você vive tentando me transformar em herói, e eu não sou.

– Para mim, você é. E não pode fazer nada a respeito disso, Jonah Chamberlain. Não pode mudar isso, mesmo que queira. Para mim, você é um herói e pronto.

E *pronto?* Ele suspirou, fingindo frustração, mas no fundo sentindo uma onda de prazer invadindo seu corpo, fazendo com que se sentisse *vivo*. Não porque se considerasse um herói para os outros, mas porque *queria* ser um herói para ela. Queria, sim. E como queria. E ela lhe disse que era. E não disse apenas com palavras. Naquele exato minuto ele podia sentir, no espaço que os cercava, que aos olhos de Clara ele havia agido bem e que ela estava orgulhosa dele, aquele tipo de orgulho que uma mulher sente de um homem que quer chamar de seu. E aquilo o iluminava por dentro. Aquilo iluminava a sua alma. Ele vivia no escuro, mas Clara... ela era a sua luz.

Jonah sussurrou o nome dela, e Clara foi mais para perto, aproximando seu rosto e encontrando os lábios dele no escuro.

— Oi — ela sussurrou segundos antes de encostar seus lábios nos dele.

Jonah sorriu contra os lábios dela e assumiu o controle do beijo, arrancando de Clara um gemido discreto que foi como uma descarga elétrica direto em sua área pélvica. *Oi.*

Eles continuaram se beijando, e Jonah se entregou à sensação, com a pulsação acelerada, um calor percorrendo suas veias, a excitação preenchendo cada célula do seu corpo.

— Estava com saudade da sua boca — ele disse entre os beijos.

Ele sentiu que ela sorria.

— Das coisas que ela diz ou das coisas que ela faz?

— Das duas coisas.

Ele abafou o riso dela e a beijou novamente, sem conseguir se saciar. Deslizou a mão sob a gola da jaqueta dela, chegando até o ponto em que o pescoço se transforma em ombro, seus dedos agarrando a malha que ela usava por baixo.

— Você veio direto do ensaio — ele disse, seus lábios descendo pela lateral do pescoço dela. Clara jogou a cabeça para trás, permitindo que os lábios dele alcançassem os lugares que buscavam. — Sim. Estava indo para casa e parei na vizinha. Foi lá que vi o noticiário.

— Hmm — ele murmurou, e sentiu que ela se arrepiava. Seu estômago se contraiu de desejo. Ele amava as reações dela ao seu toque. Amava tudo nela. Ele a amava. — E então veio direto para cá.

— É claro.

– É claro. – Ele sorriu. É claro que ela fez isso. Clara era atenciosa. Ela analisava uma situação se não tivesse certeza do que fazer a respeito, mas, assim que decidia enfrentar algo ou alguém, agia imediatamente, sem hesitação.

– A propósito, adorei a caixinha de música – ele disse entre os roçares das bocas.

– Fui egoísta ao lhe dar um presente na esperança de que você pensasse em mim todos os dias?

Ele riu e, mais uma vez, ela se arrepiou.

– Não foi. Mas não precisava fazer isso. Eu já penso em você todos os dias, Clara. Todas as manhãs. Todas as noites. Todos os segundos.

– Jonah – ela sussurrou, passando os braços em volta do pescoço dele, trazendo a boca dele de volta para a sua. – Dance comigo de novo, como dançou no baile de máscaras.

– Aquilo? Nem se pode chamar de dança. *Você* dançou. Eu me balancei – ele provocou.

– Então quer que eu ensine a você alguns passos de balé e faça de você um dançarino *de verdade*?

Jonah riu.

– Deus, não! Eu seria péssimo no balé. Você não sabia, mas eu costumava dar meus passinhos por aí. Sabe a quantos bailes de gala e beneficentes e festas chiques eu fui como membro estimado de um famoso escritório de advocacia aqui em Nova Orleans? Eu era arroz de festa.

Clara deixou escapar uma risada e beijou o pescoço dele, o fazendo gemer.

– Então me mostre.

Jonah ficou tenso e ela balançou a cabeça, roçando o nariz na base do pescoço dele.

— Com o seu corpo. Deixe-me *sentir* seus movimentos — ela acrescentou.

Ele curvou os ombros e riu, pegou-a pela mão e a conduziu depressa através da cozinha e para outro corredor escuro.

— Fique aqui — sussurrou, tocando os dedos dela de leve ao se afastar, indo na direção da biblioteca e ligando um velho toca--discos, tateando ao posicionar a agulha na borda do disco que já estava no aparelho. Era o disco que ele tinha botado para tocar depois de receber o presente de Clara, querendo ouvir não apenas a melodia, mas também as palavras da canção que ela escolhera para ele.

Os acordes de "All I Ask of You" preencheram o ambiente, e Jonah colocou no volume máximo, fazendo o caminho de volta até Clara, onde ela o esperava parada do corredor escuro.

Ela exclamou de surpresa quando ele a tomou em seus braços subitamente, sem ter conseguido perceber que ele se aproximava, graças à música que os envolvia.

— Você conhecia a música — ela disse, com um sorriso na voz enquanto ele a girava e a fazia rir, um som delicioso que saía dela.

— Escolheu essa música de propósito? — Jonah a puxou para perto de si e a guiou pelo corredor, erguendo-a um pouco quando chegaram ao degrau que levava ao saguão.

A luz da lua se infiltrava suavemente pela janela no alto da parede, e Clara encostou a cabeça no ombro de Jonah enquanto ele conduzia a dança.

— Sim — ela disse, a voz pensativa, sonhadora.

Ele a girou uma, duas vezes, e Clara riu de novo, bailou com ela por cômodos escuros, os passos que ele conhecia muito bem voltando à sua mente, como se não fizesse muito tempo, como se não tivesse vivido anos de solidão desde a última vez que segurara uma mulher daquele jeito.

Mas aquela não era uma mulher qualquer, não era apenas uma parceira com quem ele dançaria e de quem nem se lembraria mais assim que a música terminasse. Aquela era *Clara,* e ela estava em seus braços, e ele jamais iria querer dançar com outra pessoa. Apenas com ela.

Jonah sorria cada vez que uma risada de surpresa saía da boca de Clara, rodopiando mais depressa e levantando-a enquanto executava os passos de um lado para o outro pelos diferentes cômodos da casa que ele conhecia feito a palma de sua mão. Os cômodos que estava acostumado a percorrer no escuro, noite após noite.

Ele a conduzia e ela o acompanhava e, naquela escuridão, com o corpo dela tão próximo do seu, com ela confiando que ele não a deixaria cair, Jonah quase podia acreditar que havia voltado no tempo... que era apenas ele mesmo, só o Jonah, sem cicatrizes, um homem que nunca valorizara a liberdade que tinha.

Mas não, ele não era mais aquele. Agora ele *tinha* cicatrizes – era desfigurado – e doía demais fingir que não era assim. Este era o seu novo mundo, mas por milagre Clara entrara nele de livre e espontânea vontade, e ela o estreitava em seus braços do mesmo modo que ele a estreitava nos seus.

Jonah a girava diante das janelas por onde entrava uma tênue luz da lua, um brilho suave e perolado que se infiltrava por entre as pesadas cortinas, mas que era suficiente para enxergar, se ele parasse de rodopiar e de levá-la de volta para as sombras.

Ela riu e o puxou mais para perto.

– Você dança entre os raios da lua, não é, Jonah Chamberlain? – O riso dela havia morrido, sua voz soava mais rouca. As palavras dela lhe pareciam familiares, como se as tivesse ouvido antes, ou pensado nelas, mas ele não conseguia se lembrar muito bem.

– *Nós* dançamos entre os raios da lua – ele disse, fazendo-a rodopiar outra vez.

– Nós – ela repetiu. – Sim.

A música diminuiu e terminou, a estática da agulha substituindo as notas. Jonah parou, os dois respirando rápido e abraçados. Ele sentia os batimentos do próprio coração – e os dela também –, o sangue pulsando entre eles, a gravidade que encheu o ar de repente.

– Me beije de novo, Jonah – ela disse. – Mas desta vez não pare.

O coração dele deu um salto e assumiu um ritmo acelerado.

– Quê?

Ela agarrou a camiseta dele e o puxou para perto, absurdamente perto.

– Não pare de me beijar. Me leve para o seu quarto.

– Meu quarto? – O sangue dele pulsava forte em suas veias, podia sentir cada curva macia dela contra o seu corpo, e o seu coração batia tão depressa que não conseguia pensar direito.

– O lugar onde você dorme? – ela disse, um sorriso em sua voz. Então soltou a camiseta e colocou uma mão sobre o coração dele. – O lugar onde *eu* vou dormir. – Ele a ouviu umedecer os lábios, e isso fez uma onda de calor percorrer seu corpo até aquela região pulsante entre suas pernas. – Debaixo de você. E em cima de você e...

Ela deixou escapar uma exclamação de surpresa quando ele a ergueu do chão e começou a ir para o seu quarto. Fez uma pequena pausa na biblioteca para desligar o aparelho que agora tocava uma música de *O Fantasma da Ópera* cujo nome ele não sabia.

O silêncio os envolveu no restante do caminho até o quarto dele e, ao chegar lá, Jonah chutou a porta para abri-la e colocou Clara de volta no chão, o corpo dela deslizando contra o seu antes que os pés dela tocassem o piso.

Ele a beijou quando ela agarrou sua camiseta outra vez, inclinando-se na direção dele, e bateu de costas contra a porta. Estava perdendo a capacidade de pensar, perdendo a capacidade de raciocinar, mas, antes de se entregar ao prazer, precisava se certificar de que ela não se arrependeria.

– Tem certeza? Você não me viu ainda. Eu...

– Não me importo – ela disse entre os beijos. – Ainda não percebeu isso?

Ele gemeu. Estava dolorosamente excitado – desesperado – e as mãos dela estavam por toda parte, descendo por seu peito, os dedos traçando os músculos de seu abdômen por cima da camiseta. *Devagar. Vá devagar. Mais depressa. Não pare. Mais.* Ah, queria tudo ao mesmo tempo.

Ele não conhecia aquela versão de si mesmo, aquele Jonah excitado que mal conseguia se segurar. Ele sempre tinha sido aquele que assumia o controle, que ditava o ritmo e que fazia as regras com relação às mulheres com quem tinha ido para a cama.

Mas Clara... ah, Clara... Ela ofegava baixinho e o fazia delirar, fazendo com que sua ereção crescesse em suas calças a cada som. *Ah!* Ele ia explodir. Fazia muito tempo. Aquilo não ia dar certo. Se ela pressionasse os quadris contra ele mais uma vez, ele gozaria em suas malditas calças.

– Clara. – A voz de Jonah estava cheia de desespero. Ele tentou ao máximo dar um toque de leveza àquela palavra, como se estivesse achando a situação levemente engraçada, quando, na verdade, não estava. Talvez eles pudessem rir daquilo. *Não é nada de mais. Você encostou em mim e eu perdi o controle.*

– Não vou conseguir me segurar... – As palavras dele terminaram em um gemido enquanto ela abria o botão de sua calça, ele mal ouvia o som do seu zíper sendo baixado em meio à névoa de tesão em que estava envolto. – O que... o que você está fazendo?

– *Ajudando.* – A mão dela segurou o pênis duro dele e ele gemeu, suas costas pressionadas contra a porta.

– Ah, meu Deus – Jonah ofegou, enquanto ela o apertava mais, continuando a masturbá-lo. *Ah, meu Deus. Ah, meu Deus.* Era tão gostoso. Ele poderia fazê-la parar... *talvez.* Mas não sabia como.

Clara se inclinou e beijou o pescoço dele, mordendo de leve enquanto sua mão continuava trabalhando. Sua excitação cresceu e sua barriga se contraiu de prazer antes do gozo, enquanto ele dizia o nome dela com a respiração entrecortada e encostava a cabeça na porta.

– Melhor? – ela perguntou num sussurro e o soltou enquanto ele tentava recuperar o fôlego.

– Ah, sim, muito. – Aquele leve tom de embaraço estava de volta, embora o êxtase que ainda percorria o seu corpo o abafasse. Ele deixaria para se sentir envergonhado mais tarde. Ou não. Porque naquele momento a felicidade que iluminava o seu interior era grande demais a ponto de fazê-lo acreditar plenamente que era possível.

– Ótimo – ela disse e o beijou outra vez. – Preciso tomar um banho rápido. Tudo bem? Vim direto do ensaio e...

– Então venha – ele murmurou enquanto a segurava pelo braço e a conduzia antes que ela pudesse protestar.

Clara se agarrou a ele enquanto a guiava ao redor da cama e através da porta até o banheiro principal, soltando-a por um instante enquanto abria a torneira, o som da água espirrando dentro da banheira enchendo o ambiente.

Vapor úmido, invisível na escuridão, subia pelo ar e, enquanto Jonah experimentava a temperatura da água, ele ouviu Clara se mover, o som suave de suas roupas caindo no chão, e isso incendiou suas veias novamente.

Ele a ajudou a entrar e ela deixou escapar um gemido de prazer ao se sentar, a água subindo, e encostou a cabeça na borda de porcelana da banheira com pés em garra.

Jonah se sentou em um banquinho atrás da banheira, ajeitando os cabelos dela e passando os dedos por entre as mechas sedosas.

– Estou no paraíso – ela disse, a última palavra terminando em um suspiro.

Ela não fazia ideia. Mas como poderia? Não estivera no inferno, não como ele.

Jonah lavou os cabelos dela quando a água subiu mais, a fragrância do xampu enchendo o banheiro e se misturando ao vapor.

– Desculpe, mas não tenho nada mais... floral – ele disse com um sorriso, seus dedos massageando o couro cabeludo dela. – Não é como se eu estivesse esperando companhia feminina.

Clara riu, um som meio abafado, como se estivesse tão relaxada que mal conseguisse produzir um som.

– Adoro esse cheiro – ela disse. – É como se você estivesse à minha volta. Atrás de mim. No ar. Como se me preenchesse.

Foi o que bastou. E lá estava ele, excitado de novo, ereto, pronto. Seu corpo tremia enquanto ele jogava água nos cabelos dela com as mãos em concha, tirando a espuma.

– Um dia – ela disse baixinho, uma nota trêmula em sua voz –, adoraria fazer isso à luz de velas.

Jonah parou, esperando pelo medo. Mas o medo não veio. Ele imaginou o ambiente cheio de vapor, banhando em luz de velas, ele a imaginou virando a cabeça, seu olhar perscrutando seu rosto deformado. Mas, em vez de pavor, a esperança cresceu dentro de si, a ideia de que talvez, apenas talvez, Clara *pudesse* vê-lo como ele era, não com repulsa, mas com... amor.

Ele pensaria nisso mais tarde, não naquele momento, quando estava tão fascinado por ela que mal conseguia raciocinar direito.

– Talvez um dia – ele disse. – Mas não esta noite.

– Tudo bem – ela sussurrou, mas não parecia desapontada. Não, parecia feliz. E ele se deu conta de que era a primeira vez que lhe dava motivo para crer que ele encontraria a determinação, a força, para mostrar seu rosto a ela. Na verdade, até ele ficou surpreso com aquilo.

Talvez.

Talvez.

Aquela palavrinha era tão *significativa*.

Clara lhe entregou o sabonete que deve ter encontrado tateando o suporte na lateral da banheira e, por um instante, Jonah ficou parado, apenas segurando o objeto na mão, sua mente em branco. Se houvesse luz suficiente para enxergar, ele seria visto sentado, encarando com um olhar perdido o sabonete em sua mão, sem entender nada.

Clara parecia estar esperando e, quando Jonah se tocou de que ela estava lhe pedindo para ensaboar o seu corpo, para deslizar suas mãos por toda a sua pele nua e molhada, quase gemeu alto.

Como ele tinha chegado ali? Como tinha acontecido? *Aquilo era real?* Não conseguia descobrir. Mas não ia desperdiçar aqueles momentos no paraíso – sendo sonho ou realidade –, independentemente do quanto durassem.

Ele deslizou o sabonete pelas curvas dela, descobrindo o seu corpo na escuridão quente e úmida, enxergando com as mãos o que os olhos não podiam ver. Ela dissera que queria fazer aquilo à luz de velas e ele respondera *um dia*. Talvez. Mas ele também desejava aquilo. Desejava *vê-la*, saber que cara ela fazia quando ele a tocava, conhecer todas as sombras e detalhes do seu corpo.

Mas por enquanto ele podia adorá-la com seu toque.

Esfregou o sabonete entre as mãos e as deslizou pelos ombros dela, para cima e para baixo, massageando seus músculos suavemente.

Percorreu sua clavícula com os dedos e a sentiu inclinar a cabeça conforme ele deslizava as mãos sobre seus ossos delicados. Suas mãos se moveram furtivamente para o tórax dela e então subiram, deslizando por seus seios macios. Sentiu os mamilos endurecerem ao seu toque, um gemido baixo escapando da boca de Clara enquanto seus dedos circulavam a carne enrijecida. Ouviu seu nome subir pelo ar, tão leve, como se fosse feito de vapor. Queria se inclinar sobre ela, levar aqueles bicos à boca, sentir o gosto dela, mas se forçou a prosseguir, inspirando de forma entrecortada mais uma vez.

Ensaboou as mãos novamente e as levou de volta às costas dela, demorando-se na curva de sua cintura, descendo devagar para os seus quadris magros e firmes.

– Jonah – ela sussurrou, arqueando as costas e fazendo a água subir e descer. Então usou a própria mão para levar a dele até a região entre suas pernas, e Jonah respirou ofegante enquanto tentava manter o controle do próprio corpo.

O medo se agitava dentro dele enquanto seus dedos exploravam aquele lugar secreto e vulnerável. Ela não fazia ideia de quem era o dono daquelas mãos que a tocavam ali. Se as luzes se acendessem de repente, seus olhos se arregalariam de terror ao perceber quem ela permitira que tocasse seu corpo belo e flexível?

Ela pressionou o corpo contra a mão de Jonah, sussurrando o nome dele e o arrancando de seus pensamentos, como se soubesse o rumo que as ideias dele tomavam. E, antes que ele pudesse voltar a pensar em tais coisas, ela se levantou da água e o puxou para si, de modo que ele acabou de pé ao lado da banheira, com os braços dela o envolvendo e seu corpo molhado encharcando a sua camiseta.

– Quero você – Clara disse. – *Você.* – Então ela sabia. Ele emitira um sinal, aparentemente. Um que ele não conseguia identificar, mas que ela interpretara facilmente, como se Jonah tivesse pronunciado as palavras que revelavam suas dúvidas. Aquilo o apavorava. *Aquilo o excitava.*

Suas bocas se encontraram quando ele a tirou da água, pegou uma toalha e a enxugou usando o braço que não estava enlaçando o seu corpo.

Ela agarrou os ombros dele e os dois foram para a cama aos tropeços, as mãos dele percorrendo a curva das costas dela, subindo e pressionando, gemendo um na boca do outro. Clara riu, um som rouco, quando suas pernas acertaram a extremidade da cama e ela caiu, aterrissando no colchão com um som abafado.

Ele chutou os sapatos para longe, arrancando as roupas sem nem pensar, ávido por voltar para o calor dos braços dela.

E então sua pele nua encostou na dela e os dois ficaram imóveis por uma fração de segundo, algo vibrando entre eles antes de Jonah levar a boca ao seio dela. Ele a havia conhecido com as mãos, e agora queria fazer o mesmo com a boca.

Ele lambia, chupava e mordiscava enquanto descia pelo corpo dela, arrancando mais daqueles sons roucos e distorcidos da garganta de Clara, sons que deveriam ser palavras, uma forma de *encorajamento,* mas que tinham se perdido no trajeto entre o cérebro e os lábios dela.

As mãos dela foram para a cabeça dele, as pontas dos seus dedos tocando uma das áreas com cicatrizes do escalpo. Ele ficou tenso e virou a cabeça para que ela não explorasse aquela parte do seu corpo. Clara não protestou e, em vez disso, deslizou a mão para a nuca de Jonah, empurrando gentilmente para que a boca dele voltasse ao seu corpo.

Ele se mantinha afastado de Clara, para que aquela parte ereta do seu corpo não roçasse nela e o deixasse tão desesperado quanto antes. Era impressionante que aquilo fosse possível. Quantas vezes ele teria que possuí-la até que seu desespero cessasse e ele recuperasse o controle que sempre tivera? Ou aquilo tinha a ver com *ela,* com o fato de que ele jamais se sentira daquele jeito com nenhuma outra mulher?

Jonah acariciou a parte interna da coxa dela, beijando a pele macia, e ela se abriu para ele, convidativa. Sua língua encontrou o lugar que a fazia empurrar o quadril na direção dele e gemer, e Jonah a lambeu ali, ouvindo a respiração ofegante que lhe dizia que ela estava gostando. Seu dedo encontrou a abertura e ele o introduziu enquanto outros sons balbuciantes de prazer saíam dos lábios de Clara. Ah, ela estava molhada. Ela estava...

– Jonah!

Ele notou vagamente que ela repetia seu nome, e que agora o puxava pelos ombros, pedindo a ele que continuasse, que se apressasse.

Um riso tímido, de assombro, escapou de sua boca segundos antes de Jonah subir pelo corpo dela e então a beijar e penetrar simultaneamente.

Oh, céus! Como aquilo era bom!

– Ah – ela exclamou, afastando-se da boca dele e voltando a colocar a cabeça no travesseiro. – Quero gozar a primeira vez com você dentro de mim – sussurrou, suas pernas envolvendo os quadris dele.

A primeira vez. Ah, Deus! Ele *realmente* tinha morrido e estava no céu.

Ele estocou uma vez, fogos de artifício distantes iluminando as trevas de sua mente. Emitiu um som rouco e indefinido e estocou novamente, as unhas dela se enterrando nos músculos das costas dele.

Clara repetiu o nome de Jonah, sua voz cheia de prazer enquanto ele se movia dentro dela, agarrando a parte de trás de sua coxa para que pudesse levantá-la um pouco. Para que pudesse ir mais fundo, ter mais dela, sentir cada parte daquela linda mulher sob o seu corpo.

Ele a queria tanto. Tanto. Aquilo pulsava em seu corpo desfigurado e em sua alma perturbada. Ele a *amava,* e aquele amor soava dentro dele feito os sinos de uma igreja no mais santo dos dias santos.

O som ecoava em sua alma, um repique retumbante de alegria que preenchia os espaços vazios do seu coração solitário.

Amo você. Amo você. Amo você.

Ela o estreitou mais, apertando os quadris dele com as pernas, seu corpo arqueando enquanto ela gritava.

Ele gozou pouco depois, o orgasmo atingindo-o como se um daqueles fogos de artifício distantes tivesse explodido debaixo dele, lançando sua luz cintilante em cada célula do seu corpo, o nome dela surgindo como brilho final em seu céu interior.

– Uau! – Clara ofegou, e o som era meio assombro, meio provocação. Ele sorriu, o nariz na dobra do pescoço dela.

Jonah inspirou o cheiro de Clara por um instante, antes de se soltar e se afastar. Ela se virou para ele, passando o braço por sua cintura e apoiando a cabeça em seu ombro, onde havia uma cicatriz.

Ela lhe beijou o peito e roçou o nariz em sua pele até ele a puxar mais para perto.

– Uau! – Clara repetiu, e ele notou que ela sorria.

— Exatamente o que pensei — ele disse, enrolando uma mecha de cabelo úmido no dedo e a aproximando do nariz, sentindo o cheiro dela misturado à fragrância do seu xampu.

Eles ficaram deitados ali por vários minutos, a alegria do sexo ainda fluindo pelo corpo de Jonah, a escuridão silenciosa os envolvendo e o fazendo pensar que era como se estivessem em um casulo feito para duas pessoas. Como ele desejava aquilo. Como ele *a* desejava. Para sempre.

— Faz tempo que você está patrulhando com os Anjos de Latão? — Clara perguntou, seu hálito quente contra a pele dele.

— Não muito. Comecei uns dias depois da sua queda. — *Aquele* momento, em que ele a vira cair, tinha sido terrível. O tempo havia congelado, e ele precisava desesperadamente chegar até ela, mas também tinha que saber se Ruben e Augustus eram ameaças ou aliados. A espera até que ela abrisse os olhos tinha sido uma tortura...

— Conte mais sobre o que vocês fazem.

Eles conversaram noite adentro, Jonah contando sobre as pessoas que eles tinham ajudado, sobre os desejos que ele havia realizado e sobre como tinha criado coragem para visitar a mãe de Amanda Kershaw.

Ele não disse nada sobre o celular porque não viu motivo para tanto. Não sabia se haveria alguma consequência, então, naquele momento, não parecia importante. Ele havia encontrado e comprado no eBay um carregador que servia para o telefone antigo, mas só chegaria dali a alguns dias. Então veria o que o aparelho continha.

Mas por enquanto só havia Clara, apenas palavras sussurradas e toques que começavam preguiçosos e ganhavam mais foco e mais propósito, até as palavras serem deixadas pela metade, se transformarem em sílabas e então em suspiros.

Ele jamais esperara experimentar aquele prazer novamente... se sentir sexualmente saciado... abraçado. Afinal, monstros não merecem prazer.

Mas algo estava mudando dentro dele.

"Nunca culpei você. Não foi você que a matou." Aquelas palavras.

"É como se você estivesse à minha volta. Atrás de mim. No ar. Como se me preenchesse." O desejo de Clara. As carícias de Clara. Os toques dela. Seus beijos ávidos. E a menos que ele estivesse muito enganado, o coração dela.

Ele se levantou antes da aurora, abandonando discretamente o calor da cama e enfiando as roupas depressa no escuro antes que o sol nascesse.

Clara disse alguma coisa dormindo, seu nome, ele pensou, e Jonah foi tomado por uma sensação que era como se o sol tivesse nascido subitamente, numa explosão de luz ofuscante.

Ela se mexeu um pouco, suas formas apenas uma silhueta no quarto escuro, e ele sentiu uma vontade enorme de se enfiar na cama de novo. De abraçá-la quando ela acordasse.

Mais uma hora e o quarto seria invadido por raios leitosos de luz. Se ela se virasse, o veria e...

Não.

Ele já tinha perdido o controle do seu corpo, do seu *coração*, mas isso... não, ele não podia.

Chegou até a porta e parou do lado de fora, visões da noite anterior enchendo-o de alegria e esperança. Talvez ele não tivesse que fugir sempre dos braços de Clara antes que o sol nascesse e iluminasse o mundo e expusesse seu rosto desfigurado. Talvez... *talvez*.

CAPÍTULO VINTE E OITO

Clara inalou o perfume discreto da rosa branca, suas pétalas aveludadas fazendo cócegas em seu nariz. Seus lábios se curvaram para cima em um sorriso sonhador enquanto ela pegava o celular e colocava a única haste de volta no vaso que continha outras onze rosas brancas e eucalipto fresco que caía pelos lados.

As flores tinham sido entregues durante o ensaio, fazendo com que todas as outras bailarinas cochichassem entre si e sorrissem para ela.

Clara: As rosas são lindas, obrigada. Sabia que rosas brancas significam pureza? Ainda acha que sou pura depois de ontem à noite? ;)

Jonah: A florista disse que significam honra e reverência. Mas, sim, ainda acho que você seja pura... zinha. ;)

Clara riu e seu coração saltou no peito por ele ter dito que a reverenciava. Ele a fizera se *sentir* reverenciada na noite passada. Ele a fizera se sentir preciosa.

Clara: Então preciso fazer melhor da próxima vez.
Jonah: Melhor que a noite passada não existe.

Clara sorriu, olhando de relance seu reflexo no espelho do vestiário e mordendo o lábio, percebendo como parecia uma adolescente apaixonada. Ela soltou o lábio e deu um sorriso largo. *E daí? Estou apaixonada,* pensou distraidamente. E estava sozinha, então o que importava se tivesse um sorriso bobo na cara?

Mas, ao pensar que estava sozinha, se deu conta de que precisava ir embora. Provavelmente ainda havia alguns bailarinos no edifício, mas Clara não estava certa disso. Ela havia permanecido no palco depois de todos terem sido dispensados, com a intenção de aproveitar o espaço para praticar um movimento no qual ainda precisava pensar toda vez que tinha de executá-lo, em vez de apenas senti-lo como se fizesse parte de sua natureza, daquele jeito que permitia que ela se entregasse às emoções da história.

Clara: Estou saindo do ensaio agora. Ligo pra você quando chegar em casa.

Jonah: Depois a gente se fala então.

Clara desamarrou a sapatilha de ponta depressa e a tirou, massageando o arco do pé com um pequeno suspiro. Ah, como era bom tirar aquelas sapatilhas! Suas mãos passaram para o outro pé, massageando os músculos cansados, e a ação a fez se lembrar das mãos de Jonah em seu corpo na noite anterior, de como elas a acariciaram e...

Clara gemeu, afastando as lembranças com esforço. Não ajudava nada ficar excitada e cheia de desejo em um vestiário público, mesmo que as outras bailarinas já tivessem trocado de roupa e ido embora.

Não, ela não se *perderia* nos detalhes da noite que passara com Jonah, mas tinha sido mágica. A noite mais mágica de sua vida. E o corpo dele era incrível. Musculoso e durinho e perfeitamente masculino. Ela sentira cada palmo dele, cada reentrância, cada curva, cada saliência e... volume.

Ela sentira até mesmo as cicatrizes, aquelas regiões de suas costas e ombro em que a pele tinha uma textura diferente, e ele nem notara que ela deslizava a mão sobre aquelas áreas. Aquilo só a fizera desejá-lo ainda mais, cada pedacinho imperfeito dele.

E seu apanhador de desejos definitivamente sabia o que estava fazendo. Ele certamente sabia como explorar o corpo de uma mulher.

Clara sentiu uma pontada passageira de ciúme de todas as mulheres com quem ele havia estado no passado. Daquelas mulheres que haviam ficado com ele no claro, talvez com a luz do dia entrando por uma janela, com o sol nascendo e lançando tons dourados sobre o corpo dele.

Afastou da mente os pensamentos de ciúme. Agora ele era seu, e ela era dele. Cantarolou uns trechos de "All I Ask of You" enquanto se lembrava dele a fazendo rodopiar no escuro pelo Solar Windisle.

Sentira como se dançassem em algum corpo celestial quando ele a conduzira de um cômodo para o outro, saltando degraus e os fazendo de trampolim enquanto a fazia girar em um céu noturno.

O seu verdadeiro amor dança entre os raios da lua. Ah, sim, ele dançava, não é? Seu apanhador de desejos... seu dançarino das sombras. Seu amado.

Ela ainda não tinha visto o rosto dele, sua atual aparência, tão desfigurada, ou pelo menos era isso que ele pensava, que o fizera sumir assim que surgira a luz da manhã, fazendo com que ela ficasse apenas com as lembranças e com o cheiro dele grudado em sua pele.

Mas independentemente de qual fosse a aparência dele no momento, ela o amava, e não havia cicatrizes suficientes, ferimentos de batalha suficientes no mundo que a convencessem do contrário. Ela o amava profundamente e com todo o seu coração.

Clara vestiu suas roupas, pendurou a fantasia no cabide e pegou a bolsa ao deixar o vestiário.

Surpreendeu-se ao descobrir que as luzes tinham sido apagadas. Era realmente a última a deixar o edifício? Ela já ficara no palco antes, praticando um movimento ou dois, e sempre encontrara alguns bailarinos que se demoravam por algum motivo ou outro... ou o pessoal da limpeza ou *alguém*.

Desceu para o hall escuro e um sorrisinho maroto surgiu em seus lábios. De repente, a escuridão lhe parecia interessante.

Era na escuridão que ele vivia.

— Você está me evitando.

Clara girou e soltou uma exclamação de surpresa, mas então levou a mão ao peito ao ver que era Marco.

— Nossa, você me assustou!

Ele não sorriu ao se aproximar dela, e Clara sentiu uma onda de inquietação percorrendo a sua espinha.

— Essa história de bancar a difícil já está cansando.

Ele chegou mais perto, parando a vários passos dela.

Clara se mexeu, observando Marco, a estranheza da distância dele a deixando subitamente desconfortável, as palavras dele fazendo os pelos de sua nuca se arrepiarem. Ela não conseguia ver a expressão dele sob a luz fraca do corredor. Mas na voz havia irritação... e algo mais que ela não conseguia identificar, algo que não soava como o Marco que ela conhecia. E agora ela estava sozinha com ele.

Tome cuidado com o homem de duas caras. Ele a machucará se você deixar.

Ele estava *bravo*? Por que a estava confrontando daquele jeito? Em um prédio vazio em que só estavam eles dois? Ela recuou. Ele avançou.

— Não fuja de mim, Clara. Você está sempre fugindo de mim.

— Marco, ouça... — Ela apoiou a mão na parede, tateando à procura do interruptor que sabia que estava ali em algum lugar. Ela o encontrou com um suspiro de alívio e acendeu a lâmpada, a luz inundando o corredor. Marco recuou, enfiando as mãos nos bolsos e olhando para ela. Ele parecia... triste.

— Sei que está hesitante em me dar uma chance porque acha que sou uma espécie de conquistador. — Ele deu um sorriso que zombava de si mesmo. — A verdade é que já fui mesmo. Mas eu... eu realmente gostaria de ganhar a sua confiança.

Os ombros de Clara se curvaram.

— Mas pelo amor de Deus, Marco, um corredor escuro não é o melhor lugar para fazer isso.

Ele pareceu um pouco confuso.

— O quê? Você me *conhece*. Não achei que fosse assustar você. — Ele se encostou de lado na parede. — Toda vez que tento falar com você, você sai correndo antes que eu possa dizer três palavras.

Clara o examinou, vendo a vulnerabilidade no rosto dele. Ele havia tentado uma provocação, mas soara falsa, porque realmente era assim. A verdade era que se sentia magoado pelo modo como ela o vinha tratando.

Clara respirou fundo, relaxando, uma pequena sensação de culpa vibrando dentro de si. Ele tinha razão. Ela sabia que Marco queria falar com ela e vinha fazendo de tudo para evitá-lo quando via que ele se aproximava, só faltava se esconder atrás dos móveis. Nada legal. Marco podia ser muitas coisas, mas nunca tinha sido indelicado com ela. Ela precisava ser sincera com ele, devia isso a ele.

— Desculpe, Marco. Você está certo. É que... — Clara desviou o olhar. Como poderia explicar para ele? — Uma amizade acabou se transformando inesperadamente em algo mais... bem, eu...

— Não está mais solteira?

Clara franziu a testa. Jonah não fizera nenhuma promessa nesse sentido. O coração dela se agarrava à possibilidade de que ele um dia a deixasse ver o seu rosto.

— É complicado. Mas não estou mais interessada em sair com outras pessoas.

Marco afundou ainda mais as mãos nos bolsos, assentindo, uma expressão de decepção no rosto.

– É um cara de sorte. Ele sabe disso?

Clara duvidava que Jonah descrevesse a si mesmo como um cara de sorte, mas esperava do fundo do coração que ele se sentisse tão feliz quanto ela naquele relacionamento, o que quer que fosse aquilo que tinham.

Em vez de falar sobre coisas que nem ela mesma entendia ainda, apenas assentiu.

– Obrigada, Marco.

Ele suspirou e se afastou da parede.

– Tudo bem. Agora que você partiu o meu coração, o mínimo que posso fazer é levá-la para casa. – Ele se aproximou dela e ofereceu seu braço.

Clara sorriu. Marco podia estar decepcionado porque ela não queria sair com ele, mas duvidava muito que seu coração estivesse partido.

– Tem certeza?

– Total. Vamos.

Clara e Marco falaram sobre a apresentação que fariam em breve enquanto ele a levava para casa, a ligação entre eles subitamente mais fácil. Ele era um cara legal, e ela se sentia culpada por tê-lo julgado tão mal. Marco podia ser um conquistador, mas também tinha um lado sensível, e um dia encontraria uma mulher que o faria assumir um compromisso com ela, se ele assim desejasse.

Além disso, a vida sentimental dele não era da sua conta. Clara não sentia por ele nem um oitavo da atração que sentia por Jonah mesmo através de um muro de pedras.

Mas a situação com Marco a fizera pensar em como dispensara outros bailarinos do seu grupo do mesmo jeito que o havia dispensado.

Ela havia julgado os outros precipitadamente porque costumava se sentir julgada. E, sim, as garotas podiam ser fofoqueiras, mas talvez fosse *ela* que não havia se esforçado para fazer amigos, *ela* que sempre ia embora depressa, que evitava atividades sociais sempre que ouvia algo sendo planejado.

Talvez ela pudesse assumir parte da culpa. Talvez fosse bom um pouco de autoavaliação com respeito às amizades que poderia ter tido se tivesse se esforçado um pouco mais. E jurou mudar sua atitude com relação a esse assunto.

Quando Marco a deixou em seu apartamento, ela agradeceu novamente e acenou enquanto o via se afastar.

Como poderia ter pensado – mesmo que por um instante – que a vidente estivesse falando de Marco? Se é que havia alguma credibilidade nas palavras de Madame Catoire, o *único* homem que tinha o poder de machucá-la verdadeira e irremediavelmente era Jonah. Um pequeno calafrio percorreu sua espinha. *Ah, não,* ela pensou com tristeza, *faça com que eu esteja errada sobre isso.*

Seu celular começou a tocar e Clara o puxou do bolso, o número na tela fazendo seu coração bater mais depressa de nervoso.

– Alô?

– Oi, Clara, querida. Aqui é a Jan Lovett.

– Oi, senhora Lovett. Está tudo bem? – Clara havia falado com o pai brevemente uns dias antes, mas ele nem se lembrara do nome dela. Era sempre tão difícil, ter a alegria de ouvir a voz dele, mas também a tristeza de ter que explicar toda vez quem ela era.

– Sim, querida. Está tudo ótimo. Seu pai está aqui e quer falar com você.

Clara acabara de entrar em seu apartamento e agora estava parada do lado de dentro da porta, seus batimentos acelerados.

– Mesmo?

A senhora Lovett riu.

— Mesmo.

Ela ouviu um ruído discreto e então a voz do pai ao fundo.

— Eu disse que poderia ter ligado eu mesmo. Não sou um inútil.

— Ah, pare de ser chato. Sua filha está na linha esperando para falar com você.

— Clara?

Lágrimas encheram os olhos da garota.

— Oi, pai.

— E aí, Pequena Bailarina? Como está a minha garota?

A emoção foi tanta e invadiu o peito de Clara tão de repente que ela deixou escapar um soluço.

— Estou bem, pai. É tão maravilhoso ouvir a sua voz. — Ela se esforçou ao máximo para se recompor. A última coisa que queria era que o pai ficasse triste naquela rara ocasião em que sua mente estava lúcida. *Mas ouvi-lo dizer o seu nome,* constatar que ele *sabia* quem era ela... era bom demais. — Tenho tanta coisa para lhe contar.

Seu pai riu.

— Comece pelo mais importante. Sabe que gosto de ir logo para a parte boa.

Clara deu uma risada misturada com soluço.

— Tudo bem então. — Clara respirou fundo e depois soltou o ar devagar. — Estou apaixonada.

Houve um breve silêncio e então seu pai perguntou:

— Ele é um homem bom?

— É — ela respondeu sem hesitar. — Ele é muito bom, pai. Como você. É gentil e corajoso e se importa com os outros. — Clara parou um instante, querendo resumir a sua situação com Jonah para o pai de um jeito que revelasse o que era importante, mas sem entrar em detalhes.

Clara tinha plena noção do tempo no que se referia às conversas com o pai. Ele fora sincero ao dizer que sempre preferia ir logo ao que importava, mas agora essa era uma necessidade. O tempo deles era limitado e ela estava atenta a cada segundo.

— Mas ele não acredita em si mesmo tanto quanto eu acredito, pai. E temo que, no fim, ele não me permita amá-lo como merece ser amado. — *Às claras. Em público. Diante de todos. Sem culpa.*

— Hmm — ele disse. — Isso é complicado. Se ele não tem fé em si mesmo, dificilmente terá fé em você. Ele a machucará, se você deixar.

— Eu... eu sei, pai. É isso que me preocupa.

— Então não deixe.

Clara deixou escapar uma risada e lágrimas. Seu amado pai tinha tanta fé nela que achava que ela podia fazer qualquer coisa, convencer qualquer um, ter o mundo em suas mãos. — Amo você, pai.

— Amo você também. Você é extraordinária, Pequena Bailarina. E esse rapaz também deve extraordinário de muitas maneiras, se conseguiu conquistar seu coração.

— Ele é. De verdade. Gostaria tanto que você o conhecesse.

— Eu também gostaria. Sinto sua falta, querida. — Houve uma pausa. — Quer ir ao zoológico amanhã? Sei que adora girafas, Pequena Bailarina.

Clara sentiu um aperto no peito, a dor ricocheteando dentro de si.

— Quero, pai — disse com um fio de voz. — Eu adoraria.

Ela ouviu uns ruídos e então a voz da senhora Lovett surgiu ao telefone.

— Desculpe, querida. Gostaria que ele tivesse conseguido conversar mais tempo com você.

Uma lágrima escorreu pela bochecha de Clara e ela a enxugou enquanto sorria. A felicidade misturada com tristeza era quase pesada demais para suportar.

— Tudo bem, senhora Lovett. Sou muito grata por aqueles poucos minutos. Obrigada por ter me ligado.

— Sem problema, querida. Fique bem.

Ela desligou e se sentou no sofá por uns minutos, ainda com um sorriso no rosto enquanto várias outras lágrimas escorriam por suas bochechas.

— Sentirei sua falta — disse para si mesma, sua voz ecoando em seu pequeno apartamento no subsolo. Quantos momentos como aquele ela ainda teria? Quanto tempo até ele se esquecer dela de vez?

Depois de um minuto, ela se levantou e saiu. Precisava sentir a brisa no rosto, olhar para o céu e lembrar a si mesma que havia beleza e alegria e magia e mistério neste vasto mundo, e que jamais se esqueceria disso, mesmo se estivesse magoada. Principalmente nesse caso.

Era uma noite bonita, límpida e silenciosa, um milhão de estrelas feito pedacinhos de diamantes espalhados pelo céu.

Clara olhou para a casa da senhora Guillot, mais adiante no quarteirão, mas a luz da varanda estava apagada e não havia nenhuma outra vindo da sala de estar.

Ela se lembrou de quando, dias atrás, vira Jonah no noticiário sentada na sala da senhora Guillot, e um sorriso surgiu em seus lábios. *Jonah.*

Clara se sentou no muro de tijolos perto da entrada do seu edifício.

Ele deve ser extraordinário de muitas maneiras, se conseguiu conquistar seu coração, Pequena Bailarina.

Ah, sim, ele era.

Enquanto olhava na direção da varanda da senhora Guillot, o lugar onde ouvira falar pela primeira vez sobre a Fazenda Windisle, sobre Angelina Loreaux, sua mente cansada e emocionalmente sobrecarregada começou a divagar. Era bom deixar os pensamentos vagarem e girarem livremente.

Suas experiências, as histórias intrigantes e as informações que conhecera nos últimos meses se misturavam, e ela permitia que isso acontecesse, sem parar para examinar nada, apenas deixando que as palavras e as lembranças rolassem à vontade em seu cérebro... Angelina e John, ela e Jonah, o mistério, a maldição, o enigma...

Graça Maravilhosa, como é doce o som.

Eu apenas me arrependo. Fiz disso minha carreira aqui atrás deste muro.

Se Angelina ficou aqui, foi por causa dele. Do soldado.

Uma vaga ideia começou a se formar, mas fora de seu alcance, tão nebulosa quanto a neblina matinal. Ela deixou que as coisas seguissem seu rumo, sem tentar agarrar aquele pensamento...

A carta. A traição de John...

Graça Maravilhosa, como é doce o som.

Minha mãe não sabia ler, mas cantava como ninguém.

Clara arregalou os olhos ao se levantar, piscando confusa para a rua silenciosa à sua frente. *Ela não sabia ler.* A mãe da senhora Guillot não sabia ler...

Clara pegou o telefone e ligou para Jonah.

— Clara.

— Jonah, oi.

— Ei, o que foi? Parece triste.

Clara balançou a cabeça.

— Não, não. Quer dizer, falei com meu pai, mas foi ótimo. Acabei ficando triste também, mas estou ligando por outro motivo. O quão comum era para os escravos saber ler?

— Ler? Eu... eu imagino que... raro. Por quê?

Clara andava de um lado para o outro, um pensamento ganhando forma em sua mente, informações se repetindo, se formando.

— A família de John entregou a Angelina a carta que ele havia escrito, certo?

— Pelo que eu saiba, sim.

— A família dele teria aprovado o relacionamento dele com Angelina? Uma família rica do sul?

— Eu... — Ele se calou por um instante, sem dúvida pensando. — Não.

— Não é? E qual era a chance de Angelina saber ler?

Ele ficou em silêncio de novo.

— Provavelmente muito pequena.

— Mas e se... Ah, meu Deus, Jonah. E se eles mentiram sobre o conteúdo da carta? Ela não teria como saber, não é?

A empolgação fazia o coração de Clara bater mais rápido. Ela sentia um frio na barriga. Sentia que estava *certa* sobre isso.

— Talvez você esteja certa. Mas como provar isso?

— A carta. Precisamos da carta.

— A carta já era faz tempo, Clara. Ninguém jamais a encontrou. Se a família dele mentiu sobre a mensagem, provavelmente deve ter ficado com ela.

A animação de Clara diminuiu e seus ombros se curvaram.

— Mas eles podem ter deixado a carta com Angelina, achando que não importava, já que ela não sabia ler e que ninguém próximo dela tampouco saberia...

— Talvez, mas, se fizeram isso, a própria Angelina provavelmente jogou a carta fora. Acredite em mim, se essa carta existisse, estaria na pasta do meu irmão.

Droga. Clara deixou escapar um suspiro de decepção.

— Você provavelmente tem razão. — Mesmo assim, a ideia de que havia encaixado várias peças do quebra-cabeça persistia.

Talvez não conseguisse provar aquilo, mas Clara *acreditava* que estava certa, e tal possibilidade era ao mesmo tempo empolgante e terrivelmente trágica. Eles tinham *mentido* para Angelina, roubando dela o que restava de esperança. Eles tinham planejado chantagear John para que se casasse com Astrid assim que voltasse da guerra ameaçando a segurança de Angelina? A vida dela? Como deve ter sido fácil. Uma dor lancinante atingiu o coração de Clara.

— Vamos fazer o seguinte: vou dar uma olhada no sótão amanhã, tudo bem? Pra ver o que consigo encontrar.

— Faria isso por mim?

— Eu faria praticamente qualquer coisa por você. — A voz dele de repente resoluta, seu tom tão sério que deixou Clara sem fôlego.

Praticamente. Ela notou a cautela, mas se encheu de alegria mesmo assim. Tinha conseguido um talvez dele na noite anterior, ao perguntar sobre a luz de velas. *Talvez...* Que bela palavra quando tudo que conseguira antes foram nãos e nuncas.

— Talvez você possa vir aqui amanhã à noite. Não tenho que acordar cedo na manhã seguinte.

Embora Clara precisasse dormir porque tinha ensaio logo cedo no dia seguinte e a temporada de apresentações já estivesse para começar. Ela precisava estar descansada para o ensaio.

— Eu... eu deixarei as luzes apagadas.

Jonah hesitou só um instante.

— Não, Clara. Acho melhor não. Ainda não.

A decepção que atingiu Clara foi pequena e passageira. Na verdade, ela só queria vê-lo. Ou melhor, *senti-lo.* Ela só queria estar com ele, mas, se isso significava que ela teria que esperar por ele por enquanto, tudo bem.

— Entendo, Jonah.

Ela notou o sorriso na voz dele quando perguntou sobre como tinha sido o dia dela, e então começaram a falar sobre as coisas mundanas e também sobre as importantes. Sobre coisas que os casais conversam. Os pequenos detalhes de suas vidas que só dividem um com o outro.

Ela contou a Jonah sobre a conversa que tivera com o pai, e ele pareceu feliz e triste por ela. Clara olhava para o céu escuro, mas fechou os olhos para permitir que a voz aveludada do seu apanhador de desejos enchesse o seu ouvido e o seu coração. No entanto, em algum lugar de sua mente aquele tique-taque se tornava mais alto, mais forte, mais insistente.

CAPÍTULO VINTE E NOVE

— Está esperando uma encomenda? — Myrtle perguntou. — Isto estava na sua caixa postal.

Jonah se virou para ela de onde estava, parado diante da pia, lavando a louça que usara no almoço. Myrtle colocou um pacote pequeno sobre a bancada enquanto Jonah secava as mãos. Ele olhou a etiqueta. O item vinha de Kansas. Ah, era o carregador que havia comprado no eBay.

— Sim. Obrigado.

Myrtle olhou para ele desconfiada.

— O que foi?

— Vi Clara indo embora outro dia de manhã.

Jonah sorriu. Não pôde evitar. Seu rosto ficou tão radiante quanto o sol da manhã só de ouvir o nome dela *e* porque ela deixara a cama dele naquela manhã.

Ele tentou, sem sucesso, disfarçar, pigarreando e olhando para o teto como se pudesse desviar seus pensamentos dela.

— Ela... hã... veio fazer uma visita. Ficou tarde. Estava cansada.

— Aham. Não nasci ontem, Jonah Chamberlain. — Rugas de preocupação surgiram no rosto dela, que chegou mais perto, ajustando as lentes grossas. — Ouvi você sair do seu quarto horas antes dela.

— Sim, e daí?

Myrtle esticou uma mão hesitante, e Jonah instintivamente recuou, virando o rosto desfigurado para o outro lado, para longe do toque dela, se encolhendo.

Myrtle parou, mas então aproximou seus dedos devagar, como alguém que estica a mão para oferecer consolo a um animal ferido.

Jonah a observou, imóvel desta vez, enquanto ela roçava os dedos em sua bochecha coberta por cicatrizes. Ele soltou o ar e fechou os olhos ao sentir outra pessoa tocar aquela parte arruinada do seu corpo pela primeira vez desde que deixara o hospital.

— Você precisa deixar que ela o ame por inteiro.

Ele recuou e virou o rosto, os dedos dela ficando no espaço vazio que surgiu entre eles.

— E se ela não puder?

— E se ela *puder?*

— Eu... eu não sei, Myrtle. E se ela puder, mas eu não for capaz de lhe dar a vida que ela merece? — Jonah se voltou para o outro lado e observou a claridade do dia através da janela.

— Tenho fé em você, meu garoto. Mas disso você já sabe. Você precisa ter fé em si mesmo.

Ele se virou para ela outra vez, a felicidade que o inundara instantes atrás agora se transformando em dúvidas.

— Talvez não tenha a ver *comigo,* Myrtle. Esta cidade... diabos, o mundo como um todo, não vai me aceitar só porque eu decidi voltar.

— *Sempre* tem a ver com você, Jonah. Sempre *teve* a ver com você. O mundo reagirá do jeito que reagirá. Não importa. Acredite no seu valor e o mundo não terá importância.

— Não acho que consiga fazer isso — murmurou ele.

— Consegue, querido. E, se precisar de alguém que o leve pela mão, tem a velha Myrtle aqui. Talvez eu o faça dar de cara com uma árvore antes de ajudá-lo a entrar nesse mundo, mas estarei lá, ao seu lado.

Jonah riu, o amor por ela enchendo seu coração.

– Obrigado, Myrtle.

Myrtle assentiu com um sorriso enquanto pegava as compras do mercado, que havia trazido junto com a correspondência, e começava a tirar as coisas do saco de papel.

Jonah pegou o pacote, desembrulhou o carregador e parou em seu quarto, onde o conectou ao celular de Amanda Kershaw antes de vestir suas roupas de corrida.

Enquanto corria por entre as árvores, dando sua tradicional volta pelas cabanas, sentiu uma paz, uma espécie de... *alegria* desconhecida tomando conta do seu corpo.

Ele começou a recitar os nomes das vítimas que haviam morrido naquele dia nos degraus do tribunal, as vidas pelas quais ele se sentira responsável por tanto, tanto tempo, mas que continuavam se afastando dele.

Ele tentou lembrá-los, começando pelo início, o primeiro nome da lista que achou que estivesse tatuado em sua mente, mas não conseguia manter o foco, se perdia, uma certa... paz tentando ganhar espaço, abrindo caminho à força entre os nomes que flutuavam para longe.

Era quase como se aqueles nomes fossem criaturas vivas e pulsantes que *quisessem* se libertar, sumir nas nuvens do céu, como se talvez o fato de ele se agarrar a eles os mantivesse aprisionados feito ele mesmo.

Jonah corria por aquele caminho havia tantos anos pronunciando mentalmente aquelas mesmas sílabas, mas agora... agora subitamente havia espaço para... *mais*. De repente, havia tanto espaço que Jonah não sabia o que fazer com ele.

O que ele sabia era que estava apaixonado. Desesperada e irremediavelmente apaixonado. *Clara, Clara, Clara*. O nome dela ecoava dentro dele, e ele ergueu o rosto para o sol e encontrou os raios suavizados que atravessavam as copas das árvores.

Clara. Linda e atenciosa Clara. Justin teria gostado muito dela. Ela era tão generosa, tão determinada a reparar um erro que, na verdade, não tinha nada a ver com ela.

Tudo tinha começado com ela. Tudo de bom que havia acontecido com ele nos últimos meses tinha sido porque Clara aparecera aquele dia no muro que chora.

Sim, ele se apaixonara por ela, mas era mais que isso. Ele buscara o perdão e fora perdoado, fizera o bem para algumas pessoas que precisavam de ajuda, encontrara amigos nos integrantes dos Anjos.

Ele estava decepcionado por não poder mais patrulhar as ruas com eles agora que a mídia estava tentando transformá-lo em notícia. A menos que... Jonah levou a mão à pele nua de seu rosto, deslizando a palma pelas cicatrizes... a menos que tomasse coragem e tirasse a máscara. *Talvez*.

Mais uma vez, aquele mundo pequeno e ao mesmo tempo enorme.

Jonah fez uma parada, jogando os cabelos encharcados de suor para trás e andando devagar em círculos diante da entrada principal do solar. Examinou a varanda, vendo em sua mente uma cadeira de balanço e um homem sentado nela, balançando uma garotinha em seu joelho. *Angelina*. Será que Robert Chamberlain a havia ensinado a ler? Ou teria permitido que ela continuasse analfabeta? Será que a tinha visto apenas como uma escrava que, por acaso, tinha o seu DNA?

Ele prometera a Clara que vasculharia o sótão para ver o que encontrava. Duvidava muito que pudesse achar uma carta datada de 1861, mas procuraria mesmo assim. Por ela.

De volta ao seu quarto, havia uma luz verde acesa no celular. *Hum.* Ainda conseguia carregar. Ele abriu o aparelho, passando diante da janela enquanto a tela acendia. Sem senha. Aquilo tornava tudo mais fácil. Aqueles celulares antigos tinham senha? Ele não conseguia se lembrar.

Amanda tinha algumas mensagens de texto e ele foi abrindo uma de cada vez. Uma de sua mãe. Ele imaginou a mãe cega usando algum tipo de recurso que transformava fala em texto escrito enquanto tentava contatar a filha geniosa. Ele ficara feliz ao receber um aviso de Neal McMurray, da empresa de reparos que havia contratado para ela, informando que a casa dela estava em reforma naquele instante e que os novos móveis e eletrodomésticos estavam sendo providenciados por um decorador indicado por Neal. A senhora Kershaw merecia paz, algum conforto na vida.

Havia outra mensagem de um contato identificado apenas como "K", e Jonah a abriu e rolou a tela. Havia vários "Venha me encontrar" e "É quinta-feira. A que horas estará lá?" e então, no topo, havia um endereço. Seria algum tipo de venda de drogas? Ou talvez estivessem combinando serviços de prostituição?

Ele sabia que Amanda Kershaw tinha participado de várias atividades desagradáveis em troca de uma dose. Ele tinha falado sobre isso, inclusive os detalhes sinistros, diante de uma sala cheia de testemunhas no tribunal. Ele tinha vislumbrado a vergonha dela, o arrependimento. Ele havia revelado cada erro repugnante dela para criar dúvida razoável.

Sei que algumas pessoas o culpam, mas eu? Não, nunca culpei você. Não foi você que a matou.

E, de todo modo, pelo que eu soube, você pagou o preço.

As palavras da senhora Kershaw voltaram à sua mente, inundando a sua alma feito um bálsamo. *Misericórdia.* Jonah respirou fundo e abriu outra mensagem, afastando o celular em choque ao ver o número do seu irmão. Não havia um nome ligado à mensagem, mas ele conhecia muito bem o número. Era o número que ele tinha evitado naqueles últimos dias, deslizando o botão de *recusar*, enquanto seu telefone tocava e tocava. Justin. *Mas que diabos era aquilo?*

A mensagem era curta. Justin pedia várias vezes que ela fosse encontrá-lo, ou pelo menos retornasse suas ligações. Ela nunca respondera por mensagem de texto. Se havia ligado de volta para o seu irmão, e por qual motivo, Jonah não fazia ideia, pois o histórico de ligações dela só ia até uma semana antes da data de sua morte.

Seus nervos vibravam, a sensação de que algo estava errado, de que ele tinha sido deixado no escuro e de que descobrir a verdade seria *doloroso*.

– Controle-se – disse ele em voz alta, forçando a si mesmo a entrar naquele estado de indiferença adotado tantas vezes ao lidar com casos perturbadores. – Relaxe e foque em todas as informações disponibilizadas a você em primeira mão.

Depois de olhar as mensagens de texto, ele abriu a pasta de fotos, e seus olhos se arregalaram.

Por um instante, ficou apenas piscando pasmo enquanto sua mente tentava acompanhar o que os olhos viam. *Sexo.* Muito sexo.

Ele sentou na cama, deslizando o dedo pela tela minúscula, olhando o que obviamente eram imagens da própria Amanda Kershaw, com diversos homens, em várias posições sexuais. Parecia que a maioria das fotos tinha sido tirada discretamente nos momentos em que os homens estavam no ápice da paixão – na falta de uma palavra melhor – ou de um ângulo em que não podiam ver o celular que ela sem dúvida segurava.

O que diabos *era* aquilo?

Jonah parou de rolar a tela quando viu um rosto familiar. *Puta merda.* Aquele era... ele estreitou os olhos, trazendo o aparelho mais para perto. Aquele parecia... ele não tinha certeza, a foto estava borrada e tinha sido tirada de um ângulo estranho, mas ele podia jurar que era o Juiz Rowland, o homem que julgara o caso de Murray Ridgley. Jonah passou os dedos pelos cabelos, segurando o couro cabeludo por um instante enquanto sua mente disparava.

Quando abriu uma das fotos individuais, viu que Amanda havia nomeado a imagem com a inicial do primeiro nome e o sobrenome. Todas as fotos estavam assim identificadas, até aquelas de homens que ele não reconhecia.

Ela guardara provas de cada interação sexual com esses homens, cada imagem com um nome e uma data. O que *era* aquilo? Será que Amanda Kershaw pretendia chantageá-los?

Totalmente confuso, com o estômago revirando de ansiedade, Jonah rolou a tela até as últimas fotos, parando imediatamente ao reconhecer outro rosto. O choque o atingiu. O cheiro ácido do próprio suor penetrou em suas narinas. *Puta merda.*

Era Murray Ridgley, o homem acusado de ter estuprado Amanda e tentado matá-la. Mas as fotos contavam outra história. As fotos revelavam que, sem dúvida, ela estivera com ele de livre e espontânea vontade... pelo menos em algum momento. Ela havia mentido em seu testemunho. *Por quê?*

Jonah abriu novamente as mensagens de texto, voltando ao endereço no início da conversa com o desconhecido K. Ele não reconhecia o nome da rua, nem sabia por que a palavra "Vórtice" estava escrita logo depois, mas pegou o seu celular e digitou o local no GPS.

Parecia uma área industrial de Nova Orleans e ficava a apenas vinte minutos de distância de onde Jonah se encontrava. Já fazia quase nove anos que aquela mensagem tinha sido enviada, e a probabilidade de que ir até o endereço não levasse a nada era grande, principalmente se fosse algum depósito vazio onde ela encontrara um traficante. Mas era quinta-feira, então ele sabia aonde iria.

O ronco do motor de sua moto diminuiu até ficar em completo silêncio, e Jonah aproveitou o momento para olhar à sua volta antes de passar a perna devagar por cima do assento, tirar o capacete e vestir a máscara.

A noite estava fria e parada, e um cheiro metálico enchia o ar. O enorme edifício à sua frente, que um dia fora uma espécie de armazém de despacho, estava escuro e deserto, ou pelo menos era isso que ele achava até ver uma luz se mover lentamente diante de uma das janelas, como se viesse de um corredor mais à frente, uma luz que escapava por debaixo de uma porta por um breve instante.

Ele caminhou na direção do prédio, olhando ao redor. Não havia outros veículos no estacionamento, mas, se apurasse os ouvidos, poderia jurar ter ouvido música vindo de algum lugar próximo, o ritmo constante de um baixo ressoando em seu corpo e acompanhando os batimentos acelerados do seu coração.

Ao chegar na entrada, bateu à porta pesada de metal, três batidas fortes que ecoaram no vazio. Ele não esperava de fato que alguém fosse atendê-lo, então, quando a porta se abriu instantes depois, Jonah se assustou e recuou quando um homem forte de longos cabelos negros presos num rabo de cavalo apareceu no vão da porta. Ele olhou para Jonah, cumprimentando com um movimento de cabeça enquanto examinava a sua máscara.

– Senha?

Merda. Mas então se lembrou da palavra aleatória escrita debaixo do endereço.

– Da última vez que estive aqui era vórtice.

O homem ergueu a sobrancelha.

– Cara, isso foi há anos. Nem usavam máscaras naquela época. – Ele apontou com um gesto de cabeça para o rosto oculto de Jonah. – Quem convidou você?

– Rowland.

O homem estreitou um pouco os olhos e então assentiu, abrindo mais a porta para que Jonah pudesse passar.

– Divirta-se.

Algo no tom do segurança fez Jonah parar, mas então ele retribuiu o cumprimento e entrou no edifício escuro.

– E, ei – chamou o cara, olhando para o estacionamento –, se aquela for a sua moto, pare aqui dentro da próxima vez.

Jonah não se deu ao trabalho de responder e continuou caminhando pelo corredor iluminado apenas por luzes fracas ao longo do rodapé.

O som do baixo aumentou, a música pulsando ritmada enquanto as luzes piscavam em alguma sala logo adiante. Jonah sentia que estava entrando em um sonho, ou talvez um pesadelo, algo sombrio e desconhecido que já parecia desconectado da realidade.

– As de primeira estão ali hoje – o homem disse, assustando Jonah ao passar por ele. O homem usava uma máscara preta e branca meio distorcida que Jonah não teve a chance de olhar o suficiente para identificar antes que o sujeito continuasse se afastando.

Jonah caminhou na direção que o homem havia indicado e empurrou a porta que levava à sala com luzes piscantes.

Havia quatro grupos diferentes, com mulheres nuas ou seminuas no centro de cada um deles, e homens realizando atos sexuais com elas, em alguns grupos um de cada vez, em outros vários ao mesmo tempo.

Jonah ficou atordoado por um instante, seus olhos indo de um lado para o outro, absorvendo aquela cena. Uma orgia de máscaras? Algum tipo de clube do sexo exclusivo?

Quando seus olhos se acostumaram com a luz fraca, ele notou que as garotas eram muito jovens, talvez não menores de idade, mas não muito mais velhas que isso. E todas pareciam drogadas, sem estarem necessariamente se divertindo com o que lhes acontecia, mas também sem protestar.

Jonah se sentiu enjoado, confuso. Aquele lugar, a iluminação suave, as paredes de um vermelho-vivo... era o local das fotos encontradas no telefone de Amanda Kershaw. Ela tinha sido uma daquelas garotas. Ela havia fotografado tudo, obviamente antes de os homens começarem a usar máscaras como agora. Dava para ver como teria sido fácil puxar discretamente um celular do bolso do roupão de seda como o que usava a ruiva parada num canto. Para tirar uma foto, registrar o que havia acontecido.

– Junte-se a nós. – Uma mão deslizou pela cintura de Jonah, descendo para a sua virilha e então se afastando quando uma loira passou por ele, com olhos turvos e semicerrados e três homens mascarados a reboque.

Jonah esperou que eles passassem e se virou, deixando a sala e indo na direção oposta àquela pela qual entrara.

Ele passou por várias salas, de onde chegavam sons de música e sexo, sons de prazer e do que ele imaginou que fosse dor. Ouviu barulhos que não conseguiu identificar, o som de um chicote talvez, de correntes sendo arrastadas pelo piso de concreto.

Começou a andar mais rápido pelo labirinto escuro, finalmente encontrando uma porta dupla de metal, que empurrou e abriu, saindo no estacionamento dos fundos, seus pulmões ardendo a cada respiração.

O que diabos era aquilo? E o que Murray Ridgley tinha a ver com aquilo? E o Juiz Rowland? E o seu próprio irmão talvez? Sua mente girava em milhões de direções distintas, e ele queria respostas, respostas que sabia que encontraria no telefone de Amanda, se conseguisse descobrir como as provas se encaixavam.

Jonah deu a volta no edifício, indo na direção de sua moto, e pegou o celular de Amanda. Ele rolou as mensagens até o texto identificado apenas como K e ligou para o número enquanto caminhava a passos largos até a motocicleta.

Uma mulher atendeu no segundo toque.

– Residência dos Knowles, em que posso ajudar?

Puta merda.

Knowles.

Ele conhecia bem o nome, porque aquele era o homem que o havia contratado para trabalhar em seu escritório de advocacia e lhe dado as boas-vindas.

CAPÍTULO TRINTA

Novembro de 1861

Angelina entrou na sala de estar, onde havia sido chamada, com o pano de prato ainda nas mãos. O cheiro doce de levedura do pão que assava a acompanhou desde a cozinha.

— Pois não, senhora Chamberlain?

A senhora Chamberlain se levantou de onde estivera sentada, e o homem ao seu lado também ficou de pé. Ele se virou e Angelina piscou, confusa. Ele parecia John, só que mais magro, a ponte do seu nariz mais estreita, seus olhos mais fundos nas órbitas... Mesmo assim, a semelhança fez seu coração saltar no peito, e ela segurou com mais força o pano de prato em suas mãos.

— Angelina, este é o senhor Lawrence Whitfield. Ele trouxe correspondência para você.

— C-correspondência? — Angelina sussurrou, um tremor de esperança *e de medo* percorrendo seu corpo. Seria de John? E, se fosse, por que exporia o relacionamento deles escrevendo diretamente para ela? Não era seguro.

O senhor Whitfield exibiu um sorriso discreto e deu alguns passos até onde ela estava parada enquanto tirava a carta do bolso.

— Meu irmão, John, pediu que eu lhe entregasse isto. Veio junto com a correspondência da nossa família.

Angelina esticou a mão para pegar a carta, mas Lawrence puxou o papel de volta.

— John explicou que você não sabe ler. Ele pediu que eu lesse para você.

Os olhos dela encontraram os dele, seu coração pulsando descontrolado. Ela não sabia como interpretar a expressão daquele homem, daquele estranho, e se sentia tão consumida pela ansiedade que, por um instante, tudo que conseguiu fazer foi olhar fixamente para ele.

— Tu-tudo bem. Obrigada, senhor.

O senhor Whitfield desdobrou a carta, e Angelina sentiu um sopro de alegria subir por sua garganta quando viu a caligrafia. Ela engoliu a empolgação com esforço, esperando enquanto o senhor Whitfield colocava os óculos.

Aquela caligrafia... as letras pequenas e precisas combinadas com outras maiores e mais espaçadas. Ela já conhecia o estilo da época em que se encontravam na garagem de barcos. John costumava levar a correspondência para adiantar o trabalho enquanto esperava por ela – durante horas, algumas vezes, dependendo de quando ela conseguia escapar –, e ela já havia lançado um olhar para os papéis sobre os caixotes velhos que ele usava como escrivaninha.

Ao ver aquela caligrafia, a saudade a invadiu, com o grande alívio de saber que ele estava vivo. Ileso. Ah, como ela o desejava! Como havia orado pela segurança dele! Como havia desejado febrilmente a notícia de que ele estava voltando para casa! Para ela.

— Angelina – leu o senhor Whitfield –, escrevo esta carta arrependido e sabendo que minhas palavras a magoarão. Mas preciso ouvir o meu coração. O tempo que tenho passado longe de você me fez ver as coisas com uma clareza absurda. Nossos encontros foram prazerosos, mas não têm futuro. Quando voltar para casa, eu me casarei com Astrid. Certamente você compreende que não poderia ser de outro modo. Você tem que aceitar seu lugar no mundo, Angelina. Só assim terá uma vida satisfatória. Cordialmente, John.

O senhor Whitfield pigarreou e dobrou a carta devagar. O coração de Angelina tinha ficado pequenininho durante a leitura e agora ela sentia um peso na boca do estômago, a tristeza a esmagava.

Ela ergueu os olhos lentamente para a senhora Chamberlain, que a olhava com os lábios curvados para cima em um sorriso. Aquilo lhe agradava. Claro que sim.

A senhora Chamberlain esfregou as mãos, como se aquele assunto desagradável envolvendo John e Angelina agora estivesse encerrado e ela pudesse seguir em frente com sua vida.

Mas a vida de Angelina havia acabado. Umas poucas linhas tinham destroçado seu coração.

Nossos encontros foram prazerosos.

Prazerosos.

Como aquilo podia ser verdade? Será que a guerra de algum modo o havia convencido de que não valia a pena lutar por ela? Ele dissera que a amava.

Saiba em quem confiar. E em quem não confiar.

O senhor Whitfield entregou a carta à senhora Chamberlain, e ela pegou o papel e o jogou na lareira, e se afastou depressa quando uma fagulha voou e pousou na manga de seu vestido, que pegou fogo. Ela gritou e começou a dar tapas na manga, e o senhor Whitfield foi ajudá-la.

Os olhos de Angelina se voltaram para a carta, que havia caído perto da grade, e ela agiu depressa, aproveitando a comoção gerada pela roupa incendiada, e tirou o papel da lareira. Ela o enfiou embaixo do pano de prato que ainda segurava enquanto a senhora Chamberlain se virava para ela, as chamas de sua manga agora apagadas. Angelina olhou para a mulher sem expressão.

– Bem, pode ir – disse a senhora Chamberlain, olhando de relance para as chamas. – Está dispensada.

Angelina deu meia-volta sem dizer palavra. Caminhou até a porta com as pernas bambas, e as palavras sussurradas por Lawrence Whitfield para a senhora Chamberlain a seguiram pelo corredor:

— Como vê, senhora Chamberlain, a imprudência do meu irmão já foi resolvida. Mal posso esperar para brindar a John e Astrid no casamento deles.

A pressão na cabeça de Angelina aumentou e as lágrimas que ela segurara na sala de estar agora escorriam por seu rosto. Ela segurou a carta com força, uma minúscula centelha de esperança ainda ardendo dentro de si. Enxugou as lágrimas das bochechas e tentou manter aquela pequena chama viva em sua mente.

Amo você. Voltarei para você, está me ouvindo?

Ele é um perigo. Perigo e nada mais.

— Lina? — chamou sua mãe quando ela passou pela cozinha e, ao ver de relance o semblante da filha, o seu próprio perdeu a cor. — Lina? — repetiu ela, mais hesitante desta vez. Angelina a ignorou e continuou andando, subiu para o andar de cima e bateu à porta de Astrid, entrando sem esperar pela resposta.

Astrid estava sentada diante da janela, lendo um livro, e pareceu surpresa ao ver Angelina entrando.

— Angelina? O que foi?

Angelina esticou a mão com a carta, o papel tremendo entre seus dedos.

— Pode ler para mim, Astrid? O irmão de John a leu e disse que John não gosta mais de mim.

Astrid a olhou por um instante, várias expressões surgindo em seu rosto. Expressões que Angelina estava aflita demais para notar.

Astrid se levantou, foi até Angelina e pegou a carta de suas mãos. Ela desdobrou o papel devagar, olhando de relance para Angelina ao fazê-lo, rugas marcando sua testa.

Seus olhos se moveram pelas linhas enquanto ela lia, e Angelina prendia a respiração, com um nó na garganta. *Por favor, por favor. Diga que eles mentiram,* ela pensou, desesperada. *Confio em você, John.*

– Sinto muito, Angelina – Astrid disse com delicadeza. – Aqui diz o que Lawrence lhe disse. – Astrid devolveu a carta a Angelina e chegou mais perto, envolvendo a meia-irmã em um abraço.

Angelina desabou, a minúscula chama dentro dela se extinguindo, a esperança morrendo. Ela se sentia vazia, carente, um gemido subindo por sua garganta, mas saindo sem som.

– É melhor assim – disse Astrid, se afastando e agarrando os braços da outra, seu olhar intenso. – É *mais seguro*. Minha mãe... você não faz ideia do que ela é capaz, Angelina, quanto ódio ela guarda dentro de si. Se ela perceber que você está... desejando coisas, fazendo *planos,* ela a machucará, ou machucará sua mãe, ou talvez vocês duas. É *melhor* assim – ela repetiu, e Angelina teve a vaga noção de que Astrid tentava convencer a si mesma, tanto quanto tentava convencer Angelina, mas estava tão tomada pela dor que não conseguia pensar mais naquilo.

Nada importava, nada mesmo, principalmente ela. *Principalmente ela.* Ela não passava de uma coisa descartável. Algo que se podia usar e jogar fora. Sua mãe tinha razão, não havia lugar para o amor na vida de Angelina. E jamais haveria.

E Angelina, ela não queria viver sem amor.

Ela assentiu, se virou lentamente e deixou o quarto de Astrid, que não tentou impedi-la. Hesitou diante da porta do quarto do pai por um instante antes de entrar.

Ela não sentia nada. Ela *queria* não sentir nada.

Quando voltou para o corredor, seu pai surgiu diante dela.

– O que está fazendo?

Ela olhou para ele, seus olhos suplicantes, esperando contra todas as probabilidades encontrar a ternura que costumava haver no olhar dele quando a balançava em seu joelho na infância.

– Nada, senhor Chamberlain.

Ele estreitou os olhos e olhou de relance para a porta fechada do seu quarto e depois de volta para ela.

– Bem, então volte para a cozinha, garota.

Garota.

Ela havia se esforçado para imitá-lo, como os outros Chamberlain que viviam e mandavam naquela casa. Ela tinha se sentado no joelho do pai, escutado as histórias que ele lia para ela. Tinha aprendido a falar como eles, e até adotado os mesmos trejeitos para que eles a amassem.

Mas sua mãe estava certa. Seus esforços tinham sido em vão. Não importava o que ela *tentasse* ser... ela jamais seria. Ele a havia achado encantadora antigamente, talvez por ser uma novidade, mas agora ela estava crescida e... para ele, nem tinha um nome.

Garota.

Ela desviou do homem que engravidara a sua mãe contra a vontade dela, no chão sujo do porão, e desceu a escada devagar.

Do lado de fora da casa, a brisa fria tocou sua pele. Ela olhou para a frente, para a plantação de cana-de-açúcar, para as cabeças que se mexiam ao longe, e sentiu um aperto no peito. Um aperto.

Se o mundo fosse diferente, talvez ela não se sentisse tão arrasada, não sentisse aquela desesperança enorme e infinita. Se o mundo fosse diferente, ela começaria a caminhar e *continuaria* caminhando. Para além do alto muro de pedras que cercava Windisle, além de Nova Orleans talvez. Ela iria para algum lugar em que pudesse ser livre para fazer as próprias escolhas e viver a própria vida. Mas aquilo não aconteceria.

O tempo que tenho passado longe de você me fez ver as coisas com uma clareza absurda... Quando voltar para casa, eu me casarei com Astrid. Certamente você compreende que não poderia ser de outro modo. Você tem que aceitar seu lugar no mundo, Angelina.

Seu lugar no mundo – neste mundo miserável que jamais mudará – era virar pó.

CAPÍTULO TRINTA E UM

O quarto do andar de cima era espaçoso e luxuoso, e os pés de Jonah afundaram no tapete grosso ao se aproximar da cama em que o homem estava deitado. Chandler Knowles.

Jonah tirou o capacete, aquele que havia mantido na cabeça quando a empregada atendera a porta. Ao ligar, ele lhe dissera que passaria por lá, e ficou surpreso por ter sido recebido imediatamente, com a mulher murmurando que o senhor Knowles o estava esperando.

Os olhos baços do senhor Knowles perscrutaram o rosto desfigurado de Jonah e, apesar de estar doente e acamado, ele se encolheu com repulsa. Jonah disse a si mesmo que aquela reação era irrelevante. Ele não se importava mais se aquele homem o respeitava ou não. Não se importava se olhava para ele aterrorizado.

— Eu tentei imaginar o quanto teria sido ruim — disse o senhor Knowles, a voz chiada e rouca. Ele pigarreou e esticou a mão para o jarro d'água sobre a mesinha de cabeceira, onde também havia vários frascos de remédio.

Jonah encheu um copo com água e entregou ao homem, que inclinou a cabeça um pouco para trás para tomar alguns goles.

— Agora você sabe — disse Jonah, colocando o copo de volta na mesinha. É claro que o cretino poderia ter descoberto muito antes se ao menos o tivesse visitado, se ao menos tivesse aparecido no hospital logo depois da tragédia. Mas seu escritório de advocacia não se manifestara. Não dissera uma palavra. Não mandara nem

mesmo uma cesta de frutas. De todo modo, o que poderiam escrever no cartão? "Ei, sentimos muito que seu rosto tenha sido atingido pela explosão. Esperamos que goste destas lindas bananas."

— Encontrei o celular de Amanda Kershaw — disse Jonah. — Olhei seu conteúdo.

Havia uma cadeira perto da cama, e Jonah a pegou e se sentou ao lado de Knowles enquanto ele digeria aquela informação.

— Você quer saber a verdade, imagino. — O velho deixou escapar uma tosse úmida. — Quanto a mim, suponho que seja natural que um homem queira ter a consciência limpa quando sabe que está prestes a encontrar seu Criador.

— Não me importo nem um pouco com os seus motivos, mas, sim, mereço saber a verdade.

O senhor Knowles grunhiu, um som que parecia ser de concordância.

— Diga o que já sabe, assim posso poupar o pouco fôlego que tenho.

— Fui ao armazém. Ao clube, seja lá o que for aquilo.

—Ah, sim. Bem, achei que deveriam acabar com aquilo depois de toda a confusão. — Ele suspirou. — Obviamente, não me deram ouvidos. Imagino que gostem da adrenalina extra do risco de serem pegos.

— O que é aquele lugar exatamente? Quem são aquelas garotas? E os homens?

— As garotas são viciadas e jovens que fugiram de casa que ficam mais do que felizes em conseguir uma dose ou duas. — Ele fez uma pausa. — Sabia que as pessoas fazem *qualquer coisa* por drogas? *Qualquer coisa*. As mulheres dão os *próprios filhos* em troca de uma dose. Qualquer coisa. As drogas roubam a alma das pessoas.

Como se o homem deitado diante de Jonah soubesse como era ter uma alma. A náusea que Jonah sentia aumentou.

— Os membros são cavalheiros que têm cargos estressantes e trabalham longos expedientes e que desejam extravasar participando de atividades que suas esposas não ficariam nem um pouco felizes de saber que existem. Applegate foi quem começou tudo, muitos anos atrás. Ele escolheu os membros pessoalmente e apenas oferecia uma noite de atividades extracurriculares muito agradáveis vez ou outra.

Jonah observava o homem, processando as informações, se sentindo enojado.

— Então basicamente é um grupo de velhos pervertidos que se aproveitam da fragilidade e da vulnerabilidade de jovens moças que escolheram o caminho errado.

Chandler Knowles riu e, por um instante, pareceu rejuvenescer, antes que o seu rosto se contraísse em outra careta e ele tossisse, dando tapinhas no próprio peito.

— Cheio de julgamentos. Era uma questão de privacidade. De *exclusividade*.

— Murray Ridgley era membro do grupo?

O senhor Knowles fez um som de desgosto.

— Jamais gostei daquele rapaz. Um rato de olhinhos redondos. Eu disse aos outros que deviam recusar o pedido dele para entrar no clube, mas seu pai era um figurão do sistema bancário. Alguns membros tinham pegado empréstimos com ele... — Ele fez um gesto com a mão, como se aquilo fosse suficiente para Jonah ter uma ideia geral. E certamente era. *Jesus.*

Eles haviam conhecido Murray. Ele tinha sido um deles, feito parte do clube doentio deles, que o tinham aceitado porque seu pai era importante.

– No entanto, eles não me deram ouvidos – continuou o senhor Knowles, suas palavras saindo falhadas de um jeito que dizia a Jonah que tanta falação o estava esgotando. *Apenas acabe com isso, velho,* Jonah pensou. *E de algum modo farei o mesmo.*

Ele já se sentia enjoado, perturbado, exausto. Mas forçou a si mesmo a sair de sua mente para que pudesse absorver as informações, ignorando as ramificações e como tudo isso estava ligado a ele. Ainda não era hora de pensar nisso. Ficaria para depois. Ele tinha sido advogado. Sabia compartimentar e tirar o melhor das informações.

O senhor Knowles ficou carrancudo.

– E então tudo deu errado. Uma das regras era que ninguém deveria sair com aquelas garotas fora do clube. Mas o pequeno rato ignorou. Ele as levava para casa. Ele acabou pegando pesado e estrangulou não apenas uma, mas duas garotas. – Ele gesticulou a mão nodosa. – Eram só garotas que tinham fugido de casa, viciadas, mas mesmo assim tivemos que encobrir tudo.

Eram só garotas que tinham fugido de casa, viciadas. A pele de Jonah se arrepiou. Uma onda crescia dentro dele, e ele tentava contê-la desesperadamente.

– Murray foi aconselhado, expulso. Mas esperou até uma das garotas sair e lhe ofereceu carona. Ele não precisava ser membro do clube para desfrutar os benefícios, não é? – *Uma das garotas. Amanda Kershaw.* – Mas ela recuperou a consciência e fugiu antes que ele a machucasse seriamente, e foi então que a merda atingiu o ventilador.

Jonah continuava atônito. Não se sentia capaz de formar palavras. O senhor Knowles tossiu outra vez e então se ajeitou nos travesseiros.

– Um dos membros do clube era um ex-promotor. Pedimos que ele fosse falar com ela. Ela ameaçou expor todo mundo, disse que tinha provas, mas conseguimos dissuadi-la, prometemos coisas. Todas as putas gostam de *coisas*, não é? Ela decidiu cooperar. Concordou em parecer desequilibrada no tribunal.

Jonah sentiu um vazio dentro de si. *Uma armação*. Tudo não passara de armação.

— E então o escritório se ofereceu para representar Murray Ridgley. Tivemos que fazer isso, ou ele nos exporia também.

Algo parecido com ira surgiu nos olhos do senhor Knowles.

— Se tivessem me escutado e recusado o pedido daquele rato, para começo de conversa, nada disso teria acontecido. Nada foi culpa minha. Só entrei nessa para ajudar depois dos acontecimentos.

E mesmo assim, esta não é uma confissão na qual deveria assumir a responsabilidade por suas falhas?, Jonah se perguntou. *Esta não é uma tentativa de purgar sua alma de todos os pecados, seu cretino de merda?*

O senhor Knowles suspirou, seu olhar perdido além de Jonah, como se voltasse ao passado.

— Dissemos que livraríamos a cara dele se ele colaborasse. Dissemos que tínhamos um trunfo, um sujeito jovem e confiante que arrasava no tribunal e que faria tudo parecer verdade.

Eu. Jonah sentiu uma dor intensa no peito. Ele tinha sido usado. Enganado. Tinha sido um peão nas mãos deles e jogado direitinho. Tinha se achado tão *esperto*, mas não passara de um idiota manipulado. *Cego* devido ao ego e à presunção. Ele queria rir, chorar e gritar, mas não fez nada disso. Ele realizara um bom trabalho ao fazer Amanda Kershaw parecer desequilibrada, ao convencer o júri, mas ela havia colaborado. Durante todos aqueles anos ele vinha carregando a culpa, quando ela tivera plena noção do que fazia.

— E o que aconteceu depois? — Sua voz soou embotada, sem vida.

Algo que parecia culpa surgiu nos olhos de Knowles. Mas, para ser sincero, ele não se importava. O olhar de Knowles pousou no rosto deformado de Jonah e depois se desviou.

— Ele sempre fora um desgraçado imprevisível. Deveríamos ter lembrado disso. O nosso erro foi ter agido como se estivéssemos lidando com uma pessoa equilibrada. Mas Ridgley não era assim.

Então Murray Ridgley tinha guardado rancor de Amanda Kershaw, a mulher que lhe havia escapado, e aparecido lá naquele dia para se vingar. E Jonah fora direto ao seu encontro.

— E onde entra o meu irmão nisso tudo?

Por um instante, o senhor Knowles pareceu confuso, mas então seus lábios se contraíram.

— Seu irmão trabalhava na região onde encontrávamos algumas garotas para o nosso clube. Ele ouviu alguns rumores, começou a fazer perguntas. Amanda nos disse que ele havia ligado para ela, e pedimos a ela que não falasse com ele. — O senhor Knowles deu de ombros. — Não deu em nada.

Claro que não deu em nada. Amanda levara um tiro, seu irmão levara um tiro e Murray Ridgley explodira a si mesmo. Que golpe de sorte deve ter sido para todos aqueles membros do clube de alto nível. E eles continuavam festejando, como se vidas não tivessem sido destruídas naquele dia. Como se não houvesse inocentes ali.

Era apenas um dano colateral o fato de o rosto de Jonah ter sido desfigurado, de a vida dele ter sido arruinada. Jonah se levantou com as pernas bambas.

— Mais alguma coisa a acrescentar?

— Direi que você é mentiroso se contar alguma coisa relacionada a essa história. Se eu não estiver morto até lá.

O senhor Knowles o espiou por debaixo de suas sobrancelhas brancas e grossas. De repente, ele parecia pequeno, murcho, deitado ali em seu leito de morte. Mas Jonah também se sentia pequeno e murcho, vazio por dentro.

Ele pensou nas provas que possuía, nas fotos borradas que podiam ser de qualquer pessoa, retiradas do telefone de uma mulher sem nenhuma credibilidade. Graças, em parte, a ele. Seria cômico se não fosse trágico.

— Se é que vale alguma coisa, gostaria de dizer sinto muito pelo que aconteceu com você.

Jonah examinou o moribundo.

— Não vale nada. — Ele se virou e deixou o quarto, passando direto pela empregada que corria atrás dele para lhe mostrar a saída. Ele mesmo abriu a porta enquanto ela balbuciava um adeus, seus olhos se arregalando ao ver aquele rosto coberto de cicatrizes antes que ele enfiasse o capacete e desaparecesse na noite.

— Myrtle. — A voz de Jonah ecoou pelos corredores silenciosos de Windisle. — Myrtle!

— Minha nossa! Estou bem aqui. Pra que todo esse barulho? — Myrtle perguntou, entrando depressa na cozinha, onde Jonah gritava seu nome. Metade do seu cabelo estava trançado, mas a outra metade era uma massa disforme na lateral da cabeça. Obviamente, sua sessão de trançamento de cabelo tinha sido interrompida.

— Onde você guardou as coisas que a polícia lhe entregou após a investigação? As minhas coisas e as de Justin? Ele levava uma pasta naquele dia. Uma pasta marrom.

Myrtle pareceu assustada por um momento, seus olhos parecendo ainda maiores que o normal por trás das lentes grossas, a preocupação transformando o seu semblante.

— Eu... eu botei tudo numa caixa. Está no closet do andar de cima. Espere...

Jonah saiu às pressas da cozinha, subindo a escada de dois em dois degraus e escancarando a porta do closet. Jogou para fora os casacos que obstruíam sua visão e puxou várias caixas que continham decoração de Natal e outras besteiras, antes de encontrar o que procurava.

A pasta de Justin estava na prateleira de cima, e Jonah a pegou com cuidado, a tristeza o invadindo. Ele passou a mão pelo couro gasto e macio. Havia grandes manchas de algo que parecia ferrugem. *Sangue*. Sangue do seu irmão. Jonah engoliu a angústia e abriu o fecho.

Havia um maço de papéis lá dentro, algo relacionado a um caso no qual Justin vinha trabalhando, nada que interessasse a Jonah. Sob os papéis, havia um bloco de notas amarelo com uns rabiscos e anotações. Ele costumava escrever nesta coisa no tribunal, Jonah recordou. Ele o havia observado uma vez ou duas, se perguntando o que tanto ele escrevia. Observações para si mesmo, aparentemente. Pensamentos aleatórios e pequenos desenhos.

Os olhos de Jonah se moveram para a parte inferior da página. Com uma caligrafia pequena e concisa, seu irmão havia escrito: *Amanda Kershaw. Sem provas.* Perto de tal anotação havia uma lista de nomes, e Jonah reconheceu alguns do tribunal, incluindo o do Juiz Rowland. Homens que seu irmão suspeitava que fizessem parte do clube?

Em letras menores abaixo da lista havia o nome do escritório de advocacia no qual Jonah trabalhava com vários pontos de interrogação.

E ele havia sublinhado duas vezes as palavras que atingiram o já partido coração de Jonah:

Não confiar em Jonah.

Largou o bloco de notas e o deixou ficar onde estava, junto com o resto da bagunça que fizera no corredor. Foi caminhando atordoado para o seu quarto.

– O que foi? – perguntou Myrtle, a voz cheia de preocupação maternal. Mas ele não respondeu. Não podia. O irmão o havia procurado naquele dia porque sabia que havia algo mais sinistro acontecendo nos bastidores – ou que talvez pudesse estar acontecendo –, mas, em vez de confiar nele, tentara apelar para algum senso de retidão moral, mas então desistira. Ele desistira e deixara Jonah seguir em frente com sua alegre ignorância. Ele nem dera a Jonah a chance de *fazer* algo que poderia ter mudado tudo.

Eu só sinto que... você está escolhendo um caminho, Jonah.

Jonah riu, embora fosse um riso vazio. Não, ele tivera muito mais que uma sensação. Muito mais. Ele juntara provas. E as guardara para si. *Não confiar em Jonah.*

Jonah fechou a porta na cara de Myrtle, sua voz infantil abafada pela madeira que os separava. Ficou parado sozinho no quarto vazio por um instante, o peito chiando sob o peso da dor, sob a magnitude do que ele tinha acabado de descobrir. *Por que, por que, por quê?*

Ele caiu de joelhos, segurando a cabeça entre as mãos enquanto chorava.

CAPÍTULO TRINTA E DOIS

— Onde você está, Jonah? — Clara murmurou para si mesma, enfiando o telefone de volta no bolso depois de ligar mais uma vez para ele, e de não ser atendida novamente. O que diabos estava acontecendo?

No início, o fato de ele não estar retornando suas ligações a deixara insegura — ele a estaria *dispensando*? Mas agora, depois de dois dias de total silêncio da parte dele, ela estava começando a ficar preocupada.

E se algo tivesse acontecido enquanto ele patrulhava as ruas com os Anjos de Latão? E se ele estivesse ferido? Myrtle saberia como entrar em contato com ela? Clara disse a si mesma que era besteira, mas era difícil se convencer de que ele estava apenas *ocupado*, quando ela sabia que ele não tinha nada para fazer.

A noite de estreia seria dentro de três semanas, e ela vinha ensaiando sem parar, mas hoje era o seu dia de folga e ela estava louca de vontade de ver Jonah.

Havia dedicado as primeiras horas da manhã a fazer faxina, lavar roupas e ir até a barraca do senhor Baptiste, onde comprou uma cesta de abobrinhas e até uma abóbora pequena para deixar ao lado do vaso de planta na porta de entrada do seu apartamento. Mas agora o sol havia se posto e ela andava de um lado para outro dentro de casa, apreensiva demais para se sentar.

Chegando à conclusão de que precisava sair ou enlouqueceria, Clara chamou um Uber e decidiu que, enquanto esperava Jonah responder à sua zilhonésima mensagem, tentaria obter uma res-

posta para a pergunta que não saía de sua cabeça desde que falara com Jonah sobre o fato de Angelina não saber ler.

Vinte minutos depois, parava diante da loja que visitara mil anos atrás – ou pelo menos era isso que lhe parecia –, a loja de Fabienne.

Clara suspeitava que ela não levasse muito jeito para a vidência, mas parecia ser especialista em feitiços e maldições e coisas do gênero. Valia a pena tentar, e também desviaria seus pensamentos de Jonah por alguns minutos.

Se até ela sair da loja ele não tivesse ligado, iria direto para Windisle e o caçaria lá, como fizera antes. Esperava que não precisasse chegar a tanto.

Quando Clara entrou na loja, Fabienne estava sentada no mesmo sofá em que estivera da última vez que Clara fora até ali, mas agora o bebê que ela ouvira chorando no andar de cima dormia em seus braços. Fabienne ergueu as sobrancelhas.

– Não dou reembolso.

Clara fechou a porta e se virou para ela.

– Quê? – Ela balançou a cabeça. – Não quero reembolso. Na verdade... – ela tirou o cartão de crédito da bolsa e o estendeu a Fabienne – gostaria de outra... leitura.

– Leitura?

– Sim. Como da outra vez.

– Hmm.

Fabienne desviou o olhar quando um homem veio dos fundos da loja, sem camisa, com *dreadlocks* descendo pelas costas. Seus olhos sonolentos se moveram na direção de Clara e depois voltaram a Fabienne.

– Ele dormiu? – Indicou o bebê com um movimento de cabeça.

– Sim. – Fabienne se levantou e percorreu a curta distância até o homem, entregando a ele o bebê enrolado no cobertor. Seus lábios grossos se curvaram num sorriso quando ele olhou para a criança, e então ele se virou e foi para o fundo da sala. Clara ouviu os sons de seus passos subindo a escada.

Fabienne se voltou para ela.

— Duas pelo preço de uma.

— Hein?

Fabienne indicou com a cabeça a cadeira diante do sofá.

— Era promoção duas pelo preço de uma naquele dia que você veio. Esta leitura é de graça.

Clara se sentou na cadeira oferecida enquanto Fabienne se posicionava à sua frente.

— Gentileza sua, obrigada. Tenho uma pergunta sobre... hã... vida após a morte.

Fabienne se recostou e examinou Clara.

— Tudo bem.

Clara inclinou a cabeça, pensando na melhor maneira de formular a pergunta.

— Digamos que uma pessoa morra acreditando em uma mentira. Depois de morta, a pessoa de algum modo conhece a verdade?

— Você sabe que nunca morri, certo?

Clara riu.

— Já imaginava. Mas é que você parece conhecer bem o assunto, e talvez queira dar a sua opinião de especialista.

Fabienne mexia na borda do sofá, correndo os dedos pelos ornamentos, como se quisesse se certificar de que estavam todos ali.

— Minha mãe costumava dizer que, quando uma pessoa morre, todos os véus se erguem.

— Então... no além a pessoa consegue enxergar o quadro todo, aquilo que não conseguia ver aqui neste plano.

Fabienne deu de ombros.

— Era nisso que minha mãe e minha avó acreditavam. — Ela se inclinou para a frente. — Veja bem, o além-mundo é sobre perdão, e não dá para perdoar uma pessoa se a verdade não for *trazida à luz*.

Trazida à luz. Uma ideia cruzou rápido a mente de Clara, mas desapareceu depressa demais para ser registrada.

Clara assentiu lentamente, pensando no que Fabienne dissera da última vez em que ela havia estado na loja. *Se Angelina ficou aqui, foi por causa dele. Do soldado.*

Clara não conseguia entender por que Angelina ficaria aqui por um homem que havia partido o seu coração, um homem que a havia magoado tanto que a fizera acabar com a própria vida.

Mas e se o que Fabienne dissera fosse verdade? Depois da morte, todos os véus foram erguidos. A verdade foi revelada. Angelina compreendeu que John não havia mentido para ela, que ela tinha sido enganada.

Depois uma maldição foi lançada nele para que não pudesse ficar com ela no além-vida, e para que os dois vagassem sem rumo, cegos à presença um do outro.

E mesmo assim eles talvez conseguissem *sentir* a presença um do outro, do mesmo modo que ela havia sentido Jonah através do grosso muro de pedras, separados para sempre, John por uma maldição, e Angelina porque se recusava a deixar que o amado vagasse sozinho.

Aquilo tudo era tão... fantástico. Uma conjectura, algo que jamais poderia ser provado. Mesmo assim, uma enorme tristeza tomou conta de Clara. Mesmo que não pudesse ser provado, aquele simples pensamento a encheu de doloroso pesar. E se ela estivesse certa? Só tornava aquela tragédia terrível ainda pior.

Clara lançou um olhar para Fabienne.

— Muito obrigada. Nem posso lhe dizer o quanto sou grata.

Fabienne assentiu.

– Se voltar daqui a um mês mais ou menos, encontrará aqui uma cafeteria. O bairro está melhorando com a ajuda dos Anjos de Latão. A criminalidade vem diminuindo. As pessoas se sentem mais seguras. O comércio está reabrindo. – Ela deu de ombros. – Verdade seja dita, clarividência nunca foi o meu forte. Mas sei tirar café e assar bolos como ninguém. Parece mais a minha área.

Clara sorriu.

– *Voltarei*. Obrigada, mais uma vez. – Ela começava a se virar quando se lembrou de uma coisa e se voltou para Fabienne. – O teatro onde será a minha apresentação está procurando um fornecedor de café e produtos de confeitaria para as próximas sessões. – Clara deu de ombros. – Você poderia entregar uns cartões de visita. Pode ser uma boa maneira de divulgar o seu negócio e ao mesmo tempo ganhar uma grana. Se estiver interessada.

Fabienne ficou em silêncio por um instante, e então algo brilhou em seus olhos.

– Seria ótimo. Com quem devo falar?

Clara começou a revirar a bolsa apressada, e tirou de lá uma caneta e um velho cupom fiscal, onde anotou o número do celular da Madame Fournier ao lado de seu nome.

– Diga a ela que fui eu que passei o número dela a você. Ela lhe dirá o que fazer.

– Direi. – Ela fez uma pausa. – Muito obrigada.

Clara sorriu e cumprimentou com um gesto de cabeça, saindo da loja. Ela checou o telefone e suspirou ao ver que não havia nenhuma chamada perdida. O motorista do Uber que ela pagara para esperá-la estava estacionado do outro lado da rua, e ela foi depressa até o carro, entrando no veículo com um agradecimento ofegante e passando o endereço de Jonah.

Agora já deu, Jonah Chamberlain, ela decidiu.

Clara chamou no portão lateral de madeira por uns bons dez minutos quando chegou a Windisle, mas mesmo assim nenhuma resposta. Ela se afastou, franzindo a testa ao examinar o obstáculo. Era alto, mas ela era forte. Se usasse os braços, conseguiria erguer o corpo e pular por cima. De todo modo, ela tinha algo a provar com relação a cercas, pensou, fazendo uma careta ao se lembrar da última vez que tentara escalar uma.

Alguns minutos depois ela estava parada do outro lado, limpando as mãos. Desfrutou sua vitória um instante antes de seguir na direção da casa e bater à porta da frente, mas novamente ninguém respondeu. *Droga.*

Por um momento, Clara permaneceu parada, hesitante, sob a fraca luz da varanda, e então decidiu contornar a casa e dar uma espiada na escuridão dos fundos.

Talvez você goste de monstros. É isso, Clara?

Ela foi da luz para as sombras, chamando o nome dele enquanto seguia em frente.

Sentia o cheiro de pinho, ouvia as folhas estalando sob os seus pés, como se cada ruído fosse uma explosão de sons, e então soube que estava na mata. Mas rapidamente se sentiu desorientada e o medo começou a invadir o seu peito. Ele não estava ali, e ela não saberia voltar.

Remexeu no bolso e puxou o celular para fora, ligando a lanterna na intensidade mais baixa.

Sua pulsação diminuiu e a calma veio junto com a segurança oferecida pela luz. Avançou mais por entre as árvores, mantendo a luz apontada para baixo, mas ainda assim conseguindo enxergar o caminho entre as cabanas, a trilha que o próprio Jonah havia aberto ao fazer aquele percurso dia após dia, como ele lhe dissera.

– Apague essa luz.

Clara soltou uma exclamação de surpresa, baixou a luz da lanterna e então a desligou.

A escuridão a envolveu. Ela ouviu passos vindo na sua direção e seu coração começou a bater mais rápido.

— Estava preocupada com você — disse ela, quando as mãos dele tocaram as suas. — Ninguém veio atender no portão.

— Myrtle está ajudando a sobrinha a fazer umas coisas do outro lado da cidade, e Cecil dorme feito pedra. Como entrou? — Aquela *voz*. Era como um afrodisíaco. Ele a puxou e ela o seguiu.

— Eu... eu...

— Você escalou a minha cerca?

— Sim.

— É claro que sim. — Ele não soou irritado, apenas... exausto, e Clara se sentiu confusa e incomodada com aquele humor. Da última vez que tinham conversado, na voz dele, nas coisas que ele dissera, havia calor. Havia *amor*.

— Jonah? O que houve?

Ela ouviu uma porta se abrir e ele lhe dizer para subir o degrau, e ela subiu, meio trôpega, mas reconhecendo o cheiro de madeira velha da cabana em que tinham estado antes, a forma como o fraco raio de luz atravessava a pequena vidraça encardida.

Clara tateou em busca da parede e se encostou nela, precisando ter algo sólido como ponto de referência. Ela ouviu Jonah andar de um lado para o outro à sua frente, escutou sua respiração.

— Foi tudo uma armação.

— O quê? O que foi uma armação?

— O caso. Minha participação. Tudo. E, para piorar, meu irmão sabia. Pelo menos... de algumas coisas. Ele sabia e não me disse nada.

Clara notou o desespero na voz dele. Ela queria esticar a mão e tocar nele, mas receava afastá-lo. Então continuou parada, escutando Jonah falar sobre o celular de Amanda Kershaw, e o clube do sexo, e Chandler Knowles, e sobre as palavras rabiscadas no bloco de notas de Justin Chamberlain, as palavras que haviam ferido o coração de Jonah, se Clara estivesse certa sobre o que notara na voz dele.

— Sinto muito — ela disse, a voz embargada de emoção por causa dele, por causa do golpe que obviamente o derrubara e o arrastara de volta para aquela história terrível. Também, pudera. *Pudera!*

Durante todos aqueles anos ele se torturara, e tudo não passava de uma mentira. Uma mentira nojenta para encobrir coisas ruins que outros homens tinham feito.

— Jonah, não é culpa sua.

Ele riu, mas o som estava mais para um engasgo.

— Ah, não? Não é minha *culpa* que eu fosse tão arrogante a ponto de não perceber que estava sendo usado? Que *maldito* idiota. Eles devem ter rido de mim. Eles devem ter achado que eu era a maior *piada*. Não foi *culpa* minha meu irmão não ter podido confiar o suficiente em mim para dividir comigo suas suspeitas?

Clara ficou em silêncio, tentando organizar as ideias. Tudo aquilo era tão chocante, e ela nem tivera tempo para pensar. Jonah tivera tempo para pensar. Ali no escuro, ele havia chorado e se escondido e sofrido novamente sob o peso das culpas que não lhe cabiam.

— O que você vai fazer? — Ele tinha algumas provas... o telefone, o clube, embora parecesse que as garotas estivessem ali de livre e espontânea vontade, mesmo que tivessem sido coagidas pela exploração de suas fraquezas. Todos que poderiam corroborar o que ele agora sabia estavam mortos, ou bem perto disso.

— Não sei. Ainda não decidi. Talvez nada.

Ela não sabia o que dizer para melhorar a situação. Então se afastou da parede, esticando a mão na direção dele, que recuou, indo para o centro da cabana, ou assim pareceu. Ela estava novamente desorientada, emocionalmente tomada pela necessidade de consolar, de confortar.

— Jonah?

— Você devia ir embora, Clara.

— Ir embora? Jonah, você não precisa lidar com isso sozinho. Estou aqui para ajudá-lo a superar tudo isso. Sei que deve ser devastador. Sei disso. Mas podemos... podemos superar isso juntos. Se você me deixar ajudar.

— Não há futuro para nós.

— O quê? *Por quê?* Jonah, sei que está magoado, mas você já fez tanto progresso. Isso não muda o quanto você já foi longe, o quanto...

Clara girou, ouvindo um som atrás dela, subitamente se dando conta de que não sabia onde ele estava, ou se fora ele que fizera aquele som. Ele tinha *ido embora*? Ele a havia deixado no escuro? Seu coração acelerou, o suor começou a brotar em sua pele. Ela estava sozinha no meio de um cômodo escuro.

Ela chamou o nome dele outra vez e deu alguns passos, esticando a mão à procura da parede, de *alguma coisa,* mas só encontrou o vazio.

— Jonah — implorou novamente, procurando sua lanterna, com a intenção de apontá-la apenas para o chão, para se localizar. Mas quando a luz acendeu, uma mão agarrou o seu ombro e ela deu um grito, instintivamente erguendo o celular e lançando a luz direto no rosto descoberto dele.

Ele havia respondido ao chamado dela, vindo buscá-la quando ela o procurara no escuro, e agora os dois piscavam um para o outro sem enxergar devido à claridade repentina.

Ah, Deus, o que ela tinha feito? Ela se encolheu, o choque de sua traição não intencional a arrasando. Jonah se recuperou da cegueira súbita ao mesmo tempo que ela, abriu os olhos e viu a expressão horrorizada dela. Seu olhar examinou rapidamente o rosto dela, e sua própria face registrava um grande desespero. Clara podia jurar ter visto o coração dele se partindo à sua frente, e a nítida tristeza nos olhos dele foi como um punhal no coração dela.

— Você prometeu — disse ele, decepcionado.

— Jonah — sussurrou ela, esticando a mão na direção dele, tocando o rosto que ela quisera ver por tanto tempo. Por um instante, Clara ficou olhando fixamente para ele, mas *não* porque estivesse horrorizada. Ela ficou olhando assim como acontece quando uma pessoa vê algo diferente em alguém e tenta entender o que é e depois não pensa mais nisso. E não se tratava de qualquer pessoa; se tratava de Jonah, o seu amado.

Em uma fração de segundo, ela notou que os ferimentos do lado esquerdo do seu rosto apenas destacavam mais a sua beleza.

Os ossos daquele lado do seu rosto eram mais visíveis, com a pele esticada sobre eles, seus traços puxados para baixo resultando em uma cara sempre fechada. E, por causa disso, a estrutura sólida de sua face, a elegância masculina do seu semblante, ficava ainda mais evidente.

E não era só isso. As cicatrizes e a deformação de um lado só serviam para ressaltar a natureza deslumbrante do outro.

Ele era beleza e dor, glória e sofrimento, vingança e misericórdia, e todas essas coisas eram mais fortes e mais significativas porque tinham um oposto.

Jonah deixou escapar um grunhido de tristeza, de devastação, e desviou o rosto da luz, do que quer que tivesse interpretado erroneamente na face de Clara.

— Vá embora! — berrou ele.

— Jonah, por favor. Não tive a intenção. Você sabe que...

– Vá embora! – gritou ele ainda mais alto, fazendo Clara se sobressaltar enquanto um soluço subia pela garganta dela. – Não quero ver você *nunca* mais.

– Sinto muito. Por favor, Jonah. Foi um erro.

– *Nós* fomos um erro. – Ele agora estava de costas para ela, cabisbaixo, ainda se escondendo, embora ela já o tivesse visto e aceitado. E tinha sido tão rápido.

– Nós fomos... Não, você sabe que não é verdade. Fomos pura magia. – Ela esticou a mão para tocá-lo, mas ele se afastou.

Ele riu, e foi um som horrível, carregado de mágoa e vontade de infligir a mesma dor que sentia.

– Não existe magia, Clara. – Ele se voltou para ela, erguendo o rosto para provar o que dizia. – Não há fantasmas no jardim. O muro não chora. As pedras absorvem a água da chuva, que depois escorre quando a superfície seca. Minha nossa! Isso não é magia. É apenas ciência – finalizou, ríspido. E com isso virou novamente de costas para ela e se afastou.

A porta bateu e ela ficou sozinha, chorando no escuro.

CAPÍTULO TRINTA E TRÊS

— Clara, querida, o que houve?

Clara parou e se virou na direção do portão da senhora Guillot. Ela não tinha visto a mulher porque estivera curvada, arrumando vários vasos de crisântemo perto da porta de entrada.

— Ah, senhora Guillot, desculpe. Eu estava perdida nos meus pensamentos.

— Deu para ver. Não parecem ser pensamentos muito agradáveis.

— Não, senhora Guillot. Receio que não sejam.

A testa enrugada da senhora Guillot franziu ainda mais.

— As coisas não vão bem com o seu cavalheiro mascarado?

Apesar de tudo, Clara sorriu. *Cavalheiro mascarado*. Mas então seu sorriso morreu quando ela se lembrou de tê-lo exposto sem querer, e das últimas palavras que ele lhe gritara antes que ela corresse para fora da propriedade dele, atravessasse o portão e fosse parar na rua em frente.

Ela tinha lhe mandado uma outra longa mensagem de texto pedindo desculpas, expressando seu grande arrependimento por ter direcionado a lanterna para ele sem o seu consentimento. Mas ele não escrevera de volta, e o silêncio que ecoava nos ouvidos dela, a forma como ele a ignorava, ficava cada dia maior. Ela estava achando mais difícil respirar a cada dia.

— Cometi um erro, senhora Guillot — Clara hesitou, querendo contar para a senhora, sua amiga, a verdade sobre quem era John

de fato, sobre as cicatrizes dele e sobre os motivos que o faziam usar a máscara, mas não podia fazer isso.

Ela não queria expô-lo ainda mais do que já o fizera, sem a sua permissão, mesmo que não tenha sido grande coisa.

– Eu... eu o magoei. De verdade, acho. E ele já estava magoado. – Uma lágrima escapou de seu olho e desceu por sua bochecha antes que ela conseguisse pará-la. – Foi sem querer, mas ele não pode me perdoar.

– Bobagem.

– Quê?

A senhora Guillot riu.

– Ele *pode* perdoá-la. Você é uma garota gentil que cometeu um erro, do qual se arrepende. Seu coração está tão partido quanto o dele. Ele pode perdoá-la – ela repetiu. – Você só precisa convencê-lo.

Clara fungou e deu uma risadinha.

– Essa é a parte difícil. Ele era advogado. Dos bons. *Ele* é quem sabe convencer. Não eu.

– Melhor ainda. Ele *responderá* a um bom argumento. Mas, querida, você não precisa ter as melhores habilidades de convencimento do mundo para fazê-lo enxergar com clareza. Para fazê-lo enxergar a *verdade*. Só precisa colocar em suas palavras o amor que vejo em seus olhos. *Fazer* com que ele a ouça. E se mesmo assim ele a afastar, você pelo menos saberá que fez o que podia, que colocou seu coração nisso. E é *assim* que você encontrará a sua paz. Ele terá que encontrar a própria paz *sozinho*, do jeito dele.

Clara se endireitou, sentindo a esperança renovada pela paixão que havia nas palavras da senhora Guillot. Ela tinha razão. E lhe fizera lembrar que Clara não era do tipo que desiste – de nada.

Tome cuidado com o homem de duas caras, a vidente lhe dissera. *Ele a machucará se você deixar.*

Sim. *Sim.* É claro que ele faria isso. Porque pessoas feridas tendem a ferir outras pessoas, não é?

O pai de Clara havia repetido parte do que a vidente lhe dissera. Mas havia acrescentado um *então não deixe,* porque acreditava demais nela. Ele sempre, *sempre* acreditara nela, e por causa daquela crença – daquele amor paterno abundante e profundo – Clara havia batalhado para realizar seus sonhos, independentemente dos obstáculos.

Um arrepio percorreu o corpo de Clara. Ela *não* deixaria que fizesse aquilo. Ela lutaria por Jonah, e daria a ele todos os motivos para que lutasse por si mesmo, por *eles.*

Clara se inclinou para a frente e, apesar do portão baixo que as separava, ela abraçou a senhora Guillot.

– Tenho sorte de ter você – ela sussurrou, beijando a bochecha macia da senhora antes de se afastar.

A senhora Guillot riu.

– Também tenho sorte, querida. E estarei aqui sempre que precisar de mim.

Clara agradeceu mais uma vez e foi para o seu apartamento, com uma nova energia e cheia de motivação a cada passo.

Sim, Jonah fora advogado. Ele vivera de argumentações. *Então preciso me sair melhor que ele,* ela pensou, determinada. Ela precisava persuadi-lo. Fazê-lo perceber que ela não tivera a intenção de magoá-lo e que não se importava com as cicatrizes dele.

Clara vinha pensando nele nos últimos quatro dias, na expressão dele iluminada pela lanterna, no rosto revelado por inteiro.

Ela levara um instante para fundir a imagem do homem que ele fora com a realidade de seu rosto desfigurado e cheio de cicatrizes, mas só um instante. Ele sempre fora bonito para ela, e vê-lo como realmente era não fizera o seu amor por ele diminuir nem um pouco.

Clara abriu a porta do seu apartamento, arremessou a bolsa do balé no sofá e foi para o chuveiro.

Mesmo se ele a perdoasse pelo deslize, Jonah tinha tanta certeza de que seria rejeitado se decidisse voltar a viver em sociedade que nem queria arriscar. Uma boa tática para um advogado que precisava demonstrar paixão e determinação no tribunal. Uma qualidade ruim em um homem que estava *errado* e que precisava escutar alguém que fosse sensato.

Depois de tomar um banho rápido e secar os cabelos, Clara chamou um carro e foi esperar pelo motorista lá fora, repassando os pontos que queria defender.

Ela secou as mãos nos quadris, o nervosismo a dominando. Seria audacioso aparecer na casa dele novamente depois de ter sido expulsa.

Quinze minutos depois ela estava diante da cerca de Jonah, os últimos vestígios da luz do dia desaparecendo, aquele horário em que era fácil deixar que a coragem se transformasse em medo. Clara hesitou, respirando fundo para se sentir mais forte. Até o mato alto parecia ficar imóvel e em silêncio para ver o que aconteceria quando o apanhador de desejos percebesse que a garota destemida havia voltado. Pelo menos... era isso que Clara tentava pensar sobre a si mesma... embora se pudesse dizer que ela era menos destemida e mais insistente e imprudente.

Então não deixe.

Ok. Ela estufou o peito. *Posso fazer isto.*

Ela chamou no portão e, alguns minutos depois, ouviu a porta se abrir e sons de passos arrastados vindo na sua direção. Myrtle abriu o portão e não pareceu nem um pouco surpresa em vê-la.

– Oi, Clara. – Ela abriu mais o portão, permitindo a entrada da garota.

– Oi, Myrtle. Vim ver Jonah. Embora... ele não esteja me esperando. – Ela olhou para o lado, impaciente. – Na verdade, ele provavelmente não ficará nem um pouco feliz em saber que estou aqui.

– Bem... – Myrtle suspirou, os olhos cheios de tristeza. – Pelo que sei, ele não poderá ficar mais *infeliz* do que tem sido nesta última semana, então acho que isso não será um problema. Ele está lá nos fundos de novo. Parece que tem morado lá estes dias. Ou então tem se esgueirado pelos corredores de Windisle feito um animal ferido. Terá que se esforçar para chateá-lo, querida.

Ela tentara soar divertida, mas Clara podia ver a dor no semblante tenso de Myrtle, o cansaço sob seus olhos, certamente devido à sua preocupação com Jonah.

Um sentimento de gratidão inundou Clara pela segunda vez em menos de uma hora, e ela enlaçou Myrtle e lhe deu um abraço apertado. Myrtle retribuiu o abraço e lhe deu um empurrãozinho, dando um sorriso triste enquanto Clara se virava na direção do local onde imaginava que Jonah estaria.

Ela nunca percorrera a trilha que passava pelas cabanas de escravos à luz do dia e, embora estivesse ali por outro motivo, não pôde evitar olhar à sua volta admirada enquanto caminhava, imaginando como aquele lugar teria sido cento e cinquenta anos atrás, quando os escravos iam e vinham, passando pelo mesmo caminho de terra enquanto rumavam para as plantações ou retornavam para suas casas depois de um dia de trabalho pesado.

A tristeza se abateu sobre ela, um desejo desesperado de mudar coisas que não podia mudar para pessoas que nem conhecia. Coisas acontecidas muito tempo atrás, pessoas mortas havia muito tempo. Exceto Angelina, eternamente aprisionada, e desejando ser livre em sua morte tanto quanto o desejara em vida.

– Por que voltou?

Clara se virou na direção da voz dele respirando fundo. Ele estava encostado em uma árvore retorcida próxima a um canteiro de violetas-selvagens, com uma postura que, à primeira vista, parecia casual, mas que revelava punhos cerrados e nós dos dedos brancos. E o rosto dele, o rosto dele estava descoberto, o restinho de luz do dia chegando até ele através das árvores.

Ela se permitiu observá-lo por inteiro. Sem máscara. Revelado. *Finalmente*. Ele não fazia ideia do quão bonito era, independentemente das cicatrizes. Jonah era *dela* e o seu amor por ele encheu tanto o seu peito que ela teve que respirar fundo para não se atirar na direção dele.

Uma tênue neblina subia do solo e fios rendados de musgo pendiam das árvores, oscilando com suavidade ao sabor da brisa e dando uma atmosfera de sonho à mata que os circundava. *O covil dele,* ela pensou, seu coração aos pulos. Mas ela esperava que ele lhe permitisse ficar.

Clara endireitou a postura, querendo parecer mais alta.

— Vim pedir desculpas mais uma vez, não por mensagem, mas pessoalmente. Você não precisa aceitar, mas não pode me ignorar deste jeito.

Ele ergueu a sobrancelha do lado não desfigurado do rosto.

— Não, é bem difícil ignorá-la, mesmo que eu queira.

Aquilo a magoou, mas ela manteve a cabeça erguida.

— Eu não teria vindo aqui sem ter sido convidada se você tivesse respondido alguma das minhas mensagens ou atendido alguma das minhas ligações.

— Eu não queria ser pressionado, Clara.

— Jonah. — Ela avançou na direção dele, tentando tocá-lo, e por instinto ele virou o rosto e se afastou. Ela baixou a mão. — Por favor, aceite o meu pedido de desculpas. Saiba que eu jamais faria algo que o magoasse de propósito, jamais quebraria uma promessa.

Ele a examinou por um instante e então se aproximou.

— Vi o jeito como olhou para mim. Aquele instante em que você me viu pela primeira vez me disse tudo o que eu precisava saber.

A voz dele soava desanimada, morta, mas um músculo pulsava no maxilar dele repetidamente. Ele inclinou a cabeça.

— Uma vez você me disse que me imaginava como eu era nas fotos porque não tinha mais nada em que se basear. Como se sente agora ao saber que *este* era o rosto sobre você naquela noite em que eu a fodi no escuro?

Ele estava sendo rude para irritá-la, para afastá-la. Tudo bem então, ela seria sincera.

— É claro que eu o imaginei como nas fotos. Eu não tinha nenhuma outra referência. Agora eu tenho. E gosto do que vejo, de cada cicatriz. Gosto *ainda mais* porque é *você*. Não o você de antigamente, e sim o você de agora. Só demorei um instante para fundir suas duas imagens. Mas você... não conseguiu fazer isso em oito anos.

Jonah riu, e havia ao mesmo tempo um tom cruel e de desespero em seu riso, como se ele estivesse forçando a si mesmo a ser frio, e pagasse caro por isso.

— Isto — ele apontou para o próprio rosto — é *mesmo* o que você quer? Quer ver *este* rosto olhando para você?

Deus, por que era tão difícil acreditar? Suas cicatrizes eram grandes, é verdade. As queimaduras no rosto dele a haviam feito se encolher em seu interior, mas não porque fossem feias, mas porque ela tinha *chorado* por dentro ao imaginar a dor que ele fora obrigado a suportar.

— Quero, na verdade. Jamais lhe dei algum motivo para pensar o contrário. Você interpretou mal a minha reação, Jonah, eu já lhe disse. E acho que, no fundo, você sabe disso, ou então não teria se preocupado tanto em me afastar. Estou *aqui*, não estou? Voltei, mesmo correndo o risco de fazer papel de idiota. É você quem está *me* afastando. Talvez seja *você* que não queira olhar para *mim*. Talvez goste de imaginar outra pessoa. Talvez você *prefira* o escuro, Jonah, porque não goste do que vê ao olhar para mim no claro.

Ele olhou fixamente para ela, seu corpo congelado, sua expressão momentaneamente confusa.

— Acha isso?

— Não tenho como não achar. Estou aqui, me oferecendo para você, e você está me rejeitando. O que mais posso pensar? — Ela estava blefando. Ele só a fizera se sentir bela. Mas talvez inverter o jogo daquele jeito o fizesse perceber o quanto estava sendo ridículo. — Talvez você jamais olhasse duas vezes para mim em sua vida antiga. Talvez você *se contente* comigo agora porque acha que sou o melhor que pode conseguir, mas prefira manter as luzes apagadas quando está comigo.

— Isso é idiotice.

— Ah, é?

— É — ele rosnou.

— Mesmo? E se houvesse várias garotas no seu portão? Várias opções?

— Clara, pare com isso. Sei o que está fazendo.

— Sabe? O que estou fazendo? Dizendo a verdade?

— Sabe que não é verdade. *Sabe* que quero você. — As palavras foram ditas rispidamente, aquele mesmo músculo ainda pulsando no maxilar dele.

— Quer? Não estava pronto para mostrar o rosto, tudo bem, mas com as luzes apagadas quem você via? Uma daquelas garotas perfeitas da alta sociedade com quem costumava sair? Aquelas que eu vi enquanto pesquisava sobre sua vida? Você imaginou uma delas, Jonah? A ruiva gostosona talvez ou...

— Pare. Quero você muito mais do que já quis qualquer uma delas.

Tempo presente, Clara pensou. Bom. Mas não o bastante.

— Prove.

Eles ficaram se encarando por um instante congelado no tempo e depois por mais um, e Clara sentiu seu coração ficar pequenininho no peito. Havia sons ao redor deles, sem dúvida, mas tudo que ela conseguia ouvir era o próprio sangue pulsando em seus ouvidos. Ela deixara a decisão nas mãos dele, mas, se ele não fizesse nada a respeito, ela teria que desistir. Jonah continuava olhando para ela, tenso, parado. Imóvel.

Clara deixou os ombros se curvarem, mas ergueu o queixo.

— Para alguém que vivia das palavras, o seu silêncio fala bem alto, doutor. — A voz dela saiu um pouco mais audível que um sussurro doloroso, embora soubesse que ele a tinha ouvido pela forma como travara o maxilar. Clara ainda esperou mais um instante antes de se virar e começar a tomar o caminho que levava para fora da mata.

Ela ouviu uma respiração forte e então movimentos às suas costas e, antes que pudesse se virar, Jonah a pegou pelo braço e a virou para ele, colando sua boca na dela. *Isso, isso, isso!* O coração dela acelerou, cheio de alegria. Ele não a deixaria ir embora. Ela ergueu os braços e o enlaçou, trazendo o corpo dele mais perto do seu. Ela *torcera* para que conseguisse forçá-lo a tocá-la, a beijá-la, pois sabia que ele fugiria se ela tentasse assumir o controle, e ele *precisava* não apenas ouvir as palavras dela, mas também precisava *sentir* que ela o queria mesmo sem a máscara.

Ela queria cada pedacinho dele, e queria *mostrar* isso a ele. Mas não tinha previsto tanta... voracidade. Ele a fez recuar até suas panturrilhas encostarem em alguma coisa e um grunhido de medo escapar de sua boca enquanto ela caía de costas em um terreno desconhecido.

Mas as mãos dele estavam sobre o seu corpo, e ele a conduziu na queda, e as suas costas atingiram algo sólido e liso. Um banco. Sim, ela se lembrava de ter visto um banco de madeira daquele lado.

Ele se inclinou sobre ela, a boca devorando a sua enquanto apoiava um joelho contra os quadris dela, segurando sua nuca enquanto ela o beijava com a mesma sofreguidão.

Jonah estava sobre Clara agora, e ela se reclinou deixando escapar um som que era uma mistura de suspiro com súplica. Aquele era um beijo nascido do desespero, da mágoa, talvez de um pouco de raiva também, mas ela não dava a mínima. Tudo que importava para Clara era que os lábios dele estavam nos seus e que não havia mais nada entre eles. Ela se arrependia por tê-lo magoado, se arrependia por ter traído a confiança dele, mas não se arrependia nem um pouco por aquilo tudo ter levado àquele momento. *Nós. Você e eu. Cara a cara, pele contra pele, um coração pulsando contra o outro.*

– Gosta disto, Clara? – ele rosnou, erguendo o rosto para que ela pudesse vê-lo mais de perto, pressionando seu corpo excitado contra o dela.

Ela deslizou um dedo pela depressão na bochecha dele, pela pele enrugada do seu maxilar, pelo franzido em seu lábio inferior.

– *Gosto* – sussurrou, encostando os seus lábios nos dele novamente.

Por um instante ele não retribuiu o beijo, mas de repente enfiou a língua na boca dela e deixou escapar um gemido doloroso, enrolando os dedos nos cabelos dela e a puxando mais para perto em uma tentativa de fundir seus corpos.

Clara o agarrou, enrolando as pernas em volta da cintura de Jonah e erguendo o corpo contra o dele, uma súplica silenciosa. Ele gemeu e então pressionou a pélvis contra a de Clara, se enroscando a ela.

Jonah mordeu a pele do pescoço dela e ela puxou o cabelo dele, ambos ofegantes com as bocas ainda unidas e então passaram para outras partes de seus corpos – a orelha dele, a base do pescoço dela, os dedos dele na boca cálida dela –, e ele deixou escapar um som rouco de prazer que disparou entre as pernas dela uma onda quente e úmida.

Jonah levou um mamilo dela à boca, puxando através do vestido de lã, e Clara inclinou a cabeça para trás, ofegando de prazer.

Ela delirava com aquilo, delirava com ele, e ele colocou sua boca de novo na dela e a beijou enquanto erguia o seu vestido e baixava a sua calcinha. E então Clara ouviu um botão sendo aberto e um zíper sendo descido e, instantes depois, ele a penetrava, a excitação dela facilitando a entrada.

– Ah, meu Deus. Clara. Clara. – Ela deslizou os dedos pelos cabelos dele, beijando sua face coberta de cicatrizes. Ele parou, respirando depressa contra o pescoço dela por uma fração de segundo, e então voltou a se mexer.

– Sim – ela disse outra vez. – Gosto disto. Gosto de *você*.

O clima entre eles mudou, acalmou, e os movimentos dele se tornaram menos ansiosos, o beijo ficou mais lento enquanto ele deslizava continuamente para dentro e para fora, as estocadas controladas excitando-a e tornando o prazer dela maior... maior, até que ela gozou, dizendo o nome de Jonah um segundo antes de ele estremecer dentro dela.

Ele se afastou, soltando-se, sem olhá-la nos olhos enquanto botava as calças, e depois subiu a calcinha dela e baixou o seu vestido. Então ele a olhou e havia algo nos olhos dele... um ar de posse talvez? Mas misturado com uma espécie de tristeza.

– Jonah.

Ele se sentou ao lado de Clara no banco enquanto ela se endireitava e, por um instante, os dois ficaram observando as estrelas, as sombras do crepúsculo se unindo.

Ela olhou para o perfil dele, o lado desfigurado do rosto sendo a única parte que ela conseguia enxergar no momento, e pensou que mesmo assim ele era bonito. Tão bonito quanto na foto que ela vira no computador da biblioteca, o que parecia ter acontecido há milhões de anos. *Mais* bonito talvez, porque as cicatrizes que ela via agora contavam que ele derrubara um homem de arma na mão e bomba presa ao peito, enquanto todas as outras pessoas fugiam. Tais cicatrizes revelavam o sofrimento dele, mas também o seu heroísmo, seu cuidado e preocupação com os outros, revelavam a *alma* dele, e ela esperava que também contassem sua história de *triunfo*.

— Eu teria olhado duas vezes para você – ele disse. – No passado. Agora. Em qualquer momento da vida e sob o mais luminoso dos céus. – A voz dele era baixa, suave. Triste. Ela segurou a mão de Jonah e ele inclinou a cabeça, olhando para os dedos entrelaçados deles. – Desculpe pelas coisas que eu disse. Fui cruel. – Ele soltou o ar devagar. – Eu perdoo você. Mas não posso viver do jeito que você quer que eu viva. Nem ser aquele que você merece – ele disse baixinho. – Principalmente... – decidiu deixar a frase morrer, seja lá o que pretendesse dizer – principalmente porque seria ruim, Clara. Você não faz ideia.

Ele virou a cabeça, mostrando a ela os dois lados do seu rosto, o homem que fora um dia e aquele que era agora.

— Quer que as pessoas se assustem quando entrarmos juntos em um restaurante? Que fiquem encarando? Cochichando? Dizendo coisas cruéis?

— É *você* quem não consegue lidar com isso, Jonah. Não eu. Você dá importância demais a essas pessoas, e de menos àquelas que importam. – Ela soltou a mão dele e deslizou um dedo pelos sulcos do queixo dele.

Jonah baixou os olhos, muito envergonhado por sua óbvia tentativa de ainda afastá-la. Ela queria chorar por ele. Queria chacoalhá-lo até que ele fosse sensato.

E então, de repente, ficou evidente para Clara por que ele ainda guardava tanta dor dentro de si com relação ao seu rosto desfigurado. Ele mencionara várias vezes o jeito como as pessoas tinham olhado para ele logo depois da explosão da bomba, o horror nos olhos delas. Ele acreditara naqueles olhares, dissera que os merecia, mas Clara agora se dava conta de que aqueles olhares – a rejeição que viera com eles quando Jonah mais precisara de amor e compreensão – o tinham ferido profundamente, em seu coração, em sua alma.

As cicatrizes em seu exterior eram apenas superficiais; eram as em seu interior que ainda o faziam sofrer. Aquelas feridas ainda não estavam cicatrizadas mesmo depois de tantos anos. E não era só. Ele construíra uma vida em torno de tais feridas internas, contara a si mesmo uma história a seu respeito baseada em cada expressão de repulsa que vira, todos os dias desde então.

– Jonah – ela sussurrou e os olhos dele encontraram os seus. – É *você* quem não percebe que deve erguer a cabeça e mostrar essas cicatrizes como os ferimentos de batalha que são. Eu entraria em qualquer restaurante *com orgulho* ao seu lado. E bastaria que você continuasse olhando para *mim*, e ninguém mais. Para *mim*, Jonah. E quem se importa se as pessoas ficam encarando? Essas cicatrizes das quais você se envergonha tanto são a prova de que você se lançou contra um maluco enquanto todo mundo corria para longe.

– Eu já disse que não fiz aquilo de propósito.

Ele estava mentindo para si mesmo, mas tudo bem. Ela não discutiria mais aquele assunto se ele queria continuar insistindo que correr na direção de um maluco que segurava uma arma tinha sido um ato instintivo, algo que qualquer um poderia ter feito, mas que ninguém mais fez. Ela deixaria aquilo de lado porque tinha coisas mais importantes para discutir.

— Então foi por *acidente* que começou a patrulhar as ruas para que as pessoas se sintam mais seguras? Você fez mais uma dúzia de boas ações noticiadas na TV só porque elas caíram no seu colo? Ajudou uma mulher a conseguir uma cirurgia para o filho quando ela mais precisava. Ou fez isso sem pensar também?

— Não. Mas eu estava disfarçado. E dar dinheiro para as pessoas não é sinal de bravura.

Clara deu um suspiro de frustração. Deus, como este homem é teimoso! E continuaria teimando em acreditar nas mentiras ridículas que havia inventado. Talvez, de algum modo meio distorcido, elas fossem reconfortantes para ele. Uma desculpa. Rejeitá-las significava ter que ir além daqueles muros e voltar a viver em sociedade.

— Não — ela disse, preferindo ignorar o que ele dissera e, em vez disso, respondendo à pergunta que ela mesma tinha feito. — Você fez isso porque as cicatrizes que lhe causam tanta vergonha o fizeram sofrer, sim, mas também o fizeram aprender e crescer e descobrir como usar a sua dor para fazer o bem.

Ele olhava para o que restava da luz do dia desaparecendo no horizonte com a expressão inalterada.

— É melhor você ir embora. Está escurecendo.

Clara sentiu um aperto no peito, a dor crescendo dentro de si, mas reprimiu o desespero. A senhora Guillot tinha razão. Ela ficaria em paz sabendo que tinha feito de tudo, se esforçado ao máximo para convencer Jonah de que ela não tinha vergonha dele e de que ele devia encontrar um jeito de manter a cabeça erguida. Mas se, no fim, ele insistisse em afastá-la, caberia a ele encontrar a própria paz. Sem ela. Porque ele jamais aceitaria o próprio rosto sem antes aceitar a sua alma.

Clara cerrou os lábios, olhando na mesma direção que ele por um instante, seu coração parecendo estar se partindo ao meio.

— Você decidiu o que vai fazer a respeito do que o senhor Knowles lhe contou? Sobre o telefone...

Ele continuou calado por um instante, mas enfim disse:

— Não. E não estou a fim de falar sobre isso.

Aquilo foi o que mais magoou Clara. Eles tinham sido íntimos, sim. Haviam feito amor apenas alguns minutos antes. Mas, desde que se conheceram, ele tinha sido o seu melhor amigo, seu maior confidente, a pessoa com quem ela conversava sobre qualquer coisa. E ela tinha achado que significava a mesma coisa para ele. E agora, não saber o que ele pensava, ser expulsa do mundo dele, era como ter um punhal enfiado no peito. Ele tinha dito que a perdoava, mas não era bem verdade.

— Pode confiar em mim, Jonah.

Ele deixou escapar um som que era um misto de riso e gemido.

— Talvez você não devesse confiar em *mim,* Clara. Meu próprio irmão não confiava.

Ela o observou por um instante. Sim, aquilo devia tê-lo magoado profundamente. Talvez ele não quisesse falar com ela, mas ela pensara muito sobre toda a situação durante vários dias, e tinha algo a dizer sobre Justin.

— O seu irmão...

— Clara.

— Não, Jonah. Vou embora porque você quer que eu vá, mas antes tenho que lhe dizer uma coisa. Examinei tudo naquele dossiê que o seu irmão montou sobre a história da família Chamberlain, cada anotação dele, cada ideia rabiscada às pressas, e acho que entendi que tipo de homem ele era. Não muito, mas o suficiente para dizer isto.

Clara respirou fundo.

– Seu irmão devia ter lhe contado o que sabia, em vez de ter sido vago. Mas não contou porque imaginou que você não acreditaria nele, a menos que tivesse provas concretas. Ele estava errado?

Jonah ficou olhando para as árvores, em silêncio por tanto tempo que Clara achou que ele não fosse responder.

– Não sei.

– Você se sente traído por todos, e eles mereceram aquilo e muito mais. Só que o seu irmão, Jonah, ele agiu na melhor das intenções. Ele era um homem, como você, tentando fazer boas escolhas, tentando fazer o certo pelas pessoas que amava, tentando ser o oposto do seu pai, que o magoara tanto quanto ele o magoou. As escolhas dele nem sempre foram as certas, mas nada do que aconteceu de ruim por causa delas foi intencional. Ele não era perfeito, e acho que durante todos esses anos você vem fingindo que ele era. Você o colocou em um pedestal e criou uma espécie de imagem santa dele em sua mente. Ele não era um santo. Era apenas um homem. Apenas o seu irmão. Mas acredito do fundo do coração que ele o amava, e que iria querer o melhor para você agora.

Clara se levantou e observou a mão trêmula de Jonah deixar o banco onde estivera pousada. Ele ia tentar impedi-la de ir embora. A esperança cresceu dentro dela feito um balão, que estourou quando ele baixou a mão novamente. Jonah olhava para o chão.

– Desculpe – ele disse afinal, e ela notou o arrependimento em sua voz, a tristeza. E aquilo fez a sua própria tristeza aumentar, porque não precisava ser assim e ele só tinha que enxergar isso. – Desculpe ter acabado com a sua ilusão sobre a magia deste lugar.

Clara o examinou, recordando as palavras dele. *Não há fantasmas no jardim. O muro não chora. As pedras absorvem a água da chuva, que depois escorre quando a superfície seca. Minha nossa! Isso não é magia. É apenas ciência.*

– Você não acabou com ilusão nenhuma porque está errado – ela disse, e se surpreendeu com a certeza, com a força de sua própria voz, porque ainda se sentia vazia por dentro, desesperada para convencê-lo.

Jonah pareceu hesitar, inclinando a cabeça do jeito que fazia para examiná-la melhor com seu olho bom. Ele piscou confuso, como se tivesse esperado que ela ficasse magoada, sem saber ao certo como agir com o fato de ela não ter ficado.

Mas então ela se deu conta de que as palavras dele, que pretendiam ser cruéis, só tinham tornado sua convicção mais forte.

– *Existe* magia. Nós. *Nós somos* pura magia. Duas pessoas solitárias que se encontram apesar do obstáculo entre elas. Senti o seu coração, Jonah, mesmo através de um muro de pedras. *Somos* pura magia, mas você é cego demais para enxergar isso. Continue se escondendo atrás do muro se quiser, mas jamais me diga que não existe magia. É você quem prefere não acreditar nela.

O olhar de Clara pousou nas cabanas à sua frente, apenas silhuetas naquela luz fraca. E, mais uma vez, teve aquela sensação de que tudo à sua volta permanecia imóvel... adormecido. *Esperando* por algo que poderia ou não acontecer.

Ela viu novamente os homens e as mulheres e crianças que um dia haviam chamado aquele lugar de lar.

Imaginou a própria Angelina, indo da grandiosa casa da fazenda até as trilhas de terra que levavam àquelas cabanas esquálidas.

Ela se perguntava se John algum dia tinha visto aquele lugar, se era ali que eles tinham se encontrado às escondidas e se apaixonado. E o seu coração sangrou por causa de tudo aquilo.

– Eles teriam feito qualquer coisa para deixar a fazenda juntos – ela disse baixinho, talvez para si mesma, talvez para o homem sentado no banco que desejava que ela fosse embora. – Para andar de mãos dadas pelas ruas, para *reivindicar* sua liberdade. – Seus olhos se voltaram para ele. – E você, você desonra aqueles dois e a si mesmo ao continuar aqui trancado por opção.

Jonah não disse nada, mas ela pôde notar pela postura dele, pelo jeito como curvou os ombros, que ele também sofria. Mas, se ele não queria fazer nada a respeito, ela não o forçaria. Só o que podia fazer era amá-lo. E perdoá-lo. Mas, desta vez, de longe.

– O que eles diriam a você? – ela perguntou antes de se virar e ir embora. Aquele era seu argumento final. Ela o deixou sozinho para responder àquela pergunta.

CAPÍTULO TRINTA E QUATRO

O bar/restaurante era bem iluminado e estava lotado, o som das conversas ruidosas mal chegando aos ouvidos de Jonah, encostado no edifício do outro lado da rua.

Ele observava a cena com sofreguidão enquanto ela ria de algo dito pelo bailarino que fora seu par no baile de máscaras. Jonah não conseguia ouvir o que eles diziam, mas a doce lembrança daquele dia vivia em sua alma, havia se enroscado nela e o fazia sofrer. Fazia com que ele se lamentasse. Fazia com que o ciúme abrisse caminho à força e descesse por sua espinha.

Por que aquele cara a estava tocando? Será que achava que só porque era seu parceiro de dança podia tocá-la quando quisesse? Como se tivesse algum *direito* sobre o corpo dela?

Ele cerrou os punhos. Aquele maldito idiota não sabia que ela pertencia a Jonah?

Só que não era verdade. Ele relaxou as mãos. Ela não pertencia a Jonah porque ele a havia afastado. Ele lhe dissera que fosse embora, ele a obrigara a ficar longe. E, como se não fosse o bastante, ele tentara acabar com sua crença na magia, o que lhe rendia tanta alegria. Mas ela não permitira que ele o fizesse, e aquilo não era a cara de Clara? Se agarrar a algo que não se baseava na realidade? *Somos pura magia. Nós.*

Jonah estava acostumado com a dor, ou pelo menos era isso que achava, mas o que sentia agora era de um nível que ele ja-

mais imaginou que pudesse existir. Fechou os olhos enquanto um gemido rouco subia por sua garganta.

Por que *fazia* isso consigo mesmo? Para provar que tinha razão, que *jamais* poderia lhe dar a vida que ela merecia? A vida que ela estava vivendo bem ali, sob as luzes brilhantes do restaurante, com um grupo de amigos, em um lugar público.

Parecia que ela estava mais sociável ultimamente. Como deveria ser. Como uma mulher jovem, bela e vibrante como Clara deveria ser.

Clara se afastou do grupo, espiando pela grande vidraça e, por um segundo, ele jurou que seus olhares tinham se cruzado. Ela o tinha *visto,* ele sentiu, ou, mesmo que não tivesse, ela sabia que ele estava ali. Mas não viria atrás dele. Sabia disso tão bem quanto sabia o próprio nome. Ela já tinha feito isso duas vezes – duas vezes mais do que ele merecia –, então já bastava.

Clara olhou para o outro lado, sorrindo para algo que uma garota dissera ao se aproximar dela, ficando de costas para Jonah.

Clara havia lutado por ele, de verdade. Ele reconhecia, e isso fazia o seu coração pulsar cheio de amor por ela, e suas entranhas se revirarem em uma demonstração de enorme desejo.

Ela achava que sabia como seria, mas estava errada. Todos os olhares voltados para ele, cochichando palavras cruéis, ávidas por tirar fotos, fazer insinuações, publicar as primeiras imagens do que Jonah Chamberlain havia se tornado. Ele sabia. Ele não a colocaria em tal situação. *Bastaria que você continuasse olhando para mim*, ela dissera, mas os outros não deixariam. Sim, ele sabia. Ele se lembrava bem.

Ainda estava tentando lidar com o fato de ter sido usado, manipulado, enganado. Saber disso era como ter um punhal cravado dolorosamente em seu coração. Ele imaginara... bem, ele imaginara que havia uma possibilidade de voltar a ter uma vida normal. Clara o ajudara a acreditar nisso. Mas, droga, talvez ele não quisesse fazer parte de um mundo que funcionava daquele jeito.

Ainda que fosse ali que Clara estivesse?

Bastaria que você continuasse olhando para mim.

Ele podia ter pedido a ela que continuasse indo vê-lo em Windisle. Ele não teria mais que usar a máscara, agora que ela já o tinha visto e aceitado como ele era. Talvez pudesse ir visitá-la às vezes na escuridão da noite. Mas que tipo de vida seria aquela? E que tipo de cretino ele seria se pedisse tal coisa e ela aceitasse?

Clara merecia holofotes, e festas à luz de velas, e restaurantes bem iluminados, e dias inundados de luz solar.

Ele deu meia-volta, puxando o cachecol para cima e o chapéu para baixo, baixando a cabeça enquanto caminhava, prometendo que não a seguiria mais. Não tinha motivo.

E, mesmo assim, não conseguia evitar.

Ele a seguia quando ela ia para o ensaio de manhã e quando voltava para casa à noite, seu maxilar tenso enquanto a via pegar o maldito ônibus. Há quantos meses ela vinha fazendo isso? Minha nossa, será que já não tinha economizado o suficiente para dar de entrada em um carro? Que mixaria o Balé de Nova Orleans pagava aos seus bailarinos?

Ele a teria deixado em paz, dizia a si mesmo, se não tivesse que se preocupar com a segurança dela todos os dias da semana.

Ele compraria um carro para ela, se achasse que ela aceitaria, mas sabia bem que não havia chance de tal coisa acontecer. E não tinha sido *ele* que dissera que dar dinheiro para as pessoas não era sinal de bravura?

Jonah deu corda na caixinha de música que Clara lhe dera de aniversário, observando com tristeza a minúscula bailarina girar. Ele *havia* resistido à vontade de entrar no teatro às escondidas para vê-la dançar. Ele podia aguentar muita coisa, mas aquele sofrimento parecia grande demais para suportar. Ele não poderia vê-la dançar e depois dar meia-volta e retornar para o seu mundo solitário atrás dos muros de Windisle. Não poderia.

À noite, sonhava que montava em um cavalo, as pegadas do animal marcadas na terra enquanto cruzavam a escuridão. *Depressa, depressa. Que não seja tarde demais.* Um rio surgia ao longe, seu curso de águas escuras e reluzentes o impelindo a seguir em frente, seu coração acelerado. *Estou quase lá.* E então um grito cortava a noite, fazendo seu cavalo empinar enquanto ele dava um berro, caindo de costas no solo duro. Ele se levantava, a poeira enchendo seus pulmões enquanto cambaleava, um portão de ferro reluzindo ao luar enquanto o lamento agudo continuava. *Ah, Deus, não, não. Não...*

Acordava noite após noite com um grito nos lábios e com seus braços e pernas tremendo sob a influência do sonho.

Ele mal dormia.

A música em suas mãos parou, o silêncio descendo pesado sobre Jonah, pouco antes de ouvir o que pareciam ser passos de várias pessoas no andar de baixo. *Mas que diabos era aquilo?*

Jonah ouviu alguém batendo à sua porta, e logo depois Myrtle enfiou a cabeça pelo vão.

— Uns homens estão aqui para falar com você — ela anunciou. — Trouxeram alguns cães, que deixaram amarrados lá fora. Um deles tem tatuagens no rosto, e querem vê-lo. — Os Anjos de Latão estavam em sua casa. Myrtle não parecia surpresa, o que significava que realmente não estava. O que *significava* que ela ou Cecil estavam por trás daquilo.

Ah, Deus.

— Diga a eles que já desço.

Ela saiu do quarto e Jonah olhou para a máscara sobre a cômoda. Os homens que haviam acabado de chegar à sua casa nunca tinham visto seu rosto. Mas ele se conteve.

Não precisava sair em público e enfrentar os olhares, os cochichos e o julgamento de pessoas que nem conhecia. Mas estava cansado de se esconder. Estava realmente de saco cheio. E talvez pudesse tomar coragem e mostrar a cara pelo menos ali, entre os muros da própria casa, diante de homens que tinham suas próprias cicatrizes, por dentro e por fora.

Jonah caminhou devagar até a sala de estar, onde ouviu os homens conversando, ouviu Myrtle oferecer a eles uma bebida antes que seus passos o entregassem.

Ele chegou ao cômodo e parou no vão da porta, o coração aos pulos, esperando que os homens virassem suas cabeças e olhassem para ele. Augustus se virou primeiro e ergueu a sobrancelha.

— Era para ser uma entrada dramática?

— Quem chamou vocês?

— O velho.

Cecil. O que era aquilo? Uma chamada de reforço? Alguma espécie de intervenção?

Jonah estreitou os olhos e se virou para Ruben.

— E aí, cara? — Ruben disse, não esboçando nenhuma reação ao rosto desfigurado de Jonah, se sentando no sofá e pulando um pouco, como se estivesse testando as molas. Mas Ruben tinha tatuagens de gangue no próprio *rosto,* então é claro que não ficaria abalado com a cara arruinada de outra pessoa.

O olhar de Jonah passou para Eddy, que *estava* olhando para ele, mas não com pavor, e sim com interesse.

— Então essa é a sua cara — ele disse por fim.

— Sim, esta é a minha cara.

Eddy assentiu.

— É melhor que a máscara.

Jonah bufou mal-humorado.

— Cara de durão, na verdade — Ruben disse. Mas, de novo, ele tinha tatuagens cobrindo todo o *rosto* — tatuagens feitas por amadores — então...

— Além disso — disse Eddy —, meus camaradas, aqueles que não voltaram para casa porque a bomba explodiu debaixo deles, sabe? — O pesar surgiu em seu semblante jovem, e Jonah reconheceu a expressão de imediato, e sentiu um aperto no peito, uma solidariedade pelo outro, pelo que o outro havia perdido, pelo estrago causado. — Se ao menos tivessem voltado para casa com algumas queimaduras. Se ao menos... — Aquelas palavras finais saíram baixas, como se ele não tivesse força para pronunciá-las. *Se ao menos.* Jonah tinha bem mais do que "algumas queimaduras", mas entendeu o que o rapaz dizia. Sim, ele tinha cicatrizes, mas não estava morto.

Jonah entrou na sala e encostou na parede ao lado da lareira.

— Por que vieram?

— Bem... — disse Augustus, se aproximando —, além de a sua família estar preocupada com você, nós também estamos. Faz semanas que não o vemos, e o velho disse que achava que você pretendia continuar se isolando.

Sua família. Jonah não se deu ao trabalho de corrigir Augustus, não que houvesse, de fato, algo para corrigir. Cecil e Myrtle *eram* sua família, talvez não fossem unidos pelo sangue, mas por algo mais forte. Pela lealdade. Pelo amor. Mesmo assim, Jonah não gostava muito do fato de Cecil ter se intrometido. Ele estava muito bem, obrigado, se esgueirando pelos corredores de sua própria casa noite após noite.

— E o que mais Cecil lhe disse?

— Que você foi traído, enganado, usado. Que tem vergonha das suas cicatrizes porque acha que elas mostram o seu caráter.

Jonah bufou. Aquele era um resumo breve. Parecia que todos o entendiam. Ele não tinha argumentos contra aquilo. Pensando bem, ele tampouco havia apresentado argumentos contra o que Clara dissera. E ele não deveria ser bom na arte de argumentar?

Talvez porque os seus argumentos sobre este assunto sejam fracos, sua voz interior o censurou.

— Você não sabia o que estava acontecendo, não é?

Jonah balançou a cabeça devagar, entendo que Augustus se referia à corrupção do escritório de advocacia em que ele trabalhara.

— Não. — A resposta saiu rouca, chiada. — Eu estava cego.

— Mas agora consegue enxergar.

Jonah riu, embora fosse um riso cheio de dor.

— Sim, agora enxergo. Pelo menos a maior parte. Este olho já não é tão bom — ele disse, um ar de ironia em seus lábios, a cabeça levemente inclinada, indicando o olho esquerdo ferido, a pele repuxada para baixo no canto.

Augustus riu.

— Ainda é melhor do que estar cego.

— Acho que sim.

— *Sei* que sim. — Augustus fez uma pausa. — Você não tem nada do que se envergonhar, cara. Devia contar sua história, seja ela qual for. Pra todo mundo.

— Acho que não. Não quero ser arrastado de volta para a lama. Deixe que eles especulem.

— Talvez depois de você contar a sua versão, sim. Depois que todos conhecerem a sua história, deixe que eles digam o que quiserem, Jonah. Farão isso, de todo modo. O que eu sei é que você ajudou um monte de gente que pôde seguir por um caminho melhor, graças a você.

Jonah sentiu algo enchendo seu peito. Ele não sabia se era dor ou orgulho. Talvez um pouco dos dois. Clara dissera basicamente a mesma coisa. *Você dá importância demais a essas pessoas, e de menos àquelas que importam.* Ele soltou o ar. Fazia mesmo isso, sabia que sim. Só não sabia como se livrar da vergonha.

Bastaria que você continuasse olhando para mim.

— O que acha do meu rosto? — Ruben perguntou.

— Ele acha que é medonho, todos nós achamos — Augustus disse.

Ruben olhou feio para ele, mas então sorriu.

— Sua mãe não pareceu se importar ontem à noite.

— Cara, sabe quantos anos eu tenho? Minha mãe está morta há uns quinze anos, seu profanador de túmulos.

Apesar de tudo, Jonah riu.

O sorriso de Ruben murchou, sua expressão ficou séria depois de um instante.

— Não é fácil — disse Ruben, se endireitando no sofá e apontando para o próprio rosto desfigurado. — Ter os seus erros e arrependimentos estampados na cara, onde os outros podem julgá-los. Mas, cara, o problema não é o fato de os outros serem duros com você, e sim você acreditar no que eles dizem.

Jonah suspirou. Todos os seus planos bem elaborados começavam a ruir. Ele sentia uma espécie de terremoto por dentro. Primeiro, Clara acabara com suas crenças de longa data, criando tantas rachaduras que ele mal conseguira se manter em pé, e agora aqueles homens — aqueles *amigos*, os primeiros que ele tinha em muito tempo — derrubavam o que restava da estabilidade que ele tinha conseguido manter.

Então talvez seus planos não fossem tão bem elaborados assim.

Ele olhou para Ruben por um minuto, seus olhos percorrendo os desenhos toscos e mal feitos que supostamente contavam uma história, embora ele não soubesse qual era.

– Já pensou em remover as tatuagens? – ele perguntou. – Tenho dinheiro, se você quiser, e meio que realizo desejos. – Ele deu um sorriso capenga.

Ruben riu.

– Não. Estas tatuagens me lembram quem eu era, e minha luta para me tornar o que sou. Podem não ser bonitas, mas tenho orgulho delas. – Ele fez uma pausa. – Vá realizar o desejo da sua mulher. Ou, melhor ainda, realize o seu próprio desejo.

Os homens se levantaram, e Augustus deu um tapinha no ombro de Jonah ao passar por ele, inclinando-se para dizer:

– Você tem mais amigos do que imagina, cara. Pense nisso.

Jonah assentiu, comovido demais para falar, com a mente cheia demais de pensamentos e perguntas que precisava botar em ordem.

Ruben o cumprimentou com o punho cerrado e Eddy parou ao sair e disse:

– Se tem alguém que entende a vontade de acabar com a própria vida, esse alguém sou eu. Nós nos conhecemos na beirada de uma ponte, lembra? Você me ajudou a acreditar que vale a pena viver.

– Não precisa se preocupar com isso, Eddy. Não pretendo acabar com a minha vida.

– Ah, não? – Ele encarou Jonah. – Ao se isolar aqui, não é exatamente isso que está fazendo? – Eddy lançou-lhe um último olhar cheio de significado e então foi atrás de Augustus.

Os homens se foram e o deixaram sozinho novamente. Jonah afundou no sofá. Eddy tinha razão. Ele tinha vindo para Windisle para acabar com sua vida. Não do mesmo modo que Angelina, mas pelos mesmos motivos – uma total falta de esperança.

Angelina não tivera as mesmas oportunidades que ele para fazer uma escolha diferente. Os motivos da desesperança dela tinham sido enormes, poderosos e devastadores. Imutáveis. Aprisionada em um lugar por tantos outros.

O que eles diriam a você?, Clara havia perguntado. E de repente ele soube, ali parado no silêncio de Windisle, no mesmo lugar onde Angelina estivera. *Ele soube.* Ela lhe diria para encontrar um jeito de continuar vivendo.

Um ruído no corredor do lado de fora da sala fez Jonah olhar para onde Cecil se encontrava, observando-o em silêncio, com uma expressão de desgosto, a mesma que não saíra do seu rosto nas últimas semanas.

— Imagino que você também tenha um conselho para mim, não é?

— Sim. Dê um jeito na sua vida.

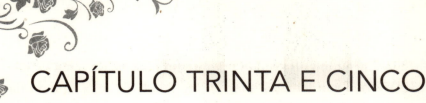

CAPÍTULO TRINTA E CINCO

Savannah Hammond leu a última frase do artigo que tinha acabado de escrever, salvou o arquivo e elaborou rapidamente um e-mail para o chefe antes de enviá-lo.

Suspirou. Um campeonato de equipes mirins. O assunto era tão chato que ela quase adormecera enquanto escrevia a matéria. Então, em vez de focar nas equipes, por mais fofos que fossem os jogadores, ela decidira destacar no artigo o comportamento inacreditável dos pais que ela testemunhara.

Competitividade não descrevia bem. A atitude deles era completamente nojenta. Por causa de uma equipe esportiva infantil? Eles deveriam agir como adultos, mas estavam mais para psicóticos enraivecidos. Os filhos certamente estariam tomando remédio para ansiedade quando tivessem uns doze anos.

Sem dúvida o artigo seria devolvido com um bilhete pedindo que o reescrevesse, mas e daí? Valia a pena tentar. E, pelo menos, ao escrevê-lo ela não tinha ficado com sono.

Era frustrante. Fazia quase nove anos que trabalhava para jornais on-line, e continuava escrevendo matérias que não mudavam a vida de ninguém para melhor.

Estava na profissão fazia quase uma década, e ainda era considerada foca. Às vezes, pensava em desistir. Talvez não levasse jeito para a coisa. Só que... *levava*. Ela sentia isso, como se fossem chamas ardendo em seu interior. Se ao menos tivesse uma chance.

Ela lançou um olhar para o impresso no topo da pilha de papéis sobre a sua mesa, a imagem granulada de uma câmera de segurança chamando a sua atenção. O mascarado que fazia boas ações. *Falando em mudar vidas para melhor.*

Ela havia tentado convencer o chefe a colocá-la para cobrir a história do desconhecido que vinha agitando Nova Orleans, mas ele se recusara. E Savannah sabia o motivo. Ele a achava boazinha demais. Ele dava as exclusivas para os jornalistas agressivos, aqueles que não se importavam em fazer todo tipo de pergunta a uma mãe cujo filho fora assassinado, nem em enfiar o microfone na cara de um marido em estado de choque que acabara de perder a esposa em um incêndio.

Ela queria muito dar o seu melhor para cobrir uma história, mas se recusava a usar a dor de outras pessoas só para conseguir uma manchete. Esse comportamento ia contra cada fibra moral dentro dela.

Seu telefone tocou.

– Savannah, linha um – disse a recepcionista quando ela atendeu.

– Obrigada, Shannon. – Ela apertou o botão correspondente à linha um. – Savannah Hammond.

– Senhora Hammond?

Ela não tinha acabado de dizer isso?

– Sim. Em que posso ajudá-lo?

– Tem um minuto para se encontrar comigo?

– Quem está falando?

– Jonah Chamberlain. – Savannah fez uma pausa, parando subitamente de batucar com a caneta no tampo da mesa. *Jonah Chamberlain.* Fazia anos que ela não ouvia aquele nome.

Tudo voltou à sua mente num segundo. O julgamento de Murray Ridgley. Ela se lembrava bem. Era uma jornalista recém-

-formada quando tudo aquilo acontecera. Tinha sido mandada para o hospital, onde deveria estacionar e esperar do lado de fora pela saída do advogado jovem e bonitão. Eles a haviam mandado se aproximar do rosto desfigurado dele e tirar a foto mais pavorosa que conseguisse. Aparentemente, todos os jornais tinham passado a mesma instrução às suas equipes, porque uma multidão se concentrara lá, dia após dia.

Para dizer a verdade, ela se sentira mal por ele. Ele tentara dominar um maluco e uma bomba explodira em sua cara. Mas ninguém dissera nada sobre isso. Todos focaram no fato de que ele defendera Murray Ridgley e conseguira a sua absolvição, e então o sujeito causara o caos nos degraus de entrada do tribunal. Como se Jonah tivesse a intenção de que aquilo acontecesse.

Mas o ibope era sempre mais alto se houvesse um vilão ou uma atração de circo, então tinham atribuído o papel de vilão a Jonah Chamberlain.

Savannah *não* ficara esperando Jonah Chamberlain ser levado para fora do hospital numa cadeira de rodas. Em vez disso, ela lhe mandara um cartão de condolências e escrevera uma carta dizendo o quanto sentia muito que aquilo tivesse acontecido com ele. Ele nunca leria a carta, ou pelo menos era isso que ela havia achado, mas mandara mesmo assim. Uma espécie de promessa para si mesma de que, por mais tentador que fosse, ela jamais daria a sua alma ao diabo em troca de uma matéria.

– Sim, eu... eu sei quem você é.

Fez-se silêncio por um instante.

– Estou em um carro estacionado atrás do prédio. – Ele explicou sua localização exata e ela disse que já estava descendo, recolocou o fone no gancho e se levantou imediatamente. *Jonah Chamberlain*. O que será que ele queria? E como estaria o rosto dele depois do que lhe acontecera? Ninguém *jamais* conseguira tirar aquela tão sonhada fotografia.

Ela avistou o carro logo de cara, um Cadillac antigo que ela imaginava que só gente velha dirigia. Estava estacionado em um beco lateral, atrás de uma caçamba de lixo e debaixo da cobertura que se projetava do edifício vizinho.

Savannah diminuiu o passo ao se dar conta, de repente, de que talvez não fosse seguro se encontrar com ele sozinha. Mas tomou coragem e foi. Ela sempre confiara em seus instintos, e eles, junto com a voz hesitante de Jonah Chamberlain ao telefone, lhe diziam que sua segurança não estava em jogo.

Ela caminhou até a porta do passageiro e puxou a maçaneta. A porta se abriu com um clique que ecoou no beco vazio, e Savannah baixou a cabeça para espiar o interior do veículo.

O homem que ela reconheceu como Jonah Chamberlain estava sentado no banco do motorista, apenas o seu perfil estava à vista. Sim, era ele. Sua boa aparência era quase chocante em sua perfeição clássica. Mas, quando ele virou a cabeça na direção dela, Savannah hesitou. *Ah, meu Deus.* O lado esquerdo da face dele, o lado que fora completamente atingido pela explosão, era coberto de cicatrizes e tinha a pele esticada sobre os ossos, como se ela tivesse derretido.

O coração dela se encheu de compaixão por ele, pela dor agonizante que ele obviamente sentira. Ela deslizou para dentro do carro, virando o corpo para que pudesse ficar de frente para ele.

– Oi.

– Oi. – A mão dele, que estivera pousada no volante, pareceu relaxar quando também virou o corpo na direção dela. Havia algo... as palavras eram seu ganha-pão, mas nenhuma que conhecia parecia servir para descrever aquele homem. Não, havia algo belo e *intenso* nele. Algo que trazia à mente batalhas antigas e guerreiros que atravessavam o fogo. Um deus que caíra na Terra e se queimara ao encostar em uma estrela. Deus, de onde saíam aquelas descrições? Talvez ela devesse ser romancista em vez de repórter. Mas tudo em que conseguia pensar era que ela era casada e feliz. Porque se não fosse...

Savannah pigarreou, se sentindo embaraçada e meio ridícula.

— Isso foi um tanto inesperado.

Ele riu, e seu riso era cheio de algo que Savannah não conseguia interpretar.

— Sim. — Ele fez uma pausa e sua expressão ficou séria. — Eu queria agradecer pela carta que você me mandou quando eu estava internado. Significou muito para mim.

Ela piscou, pasma, para ele. Então ele *tinha* recebido. E se lembrava. Ela assentiu, mas, antes que pudesse se pronunciar, ele pegou um envelope que estava em seu colo e lhe entregou. Havia algo duro e retangular no fundo.

— É um telefone.

— Um telefone? De quem?

— Você se lembra do julgamento de Murray Ridgley?

— Muito bem.

Ele assentiu.

— Ótimo. — Ele se calou e ficou olhando pelo para-brisa por um bom tempo. — Quero a minha vida de volta. — Jonah Chamberlain se encolheu um pouco, a sombra do que parecia ser uma velha mágoa se insinuando pelas suas faces, parecendo pousar sobre o lado deformado, como se fosse ali que ele guardasse a dor, onde sempre guardaria.

E então ele lhe contou o que sabia, e ela o fitou atônita, toda aquela informação a atingindo com força.

Quando Jonah terminou de revelar o que poderia ser a notícia da década, uma história cheia de corrupção nas altas esferas da sociedade, ele a olhou, seus olhos castanho-claros examinando o rosto da mulher, tentando decifrar se poderia mesmo confiar nela.

– Preciso de alguém que tenha contatos... que saiba a melhor forma de expor tudo que acabei de lhe contar. – Ele parou de falar e o ar dentro do carro ficou carregado. – Vai me ajudar?

Savannah mordeu o lábio, sua mente girando, já organizando e reorganizando aquelas informações e imaginando a melhor maneira de apresentá-las, a lista de pessoas de confiança que ela montara ao longo de sua carreira medíocre e que poderiam ajudá-la.

Ela olhou para o homem sentado à sua frente e seus pensamentos agitados se acalmaram. Aquele homem obviamente vivera com um enorme peso em seus ombros durante muito tempo. Ela se perguntava se, até agora, ele tivera alguém com quem dividir aquele fardo. Se ele tivera ou não e quaisquer que fossem os motivos, ele a havia escolhido, e uma sensação de grande honra fez seu coração se contrair.

– Sim, Jonah. Vou ajudá-lo.

CAPÍTULO TRINTA E SEIS

Ele tinha feito aquilo. Tinha colocado o plano em ação. *Quero minha vida de volta.* Agora era esperar para ver. Agora estava nas mãos de Savannah Hammond. Mas havia paz em seu interior, a mesma que sentiu quando foi embora daquele beco.

Você tem mais amigos do que imagina, Augustus dissera, e Jonah decidira acreditar nele, trazendo à memória não apenas aqueles que o haviam ferido e traído, mas também os que lhe haviam feito pequenas demonstrações de gentileza, de compreensão.

Ele sempre fizera o que Clara o acusara de fazer – dar importância demais ao julgamento daqueles que não significavam nada para ele, e de menos ao daqueles que se importavam com ele.

Clara.

Ele devia tanto a ela. Talvez até mesmo a sua vida. Ela já havia conquistado o seu coração.

Vá realizar o desejo da sua mulher, Ruben lhe dissera. *Ou, melhor ainda, realize o seu próprio desejo.* A única coisa que Jonah desejava era ela. Clara. E, é verdade, ele desejava encontrar a coragem, a *paz,* que Ruben obviamente encontrara para sair e encarar o mundo com orgulho de suas cicatrizes pelo que elas representavam. Arrependimentos, sim; vergonha, sem dúvida. Mas talvez, *talvez,* também o fato de que ele havia vencido e se esforçado para agir melhor, para *ser* melhor. Mas a única pessoa que poderia realizar aquele desejo era o próprio Jonah.

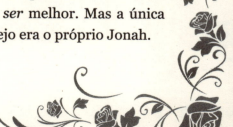

Clara estava certa. Ele precisava descobrir o seu valor, acreditar que ainda era importante. Eddy também tinha razão, porque ele havia mesmo desistido da própria vida.

Jonah passara os dois últimos dias relembrando o que Clara lhe dissera quando aparecera para confrontá-lo, revirando as palavras em sua mente, deixando que elas *assentassem*.

Dance com todo o seu coração, ele dissera a Clara uma vez. *Pelo seu pai. É isso que ele iria querer*.

Mas ele havia sido hipócrita porque, em vez de tentar levar uma vida que deixaria seu irmão orgulhoso, ele se escondera atrás de um maldito muro. Seu irmão não confiara nele porque percebera que Jonah era uma réplica do pai e, droga, não tinha sido exatamente isso que ele tentara ser? E, certo, para dizer a verdade, Jonah tampouco confiara no irmão. Os dois estiveram sempre tão ocupados tentando *não* ser como o pai, e tentando *ser* como o pai, que jamais conseguiram entender quem eram como indivíduos. A tristeza disso, o real arrependimento, o tempo perdido, tudo isso era como um punhal no coração de Jonah. Mas talvez não fosse tarde demais.

Ele não era perfeito, e acho que durante todos esses anos você vem fingindo que ele era. Você o colocou em um pedestal e criou uma espécie de imagem santa dele em sua mente. Ele não era um santo. Era apenas um homem. Apenas o seu irmão. Mas acredito do fundo do coração que ele o amava, e que iria querer o melhor para você agora.

De algum modo, as afirmações de Clara o tinham aproximado do irmão. Ele parecia mais real no coração de Jonah, não aquela imagem unidimensional que ele fizera de Justin por tanto tempo devido à própria culpa.

Nos últimos dias, ele vinha se lembrando do Justin *real*, das palavras dele, do seu humor, de sua curiosidade inata, de sua risada. E, sim, de suas imperfeições também. *Ah, como ele sentia falta do irmão!*

— Ok, babaca, já perdemos muito tempo. Me ajude agora, tá? — Jonah murmurou para si mesmo, querendo crer naquela magia em que Clara acreditava com tanto fervor que a fizera lutar por ele quando ele mesmo não quisera lutar por si.

Magia.

Desejos.

Vá realizar o desejo da sua mulher.

Clara queria que ele saísse de trás do muro, não apenas por ela, mas por ele mesmo. E o fato era que Clara era uma mulher que raramente desejava coisas para si mesma. Era uma mulher que desejava coisas para os outros.

Ajude-me a ajudá-la, Angelina. O desejo altruísta que levara Clara até ele.

Jonah quase riu. Clara desejara a única coisa que ele não podia realizar.

Você pode tentar. A ideia cruzou sua mente, uma vez e outra e outra. *Você pode tentar.*

Através da janela aberta da sala de estar, ele olhou para o sol de fim de tarde, as pesadas cortinas florais que oscilavam com a brisa. Primeiro de novembro era um dia fresco e luminoso e trazia com ele o cheiro de outono: terra fértil, folhas secas e aquele tom levemente esfumaçado no ar, um alívio mais que bem-vindo do verão escaldante de Nova Orleans. A paz preencheu Jonah. Inexplicável. Reconfortante. E ele permitiu, sem afastá-la como fizera no passado, acreditando que não merecia aquela sensação. Ele permitiu, deixou que ela assentasse dentro dele. Aceitou o presente com um suspiro de gratidão.

Jonah fechou os olhos, recostando-se na poltrona, enchendo os pulmões de ar fresco.

Ajude-me a ajudá-la, Angelina.

Clara tinha ido até Windisle para resolver um mistério que envolvia dois mortos que estavam supostamente aprisionados. Jonah não tinha certeza se acreditava naquilo. Mas e se houvesse uma forma de trazer a magia de volta para Clara de um jeito bem real? De *realizar* o desejo dela? E se houvesse uma maneira de encontrar aquela carta?

Jonah morava no mesmo lugar em que Angelina vivera e morrera. A carta fora lida para ela dentro do Solar Windisle, talvez naquela mesma sala em que ele se encontrava.

De repente, Jonah teve uma visão inexplicável em que Angelina segurava com força o papel em sua mão enquanto chorava. Talvez não tivesse sido destruída anos atrás. *Talvez* estivesse escondida em algum lugar. Talvez tivesse sido levada para o sótão em uma das caixas ou baús empoeirados que lotavam aquele lugar.

Ele dissera a Clara que procuraria a carta, e realmente tivera a intenção de fazer isso, mas só para lhe agradar, só que acabara não fazendo. Ele precisava se redimir com Clara, e procurar a carta era uma maneira tão boa quanto qualquer outra de começar. Talvez estivesse sob uma tábua do piso do seu próprio quarto. *Por onde começar, então?*

Jonah se levantou. Ele ao menos tentaria. Por Clara, ele tentaria. Se não desse em nada, tudo bem. Pelo menos ele teria o próprio esforço para oferecer a ela quando saísse de casa para procurá-la. Pelo menos ele teria algo pequeno para lhe dar – um minúsculo presente em troca de todas as coisas que ela tinha lhe dado. Mas ele não queria pensar nisso ainda, em procurá-la. Ele tinha outras coisas a fazer primeiro.

Tudo bem, então por onde começar?

Jonah trouxe à mente o enigma de John e Angelina. A primeira questão era, se eles *vagavam, por que* faziam isso? O que queriam? Seria a maldição que de algum modo os mantinha ali? *Uma gota do sangue de Angelina trazida à luz.* As palavras que a velha sacerdotisa dissera que poderiam *quebrar* a maldição. Mas o que significavam?

— Tudo bem, Justin, quer provar que continua sendo o mesmo enxerido de sempre? Sempre adorou a história de John e Angelina. E sempre adorou um bom mistério. Então me ajude...

Uma brisa entrou pela janela, erguendo a cortina e fazendo-a chicotear contra a borda do aparador da lareira onde um bibelô de coelho repousava. O objeto caiu no chão fazendo barulho, mas não quebrou.

Jonah bufou e se abaixou para pegar o enfeite e recolocá-lo no aparador. Ao se levantar, seus olhos encontraram o próprio reflexo, seu rosto a centímetros do espelho pendurado sobre a lareira. Ele olhou para si mesmo pela primeira vez em muito tempo, mas desta vez tentou ao máximo ver-se não pelas lentes da autodepreciação, não pelos olhos daqueles que viravam o rosto, mas do ponto de vista de Clara. Do ponto de vista de Myrtle e Cecil e, que diabos!, dos homens que tinham ido até Windisle dias atrás, dos homens que se tornaram seus amigos, seus *irmãos,* que o haviam aceitado facilmente e sem julgamento.

Você dá importância demais a essas pessoas, e de menos àquelas que importam.

Jonah virou a cabeça para a esquerda, depois para a direita, depois se olhou de frente. Aquele era ele agora, e precisava aceitar isso. Ele jamais seria o homem que fora antes, mas queria ser aquele homem? Sim e não, mas não podia ser os dois.

Suspirou, deslizando os dedos pelas cicatrizes, lembrando a expressão de Clara ao tocá-lo com amor. *Com amor.* Jonah expirou, sentindo tanta falta dela que sua pele se arrepiou. Ele passou a mão pelos cabelos grossos e escuros, olhou nos próprios olhos, o esquerdo mais fechado, mais opaco que o outro.

– Minha nossa, sou quase bonito *demais* – ele sussurrou como costumava fazer diante do irmão ao se preparar para ir à escola de manhã. Aquilo irritava Justin e, na qualidade de irmão, era obrigação de Jonah fazê-lo regularmente.

E modesto também.

Jonah sorriu, ouvindo em sua mente o que sempre fora uma troca de provocações entre os irmãos. Uma piada particular.

Jonah virou o rosto, observando as duas faces, talvez conhecendo a si mesmo novamente. Fazendo aquilo que havia se recusado a fazer todos aqueles anos. Em vez disso, usara as reações de estranhos como espelho, como algo que refletia o seu valor. Ou, mais precisamente, a sua falta de valor.

Desde o dia em que seu irmão morrera e o mundo de Jonah acabara, ele não quisera mais se olhar nos olhos, evitara os espelhos. Só que agora... olhar para si mesmo não o fazia sofrer. Na verdade, ele não só via *a si mesmo* no espelho – as cicatrizes e tudo mais –, como também via o irmão. Eles sempre tinham sido muito parecidos.

– Vocês herdaram a beleza dos Chamberlain – a mãe deles sempre dissera. E subitamente pareceu a Jonah que era algo bom enxergar partes do irmão em si mesmo – ainda que só em uma face – toda vez que ele se olhasse no espelho.

E as coisas... mudaram. Jonah sentiu dentro de si algo encaixando e liberando um espaço que antes estivera bloqueado.

Ele passou as pontas dos dedos por seu queixo, suas bochechas, puxando os cabelos para trás e vendo o bico de viúva dos Chamberlain.

Chamberlain.

Chamberlain.

Uma gota do sangue dela...

Jonah gelou. Não, não podia ser... Puta merda! *Ele* era uma gota do sangue dela. Do sangue de Angelina.

O pai dela, Robert Chamberlain, era o avô de sexto grau de Jonah. Eles a chamavam de Loreaux, mas na verdade ela era uma *Chamberlain*. Ele tinha o mesmo sangue que Angelina correndo em suas veias. De fato, ele era o único que restava. Seu pai estava morto, seu irmão estava morto, sua tia Lynette não tivera filhos. Ele era o último dos Chamberlain.

Eu sou a resposta, pensou enquanto choque e perplexidade o invadiam. *Pelo menos parte dela.*

Aquela vaga sensação de tique-taque que ele partilhava com Clara cresceu dentro de si, mas não, não era um tique-taque. Era uma *batida*. Como a batida dos cascos do cavalo naquele pesadelo do qual não conseguia se livrar. *Depressa, depressa. Que não seja tarde demais.* Ele se virou, correndo os dedos pelos cabelos, segurando a testa.

Uma gota do sangue dela trazida à luz. Aquilo parecia soar na cabeça de Jonah como as batidas dos cascos do cavalo sobre a terra dura, de repente tomando conta dele, as vozes ecoando em algum lugar nos recônditos de sua mente.

Uma gota do sangue dela trazida à luz.

Uma gota do sangue dela trazida à luz.

A luz. O que era a luz? Ele sempre imaginara que fosse algum brilho cósmico... uma descrição do além-morte. Mas e se... e se Clara estivesse certa? E se a luz fosse... a verdade? E se a família de John *tivesse* mentido para Angelina como Clara suspeitava? E se expor a mentira encontrando a carta pudesse quebrar a maldição?

Uma gota do sangue de Angelina trazida à luz.

Eu *encontrando a verdade.*

Era por isso que os dois permaneciam aqui. John, amaldiçoado a jamais encontrar o amor verdadeiro – o *seu* amor verdadeiro,

Angelina –, a menos que a maldição fosse quebrada. E ela só podia ser quebrada *ali,* em Windisle. E Angelina, tendo descoberto a verdade depois de morrer, esperava por John para que pudessem ficar juntos novamente.

Mas e ele, Jonah, *acreditava* na lenda de John e Angelina? Ele não sabia. Não tinha certeza. Mas subitamente não conseguia pensar em outra coisa. Aquele pensamento o envolvera e agarrara Jonah, que se sentia desesperado para resolver o mistério. Ele sentia uma energia que não parecia ser sua correndo em suas veias, uma urgência que o incitava.

Somos pura magia. Nós.

Continue, *isso.* A luz... a luz. *A verdade.*

O vento havia aumentado, as cortinas chicoteavam ao redor da janela, os sinos de vento soavam ali perto como se estivessem exultantes. *A luz, a verdade, a luz, a verdade.*

O mesmo enfeite de coelho caiu do aparador novamente, desta vez se espatifando e impulsionando o corpo de Jonah para a frente, para fora da sala.

Angelina tinha ido para o jardim, e foi para lá que os pés de Jonah o levaram, atravessando a porta de entrada, contornando a casa e descendo a via que levava à fonte, quebrada e sem uso havia muito tempo. Ele andou ao seu redor, considerando todos os ângulos, sentindo-se frustrado e subitamente idiota. Ele se sentou na base da fonte. A névoa rodopiava no ar, pintando os arredores malcuidados com tintas de sonho. O que havia acontecido com ele? O que tinha sido aquilo?

Ele fechou os olhos e ergueu o rosto para o céu. Aquilo era... não, aquilo era por causa de Clara. Ele se deixara levar porque queria tanto lhe agradar, implorar pelo perdão dela. *Ajude-me a ajudá-la.*

O vento agora era mais suave e bagunçava os cabelos de Jonah como se fosse o toque delicado de alguém. A quietude tomou conta do lugar e ele sentiu como se uma pluma fizesse cócegas em sua mão, e então abriu os olhos. Uma pétala errante de uma flor distante roçou os nós dos seus dedos antes de ser levada pelo vento outra vez e de aterrissar sobre uma roseta de pedra ao lado da fonte. Jonah ficou olhando para a pétala, sua cor carmim lembrando uma gota de sangue sobre a pedra desbotada pelo sol.

Ele inclinou a cabeça, examinando a roseta em que a pétala havia pousado. Algo nela parecia... torto. Ele esticou a mão devagar, seus dedos pressionando a flor esculpida. *Está solta.*

Seu coração começou a bater depressa outra vez quando ele se virou para ficar de frente para a roseta e usou as duas mãos para forçar o enfeite, que se desprendeu com um rangido, e Jonah exclamou surpreso. Havia um pedaço de papel ali dentro, dobrado muitas vezes para que coubesse atrás do detalhe decorativo.

Com as mãos trêmulas, Jonah tirou de lá e desdobrou o papel em frangalhos, tentando controlar os batimentos cardíacos. Seu corpo todo parecia elétrico, uma vibração correndo por suas veias.

A luz, a verdade, a luz, a verdade.

Com a maior delicadeza possível, ele alisou o papel sobre a coxa, notando que a margem inferior parecia queimada, como se a folha tivesse sido tirada das chamas.

A caligrafia inclinada, letras pequenas e formais combinadas com outras maiores e mais espaçadas, era forte, bonita e totalmente preservada. O assombro que ele sentia por ter encontrado aquilo era quase incompreensível.

A carta. Ah, meu Deus, esta é a carta!

Jonah leu a mensagem, linha por linha, e depois a releu, sua respiração saindo ruidosa e ofegante. *Ah, meu Deus!* John não apenas amara Angelina, ele a amara tanto que estivera disposto a sacrificar tudo por ela. *Ah, meu Deus!*

Jonah conhecia a verdade. Ele a tinha em sua mão.

O vento chicoteou outra vez, a alegria que inundava o corpo de Jonah era tão grande e tão pura que era quase dolorosa. Ela irrompeu e o deixou sem ar e abismado, como se o amor tivesse acabado de invadir o seu corpo.

Um bando de beija-flores passou depressa por ele, agitando suas asas iridescentes contra o lado desfigurado do seu rosto enquanto ele fechava os olhos e recuava com uma exclamação de surpresa.

Quando abriu os olhos novamente, os pássaros tinham sumido, e a névoa que cobria o solo começava a se dissipar enquanto o sol saía de trás de uma nuvem.

— Viu aquilo? — a voz de Myrtle soou. — Ah, meu Deus! Você os viu?

Jonah se levantou cambaleante e se virou para Myrtle.

— Quem? — Ele parecia confuso, quase drogado, quando olhou outra vez para o pedaço de papel em sua mão, admirado com o que havia encontrado.

— Ele a tirou do chão. Eles estavam rindo e chorando e ele rodopiou com ela, e eles desapareceram na névoa. Glória a Deus. Eu preciso me sentar.

Ela levou a mão ao rosto, franzindo a testa e baixando a mão.

— Cadê meus óculos? Ah, meu Deus, estou sem óculos. — Ela lançou um olhar na direção de onde viera, estreitando os olhos para a névoa que de dissipava depressa, e depois voltou a encarar Jonah com o cenho franzido e um ar confuso.

Jonah agitou a carta na direção de Myrtle.

— Preciso vê-la, Myr... — Ele parou de repente. Primeiro de novembro. Era a noite de estreia de Clara. Merda, como ele podia ter esquecido? Porque se esforçara para isso. Ele não *quisera* imaginá-la dançando, tão bonita, sob aquelas luzes fortes, sabendo que não estaria lá.

– Preciso contar a ela – ele disse. – Já. Agora mesmo. Pode me levar ao teatro no centro da cidade? Não quero perder tempo procurando uma vaga para estacionar. – *Não quero chegar tarde demais.*

Myrtle pareceu chocada.

– Os assombros deste dia não acabam nunca.

Ela agarrou a mão de Jonah e praticamente o arrastou para fora do jardim, parecendo preocupada com a possibilidade de ele mudar de ideia.

Mas ele não mudaria de ideia.

Ele *não* chegaria tarde demais.

CAPÍTULO TRINTA E SETE

—Maldito trânsito — Myrtle desabafou preocupada, olhando de soslaio para Jonah através de seus óculos com lentes de fundo de garrafa, os quais felizmente parou para colocar antes de assumir a direção do carro.

Jonah tinha passado os primeiros quinze minutos do trajeto tentando controlar sua respiração. Ele enxugou as palmas úmidas de suas mãos nas calças, forçando-se a respirar fundo. Os acontecimentos do dia pareciam um sonho, ou algo que acontece na ficção, não com ele. Mas tinham acontecido. Tinham *mesmo*.

Fora do carro, um desfile passava pela rua transversal. Eles estavam a apenas dez minutos do teatro, mas ele já estava atrasado. A apresentação provavelmente já estava na metade.

As ruas tinham sido todas bloqueadas por causa do desfile e, despreparados, eles ficaram presos ali no meio.

— Dia dos Mortos — Myrtle murmurou.

— Quê?

— O desfile. Estão celebrando o Dia dos Mortos.

— Ah. — Jonah observou por um instante, a ansiedade pulsando em suas veias. Dia dos Mortos. É claro que era.

E numa fração de segundo ele tomou uma decisão e puxou a máscara do bolso.

— Estou indo — ele disse. — Acho que chego mais rápido se for andando.

Myrtle olhou de relance para a máscara.

– Não, Jonah – ela disse com muita tristeza na voz. – Essa coisa de novo, não.

– Não se preocupe, Myrtle. Está tudo bem. – Agarrando a maçaneta, ele abriu a porta. Começava a sair quando se virou para Myrtle, se inclinou na direção dela e lhe deu um abraço apertado antes de se afastar. – Obrigado – agradeceu com a voz rouca de gratidão. – Pela carona. Por me amar. Por nunca ter me abandonado. Por milhares de pequenas coisas. Obrigado.

Myrtle assentiu, lágrimas fazendo seus olhos arderem.

– Você é o meu garoto – ela disse.

Jonah sorriu, vestindo a máscara e saindo do carro. Ele correu na direção da rua em que ficava o teatro, misturando-se ao desfile.

Tentou ficar na calçada, mas foi engolido pela multidão e, antes que percebesse, estava sendo empurrado, jogado de um lado para o outro, movendo-se como se todas aquelas pessoas fizessem parte de uma única criatura simbiótica gigantesca.

O céu já estava escuro, e as estrelas se escondiam atrás das nuvens, luzes e espirais brilhantes girando no ar.

– Por aqui, Jonah. Segure minha mão.

Ele soltou uma exclamação de surpresa e virou a cabeça para os lados, tentando enxergar Justin, pois a voz que ouvira era a dele.

Sentiu sua mão sendo puxada e arrastada para a frente, abrindo espaço na multidão, tentando ver o que estava à sua frente, mas havia corpos demais, movimentos demais.

– Anda logo, seu lerdo. Ela está esperando por você.

– Justin. Vá mais devagar. Quero ver você.

Jonah ouviu a risada do irmão, sentiu sua mão sendo puxada novamente enquanto Justin corria mais rápido, ziguezagueando pelos espaços na multidão que ele nem tinha percebido que existiam até se ver passando por eles. Era muita gente.

Buzinas soavam em seus ouvidos, risos e sons de comemoração surgiam e morriam enquanto ele passava zunindo. Uma música tocava em algum lugar próximo e os rostos se moviam rápido, entrando e saindo de seu campo de visão. Algumas pessoas tinham caveiras desenhadas no rosto, algumas sombrias, outras apenas em preto e branco, e outras ainda em cores vívidas, enfeitadas com flores e arabescos em magenta, azul, amarelo e vermelho.

– Amo você, irmãozinho. Viva por mim. Me deixe orgulhoso. – A voz de Justin agora não passava de um sussurro, como se ele estivesse se afastando.

Jonah cambaleou subitamente para fora da massa, seu peito subindo e descendo enquanto ele girava rápido 360 graus. *Não havia ninguém ali*, mas mesmo assim a palma de sua mão ainda estava quente.

Ele permaneceu imóvel, as lágrimas fechando sua garganta, se perguntando se teria imaginado o que havia acabado de acontecer. Atrás dele o desfile continuava. Uma garotinha lhe deu uma rosa ao passar por ele, olhando por cima do ombro e sorrindo enquanto seguia em frente.

Jonah virou na rua do teatro, que ficava bem em frente. Ele caminhou na direção do edifício, olhando de relance para um homem branco e uma mulher negra parados diante de uma porta, rindo e se beijando. Enquanto passava, a mulher notou que ele os observava e sorriu timidamente, afastando o namorado de modo brincalhão. Ele riu e segurou a mão dela e eles foram para o lado oposto.

Jonah sorriu, seu coração se enchendo de alegria enquanto ele se virava, correndo para atravessar a rua, ainda levando a rosa na mão.

– Senhor, gostaria de um ingresso?

Jonah virou a cabeça e viu um velhinho. O homem arregalou os olhos quando notou que Jonah usava uma máscara, mas então ele olhou de relance para o desfile que passava mais adiante na rua e a surpresa se transformou em compreensão.

— Desculpe, achei que você estivesse aqui para ver a apresentação. Já está na metade e os ingressos estão esgotados. Minha esposa não está se sentindo bem e temos dois assentos na fileira da frente, se você quiser assistir à segunda parte. É um espetáculo maravilhoso.

Droga! Jonah nem tinha pensado no ingresso.

— Na verdade, vim ver a apresentação. Deixe-me pagá-lo...

— Não. Fico feliz em saber que não serão desperdiçados. — Ele olhou outra vez para a máscara de Jonah ao entregar os ingressos, talvez se perguntando por que ele ainda não a tinha tirado. Sua esposa puxou seu braço e eles se afastaram, descendo a rua.

Jonah entregou na entrada um dos ingressos a um funcionário entediado que mal olhou para ele e então entrou no teatro, o corredor externo deserto, exceto por uma pessoa parada no balcão do café, uma linda mulher de cabelos negros longos e encaracolados que iam até a cintura. Havia um vaso de rosas brancas diante dela e Jonah hesitou, mas se virou e foi até lá.

Ela examinou a máscara dele, mas não comentou nada e, em vez disso, perguntou:

— Vendemos toda a comida durante o intervalo, mas ainda sobrou um pouco de café. Quer uma xícara? — Ela parecia cansada, mas havia um brilho de orgulho inegável em seus olhos.

Jonah balançou a cabeça em negativa.

— Posso comprar uma dessas rosas?

Ela pareceu um pouco confusa, mas tirou uma das flores do vaso e a deu a ele. Jonah pegou uma moeda de vinte centavos no bolso e colocou no balcão.

— Obrigado.

Jonah podia ouvir a música escapando pelas portas fechadas à sua frente e seu coração martelava no peito, pedindo que ele seguisse em frente. Que fosse até Clara.

Ele abriu as portas que davam para o teatro escuro, a música crescendo conforme entrava.

Todos os olhos estavam voltados para o palco quando ele se sentou, e as únicas pessoas que olharam para ele foram aquelas que estavam perto do seu assento. Mas logo voltaram a atenção para a apresentação, e Jonah fez o mesmo.

Ele mergulhou na história, na beleza comovente da dança de Clara, no orgulho que sentia dela e que soava dentro dele junto com as notas musicais.

Naquele momento, ele não a amava pelo que o fazia sentir, nem porque o inspirava, nem por qualquer outra coisa que tivesse feito por ele. Naquele momento, Jonah a amava apenas por ser *ela mesma*, Clara, a mulher que tinha passado horas ensaiando com tanta dedicação e que dançava feito um anjo. Ele a amava por seu coração, por sua mente, por todas as formas pelas quais ela fazia do mundo um lugar melhor apenas porque estava nele. Ele a amava pura e simplesmente e com cada fibra do seu ser.

Bastaria que você continuasse olhando para mim.

A apresentação terminou e a ansiedade de Jonah voltou, invadindo-lhe o corpo e fazendo seu coração bater contra as costelas.

As luzes se acenderam enquanto a plateia se levantava e gritava "bravo!", assobios vindos do público. Jonah estava concentrado em respirar, e seus olhos jamais deixaram o cisne que se destacava em meio aos outros bailarinos e que tinha no rosto aquele sorriso que ele esperava ver todos os dias, pelo resto de sua vida. *Por favor. Por favor.*

O público começava a se sentar, aqueles perto dele começando a juntar seus pertences. Mas Jonah permanecia em pé enquanto os bailarinos deixavam o palco e as luzes da ribalta diminuíam.

Começaram os murmúrios e então os cochichos quando a plateia o notou lá parado e usando sua máscara.

O cisne, Clara, hesitou e então se virou, seu olhar cruzando com o dele, e seus olhos se arregalaram. Ela abriu a boca e voltou para o centro do palco enquanto os outros bailarinos paravam e viravam a cabeça para observá-la.

Jonah continuava de pé na plateia, olhando para ela, respirando com dificuldade por baixo da máscara, e Clara permanecia parada no palco, um único holofote a iluminando enquanto ela sustentava o olhar dele. E esperava.

Bastaria que você continuasse olhando para mim.

Agora ele ouvia os cochichos. Eles despertavam seu medo, sua hesitação.

Ah, meu Deus! É o cara das boas ações. Ouviu falar dele?

Aquele cara que sai por aí ajudando as pessoas?

O que ele faz aqui?

Acho que está aqui por causa dela. Da bailarina.

O que as pessoas diriam quando ele mostrasse seu rosto?

Bastaria que você continuasse olhando para mim.

Jonah ergueu a mão e todo o auditório pareceu ficar imóvel quando ele puxou a máscara para cima, a tirou e jogou no chão ao seu lado enquanto respirava ofegante.

Clara sorriu, tapando a boca com as mãos enquanto lágrimas escorriam por suas bochechas.

Houve uma exclamação coletiva de surpresa no teatro quando as pessoas viram o rosto desfigurado dele, mas ele não olhou para ninguém. Continuou olhando para ela por mais um instante, que parecia congelado no tempo, enquanto ela ia até a beira do palco, o mais perto dele que podia chegar.

Quem... quem é ele? Ele parece familiar.

Como acha que ele arranjou aquelas cicatrizes?

Não sei. Mas essa é uma história que eu gostaria de escutar.

Ele viu flashes em sua visão periférica. As pessoas estavam tirando fotos, registrando o momento, documentando aquilo para sempre. *Bastaria que você continuasse olhando para mim.*

– Pise em mim! – uma das pessoas da plateia disse e, confuso, Jonah finalmente desviou os olhos de Clara e viu um cara oferecendo suas costas para que ela pudesse descer do palco.

Clara riu em meio às lágrimas quando vários outros homens se viraram e a estimularam a descer. Ela deu o primeiro passo e o público ergueu as mãos de modo a mantê-la equilibrada enquanto ela surfava na multidão sendo levada na direção dele.

Jonah riu, lançando um olhar de relance para a mulher parada ao seu lado, e viu que, em vez de pavor, a expressão dela era de admiração.

Clara se aproximou e ele esticou os braços para ela e a agarrou enquanto ela deslizava por seu corpo e tocava o chão, as lágrimas ainda escorrendo por seu rosto, misturadas com a maquiagem pesada que ela usava, criando vários traços grossos e negros em suas bochechas. Ela estava toda borrada e ele a amava tanto que até doía.

Jonah lhe deu as rosas vermelhas com a única branca, e ela piscou, sua face desmoronando antes que começasse a rir de alegria.

Ela levou as mãos ao rosto dele e o agarrou, ele estava ali por inteiro, e Jonah se inclinou para a frente, encostando sua testa na dela delicadamente.

– Amo você.

Ela fungou, rindo, outro traço preto escorrendo e marcando seu rosto.

– Também amo você. Meu apanhador de desejos.

– Tenho tanta coisa para lhe contar, Clara. Você nem vai acreditar...

Ela colocou um dedo sobre os lábios dele.

– Eu *vou* acreditar.

Ele sorriu contra o dedo dela. É claro que ela acreditaria. Ela sempre acreditara. Em Angelina. Em justiça. *Nele*.

Jonah a beijou enquanto os flashes continuavam disparando, o público ficando novamente de pé, as palmas começando devagar e então se transformando em um aplauso, desta vez para eles dois.

Para o amor.

Para a magia.

Para os desejos impossíveis que, de algum modo, são realizados.

CAPÍTULO TRINTA E OITO

Querida Angelina,

Confio esta carta ao meu amigo e camarada Timothy Mansfield, e tenho plena certeza de que ele a lerá para você, e que você, meu amor, ouvirá nestas palavras a minha voz e deixará de lado as dúvidas geradas pela minha ausência.

Amo você, Angelina Loreaux. Amo você do fundo do meu coração e com toda a minha alma. Nem o tempo, nem a distância, nem um milhão de campos de batalha cheios de fumaça que se estendem à minha frente serão capazes de me impedir de voltar para você e de amá-la até que a última estrela caia do céu.

Estou me arriscando muito na luta pela sua liberdade – e também pela minha, pois, se você não for livre para me amar, minha vida não tem sentido –, uma luta da qual ainda não posso falar. Mas tenha fé, meu amor. Acredite que o mundo <u>pode</u> mudar e que, de fato, <u>mudará</u>.

Seu eterno amor, John

EPÍLOGO

Luzes cintilantes iluminavam as árvores ao redor deles, dando um brilho romântico ao jardim de rosas.

Jonah segurava a mão de Clara enquanto eles caminhavam pela via com calçamento de pedras, o perfume doce e envolvente das rosas no ar noturno.

Das varandas abertas chegavam vozes e risos, e os lábios de Jonah se curvaram para cima em um sorriso quando ele olhou para o lugar que um dia fora dedicado ao seu isolamento voluntário, mas que agora era uma das coisas que mais lhe davam orgulho.

Ele parou e se virou para a esposa, puxando-a mais para perto e sorrindo ao olhar para o seu belo rosto.

— Você fica mais bonita a cada dia — ele disse, soltando a cintura dela e segurando as suas mãos, para que pudesse se afastar um pouco e olhar para ela.

Ela riu, movendo-se de um lado para o outro, fazendo o seu vestido preto de renda girar em volta de suas pernas. Parecia que ela se *sentia* bonita. Amada. Como se fosse as duas coisas.

Ela se aproximou dele, levando a mão à sua bochecha coberta de cicatrizes.

— Digo o mesmo de você — ela murmurou e o beijou com gentileza. E então sorriu, aquele sorriso que iluminava todo o mundo dele.

Dentro do Solar Windisle, o evento realizado pela Sociedade de Preservação Histórica havia acabado de começar. Clara

e Jonah queriam ficar um pouco a sós antes do jantar, então tinham escapado para o jardim.

Fazia cinco anos que Jonah havia entregado Windisle à sociedade. Ele e Clara tinham concordado que era a coisa certa a fazer para preservar a história e tudo que havia acontecido atrás do muro que chora.

A sociedade, empolgada com a doação, tinha trabalhado incessantemente para recuperar o antigo esplendor de Windisle. Eles tinham feito os reparos necessários na casa – incluindo o conserto das decrépitas cabanas de escravos – usando artistas e artesãos dedicados a preservar e apresentar a história de Windisle, uma das mais importantes casas que faziam parte do legado sul-americano.

Eles estavam interessados não só em preservar a fazenda, mas também nas histórias daqueles que tinham vivido ali. A novíssima loja de presentes no térreo – aberta apenas um ano atrás – vendia livros sobre a família Chamberlain e também sobre a história de Angelina Loreaux e John Whitfield, um livro que já era um best-seller na lojinha e frequentemente esgotava. Ele contava a verdadeira história de amor de John e Angelina e seu desfecho trágico, incluindo uma foto da carta que Jonah encontrara, cujo original era exibido em uma vitrine no andar superior da casa reformada. A luz deles, *a verdade deles,* brilharia para sempre, para o mundo todo ver.

A sociedade tinha ido atrás de Timothy Mansfield, o homem mencionado na carta de John, e descoberto que ele era um soldado do norte bem conhecido por ter sido um espião que direcionava as informações obtidas de soldados do sul que trabalhavam infiltrados a serviço do norte.

Eles haviam encontrado vários documentos pertencentes a ele que faziam alusão às iniciais JW, que agora acreditavam se tratar de John Whitfield, um soldado do sul que havia corrido um grande risco ao passar informações secretas ao norte, para que eles pudessem vencer a guerra e libertar a sua amada.

Se ao menos ela tivesse sido informada. Se ao menos...

Timothy Mansfield tinha sido morto várias semanas antes de Angelina tirar a própria vida. Supunha-se que, entre outras coisas, ele vinha entregando a correspondência de John na casa dele e que a carta destinada a Angelina tinha sido incluída por engano entre as cartas da família dele.

O que John fez ao descobrir que o amigo tinha sido morto? Quando descobriu que sua família o havia traído e mentido para Angelina? Ou quando suspeitou que isso pudesse acontecer? Não havia como saber, pois os espiões mantinham poucos registros de suas missões ou desvios para casa. Mas Jonah não conseguia tirar da cabeça o som estrondoso daqueles cascos de cavalo de seu sonho sempre que pensava nisso. *Que não seja tarde demais...*

E, estando ele mesmo apaixonado, Jonah entendia mais que nunca por que John recusara tratamento médico quando sua vida estava em risco e, em vez disso, correra para encontrar Angelina, para ter a chance de amá-la novamente.

A tragédia disso tudo – o modo como as diferentes escolhas, os caminhos alternativos, poderiam ter mudado o desfecho da história – quase o deixava sem fôlego.

O jardim onde Jonah e Clara estavam – o mesmo jardim em que supostamente John e Angelina se conheceram – também tinha sido recuperado, com novas e elegantes aleias, deslumbrantes roseiras, outras flores que atraíam pássaros e borboletas e uma fonte consertada que oferecia o som relaxante de água corrente.

Jonah imaginava que o local era exatamente como tinha sido muito tempo atrás, quando John e Angelina caminhavam por ali, levando em seus peitos um amor que o mundo não estava pronto para aceitar.

O muro que chora também tinha sido consertado, as rachaduras e fendas preenchidas com argamassa, as pedras limpas, impermeabilizadas e substituídas, se necessário. Ele não chorava mais. Talvez por causa dos consertos, talvez porque não houvesse mais *motivo* para chorar. Talvez fosse ciência, ou, como sua esposa gostava de acreditar, talvez fosse pura magia.

Quanto à história de Jonah, o escândalo de corrupção que Savannah Hammond revelara de forma brilhante, contando com seus contatos do meio jornalístico e do judiciário para obter provas e buscar a verdade, havia abalado as estruturas de Nova Orleans.

Mesmo depois de todos aqueles anos, Jonah ainda ficava pasmo com a magnitude daquilo, com o número de advogados de defesa, promotores, juízes e homens de negócio em praticamente cada canto da comunidade implicados no caso.

Todos eles tinham sido membros do clube que Jonah vira com os próprios olhos, todos eles tinham feito parte de uma rede criada para guardar seus segredos, conseguir favores, fazer subornos e sabe-se lá mais o quê.

Savannah Hammond, que fora gentil com ele quando mais precisara de gentileza, tinha feito um excelente trabalho com o material que ele lhe havia dado, e posteriormente ganhou prêmio atrás de prêmio por seu excepcional trabalho jornalístico.

Mas, quando emissoras de toda parte começaram a pontificar sobre o caso de Murray Ridgley e sobre coisas que tinham sido guardadas no telefone de sua vítima, Jonah preferiu ignorar.

Ele havia contado sua história a Savannah, discutido seu papel na tragédia e a sua traição por aqueles que o cercavam. Já havia dito tudo que tinha para dizer e era só isso que ele precisava.

Alguns criticavam o fato de ele não ter percebido o que acontecia à sua volta, outros o chamavam de herói, mas ele não se importava mais com o que as pessoas diziam. A verdade tinha sido revelada, e ele mantinha seu olhar treinado apenas em sua esposa, e também naqueles que o amavam e o conheciam de verdade.

Ele ainda patrulhava as ruas ocasionalmente com os Anjos de Latão, mas havia retomado seu trabalho como advogado, às vezes pegando casos *pro bono* de vítimas de crimes que os homens lhe encaminhavam. Fazia isso pelo irmão. Fazia isso por si mesmo. Era sua pequena contribuição com a *justiça*.

E vez ou outra... ele concedia um desejo. Ou dois.

— Jonah — Clara disse, parando e se sentado na beirada da fonte. Jonah se lembrou de quando ela se sentara do mesmo jeito, enquanto ele a ficara observando escondido sob as sombras das árvores.

Ele se sentou ao lado dela, as luzes da fonte brilhando suavemente atrás deles. Ele inclinou a cabeça quando ela mordeu o lábio, com uma expressão de dúvida.

— O que foi?

— Estive pensando. — Ela fez uma pausa, usando o dedo para traçar um caminho invisível sobre a pedra em que estavam sentados. Seus olhos encontraram os dele. — O que acha de eu abrir um estúdio de dança?

Ele franziu a testa, surpreso. Ela já havia dito que queria fazer isso um dia, mas... não agora. Aos vinte e sete anos, ela ainda tinha anos de apresentações pela frente.

— Não vai ficar puxado demais? Com os seus ensaios e...

— Vou sair do balé. — Ela deu de ombros e sorriu timidamente.

Sair do balé? O balé era uma parte importante da vida dela. Ela tinha conseguido se tornar bailarina principal e Jonah adorava vê-la dançar. Ele ainda levava uma rosa vermelha e uma branca para ela a cada apresentação local, ou mandava entregá-las quando ela estava em turnê, e ele achava que ainda faria isso por muitos anos.

— Mas é o seu sonho.

— Era. E eu o vivi. Ao máximo. Mas o fato é que tenho um so-nho maior. — Ela colocou a mão sobre a sua barriga lisa.

Jonah franziu, confuso, e então... *oh*. Ele suspirou.

— Você quer um bebê?

Ela riu baixinho e deu de ombros novamente.

— Quero. Muito. O que é bom, porque fizemos um.

— Fizemos o quê?

— Fizemos um bebê.

Jonah piscou para ela, atônito, seus olhos indo do rosto dela para a sua mão ainda pousada na barriga, enquanto absorvia aquela informação e sentia uma vibração de alegria no peito.

— Como...?

— Aquele dia da tempestade...

Ah, sim. A tempestade. A energia elétrica ficara desligada por quatro dias e houvera alagamentos por toda parte. Clara não tinha conseguido sair para buscar seu anticoncepcional e... bem, tinham sido dias escuros e tempestuosos que eles passaram uns nos bra-ços do outro, sem sair de sua bela casinha histórica na parte alta de Nova Orleans. Jonah não tinha conseguido se conter.

Ele passou a mão pelos cabelos.

— É minha culpa.

Clara riu.

— Sem dúvida nenhuma. — Ela riu, obviamente feliz com a no-vidade, e Jonah riu também, ficando de pé e a puxando para si, girando com ela enquanto a beijava.

Ele encostou sua testa na dela e por um instante eles respira-ram juntos enquanto Jonah digeria a notícia.

Havia muita felicidade dentro dele — esperança —, mas tam-bém uma pontinha de preocupação.

— Ele ou ela...?

– *Sim* – Clara suspirou, tocando a bochecha desfigurada dele, sabendo qual era a preocupação dele antes mesmo que ele a expressasse em palavras. – Este bebê terá *orgulho* de ter você como pai. Sorte e orgulho.

Jonah expirou, mantendo os olhos nos dela, como tinha feito tantas vezes nos últimos cinco anos.

Ele puxou a esposa mais para perto, aproveitando o momento para se alegrar ao entendê-la, ao saber que, juntos, eles tinham gerado uma vida. Um milagre. Ele tentaria ser o melhor pai que pudesse. Um pai como o que Clara havia tido, o homem que Jonah tinha conhecido brevemente quando fora para Ohio com Clara no Natal, depois de ter encontrado a carta de John. O homem que havia morrido poucos meses depois daquele encontro, mas cujo legado era uma mulher linda e carinhosa, que fazia do mundo um lugar melhor. No fim, o que mais alguém pode querer?

– Temos que entrar – Clara sussurrou e o beijou antes de se afastar. – O jantar e a apresentação já vão começar. E Myrtle já deve estar colocando os óculos para vir atrás de nós.

Jonah assentiu com um sorriso, ficando ainda alguns minutos junto da mulher que amava, naquele lugar que sempre parecera encantado.

E então ele segurou a mão dela e eles se viraram na direção da casa, onde muitas pessoas que eles chamavam de família os aguardavam: Myrtle e Cecil, obviamente, seus irmãos dos Anjos de Latão, Fabienne – de quem Clara se tornara amiga – e seu marido, Alphonse, bailarinos, Belinda e Roxanne e a senhora Guillot e seu "amigo cavalheiro", Harry Rochefort.

Naquela noite, eles seriam os primeiros a ver a prova entregue à sociedade, aquela que tinha sido encontrada em um velho sótão por um parente distante de John Whitfield. Assinada por

Abraham Lincoln em pessoa, elogiando John por seu trabalho de emancipação, pela diligência em corrigir o erro que fora a escravidão. *Ele foi chamado de herói. Com razão.*

Clara olhou para cima e Jonah acompanhou seu olhar quando duas estrelas cortaram o céu, dançando ao se cruzarem e deixando traços brilhantes atrás de si. O brilho reluzente foi morrendo aos poucos, e sumiu em algum lugar ao longe.

– Acha que eles estão lá em cima? – Clara murmurou.

Jonah olhou para ela, seu coração cheio de amor por aquela mulher por quem se apaixonara através de um muro de pedras e que agora caminhava ao seu lado pelo mundo afora.

Ele fora o apanhador de desejos dela, mas fora ela quem lhe dera todas as coisas com as quais ele jamais tinha ousado sonhar. *Felicidade. Paz. Orgulho. Uma alma gêmea.*

– Sim – Jonah sussurrou, apertando a mão dela de leve. Naquela noite, era fácil acreditar em magia. Naquela noite, a magia estava em tudo à sua volta.

Caro John,

Minha enorme gratidão por seus serviços prestados à República, os quais você realizou mesmo correndo um grande risco de vida, e apesar de sua trágica perda pessoal. As informações que você obteve levaram a avanços na guerra que resultaram em diversas vitórias para a União, bem como em esperança para cada homem, mulher e criança que foi libertado.

Creio profundamente que o caminho que você escolhe é aquele que a História considerará honrado.

Respeitosamente, seu amigo,

A. Lincoln

Agradecimentos

Tantas pessoas maravilhosas e talentosas me ajudaram a contar esta história, e meu coração transborda de gratidão por poder dizer que elas estiveram ao meu lado.

À minha equipe de editoras, Angela Smith, Marion Archer e Karen Lawson – Vocês três me ajudaram a ir mais fundo, a me esforçar mais, a ajustar, aparar e polir tudo para que minha história brilhasse. O que eu faria sem vocês? (Resposta: me atrapalharia – *muito*).

Renita McKinney, palavras não podem expressar o quanto aprecio você. Obrigada por seu selo de aprovação – sem ele, eu não teria publicado este livro.

Toda a minha gratidão à minha incrível equipe de leitores-beta: Stephanie Hockersmith, Korrie Kelley, Cat Bracht e Stacey Hert. Obrigada pelo estímulo, pelas sugestões, por responderem a milhões de perguntas e por passarem tantas horas me ajudando a aperfeiçoar meus personagens e minha história.

Elena Eckmeyer, gosto mais de você do que de Stouffers. Obrigada a Kimberly Brower, minha agente/super-heroína.

A você, leitor, agradeço por embarcar nesta viagem comigo. Sem você, eu não poderia transformar meu sonho de escrever em carreira e, por isso, devo tudo a você.

Obrigada, Mia's Mafia, pelo amor e apoio constantes e por sempre demonstrarem isso.

Agradeço a todos os blogueiros literários que dedicam seu tempo precioso à promoção das histórias que amam e enchem

as redes sociais de beleza e positividade. Vocês são meus heróis e heroínas!

Este livro começou como um conto que escrevi lá em 2016 e depois engavetei. Desde então, meu marido vinha insistindo para que eu o transformasse em um romance. Portanto, aqui está, meu amor. Sem você, esses personagens ainda estariam pegando pó em alguma prateleira. A alma deles pertence a você, assim como a minha.

Sobre a Autora

Mia Sheridan é uma das autoras com nome na lista dos mais vendidos do *The New York Times*, *USA Today* e *The Wall Street Journal*. Sua paixão é tecer histórias de amor verdadeiro sobre pessoas destinadas a ficarem juntas. Mia vive em Cincinnati, Ohio, com o marido. Eles têm quatro filhos aqui na Terra e um no Céu. Além de *Dane's Storm*, *O Coração do Leão*, *O Leão Ferido*, *Veneno*, *A Voz do Arqueiro*, *Becoming Calder*, *Finding Eden*, *Kyland*, *Grayson's Vow*, *Midnight Lily*, *Ramsay*, *Preston's Honor* e *Brant's Return* também fazem parte da coleção Signos do Amor.

Os romances românticos em volume único, *O Melhor de Você*[1] e *More Than Words*, publicados pela Grand Central Publishing, estão disponíveis on-line e nas livrarias.

Mia pode ser encontrada on-line aqui:
Site: MiaSheridan.com
Twitter: @MSheridanAuthor
Instagram: @MiaSheridanAuthor
Facebook.com/MiaSheridanAuthor

---

[1] Publicado no Brasil pela Universo dos Livros. (N. E.)

TIPOGRAFIA   GEORGIA E ROMANCE FATAL SERIF
IMPRESSÃO   IMPRENSA DA FÉ